藍學堂

學習・奇趣・輕鬆讀

51位紀實寫作名家技藝大公開，
教你找故事、寫故事、出版故事

哈佛寫作課

哈佛大學尼曼基金會——著
the Nieman Foundation at Harvard University

馬克・克雷默、溫蒂・考爾——編
Mark Kramer & Wendy CaLL

王宇光 等——譯

目次

第4章 建立文章架構

第5章 寫一篇好文章

第7章 編輯你的文章

第8章 編輯部能做的事

第9章 走在敘事作者這條路

推薦序　新聞寫作就是說個好故事

林照真

剛從一場長夢醒來，夢中情節已不復記憶，場景卻是我最熟悉的報社。這樣的夢境已多次出現，可見這份工作實在讓人懷念。從事新聞工作是我的初衷，我在工作中明白新聞記者的角色，心裡一直以從事新聞工作為榮。

現在我在大學教新聞，以培養未來的好記者為職志。課堂上我常會情不自禁地告訴學生：「還有什麼工作會比新聞工作有趣？」雖然當下媒體陷入惡質競爭，學生面臨相當嚴峻的挑戰。但我告訴學生，新聞工作可以發揮社會影響力，儘管新聞大環境不好，讀者還是分得出好記者與不好的記者。

新聞經驗需要傳承，我在課堂中的力量是微薄的。然而，《哈佛寫作課》一書，匯集數十名優秀記者不同的經驗，是個出版的大工程。如今，《商業周刊》再翻譯成中文出版，相信可以引起國內新聞界的注意。

本書內容皆由平面記者提供，書中所言一樣可以運用在其他媒體身上，但本書更在意的是如何精進文字的報導。與時下先進的傳播工具相比，有人可能認為文字毫無視覺感，將在數位時代失去吸引力。這樣的想法已經失準，文字是數位傳播中，速度最快的資訊形式；就算搭配了炫目的多媒體設計，還是須依賴文字傳達複雜、抽象的資訊。毫無疑問，在講究數位科技的年代裡，文字依然重要。

奧妙文字的產製，是個辛苦的過程。新聞工作者須傾全力寫好報導，忠於事實，絕不賣弄。新聞系所學生的訓練一定離不開寫作，想寫好一篇深度報導，確實不是件容易的事。就像本書提到的，非虛構的紀實寫作，和劇本一樣講究過程和結構；和電影一樣有鏡頭場景的變化；也和小說一樣有情節和人性。而這樣的工作，卻必須用一般人理解的文字表達，未必容易。

如果不是曾經一遍又一遍地體驗，是不可能參透文字的張力的。本書集結多名新聞記者的經驗談，不厭其煩地交代自己的心得與做法。這樣的內容讓老記者看起來，像是再一次體會新聞工作無國界的特質。而對年輕記者來說，更可以減少嘗試錯誤的時間。本書的作者群提供生動的案例說明，就像課堂中的演講一樣鮮活。

寫作課是我在大學中，必然負責的課程。我常告訴學生，新聞寫作不是高深的學問，想寫得好卻不容易。之所以這樣說，是因為新聞寫作時要放棄艱澀用語、學術理論，盡可能只用白話表達。新聞寫作貴在寫作者的用心，可以達情，可以批判。可以是具高度可讀性的人情趣味文章，也可以是精煉的調查報導。

和其他寫作形式非常不同的是，新聞寫作幾乎脫不了採訪。由於記者有時問了蠢問題，事件遭傳開後，不少人會認為一個好記者一定會問好問題。這個標準並沒有錯，就像本書所說的，新聞記者在採訪前要先閱讀文獻等各種資料，從採訪中找到問題核心。

本書也非常強調記者要像平常人般生活，了解一般人的想法。還有人建議當編劇前，應該先去當記者。這樣的比喻都是為了說明，任何形式的寫作，都需要豐富的人生體驗，記者工作就是一個可以接觸人生百態的特殊工作。

新聞寫作前的工作除了採訪外，相關專業還包括聆聽、觀察與思考。多年經驗下來，我更在意聆聽，這點本書中也有多名記者同樣強調。好好聽受訪者講話，實在是新聞記者的使命。有時，我們也能從中聽出受訪者心口不一，還可能有意外的新聞發現。

我記得自己曾經坐在板凳上，聆聽一個受訪者敘述他的一生。他的人生受盡歷史捉弄，終於在卑微中活了下來。他用五個小時敘述自己的人生，還記得他的雙眼時而絕望、時而泛紅，一生悲喜彷彿在他的臉上，再重演一遍給眼前這個記者看。

我何其有幸。

和受訪者談完後，我的心情滿滿的，有一種「非把這個人的故事好好寫下來不可」的衝動。同時，我還有一種感覺，覺得自己似乎內力更強，任督二脈好像打通了。

一個用心的新聞記者，對社會非常重要。謹以此書與所有記者相互砥礪，矢志為讀者寫出好的、真實的新聞故事。

（本文作者曾為資深記者，現為台灣大學新聞研究所教授）

推薦序　為紀實書寫驗明正身

須文蔚

紀實書寫（nonfiction writing）並不是文學、媒體或出版界的新住民，但一直有很多古怪的洋名字。事實上，包含古典的史傳文學、散文、雜文、紀實小說等，乃至於西方現代媒體發達後，繼而發展出敘事新聞（narrative journalism）、新新聞（new journalism）、報導文學（literary journalism）、特寫（feature writing）、專欄等文體，占據了我們閱讀的空間，影響我們對世界的認知乃至於行動。

在台灣，紀實書寫常見的名字是「非虛構寫作」。在國家級的出版獎「金鼎獎」的分類上，在文學圖書之外，分出「非文學圖書類」。在金石堂書店的圖書分類上，很長一段時間用「小說」與「非小說」名之。顯然，紀實文學有相對存在的文體，就是虛構、純文學以及小說，但追本溯源，無論是新聞報導、史傳文學、寫實主義小說或報導文學雖然都本於真實，但也不乏與小說、戲劇或詩互文（intertextuality）的現象，更別說步入文學經典殿堂的紀實作品也所在多有，非文學與非小說顯然有偏失，非虛構用反面例示，詰屈聱牙，遠遠比不上「紀實書寫」簡單明瞭。

紀實，就是記錄與述說一個真實的故事，題材小至一篇報端的純淨新聞寫作、專欄或小品文，或是篇幅稍大的特寫、調查報導、雜誌專題寫作、報導文學，乃至於書寫紀實圖書或拍攝紀錄片，究竟該如何採訪？如何觀察？如何確認文體？依循何種書寫的倫理？如何結構文章？如何說個好故事？理應有一套核心觀念與技巧。台灣過去有不少新聞採訪寫作的教程，比較針對新聞從業人員的專業需求，太偏向報導寫作的面向。近來臧國仁與蔡琰兩位老師，孜孜不倦，建構「敘事傳播」的理論，就是從敘事學的角度，提醒大眾，新聞固然追求客觀，但絕不冰冷與枯燥，其核心是以人為本的說故事傳播行為。在討論台灣報導文學書寫上，我也在二〇〇二年編輯《台灣報導文學讀本》時，提出「鬆綁論」的主張，就是希望有志紀實書寫者，本於真相，能與文學作品文本互涉，向編劇與小說家借火，說好故事，一改過去太偏重資料、報導與評論的文風。但是要找到一本著作，能說清楚紀實書寫全貌，著實不易，《哈佛寫作課》的翻譯與出版，確實令人雀躍不已。

《哈佛寫作課》既是一本寫作指引，內在也是一本寫作理論著作，編者有庖丁解牛的功力，集五十一位名家的紀實寫作經驗談，把各門派的書寫技巧、方法與原則，濃縮精要，摘錄重點，分門別類，讓讀者容易按圖索驥，建立一套從找題目、採訪、書寫、編輯到出版的觀念，觀點新穎，處處都是金句，相信初學者可以打好根柢，教師或研究者更可以從豐富例證中，再延伸與發展出更體系性的論述。

最值得參考的，莫過於本書的第七、八、九章，討論紀實書寫的出版與編輯。台灣近年來，大量的紀實書寫跳過報紙與雜誌，直接進入出版社的編輯台，作者與編輯都面對前所未見的挑戰，無論是環境運動、動物保護、勞工權益、農業議題等，都能推動社會改革，但也不乏因為虛構與身分造假，引發軒然大波。如何邁向一個更成熟的紀實出版環境，《哈佛寫作課》給出版業、作者與編輯，許多值得深思與借鏡的課題。

（本文作者為國立東華大學華文文學系教授兼任系主任）

前言

寫出好文章很難，甚至是一種煎熬。寫好文章需要勇氣、耐心、謙卑、博學、領悟力、毅力、智慧和感受力——全都集合在你孤單的書桌上。《哈佛寫作課》是一部手把手的指南，從構思到出版的每一個階段，你都能從中獲益。這本文集收錄了五十一位名家的建議，他們都是美國在紀實寫作領域最有經驗的人。

有關真實故事的寫作以多種名稱出現：敘事新聞，新新聞，報導文學，創意紀實寫作（creative nonfiction），專題寫作（feature writing），紀實小說（the nonfiction novel），紀錄敘事（documentary narrative）。它出現於各種媒體：日報，生活月刊，週報別刊，和年度「最佳紀實圖書」名單，吸引了無數廣播聽眾、影像紀錄片粉絲和電視觀眾。大學校園裡，許多科系會開設某種形式的敘事紀實寫作課程，如人類學系、傳播學系、創意寫作系、歷史系、新聞系、文學系和社會學系。各科系的老師常常不清楚其他科系所用的方法和優點。本書作者群則代表了各種各樣的敘事傳統，從調查報導、雜誌編輯、電影製作到詩歌。因此，本書較諸大多數教科書另類，也比許多寫作技巧指南更具實務性。

我們稱為「敘事紀實」（或「敘事」）的體裁，對讀者和作者都是挑戰。這種體裁混合了人的故事、學術理論以及所觀察到的事實，涵蓋對日常事件的某種專業理解，整理歸類來自一個複雜世界的資訊。這種體裁始於作者走進真實世界去了解某種新事物。《紐約客》（*New Yorker*）作者凱薩琳．博[1]寫道：

> 高難度的採訪，也是孤獨的新聞工作。我曾經搭乘灰狗巴士橫越美國南部去採訪。那一次，孟菲斯車站就是我的「凱悅大飯店」。結果，我的背部痠疼，屁股刺痛，整整四天，我窩在孟菲斯

車站，沒睡過一夜好覺。可是，無論是思想上還是情緒上，我一點都不覺得無聊——實際上，我的狀態跟無聊截然不同。確實，這是一份高壓的工作。可是，當你讀到……在這份工作上長期耕耘的作者寫出來的出色作品，你就一定能懂得，這實際上也是一份能讓你的心智得到發展、生命得以提升，且超級有趣的工作。

凱薩琳·博的這段倡議來自她在尼曼敘事新聞會議（the Nieman Conference on Narrative Journalism）上的發言，本書絕大部分的內容也是同樣的主張。每年秋天，哈佛大學尼曼基金會（the Nieman Foundation）會舉辦三天的會議，主題是紀實敘事寫作藝術和技巧，內容包括演講、工作坊和研討會，主角是上千名在職中的作者和編輯，他們來自美國各州，也包括世界幾乎每個洲的國家（更多資訊詳見網站：www.nieman.harvard.edu）。

本書包含了該會議演講者的建議和經驗之談，經過提煉和修訂，以滿足更廣泛的說故事族群：紀實寫作的工作者、學生和教師。編輯這九十一篇文章時，我們做了濃縮、萃取和重編，並與作者一起，仔細琢磨每一個句子。結果我們把原稿的六十萬字大幅精簡了五分之四，成為一大鍋富含經驗和說明的濃縮高湯。這鍋湯的廚子眾多，不僅僅是那些被列出名字的五十一位作者，還包括他們的老師、同事和學生，以及尼曼研討會的聽眾，因為書中的部分內容取材自工作坊的問答單元，透過討論激盪而更聚焦且精進了講者的思想。

《哈佛寫作課》為紀實敘事的工作者提供了一種資源，其中說明了這件工作的困難和值得為之努力的各個面向。我們先是概述這個工作內容，然後探討寫作主題的選擇和資料的蒐集（採訪及調查研究）。我們還會談到各種文體（回憶錄、遊記、散文和紀實報導）、敘事結構、寫作品質、倫理、編輯流程、新聞寫作和職涯規畫。

也許你會從頭到尾讀完這本書，更多讀者則將其當作參考書——一本案頭指南。本書的編輯設計，務求不管用哪種讀法都對讀者有益。

紀實寫作講的是真實的故事，但要做好這件工作實在太難了，而且，每一次都那麼難。我們期許當你盡力想把故事講得更好時，這本書會是最好的夥伴。祝你能具備企圖心和靈感，把這件重要的事做到你的極致。

馬克·克雷默[2]、溫蒂·考爾[3]

於麻薩諸塞州，美國劍橋

---

1 凱薩琳·博（Katherine Boo），《紐約客》（*New Yorker*）專欄作家，曾為《華盛頓郵報》（*Washington Post*）和《華盛頓月刊》（*Washington Monthly*）作者和編輯，曾獲得普立茲獎、國家雜誌獎及麥克阿瑟天才獎（MacArthur Fellowship）。

2 馬克·克雷默（Mark Kramer），哈佛大學尼曼基金會總監暨駐會作家。一九九一至二〇〇一年任波士頓大學新聞系教授暨駐校作家，在此之前任教麻塞諸塞州的史密斯學院十年。曾為多家報紙及雜誌寫稿，著有《Three Farms》《Invasive Procedures》《Travels with a Hungry Bear》。共同編輯敘事報導的教科書《Literary Journalism》，曾在丹麥及日本出版。

3 溫蒂·考爾（Wendy Call），西雅圖自由作家暨編輯。南墨西哥的美國當代國際事務研究所（Institute of Current World Affairs）會員，布雷德洛夫作家創作營（Bread Loaf Writers' Conference）學者，暨西雅圖雨果屋（Richard Hugo House）創作基地的駐地作家。她的敘事報導文章曾發表於六個國家的雜誌或選集。在二〇〇〇年開始投身全職寫作和編輯前，她在西雅圖及波士頓從事十年的草根及社會正義運動。著有《No Word for Welcome》，曾獲二〇一一年格拉布街國家圖書獎（Grub Street National Book Prize）的非文學書獎，及二〇一二年國際拉丁美洲圖書獎（International Latino Book Award）最佳歷史及政治書獎。

第 1 章

來寫作吧！

故事，說的是人類的靈魂

雅基．巴納金斯基[1]

我想請你和我一起動身，目的地是蘇丹境內靠近衣索比亞邊境的一個難民營。在此之前，你已經在電視裡看過那些可怕的畫面，看過腹部腫脹、受盡饑餓折磨的嬰兒。成群的蒼蠅，在他們的嘴裡、眼睛，爬進爬出，揮之不去，貪婪地攫取孩子身上最後一滴水分，直到油盡燈枯那一刻。而現在，你已經置身於他們之中。你是記者，為一家報社工作。你的任務是報導這麼一個從來沒到過的地方，一件從來不曾了解的事。至於你的讀者，他們一輩子也不會到這個地方，更不知道這些事跟他們有什麼關係——也許除了寫上一張捐款支票以外。

此時此刻，你到這個營地已經好幾天。你每天都在這裡走動，小心跨步，繞過聚集在此的十萬人。這些人之所以來到此地，是因為聽說有水源。有些人從衣索比亞的村莊走到這個營地，足足走了三個星期。可是，等他們抵達之後才發現，所謂的水，已經變成乾涸河道裡的一攤泥漿。

你看著那個小女孩走到河邊，用碎布浸吸著泥漿的水分，再一滴一滴擰到塑膠罐裡。你坐在診療處，等待就醫的隊伍已經排了有上百人。絕望的父親把孩子塞給你，想著既然你是一個外國人，應該就是個醫生，你一定能幫得上他們。可是你唯一要拋給他們的，卻是早已準備好的筆記本和幾個問題——突然之間，所謂的接受現實，已顯得微不足道。

你漫遊到了營區邊界，來到巨大的「排放區」。還足夠健康、還有一點力氣走來的人，會在此處解決自然需求。在這些需求面前，那一點點微不足道的人類尊嚴，變得如此容易被遺忘。女人只用自己的裙子稍微遮擋就蹲下來，她們的臉蒙著頭巾。用這種方法，她們努力營造出某種意義上的隱私。

你深一腳、淺一腳走到石頭多於土的山腳，男人一群一群刨著堅硬的地面，挖出深度合適的坑，輕柔安放著被壽布包裹著的身體。這些坑確實不用很深，因為被埋葬的人都非常瘦。他們每天都要埋葬七十五個人，有時更多；而多數是嬰兒。

到了晚上，你退回到草牆後面，可以將這可怕的世界封鎖起來。你癱倒在一個小茅棚的吊床上，羞愧於自己小小的、短暫的饑餓，以及你那自私的恐懼。你感激黑夜，因為這樣就可以有幾個小時的時間讓眼睛什麼也不用看，但是你的耳朵卻無法停止去聽。你聽到咳嗽的聲音、嘔吐的聲音、抽泣和痛哭的聲音。你聽見嘶喊、生命憤怒的爆發，從咬牙切齒，嘎吱震動，直到終於沉寂……又有七十五個人死去。

然後你又聽到另外一些東西：**歌聲**。你聽到甜美的吟唱和深層的律動。每個晚上，一遍又一遍，幾乎總是在同一個時間響起。你想大概是自己產生了幻覺，懷疑自己是不是因為太恐懼而變得不正常。人在面對這種悲慘世界時，人怎麼還有辦法唱歌？還有，又是為了什麼唱歌？你在黑暗中躺著，懷疑著，直到睡眠仁慈地宣告占有了你。天光再現時，你再度睜開了眼睛。

部落裡的學校

我是在一九八五年到非洲的，為《聖保羅先鋒報》（*St. Paul Pioneer Press*）報導衣索比亞的饑荒。在此之前，我從未去過北美以外的地區。

這歌聲讓我懸念不已。為了搞清楚這件事，我不得不找了一個又一個翻譯，直到最後，終於有一個人

1 雅基・巴納金斯基（Jacqui Banaszynski），曾獲一九八八年普立茲新聞專題寫作獎，現亦擔任普立茲獎評審委員。密蘇里大學新聞學院講座教授，在民間媒體研究構構波因特學院（Poynter Institute）授課，也曾在西雅圖、波特蘭及聖保羅等地區報社擔任編輯。

告訴我，他們這是在**講故事**。衣索比亞以及現在的厄立垂亞（Eritrea）的村莊，因為乾旱和轟炸，最終變得不適合生存，他們便一起動身、扶老攜幼，步行來到難民營，然後定居下來，住在他們所能找到的不管多小的棚舍裡，按村落居住。只要有可能，他們就會繼續儀式。其中一個儀式，就是在晚上講故事。老人讓孩子們圍攏過來，然後那些歌聲就響了起來。

這其實就是他們的學校，以這種方式，把他們的歷史、文化和律法帶著走。而這，也可能是我第一次意識到，講故事，這種具有普世性的活動，不僅力量強大，而且歷史悠久。我們都是聽故事長大的，但是，我們可曾停下來想一想，這些故事與我們的連結有多深，影響有多大？

即便是——或者應該說：尤其是——當死神降臨時，這些故事依然會留存下去，從年長者傳給年輕人，從上一代傳給下一代。他們對待這些故事一如對待珍貴的水罐，小心翼翼，唯恐破碎。時移世易，人生人死，滄海桑田，但故事卻永垂不朽。

提姆・歐布萊恩（Tim O'Brien）寫過一本《重負》（*The Things They Carried*）。我在蘇丹之旅的若干年後，偶然發現了這本書，也成了我最喜歡的書之一。他在書中寫道：「因為過去要進入未來，所以有了故事。因為在深夜裡，你會想不起自己是怎麼從原來走到了現在，所以有了故事。當記憶消褪，除了故事就再無任何事物可以被記住，故事便成了永恆。」

湯瑪斯・艾力克斯・泰森（Tomas Alex Tizon）和我曾在《西雅圖時報》（*Seattle Times*）共事，我也問過他：為什麼人類需要故事。他是這麼回答的：

> 感謝上帝，世界上有故事；感謝上帝，人有故事可說。有人說出了故事，有人咀嚼這些故事，一如這是他們靈魂的食糧——而故事確實是靈魂的食糧。故事幫我們的經驗塑形，讓我們得

以不蒙著眼走過人生的旅途。若沒有故事，所有發生的事都將四處散佚，彼此之間毫無差別，沒有任何東西有任何意義。但是，一旦你把發生的事變成某個故事，所有跟人之所以為人有關的好東西也就會出現：你會笑，會敬畏，會滿腔熱血地行動，會被激怒，也會想改變一些事情。

我的朋友及同行凱薩琳・藍佛（Katherine Lanpher），曾經為《先鋒報》（*Pioneer Press*）寫文章，現在任職於美國廣播公司（Air America）。關於故事，她是這麼跟我說的：

> 故事是人類的共同連結，不管是要分析教育稅還是南韓的政治。每件事物的核心，都存在一個人類的因素，而且會帶出世界上最美的三個字，那就是：**然後呢？**如果你回答了這個問題，那你就是一個說故事的人。

故事是……

有人說，語言，讓我們成為了人。這個想法如今受到挑戰，因為我們發現猿類也有語言，鯨魚也有語言。我歡迎它們，歡迎加入語言一族。我之所以不會因此感到威脅，老實說，是因為我認為讓我們成為人的是故事。只有把故事一直說下去，我們才能保持自己為人。

故事，是我們的祈禱文。寫故事、整理故事都需要懷抱敬意，哪怕這故事本身多麼離經叛道。

故事，是寓言。寫故事、整理故事，講出屬於你自己的故事，要帶有意義。只有這樣，每一個傳說才能承載某種更大、更重要的訊息，每個故事才能成為我們集體旅程中的路標。

故事，是歷史。寫故事、整理故事、講出屬於你自己的故事，要準確，要帶著你自己的理解，交代前因後果，並且要有對真理不可動搖的獻身精神。

故事，是音樂。寫故事、整理故事、講出屬於你自己的故事，要講究快慢、韻律和流動。你可以加上高低轉折讓它更動人，但不要因此亂了核心的節奏。讀者是用他們心靈之耳去傾聽的。

故事，是我們的靈魂。寫故事、整理故事、講出屬於你自己的故事，需要拿出你全部的自己。說一個故事，彷彿它是世上最重要的事，彷彿世間唯故事獨存。

你有好奇心嗎？

蓋伊．塔利斯[2]

編故事的、寫劇本的、還有寫小說的，通常處理的是私人生活。他們處理一般人的故事，只是把這些人提升到了我們的意識層面，讓我們有所感受。相反的，傳統上而言，紀實敘事的寫作者要處理的則是那些公眾人物，那些名字已經為我們所熟知的人。事實上，年輕的我在《紐約時報》當記者時，那些我想要深入其中的私人生活故事，很少被視為具有報導價值。不過，當時我的想法卻是：對於這個世界上究竟發生了什麼事，這些人自有其理解。我相信，如果把這些人的感受報導出來，將有助於更了解發生在周遭的種種趨勢現象。

我的父親是裁縫師，他是從義大利南部某個小村莊來到美國，十分精於針線活。他也把他獨特的感受和理解，發揮在工作上。他非常懂得如何修整出完美的扣眼，如何精準地量測身材，如何把西裝做得體面合身，來提升一個男人的存在感。他是行針走線的藝術家，卻並不在意賺錢多寡。

我們家其實處於社會底層，也就是那種得小心看別人臉色，但別人卻不用看我們臉色的人。至於我的父親，是愛聽別人家長里短的裁縫，知道許多店裡客人的事，所以我從小就聽著那些平凡人的故事長大，我覺得他們很有趣。

我父親是透過閱讀《紐約時報》學會英語。第二次世界大戰時，他在義大利的親戚都站在錯誤的陣營。他的幾個兄弟，一九四三年時都在墨索里尼的軍隊，跟馬上就要攻進義大利的盟軍對戰，所以我父親當時是帶著一點憂心在讀《紐約時報》。至於我，就在我家那小小的屋子裡，眼睜睜看著那些大事是如何影響到自家人。每一天，《時報》上都會刊出各種地圖，地圖上有許多箭頭，這些箭頭標示著盟軍正一天比一天更靠近我父親家鄉的小村莊——在我眼中，那是一種強烈的戲劇感。

這可不是什麼編出來的故事，而是我真正的生活。

探索別人的私生活

在《紐約時報》新聞部當記者的日子，是我此生最快樂的時光。事實上，十年後，我三十二歲離職時，我的眼睛是有淚水的。我之所以離開，不是跟報社發生什麼不愉快，而是因為日報所需要的那種新聞報導，具有某種局限性——包括時間和空間上的局限。具體來說，在日報做新聞，你所能投入的時間、縱容自己的好奇心的時間，是有限的。在這種限制下，在報社待久了就會產生一種挫折感。我想要的，是花更多時間跟那些未必有新聞價值的人在一起。當時我的信念是這樣的（實際上我現在仍然這樣相信著，而

2　蓋伊．塔利斯（Gay Talese），美國報導文學重要作家，文章多見於《紐約客》《君子》（*Esquire*）等刊物，著有《一位作家的一生》（*A Writer's Life*）、《蓋伊．塔利斯讀者》（*The Gay Talese Reader*）、《獵奇之旅》（*Fame and Obscurity*）和《王國與權力》（*The Kingdom and the Power*）等九本書。

且猶有過之）：對於一個寫紀實文字的作者來說，他應該跟那些擁有「私生活」的人在一起，他們雖然只有私人生活，其中卻蘊含更大的意義。

我在一九六五年離開《紐約時報》到《君子》雜誌去工作，我到《君子》之後所做的第一件事，就是跑回《紐約時報》採訪一些記者。在地方新聞部工作的人，自己雖然不是新聞，卻都是些非常精彩的人物。我寫的第一個人，是寫訃文的愛爾頓．懷特曼（Alden Whitman）。他總是戴著一頂小小的綠色帽子在地方新聞部閒晃，抽著菸斗，一邊琢磨著誰會死，一邊也就琢磨著死亡本身。他會找到那些他覺得快死的人，採訪他們，告訴他們，他會更新這些人在他那裡的檔案——其實也就是某種預寫的訃文。這種獨特工作，就是懷特曼的謀生方式！想想看，有這麼一個人，他所採訪的對象，可都是死後會讓《紐約時報》認為應該撥出版位來登載生平的人，這是什麼樣的人生！

現在，我已經過了七十歲，可是我的好奇心還跟二十二歲時一樣，一點都沒少。實際上，好奇心正是一切的起點，而這種東西，可不是你上個哥倫比亞新聞學院或者密蘇里大學什麼的就能擁有。作為紀實文章的作者，我會縱容自己對私人生活的好奇。我會把紀實性的內容當成創作文學來寫。當然，這裡說的創作，不是與事實不符；不是隨便取個名字，假造性格，也不是隨意捏造消息，而是透過調查研究、取得信任以及建立關係來了解文章對象真實的生活。最終，你會是如此了解對方，就好像他們是你自己私生活的一部分。我寫過黑幫分子，也寫過色情工作者，我尊重他們，而且會用他們的角度看待這個世界。

事實上，我找到了一種讓我帶著尊重去寫作的方法，可以寫出事實卻又不帶侮辱的方式。雖然我不認同遊手好閒、偏離正道的人，但是，在我把這些事實放進報導時，也並不尖酸刻薄。要達到這一點，前提是寫作要精確；草率的寫作是做不到的。至於這種字斟句酌的寫作風格，我是從偉大的小說家：史考特．費茲傑羅[3]，約翰．奧哈拉[4]，蕭歐文[5]那裡讀來的。

輸家的更衣室比贏家的更有趣

在一九九九年以前，我花了八年寫作一本書，卻一直沒能完成。我想寫的主題是失敗。之所以對這個主題感興趣，是因為人可以從這種經驗中學到點什麼。當我還在做體育記者時就已經發現：輸家的更衣室永遠比贏家的更有趣。

當時我想寫一個叫約翰・韋恩・伯比特（John Wayne Bobbitt）的人，他被妻子割掉陰莖，以手術重新接上。外界看來，他甚至可以說是個十足的「失敗者」。儘管如此，伯比特卻從來沒能從任何人那裡得到一絲同情。大家都覺得他的妻子蘿雷娜（Lorena）是個有德行的女人，換句話說，他只不過是惡有惡報。這很有意思。我想認識伯比特，於是我跟他廝混了六個月，開車載著他到處跑，我認識他的醫生，最後還認識他的妻子。我追查蘿雷娜用的那把刀，查到是從宜家家居（Ikea）買的，而且早在事發前三年就買了。

一九九九年七月的某個星期六，當時我正在看一場電視轉播的棒球賽。那天還有另外一場大打預告的比賽，是美國女足對中國女足。我對那場比賽也感興趣，開始來回轉台。美國女足的米雅・哈姆（Mia Hamm）被人們譽為美國最偉大的足球運動員——而不僅僅是最偉大的「女足」運動員。於是，我的電視就開始在棒球和足球之間來回切換：我不想工作，只想讓心思暫時逃離自己悲慘的人生。

當時我從沒看過足球。跟絕大多數同輩一樣，我看不懂足球。我父親也許懂，但是，不管他們從自己的祖國義大利弄進來多少好東西，卻不包括足球在內。那一天，體育場擠進九萬人觀看這場球賽。我搞不

3 F. Scott Fitzgerald（一八九六—一九四〇），《大亨小傳》（*The Great Gatsby*）作者。

4 John O'Hara（一九〇五—一九七〇），小說家暨專欄作家，代表作有《相約薩馬拉》（*Appointment in Samarra*）。

5 Irwin Shaw（一九一三—一九八四），編劇暨小說家。

懂他們到底是為了什麼，非得發出震天響的噪音，但很顯然，他們興奮得不得了。

我之所以對這場比賽感興趣，是因為這場跟美國踢球的是中國。球賽直到最後都還是零比零，於是進行罰球大戰。一位中國女球員沒能把球踢進去，比賽就此結束。如果我是體育記者，那麼那天我出現的位置，就會是這位中國女球員的更衣室——我不會去跟米雅．哈姆聊天，我會去採訪這位把罰球搞砸的人。

我會去設想她的處境。她會在洛杉磯登上飛機，在空中飛上二十多個小時回到中國，回到那個對她懷抱無比希望，盼望她能打敗美國的家鄉；那個對美國愛管閒事的外交政策十分反感的家鄉。對我來說，這就是報導中國的一種角度。這位二十五歲的女人搞砸了大事。身處一個國家勢力正在擴張、被共產主義統治的二十五歲女人來說，情況會變成怎樣？

當時我以為，「哦，這事《紐約時報》明天就會報導」。可是，第二天的報紙上卻沒有任何關於這位搞砸罰球的女球員的報導。《新聞週刊》（*Newsweek*）跟《時代》（*Time*）雜誌都報導了女足世界盃，可是對於我想知道的那些事，卻無隻字片語。所有文章都只寫到美國勝利以及中國怎麼踢輸罰球的。關於那位女球員，沒有，什麼也沒有。她的球員號碼是十三號。

為了寫一個足球員來台灣

我認識時代華納的諾曼．皮爾斯汀[6]，於是我打了個電話給他。「諾曼，」我說，「今天的文章可一句都沒提那個中國女子」。我還發了一份傳真給他，我覺得這裡面應該有個好故事。我是這麼說的，「如果你去寫這個女子，她會告訴你中國那邊對此是怎麼反應的，她的鄰居是怎麼說她的，她的母親會如何面對這一切。女足世界盃可是全世界都在看的，而她搞砸了。他們會怎麼面對這次失敗？這些女子可是中國成為世界性大國這個偉大成就的一部分，她可能有一個曾曾祖母還是纏足的呢。她們用足球來代表一個新中國，但她卻沒踢進那顆該死的球，那她現在所能代表的，可就只有失望了。」

在我看來，女球員其實可以成為一把真正的鑰匙，呈現有關中國的故事。我是很樂意來寫這個故事的。當時時代華納的人對我這個點子表示感謝，之後再也沒有動靜。就這樣，一整個夏天過去了。我到了法蘭克福，和妻子一起慶祝我們結婚四十週年紀念日。然後我決定週末不回紐約了，我把機票改簽到香港。我必須找到劉英，也就是搞砸罰球的女球員。我到了北京，但漢語一個字也不會說，也不認識任何人。我選了一家高檔酒店入住，因為，那裡一定有能說英語的人。我開口問了門房。

做這種採訪，完全不同於打電話給紐約洋基隊的公關部，去約訪德瑞克．基特[7]。我想要採訪的是一個沒把罰球踢進去的人。我在中國整整待了五個月，只為了能找到劉英。我終於見到了她，一次又一次跟她見面，透過翻譯進行採訪。我看著她在球場上比賽和訓練，也和她的隊友會面。很快的又過了一年。

二〇〇〇年時，大陸足球隊到台灣參加比賽，我也跟著她們到了台灣。這就是我全心投入的紀實作品：跟人待在一起。你未必需要不停採訪，但是你得融入整個氛圍。

最後，這位沒踢進罰球的女孩被寫進了描寫失敗的書中[8]。被寫進書裡的不只有這個故事，還有前面的約翰．韋恩．伯比特，還有一個永遠無法成功經營一家餐廳的店面，以及一位在曾鎮壓黑人民權運動的塞爾瑪南部當警長的鄉下人。所有這些，都變成了一個故事，變成了一個關於我如何努力面對的故事。故事裡有我所有的不幸、做錯的選擇，以及對於那些容易被忽視的人所懷抱的、永遠不熄的探索之心。

6 Norman Pearlstine（一九四二—），時任《時代》雜誌集團的編輯長。

7 Derek Jeter（一九七四—），美國洋基隊前隊長，二〇一四年退休。

8 書名為《The Silent Season of a Hero》，二〇一〇年於美國出版。

點子決定成敗

大衛．哈伯斯坦[9]

作為寫紀實敘事報導的人，我們都非常在意一件事：保持新聞寫作的品質。但是，在這個時代要做到這一點並不容易，這既有技術面因素，也有經濟面因素。電視是在一九六〇、七〇年代進到我們的生活中，之後就取代了紙媒新聞的地位，成為新一代最迅速也最強有力的新聞工具。在遇到災難性事件時——比如，NASA（美國國家太空總署）太空梭失事、約翰．甘迺迪遇刺、九一一事件，人們會找著去看的，是電視，電視成了新聞的主要載體。正因為如此，我們這些紙媒記者，就得深入電視攝影鏡頭無法到達的地方，我們必須回答人們因為看到電視畫面而提出來的問題。幸好，我們的運氣還算不錯：電視新聞帶來的問題比能回答的問題更多。

無論如何，紙媒記者都必須做得比原來更好。現在有各種東西在爭奪人們的時間：無線電視、有線電視、網路甚至電玩。在我們身邊，不斷湧現越來越多的資訊來源。而且，越是晚出現的資訊來源，越容易被大眾接受——因為越不用花腦筋。與過去相比，人們其實更努力工作，以致休閒時間變少了。幾十年前，我剛開始做記者的時代，一個家庭只要一個人有收入，就算中產階級了。現在，中產階級卻意味著夫妻兩人都得有收入。所以，寫東西的人就必須寫得更好、再更好一點才行，他必須是更厲害的說故事高手。

要寫好紀實故事，你必須要能夠回答下面這個問題：**這個故事想要講什麼？**這**點子**（idea），或者說**概念**是什麼，這對敘事性寫作而言是很關鍵的問題。我們所談的，就是讓一個想法從誕生一直走到成熟、結出果實的過程。

一本書就是一個點子

讓我們從一本書的點子說起。這本書叫《隊友們》。二〇〇二年二月，我在棕櫚灘跟多明尼克・迪馬喬及艾蜜莉・迪馬喬（Emily and Dominic DiMaggio）夫婦共進晚餐，多明尼克曾經在波士頓紅襪隊擔任中場，不過那是一九四〇年代的事了。二〇〇二年時，他已經八十四歲。我曾經在一本叫作《一九四九年的夏天》（*Summer of '49*）的書裡寫到他。寫那本書是一九八九年，自此我們成了朋友。那天晚上，多明尼克告訴我一件事，他和原來的一個隊友約翰・佩斯基（John Pesky），一起開車從波士頓到佛羅里達去看另一個隊友。那個隊友叫泰德・威廉斯（Ted Williams），當時已來日無多，無論是多明尼克還是佩斯基或威廉斯，都知道這可能是他們最後一次相聚。那天晚上，多明尼克描述了他如何走進房間，泰德看來虛弱已極，然後自己如何為他們的老戰友唱歌的故事。

那天晚上聽了這個故事，我回家之後想到，「這種事絕不可能再有了。四個男人[10]，基本上都是一個隊的隊友，做了六十多年的朋友，總是互相關心，經常電話聯繫，即使到了晚年也仍關心彼此的生活。」我當時就想，「這可以是一本很不錯的小書。」然後我就打電話給我的編輯威爾（Will Schwalbe），說了一下我的想法和這本書的大綱，他也立刻就明白了。「太好了！」他說：「《最後十四堂星期二的課》[11]對上了《一九四九年的夏天》。」——賓果！

9 大衛・哈伯斯坦（David Halberstam），曾是《Nashville Tennessean》和《紐約時報》的記者，以越戰報導贏得普立茲獎。著有《媒介與權勢》（*The Powers That Be*）、《出類拔萃之輩》（*The Best and the Brightest*）、《消防隊》（*Firehouse*）和《隊友們》（*The Teammates*）等十九本書。

10 另一位是博比・多爾（Bobby Doerr），紅襪隊的二壘手、教練，一九八六年入選紅襪名人堂。

11 《Tuesdays with Morrie》，是一九九九年的一本暢銷書，作者米奇・艾爾邦（Mitch Albom）是位體育專欄作家。

《隊友們》的寫作過程，完全是享受。我喜歡書中的每一個人；之前還一起工作過。在他們身上和他們的生活中，有一種豐富性。他們了解自己，也知道自己成功的秘訣，與此同時，卻還保持著某種謙遜。當時他們都已是八十左右的年紀，所以，這本書會變成對他們人生的一次總結——不僅僅是泰德．威廉斯個人的人生總結，也是他們每個人的。不久之後，我的朋友兼同事法蘭克．德福特（Frank Deford，《體育畫報》〔*Sports Illustrated*〕的優秀寫手）拿到了這本書，他說，「真是的！**我**怎麼就沒想到這個點子！」

沒錯，這就是我想說的：一本書**就是**一個點子。一旦你抓住這個點子，整本書就會自動流淌出來。這可能就是我對寫作所能給予的最佳建議了。抓住一個點子，一個核心，然後努力去落實，發展成一個故事，變成一個講出現今我們的生活方式中某些事物的故事，這就是敘事性報導的精髓所在。

讓我再舉另外一個例子。二〇〇一年秋天，《浮華世界》（*Vanity Fair*）雜誌的格雷登．卡特（Graydon Carber）打電話給我，請我採訪我家附近的消防隊。消防隊距離我在曼哈頓西城的家大約三個街區左右。二〇〇一年九一一那天，消防隊先是出動了十三個人，僅僅拿著兩套裝備就跑出去，最後死了十二個隊員。跟很多紐約人一樣，我也想在悲劇發生之後，在那種糟透了的時刻做點什麼。我很樂意地接下任務，甚至可以說是撲向了這次任務。我跑去消防隊，訪談其他消防隊員，他們都處在巨大的感情創傷中。消防隊員對我極度開放和慷慨。而在做了八、九天的採訪報導後，我想，「這可以寫成一本非常好的小書」。

這本書的關鍵在於：在一座被災難性事件打擊的城市裡，就在這場災難中，有這麼一個小機構，人和人之間有濃濃的人情味、存在著老派的人際關係；大家住在一起、睡在一起，彼此交託各自的生命。就是這麼一個團體，在那場災難中蒙受了巨大的、不成比例的創傷。我想，透過關注這支消防隊，多少可揣摩出這個城市所承受的痛苦。《消防隊》這本書的用字非常內斂低調，因為必須如此，它的文字必須配合這個事件。你不能在悼念悲劇時太亢奮，下筆必須含蓄，讓事件自己說話。你必須用尊重的態度處理每個人物。這樣一來，最後你所得到的，就是一個非常簡單的故事，一個關於某個城市非常糟糕的一天，以及誰為此付出代價的故事。事實上，這本書是我寫的所有書中唯一沒有題獻的書；因為，這本書是獻給在事件中喪失生命的人，這一點不言已明。

採訪越多，越有深度

至於我的第一本書《出類拔萃之輩》——直到現在，也是我最有名的一本書——是我在一九六九年第二次從越南採訪回來之後有的想法。當時，我已經看清楚，美國的越南政策絕對行不通。於是我想，「甘迺迪政府以破竹之勢掌權，人人都說他們是由這一代人中最聰明、最優秀、最能幹、最適合為國家服務的人組成的。可是，現在很明顯的，他們在越南問題上所做的決定，已經證明是一次悲劇性的錯誤，帶給美國這個國家的傷痛，不亞於內戰以來的任何傷害。怎麼會變成這樣？怎麼可能發生這樣的事？為何被視為出類拔萃的一群人，會一手鑄下如此大的悲劇？」我因而發想出這本小說，一部推理小說，裡面有各種大人物出場。

我原來預計，這應該會花掉四年的時間來寫作。當時，出版社給我的預付版稅不高，大概一年一萬美金。我想，如果我每天外出做兩個長時間採訪，大概得要兩年半趴趴走的採訪。結果這本書實際完成的情況正是如此。只是我沒想到，這本書變成大暢銷書：它在《紐約時報》暢銷書排行榜上停留了三十六週的時間。寫這本書改變了我的生活，倒不是讓我變有錢，而是因為這本書成功，後來我就能得到相當寬裕的預付版稅，如此一來，就能有時間以我想要的方式來寫之後的書。對於紀實作家來說，時間真的是至關重要的要素：採訪越多，作品就越有深度。

對那些打算投入這個工作而且希望有所成就的人，有我一個小建議：**點子決定了成敗**。想講一個好故事，必須有一個好概念，一個為什麼這個故事能成形的好點子——也就是，這個故事到底要講什麼、跟人們的生活有什麼關係。這跟意念有關，跟如何進行敘述有關，也跟到底怎麼講這個故事有關。簡單說，你必須把故事跟某種更大的事物連結在一起。

常自問：我還應該去找誰？

對於報導來說，四處採訪的工作非常關鍵，也是最有趣的部分，使得一個點子最後變成有趣又有料的故事。所以說，報導的成分——也就是逸聞趣事、觀點洞察，以及對某件事物提供見微知著的訊息——越高越好。就此而言，寫作本身反倒是其次。我在大學講授新聞學時，有時候會跟學生說，我準備向他們透露一個秘密：一個記者向受訪來源所能提出的最好問題是什麼。有時候這會讓學生提起點興趣，把注意力從筆記本上移開。然後我說：「每次採訪結束時，你一定要問這個問題：『**我還應該去找誰？**』」

道理很簡單：不管是什麼主題，你取得的觀點越多越好。你的報導成分越多，你的聲音就越具有權威性。我總是能看出哪篇報導是在作假；總是能分辨哪篇報導只不過打了兩通電話就草草交差。假如你是橄欖球比賽轉播的執行製作，那麼，用二十台攝影機去拍，還是只用兩台攝影機效果會比較好？同理，你見到的人越多、收集的觀點越多、採訪越多，效果也會越好。至於寫作，會從你所收集的材料中自動湧出。實際上，有很大的可能是：你之所以會從事這一行，是因為你真的喜歡跟人聊天——如果不是這樣，你也許應該找份別的工作。你一定覺得四處跑來跑去很好玩；你會把這工作想成是一種進修學習：別人付錢讓我們學習。寫報導這件事之所以讓你幹勁十足，絕不僅僅是你的名字會出現在標題下面，或你的作品出現在報紙版面上。我從事這行到現在已經超過半世紀了，至今仍然樂此不疲。

從我這半世紀經驗中所得到的最後一點建議則是：**閱讀**。讀紀實性的好書，讀那些非常出色的新聞報導：《紐約時報》、《華爾街日報》（*Wall Street Journal*）、《聖彼德堡時報》（*St. Petersburg Times*）、《洛杉磯時報》（*Los Angeles Times*）、《華盛頓郵報》（*Washington Post*）。如果你發現很欣賞某個人的作品，就應該破解他的密碼，仔細研究這個故事，找出這位記者到底為這篇報導做了什麼，他去過哪？如何建構一個故事？以及，為什麼這麼做有效果？

你也可以讀出色的偵探小說。在我看來，沒有什麼人能比好的偵探小說作家更會建構一個故事了。你也可以讀蓋伊．塔利斯的作品。他原本是新聞記者，在一九六〇年代時打破了紀實與虛構的藩籬，進入敘事性寫作的領域。你可以在他的任何一部作品中找到縮影。塔利斯在寫作時，會花時間偷偷觀察。他的作品是非常好的影像式報導；閱在讀他的作品，彷彿能聽到一台小型攝影機在嗡嗡轉動。我和塔利斯等其他作家一樣，對抗新聞寫作某種非常局限的形式，不斷試圖突破其邊界。我們的編輯想要的，就是那五個W：誰（who）、什麼事（what）、何時（when）、何地（where）、為什麼（why）。我們自己覺得寫得好甚至是最好的作品，卻經常被刪掉。

幸好情況已經有所改變，紀實性的敘事作品正在興起。我覺得自己非常幸運，我已經把生命中超過五十年的時間都花在這件事情上。吾生有幸，能夠有人付錢讓我去學習、去問問題、去思考。難道還有比這更划算、更讓人愉快的工作嗎？

高難度採訪是種高級樂趣

凱薩琳．博[12]

敘事性報導最有潛力的地方，在於報導高難度新聞；而且，我相信這潛力可說是尚待開發。無論是政府以及產業政策的重大缺失、階級不平等的問題，或是一個國家在機會分配上的結構性缺陷，都可以透過敘事性報導，生動有力傳達出來。事實上，這樣幾乎可以觸動讀者投入討論（這可能不是他當初所願）那些與精英制度和社會正義有關的關鍵問題。

多年以來，我和編輯一直在為存在於紀實報導與新聞之間的緊張關係而角力。比如說，有一次，我交了一篇系列報導的草稿，內容是華盛頓特區一家收容成年殘疾者的療養院，有若干疏失。然後，我的一位編輯，一位非常聰明、經驗豐富又非常強勢的女編輯跟我說，「你所揭露的確實是非常嚴重的罪行，但你卻用一堆令人分心的文字把它們掩蓋掉了。」她的理由是，這種文學性寫法，會讓人無法嚴肅看待這些罪行，也就減低了伸張正義的可能。

那麼，既然有這樣的風險，我們為什麼還要選擇這種敘事性的寫法呢？

敘事寫作之必要

對於某些主題來說，如果**不選擇**這樣的寫法，就意味著根本沒人會讀。比如，你要寫的主題原本屬於又冷又硬的類型，你所要報導的人物，又屬於貧乏、無能或者極端弱智的類型，然後他們所做的各種離譜的事又是如此錯綜複雜，那麼，會有多少人願意在星期天早上，就著他們的麵包和奶油乳酪來享受你的故事？對我來說，雖然有時心裡難免有些掙扎，但我之所以選擇採取敘事性的報導，是因為想要推進我們的專業所企圖達成的目標：讀者讀完一篇報導後，也許能夠對該議題產生那麼一星半點的關心。

找個你不是那麼熟悉的地方，換搭幾次公車，下車到處走走，再問問自己：「我看到了什麼？」我可以保證，你一定能看到一些大家還不知道的事情——因為現在已經沒有幾個記者會費勁去跑這個腿了。這種現場探查的工作，如今被認為是缺乏效率的。事實上，當一個編輯問你最近在幹什麼的時候，他想聽到的通常並不是這樣的答案：「我這一整天就是一直搭車換車，還有思考」。

做記者這行，可能其實就意味著要在某種程度上顛覆你的編輯、整個流程，還有市場。畢竟，能讓報紙賣出去的，可不是那些嚴肅的主題。因此，面對這些嚴肅的主題時，用敘事性的寫法來處理是不可少的，哪怕這種手法未必受歡迎。可是，如果沒有能夠對問題有所說明、挖出其中的細節，那麼，所謂「敘事」的寫作形式，也就不過是一種空洞的色誘而已。換句話說，只不過是自說自話，自我陶醉而已。

做故事的乘客而不是駕駛

那麼，如何找到那些有表現力的細節，找出那些必須靠挖掘才能獲得的事實，把它們傳達出去？這裡面有兩套相互對立的技巧。首先，在採訪的時候，你必須放棄一切控制，這樣才可能累積事實。可是，當你在寫作時，又必須對這些事實進行瘋狂的控制。在寫作的過程中，剛開始你得放鬆、慢慢來。你做個深呼吸，深到一種狀態是：當你開始呼氣時，那些散布在採訪筆記裡的各種細節，已經能夠以一種非常輕鬆、非常有表現力的方式傳達你想傳達的事物。你接下來要做的就是把這些細節編織成網，而其中的經與緯，則是你所需要的硬事實。

12 參見15頁。

我有一個朋友曾經這麼說，他說我之所以能找到那些故事，是因為我從來沒學會開車。這是真的，我都是坐公車，要不就靠兩條腿到處走。而正是因為我總是置身「事」外，也就是說，我不會去「駕馭」我的故事，相反的，我只是那些故事的「乘客」，我才有機會看到那些自己開車時絕對無法看到的事情。

事實上，那個關於療養院的故事之所以會被我找到，起因就是因為我錯過了一班社區交通車。然後，有個人讓我搭了他的便車。而這個讓我搭便車的人，卻必須在某個療養院暫停一下，因為他跟那裡的職員發生了一點糾紛。就是因為這樣，我才會在晚上八點進入了那家療養院；而也就是在那天晚上所看到的事情，讓我寫出了那篇故事。

不做準備的準備

當我做訪談時，從來不會把受訪者帶到餐廳去吃飯。因為這基本上可以說是一個記者所能做的最糟糕的事。相反的，你得**待在他們的地盤上**，在他們的世界裡採訪他們。這樣一來，如果他們對你說，「我現在得去幼稚園接孩子了，然後還得去一趟雜貨店買點東西。」你就可以說，「好啊，我可以在我們坐公車的時候寫點東西」。也就是說，我不僅僅是聽他們講故事，還觀察他們怎麼過日子。我要找出的真相，其實就存在於他們所說的故事和他們真實生活之間的辯證中。

當你要進行這種採訪時，你所要準備的方式就是**不做準備**，比如說，不要一天安排三個採訪。《華盛頓郵報》的攝影記者卡蘿．古齊（Carol Guzy）總喜歡說，「當你去喝咖啡的時候，記得帶著帳篷」。至於我，會隨身帶著一個大包包，這樣的話，萬一什麼時候我必須跳上一輛公車去喬治亞州，我就可以立刻上路。一旦決定從事這份工作，你就很難三心二意地做，你很難要求：「我得每天五點準時下班回家。」事實上，這也的確給我們很多同行帶來了很實際的家庭問題。

不過，隨著時間推進，報導慢慢會變得不那麼困難。我在《芝加哥論壇報》（*Chicago Tribune*）的一位朋友是這麼說的：「好奇心就跟肌肉一樣，你越用就越強大。」你越是強迫自己走出去，到外面的世界去碰運氣；當你打電話給公關部門，讓他們給你越來越多本來不想給的資料，那麼，做報導這事就會變得越來越容易，你也會越發覺得樂趣無窮。而這份樂趣與熱情，在你真正深入寫作時，就會自然展露出來。

然而，雖然報導會隨著時間的推移變得越來越容易，但寫作是否同樣如此，我卻不敢保證。對我來說，它看起來還是很難。而其中最難的，就是如何能夠讓讀者不把你的文章扔在一邊，而改變心意去喝個小酒。要做到這一點，你就必須做出取捨，而且得是以積極的方式取捨。

三個深度案例勝過二十個

事實上，寫作中有很多事會讓你痛苦，而其中最痛苦的，就是那些你在故事中**不能**說的東西。這裡，我想到的是那些在華盛頓特區療養院體系被草菅人命的人們和他們那些可怕的故事。而我所做的取捨，就是不把它們全部寫進我的報導中。因為，透過我對觀察各類型讀者對敘事性故事的反應，我建立起一個信念：三個表述清楚、鞭辟入裡的案例——但背後必須有一組精準尖銳、指向某個更大問題的證據為支撐——遠勝過二十個只說出問題卻無法指出解答的案例。一篇報導以一個、兩個，或者三個部分來呈現，要比切成十六個部分更有效果。

關於寫報導，我們經常把它分為兩個流程：採訪以及寫作。其實，這中間漏掉了第三個部分：思考。在寫作過程中，我會花大量時間反覆思考我的主題和故事，並且問自己這樣一個問題：**這其中哪些面向是能引起讀者直覺感受的？又有哪些面向點出了有意義的東西？**

當我做這樣的思考，或者說是一種萃取過程時，我會跟許多朋友聊——不是我的記者朋友，而是各行各業的人：畫家、詩人或股票經紀人。我仔細聽取他們的意見，看看他們對哪些部分感興趣，哪些部分又會激怒他們。我會用幾句話總結我這一天做的報導，然後聽聽他們會追問些什麼樣的問題。透過這些問題和回應，你會越來越接近那些你應該在故事中呈現出來、最重要的意念和論證內容。一旦你清楚整件事的核心所在，就能夠對如何萃取和安排你的故事的各個部分，更有把握。

高難度的採訪，也是孤獨的新聞工作。我曾經搭乘灰狗巴士橫越美國南部去採訪。那一次，孟菲斯車站就是我的「凱悅大飯店」。結果，我的背部痠疼，屁股刺痛，整整四天，我窩在孟菲斯車站，沒睡過一夜好覺。可是，無論是思想上還是情緒上，我一點都不覺得無聊——事實上，我的狀態跟無聊截然不同。確實，這是一份高壓的工作。可是，當你讀到亞當・霍克希爾德（Adam Hochschild）、比辛格（H. G. Bissinger）、達爾塞・弗雷（Darcy Frey）、瓊・蒂蒂安[13]、潔西卡・密特福德（Jessica Mitford）、李布林（A. J. Liebling）的作品，或者其他任何一位在這份工作上長期耕耘的作者寫出來的出色作品，你就一定能懂得，這實際上也是一份能讓你的心智得到發展、生命得以提升，且超級有趣的工作。

13 Joan Didion（一九三四—），美國知名小說家、傳記作家、散文家，著有《奇想之年》（*The Year of Magical Thinking*）、《藍色的夜》（*Blue Nights*）等。前者曾獲美國國家圖書獎。

第 2 章

找到寫作主題

在你能夠建構起一篇真實的敘事報導、塑造出一個個性鮮明的主人翁，或辨識出一個主題——乃至於在你意識到自己手上有一個可用的題材之前，你必須先進行**報導**（report）。這個流程的起點往往是從經驗中搜集資料開始。

本章可說是本書最重要的部分，包含了技巧上和實務上的各種複雜範疇，如：憑直覺發現可能適當的主題，在茫茫世界找出正確的地點切入這個主題，與你在現場遇見的人建立工作關係，以及說明構成現實世界的那些錯綜複雜、層出不窮的失序行為。作者必須將觀察和資料轉化為個人的理解，進而找出策略，以便將這種理解傳達給讀者。

本章不再贅述一般性的報導原則，已經有太多的書討論過這方面。本書從出色的報導者身上歸納並萃取他們所觀察、體驗以及思考的精華。他們將分享自己是如何設計主題、找出適當的報導和調查研究地點、長期駐紮、記錄現場、進行解讀、加入背景調查和他們自身的才智，從而最終開始動筆寫作。

本章中出現的作者都曾經為美國頂尖報紙和雜誌擔任主筆或編輯工作，寫過得獎的書，並在一些知名的新聞學院授課。他們的工作方式各異，筆下各自呈現不同的世界，擁有不同的讀者，然而卻都有著共同的基礎：報導。

一個擁有好故事點子的敘事作家，就好比一個白手起家的創業者。直到故事被印出來以前，作者都將承擔最主要的風險。甚至那些在雜誌社或報社任職的正式記者，在撰寫故事的過程當中，相當程度上依然是個獨立的工作者——特別是那些出於作者本人意願進行的報導。紀實寫作可以是藝術的、有人性的、甚至是詩意的，然而它卻也是一種非常個人化的商業議題。

本章作者群都在用他們的腦、他們的心，和他們深刻的務實精神來寫出以下這些文章。

（馬克・克雷默、溫蒂・考爾）

主題：作者自我檢視的七個問題

萊恩．德葛列格里[1]

對於一個寫作者來說，他要怎麼判斷一個新聞故事到底值不值得報導呢？

首先，這個故事必須有某些正要展開的情節（action）。也就是說，在這個故事裡，必須得**發生了**某些事情——這樣故事才能從一個點進展到另一個點。而要能跟上進度，也就是那些正在展開的情節，記者就必須親臨現場。你幾乎不可能光靠守在電話機旁就能把報導給寫出來。你需要到現場去——去聞、去嘗、去聽人們的對話、去觀察他們的肢體語言、去看著那些將被你寫進報導的人的眼睛。

其次，一個作者必須能夠得到受訪者為你開出一條「門路」。比如，如果你跟人聊天，他們是否會向你敞開心扉？他們會同意讓你跟他回家、讓你看看他的衣櫥和冰箱裡都放著些什麼嗎？如果你自己無法取得這種門路，那你就得另找一個跟受訪者比較親近的人，一個有辦法提供這類內幕的人。否則，最後基本上終將徒勞無功。

如果這兩個條件看起來都具備了，我就會問自己下面七個問題（注意：這是在向編輯提交寫作計畫以及擬訂寫作預算以前，就會問自己的）：

一、我能不能跟著受訪者開車出去、走路、開會，或者旁聽庭審、參加葬禮？

故事是跟著情節走的。那麼，對於一個已經排定進度的事件，我能不能從頭到尾堅持只作壁上觀呢？一般來說，如果做訪談，我會把時間安排在事件之前或之後，不會讓訪談打斷情節。如果我的受訪者有一些例行性行程，我也會跟著這個行程走。我會看著那個人去做他的事，而那些事很可能我本來絕對想不到要去問他的。當然，如果沒有任何事情發生，我會**製造**出一些事來。我會跟這個人一起翻翻相簿，在他記憶的小徑上一起漫步。任何能讓這個人動起來或放鬆下來的事，都會為我的採訪筆記增添一點素材。

二、是不是有什麼事要發生了？

如果有某個將要發生的情節我無法到場，那麼，是不是有什麼**已經**發生、重要的事件呢？如果有，那麼我能不能把視線轉回到過去，去見證一下這件事對我現在要寫的這個人或這個故事造成了什麼樣的影響？那些重要事件是不是有錄影或者照片資料？

三、這個地點、這個行動，或者這個人，是重要的嗎？

我應該把焦點放在什麼地方？現在的這個場景，或眼前這些舉動，是最重要的嗎？這一段屬於「尋找人生答案」的拼圖之一嗎？或者只是一個安靜的人的一段靜默時光？

四、我的受訪者和其他人之間會不會有互動？

文章裡有對話，讀起來會更有趣；它也比我跟受訪者之間那種一問一答的形式要真實生動得多。我會想要知道，這個我正要寫的人，會不會帶他的祖母外出吃飯。如果會，那我會想跟他們一起去，然後聽聽他們之間自然對話的方式，而不是那種字斟句酌地正經回答我的提問時的說話方式。

1 萊恩・德葛列格里（Lane Gegregory），《聖彼德堡時報》專題作者，她的作品曾獲得ASNE（美國報紙編輯協會）、NABJ（全美黑人記者協會）和AASFE（美國星期日特寫編輯協會）等獎項。

五、這個故事，我是想圍繞一個單一的場景來寫，還是只寫一個五分鐘的場景？是要寫一整天的活動，或者是一個人的某一段時期？

我曾經寫過一個變性人的故事，之前我跟訪她長達十個月。剛開始，我的計畫是只跟到她做完除毛就結束，可是……後來我又跟她去更名改姓……再後來又看著她把衣櫥裡的衣服全部換新……之後，她用那雙新塗上指甲油的手給自己的車換了機油——我就這麼一直跟了下去。她其實很孤獨，沒有什麼真正的朋友，也沒有什麼熟人會接受她。我確實看到當她走在街上時，旁人所表現出的那種驚訝的反應。可是，這種事沒法寫啊。

於是我就等。等啊等。終於有一天，她到監理所換發駕照——因為外貌變了，便需要更新駕照上的照片，同時也要把名字從安德魯改成梅達琳。我們兩人在那個辦公室待了兩個小時——其中排隊花了一個小時。在那裡，人們必須跟她產生互動。事實上，當我坐下來開始寫這個故事時，這一幕成了我唯一需要的場景。十個月的跟訪，壓縮成了在監理所辦駕照的這兩個小時。

六、故事中的人物，是不是經歷了某種「頓悟」？

故事中的人物，是否對自己有了什麼新領悟？還是，他們對自己在世界上的位置感到更困惑了？當故事結束時，他們究竟意識到或沒有意識到什麼？

七、這個故事的「大概念」（big idea）是什麼？

我之所以要問自己這個問題，是因為我的編輯就經常這麼問我。下面就是一個例子：我曾經寫過一個故事，有個人在一間酒吧裡對他的哥兒們說，他被兩個女孩給耍了。這個故事有什麼重要呢？它又透露出我們社會文化的哪些事情呢？我會說：這對於「講故事的重要性」這件事，提供了一個普世性的真理。

真理就藏在剛才那個場景中：一群人在酒吧裡拱著某個人，要他講個故事。他們這些人在結束一天的工作後，走進酒吧逗留片刻。在來到這裡之前，他們可能在開垃圾車；離開這裡之後，他們得回家餵狗、做晚飯、付帳單。這段逗留在酒吧的時光，卻是他們打破生活常軌，暫時喘口氣、屬於他們自己的時間。

如果你能在一個故事裡發現一個帶有普世性的真理，哪怕這個真理很白痴，白痴到像「人就是喜歡在酒吧裡攪和一下」這種結論，也是很重要的。當你從普世性真理這種層面去思考時，你就是把你的議題放進了一個架構裡，有了這個架構，你的主題就不再僅僅是某家酒吧裡的某個人，而是變成了某種人人都能理解和體會的象徵或者符號。

當我找到了這種意義，並且把它和一組情節連結在一起時，我知道，我已經得到了一個敘事性報導。

主題：編輯檢視作品的七個問題

珍．溫珀恩[2]

在我們的編輯部，大家經常會去讀別家報紙寫得很棒的敘事性報導，然後我們會想，「他們是怎麼想到去寫這個的？」有時我們甚至會打電話給作者，直接問他們。最後，我們意識到，其實可以開發出一套原則方法，用這套原則來找出一個故事該談些什麼概念。於是，我們設計出了一套問題。當然，就像記者詹

2　珍．溫珀恩（Jan Winburn），曾是《費城詢問報》（*Philadelphia Znguirer*）、《哈特福德新聞報》（*Hartford Courant*）和《巴爾的摩太陽報》（*Baltimore Sun*）的編輯，目前在《亞特蘭大憲法報》（*Atlanta Journal-Constitution*）工作。她編輯的故事得過普立茲獎和ASNE獎。

姆斯·斯圖爾特[3]所說的：「什麼才是聰明的問題？」下面就是我們自己在用的七個聰明問題：

一、什麼是各時代中恆久的議題？什麼是具有普世性的主題？

對於敘事性寫作來說，這個問題後面緊跟著另一個問題：如何才能讓讀者從他個人的人生中察覺出這些議題？舉個例子：死刑就是一個恆久的議題。它不僅出現在二十五年前的新聞頭條，即使在今天起的二十五年後，它也仍然會占據頭條版面。對於這種重要且具恆久性的議題來說，如果能以一種新鮮的方式去呈現它，那它就永遠不會不合時宜。所以，當DNA被採信為謀殺案的有效證據開始，我就在想，「那些差一點被判處死刑的冤案受害者，他們會用這意外獲得的第二條命來做些什麼事呢？」

我想找到這麼一個人，是那批最早因為DNA證據而被無罪釋放的其中一人。我找了一個記者，讓他去寫那個人是如何利用自己的第二人生。結果故事出乎我的意料。我本以為那個人會離開他原來的居住地，盡可能遠離有人認識他的地方；結果那個人卻直接回到馬里蘭州東岸，跟著他父親去跑船。

二、比起已經被登在頭條新聞的人，是不是還有其他人跟他過一樣的日子？從一般人的經驗和角度來看，這樣一個新的頭條故事，會不會比原來的更容易理解？

比如，當莫妮卡·陸文斯基[4]還在新聞熱頭上時，一個記者可以去查查其他白宮實習生的私人生活。

三、這個新聞是不是有什麼寓意？與之相反的話，是不是也會有故事？

我們寫的東西，裡面其實有各種看似順理成章的常理。但有時候，你卻可以從這些常理中挑出一個，看看它的反面有什麼，也許就能找到故事。《紐約時報》有一個記者叫德克·詹森（Dirk Johnson），他是我最欣賞的記者之一。他曾寫過一篇文章〈金錢萬能，卻不屬於她〉（When Money Is Everything, Except Hers）。那是在一九九〇年代，正逢美國經濟高速成長時期，他採訪的地點是伊利諾州的迪克森市。這裡是美國前總統雷根的故鄉，一個按理說應該很繁榮的地方，然而他卻報導了當地一個生活窮困的女孩。

四、什麼地方值得深挖？什麼地方需要把鏡頭推近給特寫？還有什麼地方仍然沒說清楚？

當一個故事已經被大量報導時，你就得把鏡頭換個方向。你得從那種廣角的、新聞收集的角度，慢慢的把鏡頭拉近，去找出那個還沒被談過的特寫議題。

五、在這個大故事裡，是不是還有哪兒是模稜兩可的？

要找到那種被作家蓋瑞・史密斯（Gary Smith）稱為「**情感的真相**」（emotional truth）的東西。一九九四年十月的某個夜裡，巴爾的摩一位名叫赫特（Nathaniel Hurt）的六十二歲男性，跑到自家陽台，朝著黑壓壓的地面開了四槍，結果導致一位十三歲男孩死亡。赫特所住的地方，是那種在光天化日下就有人在買賣毒品，孩子們會偷車、闖進民宅偷東西的地區。那麼，問題在於，赫特是個什麼樣的人呢？他代表的是那種因身陷一座困頓的城市，不堪其擾以致暴走？或是非法採取私刑的行為？

事件發生後八個月，當對赫特的判決確定之後，《巴爾的摩太陽報》的特稿作者蘿拉・李普曼（Laura Lippnan）在赫特家裡採訪了他。在赫特家裡，她看到了被塑膠墊子保護得好好的、整潔如新的地毯，以及乳白色的沙發。赫特對她重述了那天晚上的事。她的報導，則揭露了某些從未為人所知的東西：這個人本身。「聽著赫特說的那些話，」她寫道，「你才開始真正理解，什麼叫作不諉過」。

3 James B. Stewart，一九八八年因在《華爾街日報》發表股市動盪和內部交易的報導，獲得普立茲說明性新聞獎。

4 Monica Lewinsky，在白宮當實習生時，曾與美國前總統柯林頓鬧出性醜聞。

六、還有什麼沒被說出的背景故事？

二〇〇二年，當約瑟．波欽斯基（Joseph Palczynski）的女朋友跟他分手之後，他在巴爾的摩展開了一場頗為狂暴的行動。他綁架女朋友，並且殺死了四個試圖阻止他的人，還把她的家人當成人質。整個事件持續時間超過兩個禮拜，最後以員警將波欽斯基擊斃收場。這故事一開始，媒體僅將其歸為家庭暴力事件來報導，可是因為整個故事太過複雜，真正的事實卻差點被遺漏了。不過，《巴爾的摩太陽報》的四位記者卻看到了這件事與波欽斯基的六位前女友之間可能存在的關係——原來這六個女友都被波欽斯基虐待過。最後，透過一一找出長達十三年的證據，這些記者拼圖出一個令人不寒而慄的故事，這個故事指出：毆打女性並威脅其家人，其實是波欽斯基長久以來一直存在的行為模式。

七、一個故事的結束，會不會是另一個故事的開始？

一個故事的結束，同時也代表著某些正要展開的故事的開始。一個農婦在一場住家火災中失去了丈夫，這是一個故事的結局，但卻是另一個故事的開始：她孤身一人如何在農場上繼續生活？我們也確實報導了有關她頭一年如何自己在農場上生活。

記者和編輯應該向自己提出上面這些問題，然後**去聽**。聽一聽你周遭的人會跟你說什麼。你得讓自己保持在一種開放的狀態，不要一頭栽進報紙雜誌裡就不出來了。有時候，我會強迫自己不再讀報紙，因為我覺得自己好像變得很難打開腦袋裡的另外那個小房間——那個能夠從生活中得到各種想法的小房間。

準備：給記者的十個提醒

馬克．克雷默[5]

當你在寫作時，特別是當寫的是紀實性敘事文章時，你為讀者所創造的，是一連串知性和感性的經驗。當然，從作者自己的角度來看，你確實同時還在做些別的事：說明一個事件、創作一個白紙黑字的記錄、傳遞一組訊息、說明該訊息的來源，或者，從事一種（按照我高中老師的話來說就是）「展示成品」（showing your work）的活動。不過，不管這些「別的事」是什麼，有一個事實是不會改變的。那就是，**當你的讀者在閱讀你的作品時，得到的是一連串知性與感性的經驗**。事實上，如果這份經驗不是很愉悅或者很令人興奮的話，他們就不會讀下去了。

所以，為了讓讀者願意一直讀下去，你就必須創造出一種值得繼續體驗而且合邏輯的作品。因為，敘事文章中的角色，會透過一個經歷或者一連串的經歷而採取行動。無論作者設定了什麼樣的主題和故事大綱，故事裡的角色在敘事中所採取的行動都有其連貫性。事實上，在敘事寫作中，人物角色會隨著時間的推移而行動，事件也因此得以展開。然而，為了寫出一個有邏輯組織的故事，作者必須透過一個、一個小主題來呈現，而不完全是按照時間序來寫。為了達到這個任務，作者必須同時收集與主題相關的所有訊息**以及**所有的行動。正因為如此，與一般的新聞相較，紀實敘事就會需要一種不同的風格。下面就是我們所建議的十個步驟：

5 參見15頁。

一、在選定一個主題之前，仔細思考到底什麼才能吸引讀者

故事的概念非常關鍵。這個主題，它的情感溫度是高還是低？讀者對於張力強的故事會投入更多的情感。最常見的高張力新聞比如小嬰兒陷入險境——車子被偷開走了，但後座還有一個嬰兒。這樣的一則新聞，毫不費力就能引起讀者關切。因為這是人類的天性，我們天生就被設定成這樣。只要你能成功的讓讀者進入並且關注這個故事，那他已盡在你的掌握之中了。到了這時候，你就可以暫時把筆鋒岔開，去寫某些背景資訊。事實上，這時候無論你寫什麼，讀者都不會介意。其實，具有高情感張力的故事，既不需要交代太多背景或前因後果，也不需要去刻畫人物。

相對的，如果一個主題的情感張力比較低，那就比較難寫一點。在這種情況下，作者就不得不運用另外一些工具，比如，你得寫得更好。在敘事性寫作中，最沒勁的話題大概非描寫岩石的流動這件事莫屬——可是約翰．麥克菲[6]卻寫了四本這樣的書。要找出麥克菲讓讀者保持閱讀興趣的秘密，你可以做以下一個小練習，會很有幫助。比如，他有一本書叫《盆地與山脈》（*Basin and Range*）。你可以在看這本書時，隨時把你腦子出現的任何問題記錄在書頁四周的空白處。然後你會發現，幾乎每讀到下一頁，你的問題就會換成另外一個；而且，麥克菲會很有技巧的把它們安排在合適的地方出現，跟他那些犀利的插圖、強烈的刻畫以及各式各樣的逸聞趣事融合在一起。不僅如此，你會發現，你那些不斷冒出來的問題，可能並不是跟整本書的大主題緊緊相扣的，往往只是一些小片拼圖。他之所以這樣做，其實就是為了讓讀者在看他描述這個岩石流動的大主題時，能夠願意持續跟著他的思路走。

二、在選定一個好的主題後，要確保也有好的「門路」

比方說，現在你想去三個地方：巴黎、布宜諾斯艾利斯，或者博伊西（愛荷華州首府）。可是，在巴

黎和布宜諾斯艾利斯這兩個地方，你並沒有認識的人；相反的，你倒是認識一個老家在博伊西，而且十分有趣的人；那麼，你就應該去博伊西。「門路」是一切。因為，如果你沒有門路能讓你足夠深入地進入人們的生活中，那麼，哪怕是最好的點子，寫出來也只會是個糟糕的故事。要取得這種門路，需要的是魅力、勇氣，還有面對任何事情都沉著從容的能力。事實上，當你在一個潛在受訪者的帶領下進入一個世界時，**你所獲得的東西能有多豐富，其實取決於你自己能帶給受訪者多少東西**。如果你自己就頭腦簡單又笨手笨腳，那你從他那裡所能接收到的，也就不過是那些最基本的、表面的、應酬性的東西。所以，你應該事先做好功課：你知道得越多，你就越能享受到那種「自己人」的待遇。

總之，不管你要寫的故事是什麼，你都必須得找到門路來連結到人，也就是說，它得能通向或者達到亨利・詹姆斯[7]所說的「**有感受的生活**」（felt life）層面。在《貴婦的肖像》一書的前言中，亨利・詹姆斯談到，「藝術作品中的『道德』感，端視作家在創作的過程中，有多關注於那種有感受的生活。」所謂「有感受的生活」，就是你在採訪了一天之後從受訪者身上所得到的那種非正式理解的層面。

你坐在你的床邊，你的狗也累了，當你的另一半對你說，「今天過得怎麼樣？」你回答說，「那個修馬路的工頭是個真正的混蛋，粗俗不堪又剛愎自用。不過，話說回來，他的確也還不賴。」然後，第二天你在編輯部寫下：「道路施工負責人昨天宣布，將對霍姆斯和十四大道交叉口進行整修。」

---

6 John McPhee，曾是美國《紐約客》著名專欄作家，後鑽研地質學，所著《前世界年鑑》（*Annals of the Former World*）獲一九九九年普立茲獎。

7 Henry James（一八四三—一九一六），出身紐約上流社會，橫跨歐美文壇，聲譽崇隆的小說家，長居英國後入籍。被公認為現代心理分析小說及二十世紀意識流小說的先驅。代表作有《黛絲・米勒》（*Daisy Miller*）、《梅西的世界》（*What Maisie Knew*）、《貴婦的肖像》（*The Portrait of a Lady*）、《碧盧冤孽》（*The Turn of the Screw*）等。一九九六年美國藍燈書屋評選二十世紀百大小說，亨利・詹姆斯就有三部作品入選。

你寫的只是新聞，但敘事報導則需要寫出有感受的生活層面，而它是非常難以取得的。當你打電話給一位外科醫師說，「我聽說您將進行一項新的頸部手術，我想對此有更多了解。」他往往會回答，「沒問題。週四下午兩點我有空，我們可以喝個咖啡。」這個時候，你應該說的是，「我不是想做採訪，我只是想看看您平常的一天是怎麼過的。要不然週三您上班的時間怎麼樣？我不會打擾您的，就是跟著轉轉。」

但如果你能找到這個門路，是因為那位外科醫師其實正好是你的舅舅，那你最好打消主意。因為，這其實是一個已經**被污染**的門路。比如說，你後來發現這位醫生舅舅其實感覺遲鈍、極端自我，而且，他這個特點又與你要說的故事有關，但現在你卻不能把這點放到你的故事裡去——總得考慮一下別惹惱你母親吧。所以，結論是，你需要的是一個跟你沒那麼親的朋友的舅舅。

三、找出能提供敘事線且正要展開的情節

搞定門路之後，你就得為展開中的情節找到好案例。問問你的消息來源他下週的行程如何，看看裡面有沒有一些你可以跟著她一起去的有趣事情。只有等到你真的到了現場、真的看到各種事情，你才會知道故事的真正主旨會是什麼。這裡所說的**主旨**，還不是指寫作的主題、地點或者主要人物，它指的是故事的中心思想，一種更深層次的東西。

在寫作時，你並不一定要按照時間順序來寫，但是不管你怎麼安排內容順序，都必須是對讀者有意義的。比如，以記者蒐集資料的時間先後順序來寫，絕對不會是什麼好故事。整個故事必須讓一個無知的人（也就是記者）如何變得不再那麼無知，因此你的敘事焦點應該放在受訪者的生活上。當然，你不能捏造各個事件發生的前後順序，可是，你的故事卻可以從整件事的結尾開始倒敘——只要讀者明白你在做什麼就好。

四、在情節裡尋找能提示人物性格的細節

我曾經寫過一篇報導，主角是位製作船模型的老人，他做事一絲不苟且非常聰明，不過脾氣卻不怎麼好，這一點他自己也承認。他有個兒子是相當知名的作家，也曾經私下對他父親這種自行其是的褊狹性格頗有微詞。這些人格特質，最後變成了整個報導的核心。

五、透過細緻的感受來找出合適的場景細節

看到的、聽到的、聞到的、碰觸到的以及品嘗到的東西，能夠讓你建構起有張力的場景；而這些場景，回過頭來又會讓你在寫作時具有一種臨場感。寫敘事報導的新手，經常會設定出太平凡的場景，或者相反的在一個場景中堆積太多細節。你應該要讓讀者能夠感受到體積、空間和大小，但不要企圖用文字搭出一個立體布景。

如果你想要重建的那件事發生在很久以前，或者只要你不曾親眼看到那個場景，那麼你就應該去問你的受訪者，請他們幫助你。不要寫出這樣的句子：「喬治回憶起，他當時在雪地裡長途跋涉」。你要去跟喬治說：「我下面要做的事情可能有點奇怪。我會問你一連串的問題，都是關於過去某個時刻可能不怎麼重要的細節。不過，要是你能回答這些問題，就能幫我為讀者建立起更完整的場景。」最後，如果你無法證實這個人的記憶都是正確的，那麼你至少得在文本中寫明，這些都只是憑他個人的記憶所及。

六、你要去探索的是受訪對象的情感經驗，而不是你自己的

當我第一次走進一間手術室時（那時我正在寫一本關於外科醫師的書），我是這麼想的，「呃，血！太殘忍了！」可是，我寫到的所有人，並沒有任何一位曾說過類似「呃，血！」的話。我之所以要把自己當

時的感受記錄下來，是因為這些感受能複製出讀者在那個故事當下的感受。儘管如此，對我來說，更重要的是去觀察並且記錄下那位外科醫師和手術室中其他人所說、所想還有所感受到的東西。我確實會考慮讀者的反應，但是，我必須要做的，則是表達出這些人有什麼反應。

七、對故事的社會背景做嚴謹的調查研究

敘事性報導會存在於某個社會背景、經濟背景，以及其他各種環境背景下。正因為如此，調查研究工作是必不可少的。你有時必須從向前推進的敘事中岔開來，提供必要的背景資訊，來為你的故事設定一個框架。比如說，一個家庭農場如何掙扎求存的普通故事，如果加上作者經濟學上的解釋，說明家庭農場為什麼會難以存活，故事就會變得更加有力。

如果你在開始進行報導之前都沒有做任何調查研究，那你就得冒只聽取片面之詞的風險。不過，一開始，你並不需要做完所有的研究工作，只需要做到能從中得到一個採訪方向的程度就夠了。然後你就著手進行採訪，等大部分採訪工作完成以後再來做。也就是說，你可以把大部分的研究工作，留到採訪的後期才做。因為到那個時候，你就可以只去找那些跟故事有關的資訊。反之，如果太早就想做好全面的調查研究工作，你會把範圍弄得太大而事倍功半。

八、在草稿完成以前，應把故事的要點清楚整理出來

所謂終點（destination），就是我高中英文老師稱為「主旨」（theme）的東西。事實上，直到我寫了十五年的文章之後，我才懂得老師說這個詞的意思。讓我回到我一開始的那個論點：敘事性寫作是以適當的邏輯序列，為讀者創造出一個知性與感性的經驗。所以，從一開始，讀者就一定會（1）對故事中的人物和事件產生一種情感態度；（2）能感受到之所以要告訴他這些事，一定是有某個有價值的理由。所以，

所有那些設定的場景，那些文字刻畫和背景資訊，都必須朝向一個終點。一個故事的結尾，必須帶給讀者某些收穫。

九、在寫作最後，釐清你和受訪者之間彼此觀點的差異

當我在寫《三個農場》（*Three Farms*）時，我可能確實對那些家庭農場所遭受的損失感到悲傷或者憤怒，但是，我還是得持平客觀的去寫那個大型農場公司的經理。一般而言，你不需要特意隱藏自己的觀點，可是，你必須首先確保讀者能理解受訪者的觀點。而且，既然你的文章總要發表在什麼媒體，而這個媒體總會有一些關於「平衡報導」的規矩，那麼這則建議就能幫助你自我檢視。事實上，不同的雜誌，這方面的規矩可能是不一樣的。《國家》（*The Nation*）雜誌的規矩，就跟《時代》雜誌的不一樣。

十、珍惜你在採訪過程中想到的隱喻，以及跟寫作架構有關的點子

當你坐在受訪者的倉庫、手術室或者廚房裡的時候，你可能會突然冒出一個靈感，比如，「哦，兄弟，我太喜歡這句話了，我可以拿它來引出那個重要的話題。」在那個當下，你會以為這個點子會像釘在留言板上的紙條那樣一直跟著你。不過，你的腦子可不是什麼留言板。所以，你得把你當時想到的東西給釘牢。你得記下來，寫下關於如何寫這篇東西的筆記。

該不該錄音？看法一：有助於外語採訪 ▼ 亞當．霍克希爾德[8]

我深深感謝人類發明了錄音機這個東西。我們這一行，在沒有錄音設備以前，工作起來要困難得多。錄音機讓我能夠同時做好幾件事，以音軌來記錄，比我記的筆記要精準得多。與此同時，它讓

我得以在採訪時不用一直做筆記，而可以記下現場的種種細節——受訪者穿什麼衣服，書架上放著什麼書，牆上掛著什麼畫，從窗戶看出去能看見什麼，以及受訪者說話時的表情、姿態手勢以及動作。我發現，受訪者幾乎不會感覺到有一台錄音機在工作，特別是，當我在打開它開始錄音時，並不會打斷跟受訪者的視線接觸。

我曾經寫過一本談俄國人如何懷念史達林遺風的書，那本書的所有訪談都是以俄語進行。我的俄語並不算流利，別人說的話有的能全聽懂，有時聽不太懂。在這種情況下，我想出了一個辦法——後來才發現在莫斯科的美國記者都是這麼做的——也就是把訪談先錄下來，然後再找一個精通英語的俄國人，請她把訪談錄音翻譯成英文。這樣一來，我就得到一份非常棒的英文文字稿。原來裡頭還有很多我都不知道自己已經採集到的有趣資料。

該不該錄音？看法二：會讓記者犯懶 ▼ 雅基．巴納金斯基[9]

當我還在當記者時，我傾向不做錄音。事實上，一台錄音機的侵略性，不亞於記者的筆記本。錄音機還會讓我的腦子犯懶——我的腦子會恍神，因為我知道它已經都錄下來了。

當我真的用了錄音機，回到編輯部想把它謄寫下來時，我的工作進度會變得異常緩慢。在做訪談時，我的腦子會對資訊進行過濾，直搗故事的核心。但是我發現，當我透過聽錄音來謄寫內容時，感覺就像是把我那些本來已經過濾和萃取出來的資訊，又完全從我腦子裡刪除一樣。結果就是，我又掉回那一大片訪談資訊裡去了——而不是那些我本來已經挑選出來的重要資訊。這就等於我把事情從頭再做了一遍。

如果你有著如鋼鐵般堅定的意志，能夠不依賴錄音，也禁得起謄寫錄音檔的苦工，那我就會說，就去錄音吧。如果只是這樣，那使用錄音機也算有個好理由。但是，問題是，使用錄音機還會產生另外兩個風險，而且是那種很微妙的風險。首先，如果你錄了音，然後把錄音跟你的筆記做個比較，你會發現筆記上的記錄，其實很多並不是那麼準確。其次，如果你想直接從錄音檔上截取對方的引述句，那你基本上沒辦法擷取到任何完美的引述句。因為人們在說話時，往往說出來的並不是那種完美的句子，他們會又「嗯」又「啊」的，還會省掉主詞和代名詞。反過來，當我記筆記時，我所記錄下來的引述句，雖說跟那個人說的不完全一樣，但卻會更接近正確的語法。

該不該錄音？看法三：作為備用選項 ▼ 喬恩．富蘭克林[10]

我在各種場合都會錄音。很多時候我也並不會去聽這些錄音，但把它當成一種備用選項：如果需要就會有得聽。在訪談時，我不會寫很多筆記，除非話題是那種非常技術性或我不太熟悉的東西。一般來說，我會記下幾句引述句，但多半都是用自己的語言來記下對方的意思。我會寫下一些對話，因為會大量用到。隨著做這行的時間越長，我變得更善於記憶——只要很清楚我的故事要寫些什麼。當你第一次出門採訪時，最好帶上一台錄音機，同時也要做筆記，還要花很多力氣去記住採訪內容；因為，即使有筆記和錄音機，你可能還是沒辦法得到你需要的所有東西。

---

8 亞當．霍克希爾德（Adam Hochschild），《瓊斯媽媽》（*Mother Jones*）雜誌創始人之一。所著《李奧波爾多國王的鬼魂》（*King Leopold's Ghost*）進入NBCC（全美書評人協會）獎決選名單，《埋葬鎖鏈》（*Bury the Chains*）進入美國國家圖書獎（National Book Award）決選名單。並曾獲得萊南文學獎（Lannan Literary Award），現於加州柏克萊大學教授寫作課。

9 參見19頁。

10 喬恩．富蘭克林（Jon Franklin），曾獲得普立茲獎首次頒發的專題寫作獎（一九七九年）和說明性新聞獎（一九八五年）。在大學教授創意寫作及新聞寫作，現任教於馬里蘭州立大學。

該不該錄音？看法四：「傾聽想法」更重要

蓋伊．塔利斯[11]

我不用錄音機。我主張聽的時候耐心傾聽，努力掌握住那個人到底在想什麼，努力從那個人的角度去看世界。我不一定需要在意他們從嘴巴吐出來的每一個字，人們從嘴巴說出來的每個字，並不一定真的能代表他的觀點，特別是當他們知道有一台錄音機正在錄音的時候。

一九五〇到一九六〇年代，當我還在《紐約時報》工作時，錄音機還不是很普及。也就從那以後，新聞報導便開始充斥著太多的問答式訪談。實際上，錄音機造就了一種紙上的談話性廣播，一種傳達重要人物思想的「草稿」。有了錄音機，一切就都可檢驗了——的確，這是律師們所樂見的。但是，當我要去了解一個人的時候，當我跟他們和在一起、傾聽他們的時候，我所要做的卻是把他們塑造成活生生、可驗證的人物。

訪談：建立「速成的親密關係」

伊莎貝爾．威克遜[12]

如果一說到「訪談」就只是指像邁克．華萊士（Mike Wallace）[13]所做的那種訪談，那我並不太做訪談。因為，如果有一個故事是關於一個十歲小孩的，那我們講這個故事的目的，應該不是要把這孩子狠狠懲戒一番。同樣的，你也不能直接跑到一個九十歲的人面前，劈頭就問：「一九四二年十一月十八日當天，你是不是得到了一張第四十三街的停車券？」我的工作需要我跟平凡人在一起，在那些不平凡的環境裡相處很長的時間。這就需要採用不同類型的訪談，並與受訪者建立起一種特殊的關係。

我必須與受訪者之間創造出那種我所謂的「速成的親密關係」（accelerated intimacy）。事實上，除非我們能從消息來源的嘴裡得到些東西，否則我們是寫不出那些我們夢寐以求的漂亮故事的。所以，必須要讓你的受訪者處在一種非常舒服的狀態，讓他因此願意**知無不言，言無不盡**。在新聞學院裡，沒人會用「**親密關係**」（relationship）[14]來指稱記者和他的消息來源之間，但的確類似這種關係。

同時，當你在思考這些關係時，別忘了也要好好思考一下，對受訪者而言，你自己的角色是什麼。為了贏得受訪者的信任，我會盡力把我最好的特質表現出來，並且在我和消息來源之間，形成一種自然的關係。由於我當時寫書的受訪對象，平均年齡是八十六歲，所以我在他們面前，就是扮演一個孫女輩的角色。

為了營造這種速成的親密關係，我只在必要時才會做正式的訪談。而且，只要能夠讓受訪者在談話的時候覺得舒服，我願意去做任何事。當然，在聊天的時候，我還是會問問題——實際上，我會問很多問題。但我同時也努力去做一個好的傾聽者。我會點頭，直視他們的眼睛，回應他們說的笑話——不管我是否真的覺得好笑。當他們認真起來的時候，我也會認真回應。

剝洋蔥式七階段訪談

我把這當成一種**引導式對話**（guided conversations）。在這種對話中，彼此整體上的互動，要比特定

11 參見23頁。

12 伊莎貝爾・威克遜（Isabel Wilkerson），首位獲得普立茲新聞類獎項的非裔美國女性，曾獲得古根漢獎、喬治波克新聞獎（George S. Polk Award）和NABJ年度記者獎。《大遷徙》（*The Great Migration*）一書的作者。

13 美國CBS電視《六十分鐘》主持人，以在採訪中提出直接、尖銳的問題而知名。

14 在英語裡，relationship有時指的是男女之間的曖昧關係。

的問答來得更重要。我會努力讓互動的過程盡可能令人愉悅，因為沒人會喜歡被連續拷問幾個小時。那種正式的訪談，對挖掘心靈並沒有什麼幫助。

人們經常把訪談的工作比喻成剝洋蔥。這個比喻雖然老套，不過還是具有指導性。想像一顆洋蔥：它的外皮乾燥且易碎，你得把這層剝下來扔掉。接下來的那層是有光澤的、有彈性且較柔軟的，有時甚至帶著一抹綠色。當然，你通常也不會使用這一層，除非你沒有別的部分可用了。你想要的是洋蔥的中心部分——那個清脆、嗆鼻，但又具有最鮮明且最純正風味的部分，那才是精華所在。這個部分並不需要用刀切得很碎，因為它本身已經很小，很精實了。事實上，因為它的品質和大小已經很完美，所以你可以直接把它扔進你要煮的任何食材裡頭去。

上面這些描述，對於訪談也同樣成立。從消息來源嘴裡說出來的第一件事，往往沒什麼用，就像洋蔥的外皮。不論何時，當你跟一個人坐下來談話時，總是希望能夠更快到達洋蔥的中心部分，而且越快越好。這就需要速成的親密關係。每一次訪談，每一種與消息來源之間的關係，都會經歷一個可預期的拋物線軌跡。這個拋物線會歷經七個階段，每個階段都內藏陷阱。如果你想讓別人告訴你他們心裡真正的想法，你就得確保自己不要在這七個階段走完之前提早放棄。

階段一：自我介紹

所有的一切都從自我介紹開始。你在街上伸手攔下一個人，或者，你打個電話過去，跟別人說明你想做什麼，又或者，你直接走進別人的地盤。當你攤開你的筆記本，但對方正在忙，對方或許不想談，或許想擺脫你。

階段二：調適

你們彼此互相試探。你丟出幾個最基本的引導性問題，想要讓球開始滾動起來。如果你要趕著截稿，你會盤算著，「我得到我需要的東西了嗎？」而被你訪談的那個人會想，「我真的想跟我眼前這個人談嗎？我有這麼閒嗎？」對方會慢慢習慣你做筆記這件事。她會盯著你的筆記本，而你會盯著你的錶。

階段三：連結的瞬間

你必須得跟這個人產生某種真正的連結，這樣才能加速你對她的了解。當她放下了手上的公事包，身體向後靠在椅背上的時候，就表示你們之間已經產生了連結。受訪者這時會想，「也許這次不會太差，我會多給他一點時間。」

很多訪談在開始沒多久就會被打斷，你還沒有得到太多收穫。其實那個時候，受訪者可能並沒有真的放下手上的公事包。你可能會認為，你已經得到了一個能用得上的引述句，但是我說了，最早從對方嘴裡冒出來的那些話，基本上不會有什麼價值。事實上，接受訪問這件事並不容易，所以，你得給受訪者一個機會，讓她能理清思緒。事實上，有些人需要三、四次機會才能真正說好一件事。說不定再多給她一點時間，她就能寫成詩了呢。

階段四：契合

在這個契合的階段，你會發現她多少有點享受這個互動的過程。你們雙方都融入了這段可能只是非常短暫的關係之中。

階段五：揭露

在這個階段，消息來源會感覺十分自在，願意非常坦誠或深入的告訴你一些事，甚至連她都不敢相信自己會跟你說這麼多。這當然是件非常好的事，但卻未必是你所期望的。因為，往往對方說的東西雖然對她自己很重要，但對你來說卻沒有什麼意義。也就是說，跟你要寫的東西沒有什麼關係。不過，不管怎樣，進入這個階段，就意味著你們兩人的關係到達了轉折點——一個與信任感有關的轉折點。它代表記者開始能夠得到想要訪談的東西了。

階段六：減速

訪談開始慢慢進入尾聲。你可能覺得已經從訪談中得到了你所能獲得的最好的東西，現在開始嘗試要結束這次訪談。你把筆記本推開，然後……怎麼回事？對方竟然還不想結束談話。因為，你們之間其實存在著一個隱形契約：你是記者，所以當消息來源說話的時候，你就得聽。

階段七：重新啟動

現在，對方才真的感覺她什麼都可以說了，而也正是在這種時刻，這次訪談中最棒的秘辛才會真正出現。隨著你的筆記本合上以後，突然之間，對方開始變得對你更加信任——而她自己甚至沒有意識到這一點。在這最後階段，對方變成願意積極主動地跟你合作。此時此刻，你已經抵達了洋蔥的中心部分。這個時候，你得盡全力把握機會，不要浪費一點一滴，因為它轉瞬即逝。如果你回到編輯部才發現還有其他問題是該問而沒問到的，等你再打電話過去時，那時的感覺已經不一樣了，你們之間的關係也已經改變了。

這一整套相互之間的交流互換，這個七階段的過程，可能花上五分鐘、五個小時，也可能是五個月。事實上，不管你寫的是一篇報紙文章，還是寫一本書，過程都是一樣的。

謙卑正直，保持同情心

那麼，一個記者要怎麼應對這種飛速進展的掏心掏肺呢？千萬不要引領你的受訪者，那一定會讓你陷入麻煩：如果你讓自己變成主導者，認為自己知道這到底是怎麼回事，然後你把它寫出來了，最後事實證明根本不是這樣，那麼，所有你在採訪中所做過的事，就會回來一直纏著你，讓你不得安寧。

在一次理想的訪談中，受訪者會覺得非常舒服，使得他很願意跟我分享一段經歷中的所有細節，而我只要聽就行了。理想狀態當然是這樣，可是，事情基本上從來都不會這麼簡單。因為，正如你是帶著動機去做這次訪談一樣，你的受訪者也是懷著他的動機接受訪談的。沒有一個人在跟媒體說話的時候，不是帶著某種動機的：一個要宣傳電影的明星，一個要競選公職的候選人，或者，一個尋求情緒發洩的人。

當我們在進行訪談時，態度必須非常謙卑；同時也要知道，當消息來源在跟我們說話時，他其實是在做一件了不起的事，哪怕有時候他自己並沒有意識到這一點。為了完成我的書，我把好多人從相對匿名的狀態中拉了出來。對於他們，我感覺到一種巨大的責任和義務，必須把他們的故事寫得很精準——不僅要精準，還得用一種公平、持中的方式去講。在這一點上，**你自己的正直、誠實以及同情心**，其實比什麼都重要。**同情心是對權力的一種制衡，有權力而沒有同情心，會讓你和對方的關係變成一種操縱性的關係**，而這是非常可怕的。

身為記者，和我們所寫的那些平凡人之間，存在著巨大的權力落差。當你自己的人生故事在某個星期天出現在《紐約時報》的頭版頭條，然後有超過一百萬人能夠知道你最內心的想法，我甚至無法想像那會是一種什麼情況。我們絕大多數的人都不會遇到這種事，所以我對那些做了這種事的人，總是懷抱著巨大的感激之情。因此，對那些願意讓自己成為社會中某種更大議題的代表人物，我們應該肯定他們的付出，這非常重要。事實上，跟他們給予我們的東西相比，他們所得到的回報是非常少的。

心理訪談

▼ 喬恩．富蘭克林[15]

所謂「心理訪談」，是把心理治療中的一種面談技術，借用在新聞採訪中：當一位心理治療師面對新患者時，她會進行一套詢問個人史（history-taking）的流程。作家們雖然也許不會把自己的那套做法稱為「心理訪談」，但他們採取這種訪談技巧也至少有一個世紀了。對於敘事報導的作者來說，這種訪談技巧能夠回答「**是什麼使得這個人變成他現在這個樣子？**」的問題：另外，受訪者對於這類深度訪談所表現出來的耐性，會比你想像的要大。在做這類訪談時，我會從詢問受訪者印象中最初的記憶開始，然後逐步進展到成年以後的時期。整個過程大概需要花上二到四個小時。

在整個訪談過程，無論什麼時候，你都不要讓受訪者把注意力放在你身上。這是整個技巧的關鍵。除非你是在鼓勵受訪者，否則不要說話。你可以用這樣一個問題開場：**你最初的記憶是什麼？**對一個人來說，最初的記憶是一個故事，它有時間、地點、主題、人物以及情緒。所以，最初的記憶並不是隨機的。如果有人跟你分享自己最初的記憶，那很可能是個非常關鍵的故事。實情可能並非完全如他的記憶，但是一個人所記得的東西，其實才是他**認為的真相**。

哪怕對方對最初的記憶並不特別適合你的故事，但也已經為你打開了一扇門。只要這個人告訴了你他的最初記憶，你就可以接下去問各種各樣的問題：**你家裡人是怎樣的？你是老大、老么還是排行中間？家裡的經濟狀況如何，富足還是貧困？你當時了解家裡的經濟狀況嗎？全家團聚的時候，會**

發生哪些事？你是由父母共同養大的嗎？你養過寵物嗎？我對所有這些事情都感興趣，也想知道他們家是否發生過什麼危機。

在訪談的這個階段，你要做的事是東碰碰、西探探，既要找出這個人都記得些**什麼**，也要注意這些事情是**如何**被他記住的。當你提問時，要問這個人的經歷和想法，而不要問他們的感覺和意見。透過對方自己講出來的故事，你就可以判斷其性格。跟著他的故事，逐步推進到他的成年時期。**你對你小學一、二年級的事，還記得什麼？跟我說說你的中學。你的功課怎樣？喜歡哪科？你們經常搬家嗎？你在學校受歡迎嗎？你有很多同性朋友或異性朋友嗎？**

人們為什麼要回答這些問題，而且還是一個陌生人提出來的？因為人們最感興趣的對象，其實就是他自己。除非面對的是一個心理醫師，否則你能跟誰完全坦誠告白？你媽媽？別開玩笑了，她的專業就是操縱你。你的另一半？**真的嗎？**所以，真相就是，沒有人。因此，作為一個訪談者，你擁有一個巨大的優勢，那就是你跟受訪者的人生毫無利益關係。沒錯，在某種意義上這確實是一個侵入性的過程，但是，在進行訪談時，我們是帶著尊重的，而且得到了受訪者的完全同意。

這種訪談，能夠讓你對受訪者產生某種特定的理解，唯有透過這種理解，你才能夠和他同情共感，才能把故事講深。等你掌握了充分的資訊以後——儘管經過受訪者主觀記憶的過濾——你就可以把它跟公開的歷史，以及從其他家庭成員或朋友那裡得到的資訊進行比對。而你最後直接放進你要寫的東西裡的，可能只是很少的一部分資訊。但是，那一小部分真正被你寫進去的資訊，將會是非常強有力的。而且，整個過程會讓你能夠從受訪者的角度去講這個故事，或者，從受訪者的世界觀點去講這個故事。

15 參見57頁。

每一個講得深的故事，裡面都有一個主觀的人，突然跳進客觀的世界。要想看清楚到底發生了什麼事，就必須同時理解主觀和客觀這兩種層面。

總之，你在做心理訪談中所得到的回應，會讓你對受訪者是個什麼樣的人有一個很好的理解。事實上，很少有成年人會改變他們的本性。成年時期所經歷的創傷性事件，確實可能改變一個人，但是，從本質上來說，我們絕大多數的人，其實都只不過是個變老了的高中生而已。

採訪：把自己送進虎穴

泰德．康諾弗[16]

任何一個記者，一旦脫離了傳統新聞記者的舒適圈——沒有電腦、電話、編輯部和同行的陪伴，就得準備面對這些風險：尷尬、窘迫甚至可能受傷。然而，在做調查研究的時候，能抱著「不入虎穴，焉得虎子」的想法，勇於抓住機會，或許就能打開通往洞見的大門。如果一個記者有機會親身體驗別人的境遇，何不縱身一試？

在我看來，我寫得最好的那幾部作品，其中一些就是因為我深入了別人的世界裡。作為一個大學主修人類學的記者，我知道怎麼進行參與式的觀察：一個研究者拜訪一個群體，透過跟他們一起生活來理解事情。也就是要吃他們吃的東西，說他們說的語言，跟他們共處一個空間，以同樣的節奏過日子。同時，她還得每天做筆記，既是參與者，也是觀察者。

把受訪者當老師

正因為擁有這雙重角色，我才得以架起我的受訪對象和讀者之間的橋梁。第一人稱的敘事方式，可以讓讀者覺得我是他們的替身：為那些他們沒見過的事而目瞪口呆，為看到離奇的事而難受彆扭，為那些很酷的新鮮事而歡欣雀躍。要做到這一點，在採訪之前，我得先設定好我是誰，以及我跟這個故事的關係到底是什麼。很多新手會在這裡犯下一個錯誤：他們往往以為，在進入一個不同的世界時，自己應該表現得很行的樣子。他們忘了，他們的受訪者就是他們的老師；有時候他們甚至把自己變成了故事中的英雄。但是，一個聰明的記者總是會記得：即使你是要用第一人稱來寫文章，但是要記住，主角並不是**我**，而是**他們**。讀者會認同謙虛的說書人。

在用第一人稱寫作時，誠實是非常重要的。讀者馬上就能看穿誰在裝腔作勢。當我為了寫我的第一本書而跟著那些流浪漢在貨運列車上到處跑的時候，我並沒有試圖讓我的讀者相信，我自己就是一個流浪漢。如果我真的這麼做，那才叫荒謬（感謝上帝我自己不是流浪漢，我也沒有那麼切身地理解到底什麼叫無家可歸）。我只是某個嚇人而很少為人所知的世界中的初學者——光是這樣，就夠讓你感覺很有戲劇性了。

一個成功的敘事，裡頭必須有些變化，也就是有一種曲折的故事線。在我所寫的書裡，我通常採取的轉折方式，在於用第一人稱講故事的我，我可能會對某事物從天真變得略微明智，當然，有時候我也會被打敗。

16　泰德．康諾弗（Ted Conover），他的書《新傑克》（*Newjack*）曾入圍普立茲獎決選名單，並獲得二〇〇一年NBCC獎。他還是古根漢獎得主，哈佛大學客座研究員，並在布雷德洛夫（Bread Loaf）作家協會和紐約大學授課。

在各種報導類型裡面，敘事報導可說是最難的一種。要想得到一個故事，記者需要跟人建立親近的關係，近到讓對方覺得你就是他的朋友。但是，等到文章一發表，算總帳的時刻就來了。所以，當我在採訪時，我希望對方會一直記得我是一個記者，這樣，當報導發表之後，他們就不會覺得出乎意料之外。唯一的例外是我的第四本書──《新傑克》。我在寫《新傑克》的過程中，採取了一種截然不同的方式，以致沒有人知道我其實是在寫我的經歷。

我被錄取當獄卒

那本書來自於一種想寫有關監獄故事的欲望。我當時剛剛搬到紐約，從與人談話和報紙新聞中，我知道在紐約有數量龐大的一批人會進監獄──大都是因為濫用毒品。於是我問自己：**有沒有一種新的方式來寫監獄故事呢？還有什麼東西是還沒被報導的？**答案是，矯正人員，也就是獄卒。獄卒對監獄的狀況非常了解，可是，絕大多數人卻對他們一無所知。《紐約客》喜歡我這個想法，要我寫一篇在紐約北郊的一些獄卒和家人的故事。我本來的計畫，是寫有關他們的工作和家庭生活。

不過，紐約矯正服務部卻有另外的想法。他們對《紐約客》並不特別看在眼裡，而且告訴我，我只有一次採訪監獄的機會。可是，如果我不能觀察到我的受訪者是怎麼工作的，根本就不可能寫出我腦子裡想寫的那種深度報導。另外，他們也拒絕讓我跟訪一個通過七週矯正訓練學院培訓的新獄卒。於是，我就自己申請了一份獄卒工作。我沒有跟他們說我的目的在寫這個題材，我相信自己這樣做理直氣壯，因為我們國家正面臨巨大的獄政危機：高額的費用、種族問題，而獄卒的工作確實罕為人知。

我只跟幾個人說過我要幹什麼，所以我絕大多數的朋友都對此一無所知。我以前從來沒這麼做過，而且，我希望我以後再也不用做這種事了。《新傑克》讓我了解到，為什麼有這麼多臥底緝毒探員會離婚、甚至入獄，讓自己的生活分崩離析。因為，藏著秘密這件事是有摧毀性的，只有為了非常重要的報導才值得去做這件事（當然，記者很少會坦白所有事，如果記者總是很坦白告訴你他為什麼打電話給你，那他大概就得不到他想要的資訊了）。

而當我一寫完《新傑克》後，我立刻打電話給我最好的六、七個同事以及我的典獄長，告訴他們我出書的事。矯正服務紐約分部的大頭頭兒們之所以不喜歡我這本書，部分原因就是我等於突破了獄政安全體系。

事實上，當我在申請這份工作時，以為不會被錄取，因為我在申請表上是如實填寫的。我說我是一個自由作家，然後歷數了各種我曾經做過的、用以支持我寫作生涯的卑微職業：大樓管理員、小孩的西班牙語家教、SAT 考試家教，甚至教有氧體操，我甚至坦白說曾經在《阿斯彭時報》（*Aspen Times*）當過記者，我想，「我可是有對你們高舉危險紅旗的。」

結果奇蹟真的發生了，我竟然被錄用了。事實證明，對於矯正服務部來說，真正的危險紅旗，是員工有著糟糕的財務信用記錄以及火爆的脾氣。因為他們認為，負債的人更有可能接受犯人的賄賂；平時就經常暴走的人，在監獄工作的時候一定更容易失控。

花十個月臥底體驗

成功被錄取後，我立刻開始進入矯正學院接受培訓。在培訓的最後一天，我被分配到了星星監獄。這是紐約歷史第二老的監獄，很幸運的，也是離我的住處最近的監獄。我決定就這麼「撩落去」。當時我以為，我可能會做上四個月；不過，四個月後，我發現取得的素材還不夠寫成一本書，因為在我身上發生的事情還不夠多。結果，我待了十個月。

在那段期間，即使在我自己的認知裡，我也確實認為自己主要是個獄卒。舉個例子：當我做到第九個月時，獄方宣布要進行一項每五年才舉行一次的升等考試，通過後可升為警司（sergeant）。我當時確實想過，「哦，我最好去報名。一旦錯過這一次，就要再等五年了。」

這是一份非常緊張、要求非常高的工作──對新手而言尤其如此。事實上，這份工作讓我基本上沒法跟我的朋友見面，腦袋也沒有任何空間來想這些事。我確實**進了監獄**。每天每天，我忙著把犯人帶進或帶出他們的囚室，忙著跟他們協商，以至於我幾乎沒有時間去想我寫書的進度。事實上，我是在離職後才開始動手寫草稿的。我之所以沒辦法在我還處在這份體驗當中的時候動筆，是因為當時我還沒辦法知道這本書應該長成什麼樣，或它會如何結束。我必須回顧全局才能做出反省。

我在工作的時候，偶爾會有時間記一點筆記，我會盡可能地多記一些。矯正部建議每個獄卒在自己的襯衫口袋裡放一本小筆記本，用來記下犯人所需的東西，比如，「廁所淹水，派水管工，C23室」。這對我正合適。我除了寫下這類事，也會順便寫下，「犯人有三顆金牙，上面還分別刻著RED三個字母。」我還會盡可能記下各種對話。

每天下班回家之後，我會先把這一天的印象都打進我的電腦，然後再送保母回去。我會故意清空腦子裡的所有抽屜，並且努力不讓監獄影響到我。我為《新傑克》做的筆記，那些帶著各種拼寫錯誤和錯誤文法的筆記，要遠遠長於書的本身。當我真正開始寫的時候，這些筆記就是我用來捏成一個故事的泥土。

寫作上的考量

那本書裡有兩件事情不是完全真的，而我也在一開始就指出來了：有些人名不是真的，有些對話不是真的。當我為《紐約時報雜誌》撰寫的時候，我不能更換名字。可是在書裡，我還是行使了一點自主權，因為寫書可算是一種個人化的文學形式。在星星監獄，我是跟一些不知道我底細的人共事的。所以我決定，我在書裡所寫到的人，只要有任何一點可能會對當事人造成困擾的，我就會用假名。所以在書裡，我大概換掉了三分之一的人的名字。

在獄卒文化中，當有人做了不名譽的事情，他可能會被人撂下一句「停車場見」。這是「下班後把你痛扁一頓」的意思。我幾乎每天都在害怕，擔心真正的目的被人發現，然後被要求「停車場見」。當時我要寫的書，還沒有跟出版社簽約，我也並不想先簽。因為，如果最後我「掛」在停車場的話，我可不想留下一個未完成的責任。

當我開始寫《新傑克》時，我並沒有任何明確的大綱，不過，確實已經有一堆想談的事。我對獄卒的形象感興趣，對那種殘暴的刻板印象感興趣，還有就是獄卒與犯人之間的種族歧視感興趣。我有一些政治立場，但盡力輕描淡寫。我並不想和倡議監獄改革的組織相唱和，也不想討好一群獄卒讀者。我想做的，是讓那些理性的大眾讀者能理解一段經歷以及一種看世界的方式。對我來說，如果我能看清楚這份工作對我以及我身邊的人的影響，如果我能把發生在獄卒和犯人之間的摩擦或者和諧共處的片刻記錄下來、一一呈現，如果我能深入了解幾個犯人和獄卒，我也就達到了我的目的。

我的書最後有沒有影響一些獄政系統的改革呢？我願意這麼認為。不過，我得到證實的只有一個。在《新傑克》中我提到B區，也就是我所工作的那棟巨大建築物，裡頭住著六百名受刑人，它可說是世上最大的獨立式監獄區了。走進這棟樓，裡面非常陰森恐怖，窗戶玻璃髒得好像有五十年沒擦過。我把這個細節寫進了書裡。後來，B區的一位受刑人的妻子在探望了丈夫之後，寫了一封電子郵件給我，裡頭寫道，「我丈夫只是想讓你知道，你的書出版一個月後，獄方就去把窗戶擦過了。」

這就是媒體的力量。

採訪：到現場去

安妮．赫爾[17]

寫作永遠是件艱難的工作，外在環境往往讓它變得更加艱難。你可能不得不在科索沃難民營外，嘴上咬著一根筆式手電筒，用膝蓋保持著筆記型電腦的平衡來寫作。有些新聞會發生在最極端的情況下，而我們的生計——至少我的生計——就是靠這個活的。如果不做記者這行，我無法想像我會做什麼，這是我唯一做過的工作。很多時候，我們會因為寫作而讓自己的生活失去平衡，因為我們對自己的個人生活投入太少；我們很難相處，因為我們總是心不在焉：我們只想跟我們的故事在一起。

從一開始，寫作就是一場難以取勝的賭局。如果我們沒寫清楚，那我們所有的採訪就等於是零；如果我們沒有做好採訪工作，那我們的作品會被識破；如果我們太自我炫耀，就會模糊了真相；如果我們過分傷春悲秋，就會讓整篇文章支離破碎。好的採訪是成功的關鍵。哪怕是現在，我完成每個故事的時候，也總是跌跌撞撞。儘管如此，我倒也確實學會一些把事情做對的方法。這些方法並不是規則鐵律，只是一些被我矇對的意外發現而已。

仔細觀察

在採訪中，特別是報紙新聞的採訪，最容易被忽視的一個要素是觀察，或者說是看的藝術。因為，當你為報紙做採訪時，你的本能反應是去問問題。有時候，這樣做根本是錯的，因為它會讓記者本人變成注意力的焦點。請保持謙虛，這是對你試圖去觀察的那個人表達敬意。

像攝影師一樣思考。也就是說，去看，換個地點去看。當你參加一場家庭晚宴時，繞著餐桌變換你觀察的位置。不斷移動，不斷改變你的視角，同時保持安靜。努力別去打斷事件的流動進展。

像他們一樣生活

幾年前，我寫過一群來自墨西哥中部的女工，她們來自一個叫帕洛瑪斯（Palomas）的村莊，卻跑到北卡羅萊納州當挑蟹肉的工人。她們的工作是拿著小刀站在一個鋼製桌檯旁，把藍蟹的肉挑出來，每天做十個小時。這可以算是你所能想像最乏味的工作了。而且，這工作做起來還很痛，因為螃蟹的殼可是非常尖銳的。

可是，那些女人卻拚死也想要到這裡工作。這是美國合法的「客工計畫」（guest-worker program）的一部分。她們乘坐大巴士從墨西哥中部來到北卡羅萊納州海岸。我則跟她們一起（這不正是一個記者夢寐以求的嗎？）。當她們搭車穿越美國土地時，我跟她們待在一起四天。她們對這個國家一無所知，只是夢想著這個國家，夢想著這個國家能帶給她們的東西。這四天的旅行是一段非常美麗的經歷，它最後變成了一篇大概兩萬字的文章裡面的十個段落。

我們是在午夜抵達我們在北卡的目的地。在這四天裡，無論是那些女人、攝影師、還是我自己，都沒睡過覺也沒換過衣服。蟹場老闆把我們扔在拖車旁邊，那些女人將會住在裡面。她說，「明天是第一天，我五點鐘會到。」換句話說，**是五個小時之後**。我不知道我們中有誰辦得到。不騙你，凌晨五點鐘，汽車喇叭響了：嗚——嗚——。我們走出了拖車。

有一個女人的手在抖，因為太累了。如果有人告訴你她的手在抖，是一回事；可是當你親眼**看見**一個

17　安妮．赫爾（Anne Hull），《華盛頓郵報》全國事務記者，一九九五年的尼曼會員（Nieman Fellow），曾入圍普立茲獎決選名單，贏得ASNE傑出寫作獎。

人的手在抖，那完全是另外一回事。最難得的經驗是，一面感受著**你自己**那雙發抖的手，一面看著**她**的那雙手。也就是**這些雙手**，會被螃蟹殼割傷，會被小刀割傷。那種工作，我連做十分鐘都沒辦法，而她們卻要做十個小時。所以，如果你能對受訪者的感覺有那麼一點兒感同身受，哪怕只是一個瞬間，它也會為你的報導注入某種權威性，因為它打開了你的心。永遠記得：當你在羅馬，就去過羅馬人的生活，隔著代理人紙上談兵，並不是什麼好事。留意你的受訪者都在做些什麼，千萬別在一個不被允許喝冷飲的人面前喝冷飲。

努力降低你的存在感

如果你隨時隨地都帶著你的筆記本，你就已經明顯地成為一個局外人了。努力不要讓自己吸引別人的注意。

記住，你並不是她們中的一員

奉告你的受訪者，你跟她們之間會保持距離，而且可能你得不斷提醒她們。在採訪一開始的時候你就要明說，「我要做的就只是觀察。當你低頭做餐前祈禱而我沒有時，請不要覺得我失禮。」或者，「拜託。如果在舞會上有人邀請我跳舞，我可能辦不到。但如果你們都在喝啤酒，或許我也可以來一杯，只不過我還是在工作中。我會盡量躲在後面當成背景的一部分。」這種做法可能不總是有效，但至少它能建立起某種界線。這確實是個很嚴苛的規定，但卻是一個非常重要的法則。

查清楚人的背景

跟政客不一樣，窮人們所留下的紙本個人記錄，通常不會太完整，但你還是應該用同樣嚴格的標準來對待所有的受訪者——在採訪的一開始，就盡最大努力去做個人記錄查核。如果你已經跟某個人一起工作了好幾個月，卻在半路上發現了什麼奇怪的地方，這可能最後會讓你所有的安排都得全部重來。另外，如果你在調查過程中發現什麼，要先回報編輯。其實有可能那件事並不重要，因為確實有些事對你的整體故事一點都不重要。重要的可能是別的事物。

圍繞著她們的世界建構一個世界

寫一個長篇故事，就好像談戀愛。為了支撐自己，我會努力圍繞著受訪者的世界建構一個世界。我用那些從她們的生活中獲得的元素來支撐我的想像。我花了九個月時間來寫北卡那些挑蟹肉的墨西哥婦女。為了這個故事，我去了墨西哥四次；我買了她們在家鄉帕洛瑪斯聽的音樂CD。我讀馬奎斯的《百年孤寂》（*One Hundred Years of Solitude*）和蓋伊・羅伯托・吉爾（Guy Roberto Gill）的《曼波之王》（*The Mambo Kings*），還有威廉・藍格威胥（William Langewiesche）的《辨跡追蹤》（*Cutting for Sign*），那是本描寫美墨邊境的書。

不過，不管你如何讓自己投入另一個世界，作為一個寫作者，對受訪者而言，你永遠是個異教徒。當帕洛瑪斯婦女的故事發表之後，我便著手寫有關棒球的故事，然後又為自己創造了另一個世界。我轉而去讀大衛・雷姆尼克[18]和大衛・哈伯斯坦的作品。從這些小幫手那裡得到一些幫助，也無妨。

記住，寫作的過程可能很煎熬

當你寫作過程很不順的時候，能有人陪你度過那些孤立無援的時刻是很重要的事。要把新聞跟寫作結

18 David Remnick，一九九四年普立茲獎得主。一九九八年起擔任《紐約客》主編。

合在一起，是一件非常艱巨的工作。我唯一的辦法就是不斷改寫。墨西哥的故事是一個三天的連載。我寫了四次草稿，最後花了四個月的時間，才寫成那兩萬字。

字斟句酌

一個故事裡的「為什麼」，就可以代表它的全部。它的特色，就體現在那些組成它的遣詞用字上。所以，每個字都很重要，每個動詞都必須有它的效果。如果哪個句子讀起來很熟，就再想一想。當然，如果還有兩個小時就要截稿，你未必有辦法這麼做。不過，哪怕只是潤飾幾個字，也會為你的故事加分。如果離截稿還早，就多花一些時間來琢磨你的句子。

營造在地感

每個故事都要有一個地理上的心臟。巨大的新聞資訊洪流，以及新聞記者透過電腦採訪的習慣，使得現在的很多新聞缺少了一種真實的位置感。現在的新聞報導，可以說是哪都沒在但又無處不在。可是，不管你是在費城市政大廳，還是在棒球場的菱形區，一個故事一定會有一個**地點**。你可以用基本的、直截了當的方式呈現這一點。

當你開著車四處採訪時，睜大你的眼睛。注意人們在餐廳裡點的食物是什麼；如果你要過夜，不要住連鎖酒店，去住那些本地人會待的地方。任何時間，只要你有機會待在那種提供早餐的民宿裡，不妨跟店長聊聊天，了解一下那個小鎮。

把這些資訊都用你的創意濾網檢視一遍，但這可能是最難的部分。你想要的，是最後編織出全面的在地感，而不僅僅是一張記滿了各種細節的清單。

讀一讀當地的報紙

當你在小超市買東西時，不妨拿一份收銀台邊的報紙。下面是我在一份肯塔基州的報紙頭版看到的東西：「上星期天在埃爾克利克（Elk Lick）浸信會教堂，我們人手不足。因為我們的牧師，查理．威爾遜（Charlie Wilson）住院了，所以不能前來布道。幸好，主又賜給我們大衛．庫姆斯（David Combs），讓他能夠盡其全力貢獻，他確實做得不錯。那天有二十一位教友來做禮拜，我們在主那裡得到了很大的歡娛。」多美啊。想像一下，在**你**工作的媒體，是否也能出現這麼有真實感的新聞。

去教堂看看

為了讓自己能夠抓住在地感，我經常會試著去參加我採訪當地的禮拜。當我在肯塔基做採訪時，我幾乎被一個旅行中的、帶著一把吉他的福音派教士給震住了。當時我沒帶裙子，於是去那種廉價商店買了一條六美元的裙子。在聖靈降臨節上教堂，如果你是淑女的話，最好還是穿上裙子。

我在那兒就只是採訪和觀察。突然之間，每個人都散開了，嘴裡念念有詞。他們拿著一大瓶橄欖油把我圍住，又把油塗在我身上。如果你本來就是為了得到體驗而去，那你就應該做好**充分**體驗的準備。無論如何，教堂是了解整個社區的好地方。

跟你鎖定的受訪者說同樣的語言

語言對於在地感也很重要。帶一台錄音機是很方便的事。不要用自己的話改動別人說的，允許他們的句法、詞彙和俚語在你的筆記本裡完整的記錄下來，並把它們放進你的故事裡，你還應全力確保當它發表在報紙上時，沒有被編輯動過手腳。句子裡面要保留那些能夠透露說話者是誰的個性化用詞。

面對受訪者時，盡可能保持開放的心態

你不可能一言不發地坐在那兒，一點都不跟對方分享你自己的人生。在你們之間，必然會有某種「給與取」的關係——哪怕這種給和取不可能總是對等的。幾個星期過去，幾個月過去，你不可能還保持著那種專業的、冰山一樣的狀態。

把自己調整到可以接收到受訪者的頻率的狀態。如果你的受訪者開始有點惱火，或者需要點私人空間，你就離開一會。哪怕截稿時間迫近，你也可以先離開幾個小時再回來。你得能夠感受到他們的需求，他們需要喘口氣，你也是。

當科爾號驅逐艦被炸[19]時，我想寫一個據推測已殉職水手的故事。我找了所有水手的照片，其中一個人呼之欲出，是再適合不過的案例。這個女性水手的名字叫拉凱娜·法蘭西斯（Lakeina Frarcis），來自北卡農村。那是一個週六下午，我打電話給她母親。跟她母親談上話時，我沒有說什麼客套話——事實上，我的措詞很拙劣：「法蘭西斯太太，我對您的不幸感到非常難過，」我說。

「我還沒有遭受到不幸，」法蘭西斯太太回道，「我們還在等消息。」確實，拉凱娜還沒有被宣布死亡，只是失蹤。當然，我當時覺得糟透了，她說，「不，我現在不想跟人說話。還不是談話的時候。我們這裡已經有電視台的人待了一整天。該說的都說完了。」

過了一段時間，我又打電話給她，首先對我之前的打擾向她道歉。然後我說我一直放不下拉凱娜的事——這是真的。我跟她說，對於《華盛頓郵報》的讀者來說，多了解一點拉凱娜是誰——但不是她**曾經發生**的事——是很有意義的。

法蘭西斯太太說，「好吧。如果你想來北卡的話，我們會在這裡等你。」我到她家時，已經是第二天晚

上十點半了。她們住在一個很偏僻的地方，沒有燈，牛隻就斜倚在圍籬上。我在法蘭西斯家待了一個半小時，但基本上沒說什麼話。我不需要當那種隨時發出各種問題、要求馬上得到答案的記者。當時那裡有兩位海軍隨軍牧師，穿著象徵死亡的白衣、白鞋，戴著白帽子。那天晚上，我唯一問的問題是：「我能不能明天早上再來？」

第二天我又在法蘭西斯家待了一整天，還是沒問什麼。好多頭髮花白的婦女川流不息來到法蘭西斯家，帶著用錫箔紙蓋著的一盤又一盤的通心粉、乳酪和炸雞。有些人來的時候，則帶著美國國旗。

我寫了一個故事，主題是一個年輕女性的生命從一個小鎮上消失了，消失在這個她曾經拚死也要離開的地方。最後，一個叫作木葉（Woodleaf）的小地方將她緊緊納入懷中。第二天我就把故事發出去了。那是一個簡單的故事，但我用了許多寫長篇的技巧，而且在截稿日前就完成了。

稿子發出去後，我到了維吉尼亞州的諾福克去報導紀念儀式。法蘭西斯一家也去了。柯林頓總統跟所有水手的家屬進行了私下會面。他跟法蘭西斯一家說，「在我感覺中，我是認識你們的女兒的」。我無法形容我為這句話感到多高興——不是因為柯林頓讀了我的文章，而是因為他真的知道這位女兵。我希望拉凱娜的故事能夠一直留存在柯林頓的心裡——那麼，這會影響到我們的海軍政策，或者我們在世界上做事的方式嗎？當然不會。

還是那句話，重要的東西，是那些當你做採訪的時候，在你面前展現出來的、被你觀察到的細節。新聞記者往往都非常自我：我們的問題，我們的答案，我們的時間表。可是，現場採訪可不能這樣，它必須能走進別人的家裡。當然，你得留出問問題的時間，我也得知道拉凱娜的背景，所以我會提問。但更重要

19 二〇〇〇年十月十二日，美國導彈驅逐艦科爾號在葉門停泊加油時，被自殺式襲擊所攻擊。造成七人死亡，三十九人受傷。

的是，我會花時間在她的臥室，看看她在離家參軍之前收集的那些小東西。在我們的故事中，真正重要的是那些小東西。因為，正是這些東西，才構成了在地感的一部分。

適時離開現場 ▼路易絲．基爾南[20]

敘事性新聞，在工作節奏上好像有一種很強大的壓力，迫使記者幾乎每分每秒都得泡在他的採訪活動中。但實際上，如果你知道何時該離開現場，可能有助於你更順利的完成你的故事。

我曾經報導一位婦人被一片掉下來的玻璃砸死的故事，那是一篇分上下兩期刊出的報導。那位婦人有兩個女兒：一個女兒三歲，另一個是青少年。那個三歲的女兒，是親眼看著媽媽死掉的；那個姐姐，在整個採訪過程中對我比較抗拒，讓我覺得自己就像一個發光的霓虹燈，對著她閃：**你的母親去世了，我到這裡來是想知道你現在是什麼感覺**。

這是個墨西哥家庭，她快要過十五歲生日了——那是一件非常重要的事情[21]。女孩的父親邀請我去參加這個生日聚會，不過，我心裡明白，女孩並不希望我在那裡出現。到底要不要去參加聚會，我相當糾結，最後決定還是得去，但只要她看起來對此感到不舒服，我就走。

當我到了她家，是珊莫拉（Samora）開的門，她的臉立刻耷拉下來。我進了屋，花了幾分鐘時間跟她寒暄了幾句。然後我說，「我只是想過來跟你說聲生日快樂。好好玩吧。」說完我就走了。

在我做出了退出的舉動後，她就不再抗拒了。在下一次拜訪時，她拿出了媽媽的首飾，告訴我哪件首飾對她意味著什麼。而這個突破，來自於**不出現**在現場。

對象：如何做跨文化採訪

維克托．梅里納[22]

無論何時，只要你在採訪時遇到與你自己不同的文化——甚至有時候就是你自己的文化——你就不得不去處理各種問題，包括語言、宗教、道德觀、社會規範、儀式、禁忌、成見以及歷史。你還不得不面對那群人與媒體之間的全部互動經驗。

在很多文化中，**場所**非常重要。有人們聚會的場所、進行宗教活動的場所、發洩不滿的場所和坦誠交談的場所。一個記者必須能夠找到這些場所，找到這些**偵察哨**。你得找到哨位，然後摸清楚這附近發生了些什麼事，這樣你才能夠開始了解在一個社區或特定文化中正在發生的事。在這些偵察哨，你可以聽到人們在說些什麼，感受到它的心跳。

找到他們的「偵察哨」

偵察哨可以把我們帶出日常的採訪領域：跟社區領導人或者自認是專家的人談話。但你到那些地方並不是去採訪，而是去學習和理解。在那些地方，不要翻出你的筆記本然後走到一個人面前對他說，「最近社

20 路易絲．基爾南（Louise Kiernan），《芝加哥論壇報》記者和編輯，二〇〇五年的尼曼會員。擔任二〇〇一年獲普立茲獎的系列報導的主筆。

21 在墨西哥，女孩到了十五歲，她的家族就會為她舉行隆重的成人禮，那是每個女性一生中最重要的節日。

22 維克托．梅里納（Victor Merina），南加大安妮伯格正義和新聞研究所（Annenberg Institute for Justice and Journalism）的高級會員，在《洛杉磯時報》擔任記者時，與他人共同獲得一九九三年普立茲獎；一九九七年進入普立茲獎的決選名單。

區裡有什麼事嗎？」要說人話，做人事。

不要悶著頭就這麼跳進去，發散式的向族群領導人或消息來源提問。想一想你要採訪的主題，做好前期的案頭工作，大量閱讀資料，跟不同的人聊聊。然後花時間待在族群裡，擴大你的研究層面，找出有效資料。找到偵察哨，然後去**聆聽**。

在聽過了之後，你就可以進展到做訪談了。要成功地完成一次訪談，具有成熟的跨文化技巧是非常重要的。當你在跟別人談話時，注意要跟對方保持合適的身體距離。在某些文化中，人們在談話時會站到肩貼著肩的距離；若在當時，作為一個記者，你必須忍住想退後的衝動。在某些文化中，站得太近被認為是在挑釁。所以，你要讓對方來設定你們之間的身體距離。

留意互動的禁忌

我們很多人一與別人見到面，就會立刻上前去握手，而且是重重地握手。這個舉動並不總是得體的，應該讓對方先主動。當我在二〇〇二年訪問南非時，我跟翻譯建立了很好的關係。在旅程尾聲，我為了表示感謝，就主動擁抱了他，然而我卻感覺到他整個人都僵住了，我才知道這樣做有多失態，於是便一直道歉。「不，不，」他說，「下次我們就這樣。」他用他的拳頭碰了我的拳頭。第二年我又見到他時，我想跟他擊拳，他卻擁抱了我。我們之間，達成了某種相互的了解。

當你跟別人談話時，也要留意自己臉上的表情，小心它所傳達出的訊息。同時也要明白，對方臉上的表情，未必就是你以為的那個意思。當我在《洛杉磯時報》做調查記者時，我的一位導師曾經對我說，「如果你看著對方的眼睛，而對方退縮了，或者轉頭看向別處，那這個人就是在撒謊或者有所隱瞞。」但是，他錯了。在某些文化中，你根本不能看著別人的眼睛。

這位導師還告訴我，「他們必須能直截了當地回答你的問題，要不然就是在閃爍其詞。」好吧，我有個叔叔是從菲律賓來的，不管你問他什麼，他一律用一個故事來回答你的問題。他確實不直接，但是，在他看來，他是在用一種更完整的方式來回答你的問題——比簡單地說「是」或者「不是」更完整。

在不同的文化中，微笑有不同的含義。有時候，男性記者最好不要對女性微笑，甚至不要直接跟她們打招呼。比如在某些亞洲族群中，未經允許就跟女性說話，會被認為是一種不尊重的行為。所以，別忘了性別差異的問題。

對別人應表現尊重。不要自動省掉姓氏只用名字來稱呼別人。在很多文化中，要注意尊敬老人。

勇敢跨進陌生領域

如果你得跟翻譯一起共事，你必須非常確定他翻譯的準確度。當你希望他精準翻譯受訪者的回答，以備作為報導的引述句時，要讓他很清楚這一點，而不是對受訪者的話進行意譯。

有時候，當我們採訪的不是主流文化或強勢文化，我們往往也就遠不如像做其他採訪時那麼充分準備。我們變得在提問準備上沒那麼用功，也沒那麼努力搞清楚自己是不是聽懂了，也不會那麼賣力去反覆查證。當有人主動跟你說話時，不要因此鬆懈；不要因為編輯不知道該問你什麼，你就對自己放寬標準。不要滿足於那些簡單的、膚淺的故事，要奮力挖出那些幽微複雜的東西。

也許最重要的是，找到一個安全的場所，可以沙盤推演和討論困難的議題。如果我們真的希望看到別人對我們自己的文化或社會有更多正面的報導，那我們就應該對其他媒體採取更開放的態度，讓別家記者對我們提問，來幫助他們完成跨文化的採訪。在編輯部裡**對自己人**問一些可能不恰當或者讓人尷尬的問題，總比讓他們到外面、到別的族群裡去問這些問題強。如果你對你將要去採訪的族群有什麼疑問，那就去找一個可以討論那個族群的傳統、語言、禁忌，而且可以給你誠懇回應的人。

只要我們真想做，我們幾乎每一個人都可以做好跨文化的採訪，所以不要放棄希望。有時候，我們會把那些對爭議問題的報導——特別是有關有色族群的議題——邊緣化，我們會說，「好吧，找個從那個族群出來的人去報導這事吧。」讓我們的編輯部變得更多元，**確實是**一個重要的目標；但，與此同時，我們也必須拓展自己的報導範圍。

我們的新聞報紙把很多時間投入在報導競選活動、政治人物等等新聞上。但我們必須下定決心，意識到跨文化報導也是同樣重要。當一個故事是發生在我們（記者、讀者或者觀眾）所不熟悉的族群中，特別是當這個故事會改變這個族群時，時間就變得至關重要。如果你所在的新聞機構想持續報導一個族群，就需要投入時間，才能夠讓報導盡可能完整。如果你公司還沒有投入，你已經開始做了，你可能就需要花些時間自己去採訪。這樣做的好處，是它會給你更準確、更豐富的故事。跨進陌生採訪領域，強迫自己去學習吧。

對象：如何報導「自己人」

S．米特拉．卡利塔[23]

一九九八年七月，我為美聯社寫了一個短篇文章，是有關郊區的二輪電影院，面臨到大型影城的興起，努力以放映寶萊塢電影，以吸引新觀眾來與之抗衡。這還是我第一次嘗試去寫自己的族群——南亞社會故事。我在一家電影院採訪了一位印度觀眾，問了他幾個基本的問題：寶萊塢電影怎麼樣？能不能簡單總結一下劇情？你是看這種電影長大的嗎？在我問完這些問題之後，他問我是哪裡人。我跟他說我生在布魯克林，但我的父母是從印度來的。他回答說，「那你為什麼要問我這些？你不是早就知道答案了嗎？」

假裝自己不懂

這個經歷，可以代表我們在報導自己的族群時會遇到的一個難題。關於這事，說得最好的是我在《紐約時報》的同事米爾塔・歐希托（Mirta Ojito）：「**你知道得越多，他們跟你說得就越少。**」那個看電影的人，不僅認定我已經知道關於寶萊塢電影的種種，而且認為我**應該**知道。當然，為了報導我們自己族群的故事，我們必須經由學習才會更了解，但，與此同時，我們也必須放下我們已經學會的東西。放下那些自以為了解的東西，才能引領我找到達那些真正能構成敘事性新聞的議題。

要想為一般讀者報導一個我自己族群內部的故事，我必須在故事中納入必要的背景、來龍去脈，並解釋某些事情的複雜性。全美國的各媒體平台，現在都很重視從族群內部去講故事。雇用像我這樣來自特定族群的人當記者，就是第一步。可是，即使進入了新聞機構，我們還是需要為自己鋪好一條路，保證我們最後講出來的是受訪者的故事，而不是我們自己的故事。

在我的書《住在郊區的先生們：三個移民家庭以及他們從印度到美國的旅程》裡，我寫了一個叫哈里什・派特爾（Harish Patel）的人。他是在一九八〇年代從印度移民美國的。在剛開始的訪談裡，我問過他的生日，他說是一九四七年。這一年，當然對印度獨立運動來說是至關重要的一年，因為那一年印度成功

23 S・米特拉・卡利塔（S. Mitra Kalita），《華盛頓郵報》獲獎商業報導記者，曾任南亞記者協會會長。著有《住在郊區的先生們：三個移民家庭以及他們從印度到美國的旅程》（*Suburban Sahibs: Three Immigrant Families and Their Passage from India to America*）。

脫離英國而獨立，同年，印度和巴基斯坦在流血中相互分離。我自己的父母就經歷了那次分離，而且我自己也讀了很多關於這方面的資料。我對這個出生日期的直接的、無障礙的理解，讓他認為他不再有必要向我解釋它的重要性。可是，實際上他**確實**需要做這個解釋，這樣我才能描繪他自己對這件事的看法。敘事性報導提供了這種奢侈的空間，讓我們可以往回走一段，在我們的故事中提供出前因後果。那些與這個前因後果有個人關聯的記者，應該要格外小心，以求獲得完全精準的事實和觀點。

入境應隨俗

我曾聽人轉述，一位哥倫比亞新聞學院的教授，在上課的第一天拿出一堆紙袋說，「永遠自備午餐，不要吃免費的。因為世界上沒有免費的午餐這回事。」我不認為這條或其他一些規則，適用於報導自己所屬族群的採訪工作上。我們當然不應欠下人情債，但也不該讓它成了工作的阻礙。有時候，我必須在門口脫鞋，或接受別人遞給我的茶，或者在進入清真寺之前，用頭巾包住我的頭髮。

我有一次看到一張照片，上面是一位年輕女記者採訪一位教長（imam）。她上身只穿了一件背心，裸露得相當多。我當時就想，她那天在穿成這樣去上班的時候，到底知不知道今天會有這麼一個採訪？如果知道，那她有沒有想過她該為能夠接觸到受訪者付出多少代價？我們**確實**會為了能夠接觸到受訪者而付出代價——不管是要進入另一個族群，還是更深入你自己的族群。

我偶爾也會碰到來自受訪單位的阻力，他們不願意讓來自跟自己同一族群的記者採訪。可是，當白人記者去採訪那些白人機構——從美國中部的市議會到白宮——時，卻從來沒聽過有任何人提出投訴。這種情況，直到二〇〇一年九月十一日之後才有所好轉——因為這一天，所有的新聞平台都被迫開始認真檢討自己的做法。在那個可怕的日子裡，我還是《新聞日報》（*Newsday*）的記者。那天，編輯們都在四處打聽：**誰了解穆斯林族群？誰曾經報導過穆斯林族群？**回答大都是：沒有人。

宣示自己的角色

作為一位報導自己所屬族群的記者，我還要面對受訪者的期待。當我開始以記者身分接觸南亞人的時候，他們經常會跟我說，「寫一個關於咱們的好故事。」當我剛開始報導自己的族群，然後被人這麼告知的時候，我只能尷尬地笑笑，然後暗自希望這事不會再發生。如果他們問，「這個故事最後寫出來會是什麼樣子？」我就會轉移話題。不過，之後我明白了，遇到這種情況應該直接面對。這可能會是一個時間很長的對話，因為人們確實想知道我所代表的機構，到底是怎麼做出新聞決策的。

族群裡的讀者經常告訴我說，我所在的報紙《華盛頓郵報》登的有關印度的報導，有太多都是關於貧困、因為嫁妝多寡而導致的新娘死亡、洪水和地震的事件。他們問：「你這回能不能改改，寫個咱們的正面故事呢？」對於這種問題，我通常會這麼回答：「我要寫的，既不是個正面的故事，也不是個負面的故事，就只是個故事罷了。」如果再被逼近一步，我就可能會補充說，當我在工作時，第一個身分是記者，其次才是印度人。如果被逼得更緊的話，我就會解釋說，身為一個印度人，我是編輯部裡的不動產。然而，真相卻是，我確實會向編輯推銷故事，白人編輯卻往往無法理解它的重要性，因此就不被接受。

人們會把新聞報導看得很切身。比如他們會問：「你為什麼老是寫地震，而不寫印度的富人？」這種問題看起來可能確實有點荒謬，但也顯示大眾對於新聞的使命缺乏了解。很多讀者似乎認定媒體有一套對付印度、以某種偏見報導整個印度次大陸的計畫。我當然會打破這種陰謀論，但我也承認，這些抱怨還是有其道理。當我在寫我那本書時，就覺得媒體對於南亞的新聞，大都集中在報導那些跟我父親一樣的人身上，就是那些在美國公司幹得不錯，住在城郊買大豪宅的人。對那些像哈里什・派特爾一樣，那些做保全、便利商店職員或者加油站服務員的人，卻幾乎不談。

寫受訪者也想看的新聞

這種抱怨到處可見。當我報導拉丁族群時，人們也會問我為什麼報紙老是報導那些打零工的人，而不去報導那些價值高達數百萬美元、鎖定西班牙語客群的市場行銷活動。這確實是個合情合理的問題。我們應該完整反映移民族群的全貌，何況那些被稱為「正面報導」的內容，經常也是被過於簡化的。像我們總是一遍又一遍報導那些移民在節慶活動上跳舞的新聞；一遍又一遍刊登移民端盤子的照片。然而其他事情，比如，一個移民成員用高利吸金騙取別人的錢，卻幾乎從來不會被報導。

而且，關於移民族群的報導，我們總是把焦點只集中在他們在美國所獲得的飛地上，卻忽略了他們的家鄉。要理解一個族群，必須理解它的歷史以及它和故鄉之間的臍帶關係。在當今這個通訊普及的全球化時代，移民與他們原來的國家之間的連結，要遠遠超過前一代的移民。

在我每一次要開始做有關南亞族群的報導前，我都會問自己，**這對我來說是新聞嗎？**如果答案是否定的，那我就不會去做它。我們對於移民族群的報導，應該是提供**對**移民族群而言也是新聞的報導，而不僅僅是**關於**移民族群的新聞。你可以去問任何一個移民族群的成員，問他們想看什麼樣的新聞，答案最可能是：教育、犯罪和與小買賣有關的法律。實際上，這跟任何一個族群的回答都一樣。所以，我們的標準也應該一致才對。

寫作：從現場筆記到完整草稿

崔西．吉德[24]

寫作這種活動，是我所占據的一個地帶，一個心理空間。不消多久時間，我就會失去自我意識感，也失去了時間感。不過，在能夠真正進入那個空間以前，我得先完成一次大跳躍：把現場筆記成功變身為第一次草稿。要把我一片混沌的筆記內容賦予秩序，是件很困難的事情。而且不僅做起來難，說清楚也很難。下面，就是對後者的一次嘗試。

記錄現場可見可觸可聞的事實

當我還更年輕一點時，我的採訪筆記裡，記的全都是我自己的想法和對事物的感覺；而沒有包含太多當時讓我產生這些想法和感覺的來源資訊。換句話說，沒有記下我到底**看見**了什麼，像是衣著、場所、氣味、聲音，以及其他一些感官印象的細節。對此，我深感惋惜，因為現在我很常利用這些細節。

從那以後，我學會了幾件事。我努力記下所有可見、可觸、可聞的事實，以及我所聽到的東西。有這些材料擺在面前，我就有了通往記憶的完整路徑，它可以喚醒我當時對某個特定事件或場景的感受——換句話說，我就不需要把我的那些想法記錄在筆記本上了。

一般來說，一本書我得記下一萬頁的速記筆記。這些筆記本記錄了所有在我面前發生的一時一地的素

24 崔西．吉德（Tracy Kidder），曾獲普立茲獎、國家圖書獎和羅伯特甘迺迪獎，著有《學童紀事》（*Among Schoolchildren*）、《山外有山》（*Mountains Beyond Mountains*）和《新機器的靈魂》（*The Soul of a New Machine*）等作品。

材，和轉瞬即逝的事件。我會用另一組筆記本記錄我在圖書館做的調查研究，以及在辦公室裡做的正式訪談。一旦這些都齊備了，我就得開始整理它們。

如何整理採訪筆記

我以前常常為這些筆記本做索引。在編製索引的過程中，我不得不再看一遍我的筆記，而且是非常仔細的看過。我努力不要在這上面花太多時間，因為我不想把精力全浪費在只不過是工具的東西上。但那些索引經常會變得不太正確，因為我一旦開始做，就不願意再回過頭去重新校訂。現在，我會把所有的筆記都打成電子檔案；看來做這件事花的時間並不比編製索引長太多。一旦做完了打字工作，我會來回看上好幾遍，試圖找到其中最有趣的部分，找到一種故事的整體感。

當我在寫一本書的初稿時，會把所有我覺得可能要寫到某個部分裡去的東西都寫進去。我會把我的現場筆記中所有看起來可能有文學性創意的點子都收集起來。對於那種特別複雜的故事，或者沒有明顯敘事線的故事，我會編製一個事件的編年表。我從來不會寫詳細的大綱，儘管我偶爾會抓起一張紙寫下這本書所要包含的要素清單。我會定一個計畫，為自己設定截稿日期，然後嚴肅地對待這個截稿日期。

我現在還能鮮明地回憶起我在寫《房子》（*House*）這本書時，在整理好我所有的筆記之後，坐下來開始寫的情形。那可能是我有生以來第一次沒有感覺到不耐煩。我坐在桌子後面思考了一會。我的腦子裡有一個聲音提示著我：我想讓這本書讀起來給人什麼樣的感受。聽到那個聲音後，讓《房子》這本書寫起來比寫其他書容易許多。對我來說，寫作主要就是句子的聲音和節奏。

用最快速度完成初稿

我用最快的速度寫出初稿，以免被那些糟糕的句子絆住。當我初次為《大西洋月刊》（*Atlantic Monthly*）寫文章時，我會在晚上八點左右開始動筆，也就是等到我的孩子上床以後。有時候，直到太陽升起，我還在琢磨著第一句話。我那時的感覺是，除非我把第一句話寫對了，否則我根本寫不下去。但現在，我會先寫完整個初稿，努力不回頭去看我寫了什麼。如果我做了什麼激烈的舉動，比如在寫了兩百頁之後改變了我的觀點，我也盡量不去為此而擔憂。我會寫那種糟糕的、超長的粗略草稿。其中，第一份草稿會花最長時間，也最費勁。到最後，初稿很可能根本沒幾段真正值得留下來。

一旦開始動筆，往往才會意識到，我對那些**應該**了解的東西知道得有多麼少。於是我不得不回頭去補訪。不過，在那個時候，我的採訪就會非常有目的性。在寫一本書時，我會想盡辦法**不去講一個故事**。我無法把那些不同的要素——觀點、語氣、順序和主題——分開處理，因為，在寫作時，這些要素彼此之間是無法分割的。

當要對草稿進行改寫時，其實我必須整個重新來過。我現在已經認命了，也就是說，接受得把一本書一遍又一遍地寫來寫去。我所有的書其實都寫了好幾遍，最高多達十二遍。在這麼多的草稿中，會有一個增生的過程。一開始，你會從前面一千萬個句子中留下五個或十個句子；不過，慢慢地，它們自己就會開始增生了。有時候，我不得不刪掉寫得非常好的段落，或者把它完全打碎，因為它無法跟整本書融合在一起。

當我真的受不了一本書、想到它就要吐的時候，這通常是件好事——表示我已經把它全都想明白了，也想得足夠細緻了。儘管如此，最後一〇%的改寫工作是非常非常重要的。**這最後的一〇%，往往就是平庸之作和出色作品之間的差別**。當這本書從合理性上說已經基本成立，就只是結構上可能還有點瑕疵的時候，我就可以把注意力放在句子上，同時調整它們出現的先後。這是一個要求高度精確的工作——我要毫無偏差地說出我想要說的東西。這個時候，我就會再次回到我的筆記上。事實上，我可能需要花大量的時間，才能解決下面這樣的問題：這人是什麼時候說這句話的？這事到底是什麼時候發生的？

找人給你的初稿意見

我的編輯對我非常好。他雖然喜歡口頭上虧我一下，不過似乎還是願意讀我所有的草稿。我會把我那一大疊初稿給他看，然後，他會等上一個不至於失禮的時間後才對我說，「不錯，繼續寫。」當我把所有的草稿寫完，我們會坐下來好好開個會討論稿子。在那個時候，我會去琢磨他說的「不錯」到底是指哪部分。雖然很痛苦，雖然很艱難，但我還是學會了，放手確實很重要。我需要一個遠比我聰明的人，一個稍微客觀的人的意見。當我決定要砍掉哪段的時候，我會信任我的編輯理查．陶德（Richard Todd），儘管我們有時候會爭吵。有那麼幾次，我堅持我的做法，後來我就後悔了。能夠有這麼一個人對書進行溫柔地裁決和批評，確實是一件非常重要的事。如果理查．陶德先我離世的話，我也不會再寫作了。

當我還在愛荷華大學的寫作工作坊當學生時，有些非常有天賦的年輕作家（可惜他們最後卻完全放棄了寫作），他們在營隊裡迅速地發展出強大的批判能力，但是他們的寫作能力卻沒有跟上。每次你重新上演這個被稱為「寫一本書」的小型劇本時，你就必須在自我批評和自我驅動這兩極之間找到一個平衡。有時候你必須這麼想，「嘖，我剛才寫的這段可真不賴。」但有時候，你又必須心甘情願地說，「等一下，這話完全沒有意義。這太糟糕了。我得把它刪掉從頭開始。」

你的採訪做夠了嗎？▼沃特・哈林頓[25]

在敘事性寫作中，「手藝」扮演著非常關鍵的角色。保羅・亨德里克森（Paul Hendrickson）有一本書叫《尋找光》（*Looking for the Light*），講的是大蕭條時期的攝影師瑪麗恩・波斯特・沃爾科特（Marion Post Wolcott）的故事。書裡有一章叫作「一件工具的頌歌」（Ode to an Instrument），只有兩頁，其中描述了一款 Speedgraphic[26] 相機。大概有長達五十年的時間，美國攝影師可說人手一台格拉菲相機。保羅的那兩頁寫出了它那種令人驚歎之美。我讀了那兩頁之後只有一個感想，「我永遠也寫不出這樣的東西」。

我問過保羅，他是怎麼寫出來的。原來他先是去了史密森博物館（Smithsonian museum），找到了五十年前格拉菲相機的原始產品型錄的影本和宣傳資料。然後在一家古董相機店買了一台舊格拉菲，親自握著它、感受它、撫摸它的皮革，走了一遍它所有的複雜機械流程，聽它的快門開合和膠捲轉動的聲音，然後把這所有的細節都記錄下來。

保羅還找到一位使用過格拉菲相機的資深攝影師，《華盛頓郵報》的比爾・斯尼德（Bill Snead）。保羅問他，「比爾，這相機用起來如何？」然後比爾就沉浸到遐想裡了，「啊，老格拉菲。」保羅說，看著斯尼德操作這台相機，就好像在讀一首詩。

這就是保羅如何寫出那兩頁紙的過程。這就是敘事性報導的手藝。琢磨手藝，永無止境。

25 沃特・哈林頓（Walt Harrington），曾任《華盛頓郵報雜誌》專欄作家，現為伊利諾大學新聞學系主任，獲得過包括NABJ獎在內的多家獎項。

26 由格拉菲（Graflex）公司於一九五六到一九七三年間生產製造。

案例：一個關於膝蓋的故事

辛西雅．哥尼[27]

那個故事的點子是這麼來的：我在足球場上做了一個「急停過人」的動作，同時間我聽到了我的腿發出可怕的啪嗒聲，便摔倒在地，接著被送進了急診室。在這之後的三天裡，那條左腿只要一使勁就會外翻——我拉傷了前十字韌帶。

我是這麼想的，「接下來這一年，我都得忍受傷痛，還要做復健，但我至少可以把它寫成一個故事。」——這個故事最後發表在《紐約時報雜誌》上。儘管結局算是喜劇收場，但整個發表的過程，不僅對我，對我的編輯，以及我周圍的所有人來說，都簡直是地獄。可以說，寫成這個故事的過程，基本上就是一齣四幕的悲喜劇。而這個四幕劇的內容是，一件看起來很簡單又直截了當的事，是怎麼在重要關頭時搞砸的。

你其實可以把這個「寫成一個故事」的過程看作一個漏斗：剛開始，你只有一些未成形，模模糊糊的想法，然後你把它扔進漏斗，流出來的就是一個有焦點、有意圖的故事——不管怎麼說，我給的也只是一個想法而已，剩下的就是要從實踐中去驗證。開始第一幕，你把故事的各種要素扔進漏斗裡。最後到了第四幕，你的故事最終成形了。

第一幕：微光

你萌生了一個想法。比如說，你在市議會的會議上得到了一個提示，或者遇到了一個有故事的人，或者摔倒在足球場上進了急診室。那個時刻，就是你想到「這可以是個故事」的時間點，就是你的**微光時刻**。

我的微光時刻是「我要寫一個關於膝蓋的故事」。於是乎，我就把膝蓋扔進了我的故事漏斗裡。我已經有了一個承載這個故事、讓它吸引人去讀的辦法，而且這個辦法還很自然。我要從我受傷開始寫，中間我會寫我的手術還有復健過程，最後，它會結束在我重返足球場的那一幕：我帶著我那嘰嘎作響的支架，邁著不是特別利落的步子重返足球場。從某種角度看，我其實很幸運：在那個微光時刻我就非常清楚，我已經有了一些對於一篇雜誌稿來說很像樣的材料。

第二幕：初步探索

一旦你下定決心要完成一個想法，就進入了研究的階段：對你選定的主題進行廣泛的研究。這個過程相當於律師的「蒐證程序」（discovery）階段。你有一個想法（膝蓋、文盲或者黑人婦女的愛滋病），一個大的、還沒有聚焦的想法。然後你開始去掌握這個主題的所有相關資訊。這個探索的過程，能夠讓你更清楚，你的點子到底值不值得去做，如果確實值得，又該怎麼做。這個過程也能讓你更知道該怎麼把這個點子推銷給編輯。

著手研究、訪談和觀察，但不要在這個探索階段做過了頭。做到某個程度就必須喊停，你不要試圖成為這個話題的世界級專家。

這就說到我犯的第一個錯誤。我對膝蓋方面的知識學得太多，以至於你現在給我一把磨尖的勺子和一點麻醉劑，我大概就能做膝蓋手術了。記者並不需要這樣的專業水準。在初期探索的階段，你的目標是要

27 辛西雅・哥尼（Cynthia Gorney），前《華盛頓郵報》記者和《紐約客》特約撰稿人，曾為《哈潑》（*Harper's*）、《紐約時報雜誌》、《體育畫報》等雜誌寫作，現在加州柏克萊大學教授新聞學。

找到故事。

我找到了兩個故事。在我造訪急診室，以及之後跟醫生聊天的過程中，我得知有兩種人容易拉傷前十字韌帶：女運動員，還有就是嬰兒潮世代裡愛運動的人。實際上，在像我這樣愛好運動的嬰兒潮世代中，膝蓋損傷的數字出現明顯偏高的現象，原因就在於我們這種人拒絕放慢腳步。出於某種未知的原因，在某些特定的運動項目（比如足球）裡，女性運動員發生前十字韌帶損傷的人數，大概是男性運動員的二到六倍。

我寫了一份撰稿企畫書交給《紐約時報雜誌》。寫企畫書之前的第一個功課，是要很清楚你這本雜誌的讀者是哪些人，所以，不管你要提企畫書給哪家雜誌社，這都是首要任務；因為雜誌讀者要比報紙讀者更有特定性，哪怕這本雜誌是隸屬於某家報紙的。換句話說，這本特定的雜誌，是一群特定的人為了某些特定的目的而讀的，你的工作，就是去抓住這群特定讀者的注意力。

在企畫書中，我需要讓編輯多少感受到我的故事讀起來會是什麼感覺——調性會是怎樣。事實上，用什麼樣的調性來寫，跟你打算在一篇文章裡寫些什麼，是兩碼子事。我想讓這個故事成為那種知識豐富的文章，而不是內省式，更不是自憐自艾的文章。這篇文章會把我受傷的事件當成一個載體，用來承載一篇一般性的報導。我在最初寫給《紐約時報雜誌》編輯亞當．莫斯（Adam Moss）的備忘錄裡，提出兩種版本的想法，讓他來選一個。

第一個版本是針對女性運動員的膝蓋損傷率做標準化的報導。我在企畫書的前面幾行，就讓編輯可以感受到我的文章會以什麼調性來進行：

顯然，對那些要處理膝蓋損傷的教練與骨科醫師來說，女性在競技性運動項目中不斷上升的受傷數字，已逐漸成為他們關注的頭等大事——所有人都同意，膝蓋受傷的數量正在急遽上升（借用新澤西州一位骨外科醫師的話是：「像傳染病一樣」）。這一方面是因為女性運動的總人口數已經大幅增加，另一方面則因為現在年輕女性的運動方式變得跟男性一樣激烈、有攻擊性。所有人都同意，女性前十字韌帶受傷的比率是男性的三到六倍——雖然原因還並不十分清楚。對於運動員來說，這是一種非常具有摧毀性的傷害。

沒錯，開頭的那句實在太長、太複雜了。不過，它確實提出了為什麼這個故事可以成為新聞的理由。它也給編輯一個來自於專家的引述句。這個引述句讓編輯知道，我已經做過了詳盡的研究。寫雜誌企畫書的一個關鍵，是在一開始就亮出你所擁有的知識。

我的第二版企畫書則提出一個以長篇、第一人稱、帶有採訪的散文體報導，針對的是那些跟我一樣的人：出生於嬰兒潮，拒絕讓自己的人生優雅地撤退到靜態的中年生活。出生於嬰兒潮的這群人，正是這本雜誌的主要讀者。事實證明，這一篇才是亞當想要的文章。他相信這個故事如果由我來講，會講得更好，因為我對這事會有更多的關懷；另外，我處理這個題材的方式，也會比較適合這本雜誌的目標讀者群。

第三幕：在漏斗中探索

接下任務之後，我就要開始投身於我稱之為**漏斗探索的階段**。在這個階段，你要萃取出故事的核心，萃取那些你要完成這個故事所需要知道的東西。在這裡，我犯下第二個錯誤：我沒有遵循自己的行軍口令。我接到的任務是寫一篇關於嬰兒潮世代的運動愛好者的膝蓋受傷故事，可是我在開始我的漏斗探索時，卻是從一個太過廣泛的觀念出發：「我要寫的是膝蓋」。但是，一篇「關於膝蓋的文章」並無法成為故事。

我是一個傳統的記者，一個自學者。我喜歡做研究，喜歡採訪，但我痛恨寫作。我做這個報導的方式，就好像我要拿個骨科學位一樣。我之所以會把探索階段的工作做過了頭，是因為我想展現我是一個多棒的記者，我懂得多少東西。而且，那段時間我確實很愉快。

不過，最後我突然發現，「哦，啊，截稿日期要到了」。在那個時候，我已經採訪了我的前老闆，有關於他的膝關節置換手術——雖然我的故事並不是關於膝關節置換手術。我說服《紐約時報雜誌》讓我飛到俄亥俄州的辛辛那提市，因為那兒有一個很厲害的膝關節手術醫生，他將在一家醫院的某棟側樓做膝蓋手術。我跑到俄亥俄去尋找能搭配我的研究內容的場景。這是錯誤第三號。我甚至忘了問自己，**這些場景之於我要寫的故事，到底能達到什麼目的？**

第四幕：寫草稿

我那一堆筆記疊起來已經有六十多公分高了。最後，我終於坐下來開始寫作。跟往常一樣，我從中間開始寫，嘟嘟囔囔反反覆覆，問自己好多問題。最後的成果，是一堆前後不連貫的素材：比如，「而且事實上，運動醫學的整個現代分支，其起源都要感謝壞掉的膝蓋……扭傷的前十字韌帶……脫落的半月板……或者壞掉的膝蓋……所帶來的推動。一直延續到我現在所動的手術之中……馬特森做的這個手術。」這就是我寫草稿的方式。每個人都有他自己的方式。

終於，我找到了故事的調性。我起了一個好的開頭，成功表現出我想要的調性：

好吧，我確實是在四十二歲還在玩足球。不過，在你開始要嘀咕說，**咕，那她還指望能有什**

麼別的下場。但在這之前，讓我先跟你說說那些精力過剩的嬰兒潮世代在做些什麼：打網球、打籃球、打排球、打棒球、高坡滑雪，在沙灘上側撲入水搶飛盤，或者，在橄欖球場上玩那種靈機一動觸球佯攻的遊戲——就是那種看起來像是個好主意……直到有人在地上翻滾哀嚎……然後有人張皇失措跑去要冰塊、找醫生……的遊戲。至於我，對自己的那段記憶就不是太清楚了。

在寫初稿的過程中，一個中心任務是把文章的不同部分擺放好。首先，我需要的是找到我的開頭。然後，我決定要對我的傷勢做一個描述：一段非常漂亮的話，講我怎麼帶著我那條上著支架的腿旅行到東海岸，一路上還聽著各種跟運動人士受傷了的膝蓋有關的故事。所以，下一節的開頭是我到辛辛那提的旅行。第四節處理史丹佛大學的女運動員和她們的傷勢。結尾要有一個帶著嘰嘎作響的支架跳向運動場的場景。

我寫了八千字。而我接到的指令，是寫個四千字的故事。但我還是把稿子交出去了——當時，跟所有的記者一樣，我的想法是，「他們會覺得這故事太棒了，然後會給它多一倍的版面。他們會重新安排整本雜誌」。

亞當．莫斯終究把我的文章刪掉了數千字，然後做了一個非常有趣、寬宏大量的評論：「剩下的部分，我覺得我們可以省著點刪，四千字也就出來了。」當然，一篇八千字的文章，是不可能這麼簡單的對半砍就結了。所以，他們是這麼刪的：關於辛辛那提的一整節，全刪（一千美元的交通開銷啊！）。所有關於膝蓋的一般知識，以及一半關於女性膝蓋的知識也都刪掉了。至於我的個人故事，則是以一種讓我痛到咬牙的方式刪節的。

不過，我必須承認這樣的刪節是合理的。最後呈現出來的故事，確實命中目標：與嬰兒潮－運動人士的膝蓋密切相關。一段精簡的旁枝談到女性的膝蓋，則有其目的，因為我自己是女性，這篇是由我的膝蓋構成了整個故事的框架。故事的結尾是，我瘸著跳進了史丹佛大學的復健中心。瓦妮莎．尼高（Vanessa Nygaard）和克莉絲汀．沃克爾（Christine Vokl），兩位史丹佛籃球隊的受傷明星，則跟在我身後也瘸著跳進來。我們互相比較傷疤。她們的傷疤比我長，因為她們的腿比我長了三十多公分。我在文章裡寫到我們關於膝蓋復健的對話、她們對籃球的熱情，以及她們要怎樣才能繼續出賽——哪怕她們知道這需要付出很大的代價。我也同意她們的想法：我要繼續踢足球，直到我踢不動為止——繼續用我自己這副有瑕疵的身體，因為，它對我真的很重要。

我成功地從膝蓋受傷中康復了，同時，也成功地從寫完一篇膝蓋受傷的故事裡存活下來。

案例：給非科班出身者的敘事寫作課

亞德里安．妮可．勒布隆克[28]

我發現，報導文學是一種能夠把我對深感興趣的社會學以及美國的階層問題兩者相結合的方式。因為我從來沒念過新聞學院，但我一直覺得，一定有某種我不知道的方法，可以讓人寫出好故事。現在回過頭去看，我發現一路以來，我這沒有方法的寫作方式，其是對我是好的。為了做好你的工作，你必須找到你自己的方法，嘗試你該犯的錯。

在我所寫過最棒的故事中，有好幾個是從已經被放棄的任務裡長出來的。比如：一次我在《新聞日報》讀到一篇關於一個海洛因年輕小販受審的小文章後，便開始去旁聽他的開庭。接著《滾石》（*Rolling*

Stone）雜誌給了我一項任務，要我報導這件事，為此我花了大概三個月的時間跑法院。但最終，因為上訴仍在進行，能從被告身上取得的訊息其實非常有限。如果他的上訴遭到駁回，就可以對我多說一點，但那可能還得等個一、兩年；《滾石》不太想等，於是放棄了這個故事，但我卻沒放棄。

在這些採訪過程中，我認識了一些同案被告的母親和女友，我就跟著她們，因而展開了一場漫長的旅程。這趟旅程最後累積成我的一本書——《隨機選擇之家》。其實，如果當初《滾石》那篇稿子順利完成的話，也許我和她們的關係就不會像後來那樣持續下去。

不斷偵測自己對故事的反應

每當我拿到一項指定任務時，通常我相信，如果我能以不同的方式去**報導**那個故事的話，那麼編輯也能以不同的方式**理解**這個故事。就是說，任務只不過是一個讓採訪開始啟動的框架而已。當我開始寫一個故事時，經常會出現很多困惑，因為我會問自己還有別人一些基本問題，比如：**什麼叫「幫派女孩」？當人們說到這些詞的時候，他們是什麼意思？這些詞會給人們什麼樣的聯想？**

當我開始做採訪時，我就是整個故事的溫度計，我會不斷地偵測自己的反應。剛開始做記者時，我習慣寫私人日記，同時也整理一些採訪筆記或者錄音資料。我會記下我在現場採訪時的感受，誰是我喜歡的，誰我不喜歡，誰讓我生氣，誰吸引了我的注意，以及為什麼會這樣。其中有些材料，最後確實變成我故事的一部分——倒不是因為我本來就覺得它們有趣，而是因為好的編輯把它從我這裡提取了出來。這些

28 亞德里安・妮可・勒布隆克（Adrian Nicole LeBlanc），著有暢銷書《隨機選擇之家：布朗克斯區裡的愛、毒品、麻煩，以及老年的到來》（*Random Family: Love, Drugs, Trouble, and Coming of Age in the Bronx*），此書進入了NBCC獎決選名單。作者經常為《紐約時報雜誌》、《紐約客》、《君子》等雜誌撰文，並在哥倫比亞大學新聞學院教書。

編輯會問我一些我必須透過翻看我當時的日記才能回答的問題——在日記裡，我會更自由地書寫，這種自由是我不允許自己在正式的採訪筆記裡表現的。

多年的經驗告訴我：我必須當場把場景寫下來。我應該在採訪結束後馬上做這件事，最好就像我現在會把我的筆記打成電子檔一樣。可惜我一直沒有養成這個好習慣，這就是為什麼我的《隨機選擇之家》，花了差不多十年的時間來採訪和寫作，部分原因就在於此。現在，對於盡快整理好採訪筆記這件事，我已經比以前更自律了。

在科倫拜高中慘案[29]之後，《紐約時報雜誌》要我寫一篇有關被孤立的高中生的報導。編輯要我找到一所學校，它曾經遭到某些被孤立的孩子威脅，幸而最終及時防止了災難的發生。當時，有三到四所學校都符合這個條件。

布線並靜待回應

每個人都以為自己也曾經是個孩子，所以都明白青春期是怎麼一回事。但我知道我現在已經無法理解，對一個孩子來說，讀高中到底意味著什麼；更不用說是一個郊區的地方高中裡被孤立的孩子。我試圖說服編輯，寫一個關於在學校被孤立是什麼滋味的故事。我到了一所高中，站在校門口攔住一些孩子，對他們說，「嗨，我是一個記者，我想寫被孤立的孩子的故事。你知道學校裡最被大家孤立的學生是誰嗎？」只跟六個小孩聊了一會，我就掌握了這所學校的社會階級狀況。

最初的採訪工作有時會非常艱難。我發現我撞上了一堵令人絕望的高牆，因為我完全是個外人。我必須往內部再深入一些，但是我不知道怎樣才能更深入，甚至不知道它的內部在哪裡。但我總是能夠挺過這個階段。我在六個不同的地方布下的觸角，終於給了我一些回報。現在我必須做出決定，因為我不可能同時跟訪六組孩子。如果我有一個好編輯，我會打電話跟他討論一下，或者打電話給我朋友。我會聽聽自己跟他們說了什麼，由此來決定哪條故事線才是我最感興趣的。如果我談來談去，老是回到某一個人身上，那個人就會是我的最終人選。與人談話討論，變成一根告訴我未來前進方向的指南針。

如果你成功完成這一步，交出一個有焦點的故事，那麼編輯就會信任你。他們就會允許你從一個非常寬鬆的任務開始做。那麼，能有多寬鬆呢？這就需要靠你自己去小心找到那個平衡點了。如果太寬鬆的話，那故事可能最後還是會被放棄——別忘了，那個因此沒錢拿的人可是你自己。

當我決定了要集中跟訪那個小團體，我就跟他們說，「我現在還沒有問題要問。我只想跟著你們，先跟個一陣子。」他們覺得這件事既奇怪又好笑。我跟了大概幾個禮拜，期間我開始對其中一個小夥子非常感興趣，我們也聊了一些。我必須讓他母親知道我在採訪她兒子，所以我們到了他家，跟他母親說明我在做什麼。但在那之後，他就把自己的嘴封上了。又過了幾天，他跟他的朋友都嗑了藥。他轉過來跟我說，「你可真假。」他之所以這麼說，是因為那天我跟他母親解釋我在做的事情時，用的是非常成年人的方式；那跟我和他在一起的樣子完全不同。

不要急著問問題

一般來說，如果我能更常閉上自己的嘴，就會知道更多的事。但要有這種頓悟，需要時間的積累才可能出現——人總要花很多時間才會學乖。絕大多數的人，不管是什麼年齡或什麼社會階層，都很少會被單

29　一九九九年四月二十日，美國科羅拉多州哲斐遜郡科倫拜高中（Columbine High School），發生兩名學生攜帶槍和自製炸彈進入校園，殺死十二名同學和一名老師的慘案，同時有二十四名學生和三名其他人員受傷，兩人並於犯案後自殺。名導演葛斯・范・桑（Gus Van Sant）以一部叫《大象》（*Elephant*）的電影描述了整起事件。

純地傾聽——中間不會被打斷、沒有被問問題，並且對方對你說的話，會在深思熟慮之後才回應你。

在整個採訪過程中，我都跟人說「這是**我的**故事」。我經常跟他們說，「想像我正在拍一部關於你的生活的電影。我必須帶著攝影機跟著你到處跑，因為我想向人展示出來的，不是別的東西，就只是你的生活。我得看看你的臥室，見見你的朋友，看看你是怎麼跟你媽相處的。我會一直看著你，而且是以一種跟你自己看自己不同的方式去看你。我會跟別人談起你。我會在這裡出現一段時間，然後就會消失，去寫關於你生活的故事。這不會是你的傳記，這個故事所涵蓋的，只會是我們所有談過東西的極小一部分。你可能會告訴我一千件事，但可能裡面最後只有兩件會寫進這個故事裡。」無論是從倫理上來說，還是為了讓事情能順利進行，讓你的受訪者理解整個報導過程，是一件非常重要的事。

我傾向於把自己想成是那種不問太多問題的記者。話是這麼說，但往往當我在聽自己做的訪談錄音時，才會驚訝於我的受訪者居然能夠在我的滔滔不絕中插得上話。我現在才了解，當我滔滔不絕時，其實是因為我對受訪者將要告訴我的事覺得不自在；或者是對自己的處境——需要從受訪者那裡問出些什麼的侵略性——感到不自在；有時候，由於我心中對整件事已經有一個觀點，因此，當談話進入太尖銳緊張的階段，一旦我的受訪者要揭露出那些最深的東西時，我就會產生抗拒。

對我來說，明白自己為什麼會在那些情況下產生那種反應，是非常重要的一件事。這不是因為這個反應本身多有趣，而是因為它們創造出一張地圖，讓我看到我對故事的理解是如何逐漸展開的。比如說，在同樣條件下，我會想去相信什麼，抗拒什麼，會很興奮地去了解什麼，知道這些對我自己來說是很重要的。那些死胡同，那些盲點，反而可以讓敘事過程走上非常棒的道路。我生出的困惑，有時正是在提示我某種敘事策略。為了讓一個記者把他的自我從故事裡抽離出來，知道那個自我正待在什麼地方，會是有幫助的。

為了讓自己能夠看清自己的反應，我努力不讓自己的腦子被別人的想法占據。我並不認為非得在開始採訪前就去做背景方面的研究準備。一般來說，我不會去讀有關這個主題的書，也不會先找專家聊。不讓自己陷進這些二手文獻中，有助於我把自我看管好。如果不這樣的話，我可能會覺得自己已經明白了，太有自信了，然後問題就會太快問出嘴，而不是保持安靜，注意傾聽。

向對立的一方查證

在我為《隨機選擇之家》做採訪的初期，有位年輕女孩跟我談起她的男朋友。他有很多女朋友，不過她認為自己才是他最重要的女友——依她所說似乎確實是這樣。她描述了她是如何處理因為他多姿多采的桃色生活而帶來的各種鬧劇。有一段時間，他在跟另一個人約會，而她卻仍然去看他。當他跟另外一個女孩在外面拍拖時，她會進到他的住處，幫他熨T恤，刷跑鞋。她跟我說了這些，然後我回答說，「哦，天哪，這對你來說肯定很難受吧。」我把那段時間解讀成一種她被人欺負的狀況。

很多年後，我採訪到了另外那個女孩，我問她，「你記不記得誰誰誰，她在你男朋友的房子裡為他做所有事？」她說，「哦，是啊，我敢打賭，她跟你說她經常照顧他。但你要知道，是**我**在幫他洗衣服，給他做飯。」我才忽然懂了，第一個女孩在刷鞋的時候，是在宣示她的地盤。我當時對這個狀況的理解完全搞錯了。只有透過這種當面查證，我才能明白這兩個女孩是在競爭。

我在很久以前的那場對話裡，對第一個女孩做出那樣的回應，事實上等於是把她的嘴給封上了。看到我的反應如此不上道，她當下該怎麼跟我解釋呢？這個經驗讓我學會了保持安靜，否則有哪本教科書能教我這個呢？我必須學會去聽，去讓自己投身於每一個「當下」。

第 3 章

紀實敘事的體裁

新聞學已經建立起來的特性包括：可靠、功利、有目的的服務於社會，這些都為敘事性報導的實務，設定出一套強大的方法。經過幾個世紀的不斷演化，這套方法在今天為不同信仰、階級、教育程度、政治觀點、文化口味的大眾，提供全社會所關心的新聞。

新聞寫作企圖統整並將資訊傳達給大眾，這個使命透過嚴格的修辭學原則達成（如果成功的話）。新聞寫作會避免大部分的情緒性內容，只描述和分析顯而易見的事物，它遠離那些讓人頭痛的社會和哲學問題，這些問題甚至讓日常的事物都變得難以言說。新聞寫作並未偏離我們所有人——不分貧富、年紀、信仰、教育程度——所期待分享的那些理念，諸如：社區服務值得稱讚、犯罪是有害的、兒童應該受到保護、商業是有益的、要支持藝術活動、永遠為來自故鄉的球隊加油。

但真實的世界卻總是比標準的新聞實務所想捕捉的那個世界更醜陋、更友善、更微妙、更富有、更殘酷、更陌生、更單調、更混亂……最重要的，也更複雜。包括那些閱讀傳統日報的讀者也認知到了這一點。那些生活在喧囂紛擾的真實世界的人們令我們著迷，哪怕他們是如此藉藉無名。他們的歷史、社會結構、苦難、經歷、成功、偏見、衝突、制度，以及無窮盡的秘密，始終吸引著作者。

不同的敘事性體裁類型，都是文學家族中的遠親或近鄰，在成千上萬年的歲月中，由於作家對不同主題的嘗試而得以發展。每一種類型都展示了一條呈現真實故事的道路，它們有各自的轉角、岔路和風景。這一章裡，我們將快速瀏覽若干體裁類型，包括人物傳記、遊記、回憶錄、個人散文集、評論、歷史寫作、調查報導和廣播紀實。

（馬克・克雷默、溫蒂・考爾）

人物特寫：提問與觀察

雅基．巴納金斯基[1]

為什麼要做人物特寫？成功的人物特寫包含了敘事性報導的所有必要元素。一個作者必須學會如何刻畫人物**以及**地點：抓住他的個性，描述他的外在舉動，解釋他的行為動機。一篇出色的人物報導需要先做好出色的採訪——這是一種超越形式的技巧——然後呈現出負責任的報導。當你在寫某一個人，那個人也知道這件事，你就必須做得夠好。

人物特寫提供了一種以小見大的個案。在〈中心地帶的愛滋病〉（AIDS in the Heartland）系列報導中，我深入描寫了兩位即將死於愛滋的明尼蘇達同性戀農民。這個故事不僅僅關注這兩個人，而且也關注面對愛滋時，人們的生與死，以及他們所在的族群是如何面對的。

人物特寫讓我們在抽象階梯的兩端左右開弓（見下文「抽象階梯」的短文）。故事的特殊主角——農民兼政治活動家迪克．漢森（Dick Hanson）和伯特．亨寧松（bert Henningson），在抽象階梯的下端；這兩個男人所代表的承諾、愛、死亡以及家庭的抗爭，則在梯子的上頭。很多報紙上的故事都很無聊，這是因為它們停留在梯子的中間：既沒有特殊的人物，也沒有宏大的主題。這些故事既沒有任何事物做基礎，也沒有任何憑藉可以讓它們超越平凡。

問奇怪的問題

做人物特寫的關鍵是問清楚一些問題。採訪至關重要，而且不能僅僅採訪你要寫的對象。他或她身邊都有些什麼人？誰能透露一些有關主角的事？誰會知道影響主角一生的決定性時刻？你要去採訪這些人。

你的問題必須要深入。這個人的特質是什麼？動機是什麼？價值觀是什麼？生活方式又是什麼？這個人究竟是誰？想要達到這種深度，你必須問一些相當抽象的問題。我曾經問過六個徒步穿越南極洲的男人（他們差點在旅途中死亡）：南極洲是男性還是女性，為什麼？這個問題幫助他們以一種新的和個人化的方式看待南極洲。你可以問他們最擔心什麼，或者誰對他們來說最重要，或者最害怕什麼。抽象問題問完要問一些具體的問題，以引出詳細的故事。

有些人喜歡談論自己，少數人雖然喜歡談自己，卻說不出多少有用的資訊。他們會說諸如「上帝要我去做這件事」，或者「我已經把這個交給我的隊友了」。你作為一個採訪者的任務，是把採訪對象變成一個講故事的人。要問有層次、有深度和奇怪的問題，才能引出不尋常的答案。把他帶到他平常不太會去的地方，問一些需要描述才能回答的問題。如果你的報導取決於主角必須做出的一個重大決定，那就要問關於做出決定那天的一切。那天有什麼特別的？那天早上你起床後做的第一件事是什麼？你還記得那天早上你早餐吃了什麼嗎？那天天氣如何？你穿了什麼樣的衣服？那天你在想著誰？有電話打進來嗎？帶我一起回憶一下那天的前兩個小時。這些事情看起來可能和故事沒有直接的關聯，但是卻能幫助他回到那個當下。給他一點壓力。做一些假設，讓採訪對象去印證你的假設，或者與你辯論。

關鍵在生動的細節

有一次我參加一個頂級奧林匹克跑步運動員的記者會。她的簡歷勾勒出一個十全十美的女人：燦爛的運動生涯、法學學位、富有且愛慕她的丈夫、封面女郎等級的美貌。然而她已經三十多歲了，而且還在

1 參見19頁。

跑。我問她是否擔心整個人生願景有什麼不完美，譬如孩子。她是不是和自己的生理時鐘在賽跑？相較於分析她的跑步技巧，這樣的問題才有可能挖出一個更有趣的故事。

把你整個人沉浸在採訪工作裡。你必須高度專注，確保全部心思都在你的採訪對象上。你必須認真聆聽，和你的採訪對象同步，適時再往前進一步或收回一步。不要考慮採訪題綱、你的編輯和故事的開場白，考慮眼前的人就夠了。我的一個朋友把這叫作「全身採訪」（full-body reporting）。如果你真的做對了，採訪結束時應該會覺得筋疲力盡。

對於寫作，尤其是人物特寫，最重要的是生動的細節。有些記者會抱怨編輯，常常把生動的細節從特寫中刪去，但有時編輯這麼做，是因為這些細節與主題的相關性不足。如果這些細節裡沒有透露出重要的資訊，那就是沒必要的。所以你要一直採訪，直到找到絕對必要的細節。在〈中心地帶的愛滋病〉中，我描寫兩個男主角在他們的農舍周圍種的鳳仙花和美洲石竹。我注意到，其中一個男人住院前最後吃的食物是鄰居潮濕的西葫蘆麵包。我寫了牡丹花，它們被安放在水罐中，擺在房子四周。這一切細節都描繪出了美國中西部傳統鄉村夏天特有的景象。

寫人物特寫需要貼身觀察，然後再把鏡頭拉回來。當你從採訪轉向寫作，你必須把自己與對象拉開距離。當你在書桌前坐下來，就要轉移你忠誠的對象，就好像你筆下的人物正從背後看著你，但你必須背對著他。你對自己的寫作對象和他們的故事並不失尊重，但你忠誠的對象卻必須是讀者。

在我編輯完一篇人物特寫文章後，它還必須通過一個測試才能定稿。我會要求作者把文章給對報導對象一無所知的人看看，那個新的讀者必須能夠回答，且必須用一句話來回答兩個問題。第一個問題：**你認為這個人的特質是什麼？**第二個：**在讀完文章後，你是否知道自己是不是喜歡這個人？**如果答案並非作者所期待的，那麼這篇人物特稿就不算完成。

人物特寫的表現形式有很多種，以下我只講三種。用我自己的術語就叫作「從襁褓到現在的特寫」（Cradle-to-Current Profile）、「定位特寫」（Niche Profile）和「段落特寫」（Paragraph Profile）。

三種人物特寫

從襁褓到現在的特寫

當被控謀殺華盛頓州四十八位婦女的「綠河殺手」蓋瑞．里奇魏（Gary Rilgway）被逮捕後，《西雅圖時報》的一篇人物特寫，寫下了他一生中的各種大小事：他在哪裡長大，第一次顯示出病徵是在何時，員警又是什麼時候開始追緝他。寫這種故事需要了解一個人的一生，也需要大量的時間做調查。所以只有少數情況才會從出生寫到現在的故事。

定位特寫

定位特寫是我最喜歡的一種人物特寫。它可以在報紙上很快看完，而你可以只花幾天且在千字之內就完成。定位特寫的關鍵是你要精準地說明這個人為什麼有新聞點，接著在此基礎上展開一個故事。

當我們做蓋瑞．里奇魏從襁褓到現在的人物特寫時，我們其實也可以做一篇有關他的辯護律師的定位特寫。定位特寫並不需要談她在哪裡出生，或者她五年級時做了什麼，除非這件事和她作為里奇魏律師的角色有直接關係。她的生平資訊可以壓縮，或以小檔案的形式出現。定位特寫要寫的是她如何走到律師這個角色，以及為一個連續殺手辯護是否帶給她內心的掙扎。

要寫出一篇出色的定位特寫，你必須清楚知道你要找的是什麼：即符合文章主題的生動細節和引述句。

段落特寫

這是篇幅最短的人物特寫，嚴格來說其實並不算一篇人物特寫，而只是一個大故事中的單獨段落而已。段落特寫可以將單調乏味的故事變得具有真正的個性。因為它讓一個名字不再只是名字，讓讀者能很順暢地讀完整篇文章。段落特寫的重點在反映人物的個性，這種個性應該和更宏大的文章主題密切相關。

在你處理一般故事報導時，段落特寫可以讓你去嘗試敘事寫作所需的報導手法。它會逼你去挖深和聚焦於與主題真正有關的東西。

還是舉蓋瑞・里奇魏報導的例子，與其只點出最終破案偵探的名字，倒不如來一段他的段落特寫。這段特寫可以像這樣描寫這個偵探對追捕「綠河殺手」的投入程度：二十五年來，他的線索資料已經裝滿了幾十個箱子，連做夢都會夢到。你也可以提及法官那天走進法庭前做了禱告，或者聽了一首最愛的歌曲。

還有許許多多種特寫，譬如主角不是人物而是一個地方或一棟建築，甚至是一場會議的特寫。為一個市議會會議做特寫，不是透過報導開會的結果，或誰為什麼投了票；而是去寫會議的「個性」，它的節奏，甚至是它的愚蠢之處。如果你要寫一篇掃雪機司機的特寫，主要的「角色」可能是卡車、道路、雪，或者是司機。不管對象是什麼，對人物的細心關注都能讓你更知道如何闡釋它。

抽象階梯 ▼ 羅伊・彼得・克拉克[2]

對敘事寫作來說，抽象階梯是最好用的工具之一，儘管它並不是很容易理解。我花了大概十五年才變得比較能得心應手。

S．I．早川（S.I. Hayakawa）在成為美國參議員之前曾經是一名語言學家；在他於一九三九年出版的《行動的語言》（*Language in Action*）一書中，首次提出了這個概念。早川寫道，所有的語言都存在於階梯上。最概括性或抽象性的語言和概念，位於階梯的頂端；而最具體、最明確的用語，則在階梯的下端。

在講故事時，我們要在階梯頂端創造意義，而在底部去舉出例證。記者更樂於沿著階梯往下，然而，問題在於我們既不能只到達高處，也不能剛好停在底部。一般新聞傾向於停留在階梯的中部，而我從寫作教師卡洛琳．馬塔萊納（Carolyn Matalene）那裡學來的教訓卻是：這是最危險的區域——套一句阿拉巴馬州的俚語來說：山羊吃矮草。

我們的教育體系就是卡在抽象階梯中間的極好案例。學校董事會從不討論諸如文字素養，或鼓勵年輕人參與民主活動等重要問題——這些都是位於階梯頂端的概念；也不會討論加拉格爾小姐一年級的課堂上，孩子們是如何吃力地做閱讀理解——它屬於階梯底部。相反的，在教育體系中，老師被當作「教學零件」，討論的卻是關於「語言藝術課程的範圍和順序問題」——這正是階梯的中部。

階梯頂端的寫作是**述說**（telling），呈現出的是全貌；階梯底部的寫作是**展現**（showing），呈現的是細節；抽象階梯可以幫助寫作者知道如何在頂端表達意義，又如何在底部舉出具體的例子，並且避免中間的混沌狀態。當你在精心布局的敘事中展現細節，它自然會帶領讀者向階梯的上方走去，在讀者的大腦中，意義自然會從故事中流出。如果你為我展現一個十四歲的女孩，在天寒地凍中，把自己的大衣送給了一個流浪漢，你就不需要告訴我她是個多麼有同情心的人，因為她的行動已經

2　羅伊．彼得．克拉克（Roy Peter Clark），一九七九年起在波因特學院教寫作，是學院的副董事長和資深學者。在此之前，他是《聖彼德堡時報》的寫作教練。著有多本相關書籍。

說明了一切。

人物特寫：像寫一首史詩

湯瑪斯・艾力克斯・泰森[3]

我在菲律賓一個天主教家庭長大，在菲律賓，天主教早已和本土宗教相融合，形成了一種萬物有靈的信仰。從小到大，我都相信權力和頭銜四處在作祟。無論是我自己努力學到的還是學校所教的，都沒有動搖我這個信念。

大約十七歲時，我開始想成為一名牧師。我把這個想法告訴了妹妹，她是家裡最聰明的人。她說：「如果你不是這麼一個懶人，你會是一個好牧師。」我們都笑了——她說的話有一定的道理。她不是說我真的是一個懶人，而是說我對世俗的欲望讓這個願望很難實現。她完全說中了，如果誰要為十七歲的艾力克斯・泰森寫一篇人物特寫，這可以被寫進核心段落中。

她這精闢的觀點回答了所有人物特寫都必須回答的問題：**這個人是誰？**對於任何一個對象，這個問題都可以有各種回答方式。不妨回答得有創意些，比如二〇〇四年五月的《浮華世界》雜誌就有帝莫西・特雷德韋（Timothy Treadwell）的人物特寫——一位將畢生精力投入保護阿拉斯加熊卻最終被熊所殺的保育人士，巧妙的是，內德・塞曼（Ned Zeman）在文章的第一部分，是用一隻熊的觀點切入的。

人物特寫的角度，會從我們自己的特質和興趣中自然發展出來。然而，我們卻一定要始終聚焦在主人翁上。當我著手寫一篇人物特寫，我會提醒自己四件事：

一、你的主人翁和你一樣複雜

對記者來說，很容易在自己的故事中描繪出一個單一面向的人物，特別是當記者只關注在對方在事件中的角色，如士兵、市長、受害人、強盜時。為了避免這種狀況，我常會提醒自己有很多自相矛盾的地方，也會努力記住別人其實也一樣。這可以讓我避免太過情緒化和簡單化。

每個人都有陰暗面，對陰暗面的審視可以為人物特寫增加複雜性。探討某個特定人物的陰暗面也許並不總是恰當，但是我可以探討相關環境的陰暗面。我曾經寫過一個死於伊拉克的美國士兵。那篇人物特寫也許並不適合讓我去探討，比如，他對色情文學的癖好，但是我可以透過他的家人來探討他所處環境的陰暗面。他的家人都反戰，也討厭他們的兒子被當作英雄來膜拜，但他們愛自己的兒子。這篇特寫的張力都圍繞著他的父母，而不是那個殉職的士兵。

二、你的主人翁背負著和你一樣沉重的包袱

早上七點半，周圍靜悄悄地，你自己一個人開車上班的途中，是哪件事正在折磨著你？每次遇到你可能要寫的對象，都要記住，那個人會面對和你類似的情境。在人物特寫中，你可能不會寫出這些情境，但是作者必須找出你的主人翁的痛苦，去理解他或她。

3　湯瑪斯．艾力克斯．泰森（Tomas Alex Tizon），曾任職《西雅圖時報》，與另兩位同事共同獲得一九九七年普立茲調查報導獎。後任職於《洛杉磯時報》，現於大學任教。

三、你的主人翁內心有所渴求

每個故事都有一個有所求的主角，而且必須經歷各種各樣的障礙最終才能得到它。每一個精彩的故事，每一篇出色的特寫，都是一種追求。這種追求可能很簡單：為了擺脫無聊、追到一個女孩、贏錢、自我救贖，或者報復些什麼。

我最近寫了一篇二十五歲士兵的人物特寫，他是看著戰爭片長大的，一心想要成為一名戰士報效祖國。他被派到伊拉克，但是他一到那兒，他的坦克就被炸了。受傷後的他被送回他那位於蒙大拿的小鎮上。他整個戰地生涯僅僅維持了七分鐘。我本來打算把他寫成一個被埋沒的英雄。我坐在他家客廳，他為我展示了他畫的伊拉克事件的素描：他的坦克在一座橋上爆炸，士兵們爬出來等待救援。透過這些畫，我可以看出他的痛苦。他準備將自己的一生都投入做一名戰士，但是他甚至連開一槍的機會都沒有。他覺得自己的一生已經徹徹底底的失敗，這就是他的苦痛。

那他的需求是什麼呢？跟那個詭異的人生轉折達成和解。表現你的主人翁那混亂的包袱，以及欲望，其中的糾結，就是你要講的故事。

四、你的主人翁有著史詩般的故事

這裡說的史詩故事是一種格局更大的故事，而你的主人翁的人生正和它相匹配。我相信，無論和誰談上兩個小時，我都能從那個人身上找到一個史詩般的故事——我承認這種信念可能來自於從小受到天主教萬物有靈論的薰陶。所有那些我們在學校聽到的古希臘神話，都的的確確會換個方式進入我們現在的生活。

薛西弗斯被懲罰要永無止境地將巨石推上山頂。現代的詮釋就是：**他的一生將是一成不變、痛苦而永無終止的勞動**。

普羅米修斯偷火，惹怒了宙斯，結果被綁在大岩石上，被惡鷹啄食肝臟——日復一日，永不停止。現代的詮釋就是：**他的一生就是不斷努力挽回那失去的東西，卻只能一再被奪走。**

麥達斯國王實現了自己的願望：他手所碰到的一切東西都會變成黃金。但這裡說的是**一切**，也包括他的家人。現代的詮釋就是：**你最深的渴望，也能毀滅你。**

每個人身上都有很多故事，但是沒有一個作者能夠寫完全部的故事。我們只能盡力而為，使出全力——我們的感官、智慧和直覺——去挑選合適的故事罷了。

我們能寫的只是一個切片 ▼ 麥爾坎．葛拉威爾[4]

雖然我一直在寫人物特寫，但我依然相信一些規範人物特寫的標準需要重新審視。標準的人物特寫的準則是，無論我們是在寫還是在讀那些人物的故事，都是為了能更深入的了解他們。但是當我回頭看我做過的那些人物特寫，我可以很肯定地說，沒有一篇能夠接近我所描寫對象的真正樣子。那也從來不是我的目的。

做人物特寫的標準方式是，找到一個人，並且跟隨採訪。眾所皆知，在《紐約客》，一些作者會花大量的時間對採訪對象做跟隨採訪。那就是你進入到採訪對象內心的方式——至少他們是這麼說的。我從來沒有打電話給任何人說：「我要對你做跟隨採訪。」經常是，我能夠在和採訪對象最初見面的幾個小時內，就能得到我想要的東西。任何超過這個程度的資訊都是不必要的，甚至是有害的。

4 麥爾坎．葛拉威爾（Malcolm Gladwell），《紐約客》特約撰稿人，曾獲得國家雜誌獎的人物特寫獎，他的《引爆趨勢》（*The Tipping Point*）和《決斷兩秒間》（*Blink*）兩本書都曾是《紐約時報》排名第一的暢銷書，二〇〇五年他被《時代》雜誌評為「最具影響力百大人物」。

若我要寫一篇一萬字的人物特寫，我其實只需要在他身上花幾個小時。

為什麼花這麼少的時間？因為我對報導個人並不感興趣。我不做這種人物特寫的一個原因是，我認為我們不可能真正描寫一個人的核心。作為一個作者，我們必須承認我們技巧的局限性。人們比我們對他們的描寫所呈現出來的面貌，更為複雜。

我們往往過度聚焦在心理分析上。傳統的人物特寫，會花很多時間在採訪對象的童年故事，但是心理學家並不能真正找出童年的經歷和一個人的現狀之間有什麼關聯。人物特寫是心理分析的一種形式，那麼也必須尊重心理學的局限。

心理學家討論過許多關於**樣本**和**識別標誌**的區別。例如，你也許只需要五秒鐘來辨識出一首披頭四的歌曲，因為他們的音樂有一種**識別標誌**。只要截取一小片，你就可以知道更深層次的那部分。其他的東西只是樣本而已。如果我讓你在早上三點鐘到戶外走走，並且試圖預測一下當天下午的天氣，你就會覺得很難。因為室外的兩分鐘並不足以提供給你一個識別標誌，只是一個**樣本**。

即使你帶著錄音機和筆記本，與你的採訪對象花了很長一段時間，你看到的也只是組成他們一生的千千萬萬個小時中很小的一部分。我們以為我們拿到了識別標誌，但是事實並非如此。當我要做一篇人物特寫，我通常也會採訪二十個寫作對象生活中相關的人士。其實最好的素材來自於他們，而不是你要寫的對象。

雖然我們並不能囊括一個人的所有要素，但是我相信我們可以得到一個人性格的一些片段，這已經足夠了。在我的人物特寫中，它能夠讓我去詮釋這個人的某些方面，從而有助於寫出我真正感興趣的主題或概念。

我寫關於**概念**的特寫，是因為我深深懷疑僅僅描寫個人的人物特寫是否合理。人物特寫應該包含多一些社會學的東西，少一些心理學的東西。很多描寫個人的人物特寫，應該將重點放在描寫次文化，每個個人都可說是檢驗其所生活世界的一種手段。當我們將自己局限於對個人的認知，其實也就失去了對社會和次文化提出更有價值問題的機會。

遊記：內在和外在的旅程

亞當．霍克希爾德[5]

遊記是最古老的寫作形式之一。去到一個陌生的地方，然後返回故鄉，這樣的故事至少可以回溯到荷馬的《奧德賽》（*Odyssey*），它寫（或者口述）於大約兩千八百年前。在這種形式中，作者通常藉由描述地理上的旅行，來同時書寫其內在的旅程——從幻想到了解，從無知到有知。我最喜歡的兩本現代著作就是這種寫作的最好例子：普利摩．李維[6]的《再度甦醒》（*The Reawakening*）和麥可．阿倫[7]的《阿勒山遊記》（*Passage to Aratat*）。

《再度甦醒》敘述李維在一九四五年從奧斯威辛（Auschwitz）集中營釋放後，在義大利努力回歸正常生活的經歷。這本書寫出了西歐國家內部在二戰結束前夕的混亂景象。貨幣貶值，所有的交易回到以物易

5 參見57頁。

6 Primo Levi（一九一九—一九八七），猶太裔義大利人，身兼化學家、抗法西斯游擊隊、集中營生還者、作家四種身分。其代表作另有《週期表》（*Il Sistema Periodico*）一書，以化學元素暗喻其人生的不同階段，包裝了大屠殺劫後餘生的人文關懷。

7 Michael Arlen（一八九五—一九五六），生於保加利亞，逝於美國。為散文家，小說家，劇作家。以諷刺英國社會的愛情故事聞名，也寫恐怖小說。

物。李維也自述了他死裡逃生的旅程：故事的開頭他還是個身形瘦削、氣息奄奄的囚犯，到結尾時，他在他成長的故鄉成為一個完整的人。

《阿勒山遊記》同樣描寫了靈魂之旅。阿倫把故事架構在他踏上前往父親的祖國亞美尼亞的旅途中。故事線從阿倫開始了解亞美尼亞祖先開始，逐步展開：在種族大滅絕期間，無數的人絕望地遠走他鄉。後來，阿倫親自去了一趟亞美尼亞，故事在阿倫回家中途路過土耳其時完成。在那裡，他遇到很多土耳其人，他們否認亞美尼亞的種族滅絕曾真實發生過。他在書中不斷加入對亞美尼亞歷史及其家族歷史的探討，以及他父親對他的傳統竭力保持緘默的情感力量。

當然，這類書和我們在報紙旅遊版上讀到的大部分文章截然不同。它們的問題是，廣告主——郵輪公司、餐廳、旅行社以及航空公司——能決定報紙旅遊文章的內容。我完全贊成假期旅行，但是真正有趣的旅行，與郵輪公司或哪家餐廳一點關係都沒有。它只跟你親身進入你目前所在地以外的世界有關，其實你根本不必走多遠。對於住在曼哈頓的大多數人來說，從地理學以外的任何一個角度來看，南布朗克斯[8]都要比巴黎或倫敦要遠得多。報紙的旅遊版應該有關於你家附近的定期旅遊專題報導。

旅行就是做沒做過的事

作為寫作者，我們能夠讓報紙像報導新發現一樣慢慢地報導旅行。當你寫旅遊文章時，你應該去找出那些不尋常的東西。如有必要，你可以把旅館或餐廳資訊只以邊欄的方式呈現，不要當成報導重點。如果報社想要你寫有關歐洲或者加勒比海等人們熟知的景點，那麼你就寫遊客在那裡可以做些什麼沒做過的事，像是：拜訪一所在瑞典的實驗學校，或者參觀一所加拿大的健保診所，抑或參觀一下一所建在牙買加，由兩個舊奴隸農場改建成的大學校園。

要寫某個不尋常地方的不尋常文章，將帶來特別的挑戰。幾年前，我和妻子以富布賴特講座（Fulbright lectures）學者的身分，在印度生活了六個月，回到家後，我有了兩個故事的點子。我寫了一份詢問信，請經紀人幫我寄給雜誌社的編輯。但她卻告訴我：「算了吧！沒有編輯會對印度的故事感興趣。它離讀者太遠了，而且沒有新聞點。你最好直接寫完這些故事，然後再讓我幫你推銷。」這可不是去兜售自由作家作品的好路子，但在這件事情上她還是對了。我必須得透過文章本身去說服編輯，讓他們對印度提起興趣來。

我寫了兩大篇關於印度的雜誌報導，兩篇都用相當傳統的形式寫了有點不太尋常的主題：一篇是關於一位十分注重環保的建築師，他蓋了一些低成本的節能大樓；還有一篇是關於喀拉拉邦的社會與政治的故事。

但是我仍然覺得自己並沒有抓住印度那絕對的**差異性**。我的意思是：訪問和描寫一個不尋常的地方，開啟了無限的機會。當我處於一個和我的祖國截然不同的國家，我會注意到更多東西。那就好像吸了毒品，平常錯過的東西這下全都看到了。我感覺自己充滿了無窮的活力。

在這種旅行中，當你正經歷其間時，請對它保持敬意。如果你有了想要寫點什麼的渴望，哪怕是最微不足道的渴望，也要仔細觀察它。把一切都寫下來，並且要寫日記。

兩種筆記本

當我接到採訪任務，我會攜帶兩本筆記本。一本用來寫我被分派的或者想要去寫的故事，另一本用

8　布朗克斯區（Bronx）為紐約市五個區中最北的一區，職棒大聯盟的紐約洋基隊主場即位於此。

來記錄打動我的經歷和細節。我也許期待利用後者為未來的寫作計畫做準備，只是我當時還不知道會怎麼用，或者什麼時候會用得上。後來，第二個筆記本變得十分重要，我會在其中深挖，長出新的東西。

出國採訪可能算是某種自由的體驗。當我在美國做採訪時，如果代表一家知名雜誌，我就走路有風；相反的，如果代表某家名不見經傳的雜誌，則就像有求於人。然而，一旦出國到其他國家，我就成了一張白紙，人們可以隨意投射自己的印象。所有旁枝末節的差別和誰大誰小的排名都變得毫無意義，因為我來自另一個世界。

也正是因為來自一個截然不同的世界，我們就更需要花時間，等待我們的所見所聞呈現出真正的意義。過一段時間再動筆寫自己的經歷，這尤其對寫個人故事有著極為重要的意義：最有意義的事情，總是需要我們經過消化、吸收，才能理解它內在的深意。

例如，在我初到印度的頭幾週，我關注的都是這裡與美國多麼不同：櫥櫃裡有孩子拳頭般大小的蜘蛛；不經歷幾個星期以及許多部門的踢皮球，別想順利安裝一台電話；還有不穩定的電力供應。剛開始，我的日記裡寫的都是這些事，還有我的憤怒。幾個月後，我想：「好吧，也許這是個不錯的體驗，我們是不是太依賴那些本來沒那麼重要的東西了？」每天的小危機意味著我們有機會去了解我們的鄰居，沒水了，我們就會在我們家和鄰居之間來回用桶子提水。

當我從印度回來，並且寫完了兩篇雜誌稿之後，這些雜亂無章的經歷依然每天一早縈繞在我的腦海裡。我實在不知道怎麼用這些素材寫出一篇有連貫性的文章，或一篇短篇故事，或者任何其他東西。

在混沌後回顧

像這樣的故事一次又一次闖入腦海：一天晚上，天剛黑，我才從一個偏遠的政府會議室開完會離開。

沒有任何計程車和人力車可搭，我唯一知道能叫到車的地方是幾公里外山腳下的十字路口。停電了，天完全黑了下來，星月無光。偶爾會有一輛車沿著公路呼嘯而過。抱著這些車中可能有一輛計程車的希望，我試著揮手示意停車，但每一輛都還是呼嘯著過去了。因為路邊可能有壕溝，我並不想偏離公路太遠。我開始擔心起來。

我聽到前頭響起一個奇怪的聲音：翻炒的聲音。一個小販一邊推著他的手推車，一邊在鍋裡翻炒著什麼東西。我往前走了走就看到了他，因為他在手推車前頭點了一支蠟燭。那支蠟燭既能讓他免於被車撞到，又讓他能往前看到幾尺遠。我意識到這對我也同樣有效，於是我跟在他身後大約二十步遠，走完了下山的路，而且完全是輕輕鬆鬆的。我最後抵達了那個十字路口，那裡亮著路燈。

我時常想起這段經歷，但卻想不出怎麼放進自己的寫作中。我實在不知道它對我有什麼意義。大約在那件事一年半後，我在翻看未經整理的印度日記片段時才意識到，這些豐富經歷中的每一件，都和同一個主題緊密相關：我作為一個西方人的期待和我在印度所見之間的衝突，以及對陌生世界的些許恐懼。在小攤販的蠟燭後面尋找安全感的經歷，是我釋放恐懼的象徵。帶著這樣的理解，我筆記中截然不同的段落，組成了一篇關於我的外在旅程和內在旅程的完整文章。

無論是作為作者還是讀者，我們都應該去尋找讓外在旅程得以反映內在旅程的方法。這不僅是出色遊記的意義，也是生活本身的意義。

散文：和自己保持適當距離

菲力浦．洛派特[9]

在散文（personal essay）中，沒有什麼比**我**這個字更常見的了，它是一個絕好的字，應該沒有作者羞於使用這個字——特別是在散文中，它是一種強烈依附於特定性格和態度的形式。用**我**這個字的問題不在於不得體，而在於，新手散文作者和傳記作者也許會以為，這個字可以表達比實際更多的東西。在他們的概念裡，**我**充滿了豐富的經驗性以及必然的特殊性。然而，在一篇沒讀過的文章中第一次邂逅它時，讀者看到的只不過是一個單薄的字，杵在句子中間，努力想要傳達什麼訊息。

把自己變成一個角色

實際上，赤裸裸的**我**給人一種信守諾言的印象，但卻沒能刻畫出說話者清晰的形象。為了刻畫出那個形象，你必須把自己建構為一個「角色」。我所說的**角色**，和小說家所談的大致是相同的概念。佛斯特（E. M. Forster）在《小說面面觀》（*Aspects of the Novel*）中對扁平的角色描寫和立體的角色刻畫，做了一個頗為知名的區隔性說法：前者是那些表象的虛構人物，行動有著可預測的一致性；後者有著豐富的內在生命，可供讀者探索。我們每天也都在不同的角色之間轉換。在工作面試時、在雞尾酒會上，以及在感恩節的家庭晚宴上，我們也都會扮演三種不同的角色。當你將自己轉換為作品中的某個角色時，要很清楚知道：你永遠不可能將全部的自我都投射進去，你必須將自我切割開來。

第一步，就是和自己保持一定的距離。如果你對審視自己的任何缺點都會惶惶不安，那麼你就不可能在散文這條寫作路上走得太久。你必須要能夠從一個高度俯看自己，知道如何在社交場合讓別人留下深刻的印象，清楚自己在什麼時候最有魅力，又何時看起來冥頑不靈、膽小如鼠或者荒腔走板。你必須開始盤點自己，以便於為讀者呈現一個具體的、鮮明的角色。

散文也需要戲劇性

從你的怪癖切入——你的性格，倔強頑固，以及反社會傾向這些特質，都使得你與眾不同。為了建立自己的角色說服力，你要避免平凡無奇。誰願意去讀路人甲的故事呢？很多剛起步的散文作家，百般裝模作樣，故作親切可愛，使出渾身解數去改變自己、討好讀者，結果反而讓讀者覺得很無聊。讀者渴望的其實是更勁爆的內容、權威的語調。節制自己表達的欲望，磨平自己的稜角，或企圖照顧每個讀者的感受，但這些在文章裡是行不通的。文學不是一個適合墨守成規的場域，作為作者，我們必須像個演員般，藉由特殊的造型或聲音的特質，把自己小小的特點極大化，以戲劇性的方式表現出來。我們必須將自己**戲劇化**，將我們的特點放在最清楚可見的聚光燈下。去掉那些不必要的部分，只強調那些能引出激烈衝突的性格特質。

散文也像故事一樣需要衝突，好的散文家知道該如何選擇議題，既不能太大也不能太小，要能帶動足夠的熱度來維持對主要議題的探索。如果議題的格局太小，文章就容易失去溫度；太大，就會沉溺在細節中。然而，妨礙散文的並不是技術，而是在情感上做好願意真誠揭露自己內在本質的準備。一篇成功的散文，同時需要作者的自我揭露和分析。在我自己寫的散文中，我努力傳達一種「**充滿感情的思想**」——有感

9 菲力浦・洛派特（Phillip Lopate），散文家、小說家，電影評論家。著有《完全・溫柔・悲傷》（*Totally, Tenderly, Tragically: Essays and Criticism from a Lifelong Love Affair with the Movies*）等多本書。

情的思想，以及有思想的感情。我努力將心靈和頭腦相互融合。

我喜歡提醒自己，對一個寫作的人來說，調性的極限在哪裡？一些文學作品裡的角色可能可以給我們很大的提示。我們可以像杜斯妥也夫斯基的地下室人[10]一樣咆哮謾罵，像瓊・蒂蒂安那樣，有時候帶著自我調侃嗚咽哀鳴，或者像詹姆斯・鮑德溫[11]一樣熱情洋溢，或者像E・B・懷特[12]那樣思慮周密。

開發自己的怪癖，只是塑造文章角色的第一步。你在寫散文時，不能期待讀者對你的背景有絲毫了解，無論你在以前的文章中已經寫過多少次。你必須利落熟練、不著痕跡地帶進這些資訊。在某篇文章中，你也許決定把你的宗教教育當作重點，只稍微交代一下家庭背景；在另一篇文章中則完全相反。每一次最好把這兩塊都提一提，因為它有助於你形塑出一個角色。

一旦你為讀者描繪出自己的形象——一個有特定年齡、性別、種族，以及宗教信仰、社會階層和地域性，且帶有一點怪癖、缺點、長處和特質的人——就可以算是一個角色了嗎？可能還不算喔。你還必須透過生動的傳達來建立與讀者的關係，這樣你在文章中的**我**，所說所做的事看起來才會奇特且生動。讀者必須從第一段就能感覺到你吸引了他，取悅了他。

對自己保持好奇心

現在我們要談談寫散文的一個主要絆腳石，那就是「自我嫌惡」（self-hatred）的心理。大部分的人其實並不喜歡自己，儘管他已經是相當體面的人。自我嫌惡的心理為何如此普遍，是一個需要最高明的社會學家和心理學家來解釋的問題。從我作為一個作者、寫作教師和散文編輯的觀點來看，我只能說，自我嫌惡的氛圍破壞了許多散文作品。妄自菲薄和自吹自擂一樣都無法讓讀者滿意。同時，敘述者不應該自以為是，應該對自己保持好奇心。散文之父米歇爾・德・蒙田[13]，就是這種自我好奇的最佳典範。這是一門即使像我這種偶爾會生出強烈自我厭惡情緒的人，都應該學習並練習的功課。我可能在日常生活中非常厭惡自己，但一旦要在紙上敘述某種情境，或者寫下一些想法，我就開始看到**我**變得有趣起來；我會調侃他，讓他取悅讀者。文章裡的**我**這個角色，並不是全然的我，而是從我的許多面向中拆解出來的一個角色，一個類似文學化的傑瑞·路易斯[14]的角色。

作為一個散文寫作者，你必須習慣於讓自己天馬行空、古靈精怪的思考，而不是去抑制它們。它們可能會為你指出那唯一真正的事實。例如，當我寫我那篇〈反對生活之樂〉（Against Joie de Vivre）時，我就想追究看看，我能在反對追求人生樂趣的狹隘立場上走多遠，即使我多多少少知道這個觀點站不住腳。

勿自厭也不自戀

這引出了把自己變成文章中角色的另一個話題。有時，我在文章中比在真實的生活中更加矛盾。比如，在現實生活中我喜歡出去走走，但是你無法從我的文章中得知此事。在真實生活中，我是一個更重隱

10 人物出自俄國文豪杜斯妥也夫斯基（Dostoevsky，一八二一—一八八一）的小說《地下室手記》。地下室人是個看似精神分裂的退休公務員，憤世嫉俗而又充滿矛盾。該書的開場獨白為「我這個人有病……我是個滿懷憤恨的人。我是個不討喜的人」。

11 James Baldwin（一九二四—一九八七），美國知名小說家、詩人、劇作家和社會運動家。作為黑人和同性戀者，鮑德溫的不少作品關注美國的種族問題和性解放運動。代表作有小說《向蒼天呼籲》（*Go Tell it on the Mountain*）、《喬凡尼的房間》（*Giovanni's Room*）等。

12 Elwyn Brooks White（一八九九—一九八五），美國作家，《紐約客》及《紐約雜誌》撰稿作家，也是知名童書作家，作品如《夏綠蒂的網》（*Charlotte's Web*）、《一家之鼠》（*Stuart Little*）、《天鵝的喇叭》（*The Trumpet of the Swan*）等。

13 Michel de Montaigne（一五三三—一五九二），法國文藝復興時期最具代表性的作家，其《蒙田隨筆》在西方文學史上占有重要地位。作者特立獨行，為文不避嫌，大談自己，開卷即言：「吾書之素材無他，即吾人也。」

14 Jerry Lewis（一九二六—），美國喜劇演員，歌手，電影製片人，編劇和導演。曾榮獲美國喜劇獎，洛杉磯影評人協會和威尼斯電影節終身成就獎。

私的人；事實上，我無法像在寫文章時那樣自在地告訴人們一些事情。就像蒙田曾經說過的：「那些我永不說起的事，你可以到書店找到它們。」我們在寫作中創造一種和讀者的理想關係，讀者就像充滿愛心且善解人意的母親，但我們在真實世界中的互動卻截然不同。

一旦你想將**我**的角色塑造得完整而具體，你就必須讓他做點事。對所有關於**我**的沉思和幽微的想法，不妨讓讀者感覺私密一點，但意識對角色的塑造，也只能做到這個程度了。如果你是以時間序來寫一篇文章，那就讓**我**的角色跳出觀察者的身分，去讓自己捲入各種事件。另外，關於散文寫作，有種令人反胃的狀況，那就是**我**永遠是對的，別人都是錯的。透過表露我們對這個世界的悲傷，我們讓讀者相信我們是真實的，甚至贏得他們的同情。喬治・歐威爾[15]在〈這就是快樂〉（Such Were the Joys）中承認曾告發自己的同學，讓我們看到他那年輕的自我是複雜而鮮活的；而詹姆斯・鮑德溫在《一個土著之子的筆記》（*Notes of a Native Son*）中也承認，他對種族歧視的憤怒幾乎已經到了忍耐的極限。

把自己變成文章中角色的過程，並不是以自我為中心，反而是從自戀中解脫出來：你必須保持足夠的距離，才能從外部看清自己。能做到這樣，可能是一種解放。

第一人稱，有時就是寫你自己

德內・布朗[16]

《華盛頓郵報》辦公室的大廳裡刻著一條標語，要求記者盡最大的可能去尋找真相。並對記者提出了挑戰：折磨安逸的人，撫慰受折磨的人（afflict the comfortable and comfort the afflicted）。每一天，當我走進這座大樓，我都會看一眼那條標語，並想著記者的使命：安慰受折磨的人，折磨安逸的人。

這是什麼意思呢？

這是說，拼湊出人之所以為人的人性線索，把看似不同的事物變得正常平凡。意思是說，去寫人的故事，寫他們的生活，寫他們的人性——不管他們是誰，住在哪裡，賺多少錢，屬於什麼社會階層（或者他們認為自己屬於什麼階層）。這意味著給人和故事予尊嚴，也就是要在敘述和寫作中，藉由下面這些主題來探索人性的議題：失敗、悲傷、愛、孤獨、快樂、痛苦、悔恨、信仰、平靜以及絕望。有時候這還意味著，如果我們找不到人願意接受採訪，也不願透露故事的**真相**時，那我們就得講自己的故事。為了找出故事的真相，你必須深挖——比任何表面的訪談都要深入，有時甚至比受訪者自己所能觸及的深度還要深。因此，有時候你必須講述**自己**身處其中的故事。

我曾報導在華盛頓特區富人社區附近，一個被稱為「黑人中產階級」裡的故事，那兒住的大部分是黑人。我一直告訴我的編輯，我想寫一個擺脫貧困並爬到所謂中上階層的人。

當人們從底層爬到上層，其他人往往會期待他們去幫助那些被他們撇到身後的人。作為一名記者，我想問：那些成功脫貧的人負有什麼義務？他們對被他撇下的人有什麼責任？

我的編輯認為這是個不錯的故事。這個主題和當時的克萊倫斯·湯瑪斯案[17]有所關聯，當時記者注意到他有個接受福利救濟的妹妹。這件事後來被寫進了書裡，還拍成了電影，包括一部叫《心靈食糧》（*Soul*

---

15 George Orwell（一九〇三—一九五〇），英國左翼作家、記者及社會評論家。《動物農莊》（*Animal Farm*）和《一九八四》為歐威爾的傳世名著。

16 德內·布朗（DeNeen L. Brown），《華盛頓郵報》的專題作者及該報加拿大部門主管及記者，曾獲一九九九年ASNE獎及騎士會員（Knight Fellowship），以及杜克大學的《華盛頓郵報》媒體會員獎。

Food）的電影。

我動用自己所有的資源，試圖在華盛頓特區做出這個主題的報導。他們說：「是的，確實有這種事。」我追問：「那我能就此採訪你嗎？」結果他們全都說：「不，別採訪我。」

但我那個不死心的編輯真的非常喜歡這個故事，他最後建議我何不寫寫自己的經歷。於是我寫出我家人的故事，在週日版上發表了。故事是這樣開頭的：

我的妹妹妮妮在電話的另一頭，她在猶豫。我立即猜出來她需要什麼東西。「你知道如果我不需要，我是不會求你的。」她的聲音不太確定，還暫停了一會兒，她並不想乞求。

「但是，」她開始說話了，而我在她開口之前就清楚地知道她會說什麼。**但是**是一把鑰匙，這個**但是**懸在昨天和明天之間的某處，懸在我居住的馬里蘭州和她居住的中西部之間的某處，懸在身為中產階級的我和身為窮忙族之間的她的某處。懸在姐妹倆之間的某處，她們一個擺脫了貧困，一個還深陷在貧窮的泥淖中。

故事刊登後，我接到了許多來電，讀者告訴我他們讀完這個故事後哭了。我也接到一些人的來電表示，他們不想看到有人講這個故事。

對我來說，情況有些複雜。我寫這個故事是因為我覺得它需要為人所知。我的妹妹在讀完後是同意發表的。她們的反應各不相同，一個覺得她的故事被登出來是一種認同；對另一個妹妹來說，這個故事成了一種宣泄；而另一個妹妹對此似乎並不在意。

我的母親很喜歡這個故事。「德內，」她說，「你沒把一切都寫進去啊，你怎麼落掉那麼多呢？」

當你寫出自己的經歷時，就要準備好接受來自你所寫對象，以及同事和讀者的強烈反應。我經常告訴人們：「你也許已經看過這個故事，但是你所知道的，僅僅是我有寫出來的部分。」讀者會把自己的想法、情感和信念，投射到你寫的故事中，但這都無所謂；唯獨讀者的批判可能比較難處理，但這是不可避免的。

作為記者，我們的工作是重塑一群人對另一群人的看法。我們必須比人們的刻板印象挖得更深；我們必須降低姿態，或高瞻遠矚，或者設身處地。為了做到這一點，我們有時必須做沉浸式報導（immersion journalism），因此不得不寫寫自己的故事。

專欄：私密的公開對話

唐娜．布蕾特[18]

寫專欄是一件十分私密的活動——也許是一份報紙裡最私密的事了。它是一種對話。對我來說，沒有什麼會比和一個人對話且彼此都十分投入更開心的事了。因此，我也用同樣的方式看待專欄寫作。人類渴望彼此連結，我們大部分人都對這個世界充滿好奇，對別人和他們的故事充滿好奇。

當我還很小的時候，大概是六歲吧，我就相信去了解人是件十分重要的事。我住在印第安那州，所以

17　指一九九一年美國總統布希提名克萊倫斯．湯瑪斯（Clarence Thomas）這位黑人法官接任最高法院職缺後，遭其前助理安妮塔．希爾（Anita Hill）指控曾對她性騷擾，迫使參院舉辦了一場在美國兩性平權史上影響深遠的性騷擾聽證會。

18　唐娜．布蕾特（Donna Britt），《華盛頓郵報》專欄作家，曾獲得ＡＳＮＥ和ＮＡＢＪ的最高榮譽。

在電視上看過民權運動。我本來不是很在意，但是看了幾個禮拜後，我忽然明白：**如果我在現場，我肯定是那個被人放狗咬的人，或是被教堂爆炸炸傷的人**。六歲的我在想：「我是一個好女孩，我會做家事，我的功課好。如果那些人認識我，他們一定不會對我做那種事。如果他們認識電視上那些受傷的人，他們也就不會對他們做出那麼殘忍的事。」

那個信念，或者說那個信念的成人版本，至今仍然激勵著我。我寫個人專欄，因為我想讓人們了解我。我仍然相信，假如人們能相互了解，他們就不會根據性別、種族和宗教來決定是否喜歡彼此。

在我成為專欄作家之前，曾在一家本地報社做過記者。安妮塔・希爾[19]的聽證會在我到《華盛頓郵報》工作的第一年時舉行。我所認識的所有人都被催眠似的，我們所讀到所有關於此性騷擾案的報導，都沒有寫到我所感受到的那種憤怒，一種很多女人都感受到的憤怒。我**必須**寫點什麼。我的一篇文章引起了巨大的回響，自那以後，我開始寫更多第一人稱的文章。但是，當《都市》（*Metro*）的編輯邀請我成為他們的專欄作家時，我非常驚訝，因為我沒想到自己會成為專欄作家。

我的主題多半有關性別歧視、種族偏見以及暴力——那些很多人不願面對卻抱持著強烈見解的問題。在每一篇專欄文章裡，我都會寫上幾段來說服我的讀者：**你還沒有了解你所應該知道的一切**。透過這個方式，一開場就語出驚人，立即抓住讀者的注意力是十分重要的。

先自我揭露

我吸引讀者的方法之一是，給和我觀點不同的人表現他們自己的經驗、觀察、甚至缺點的機會。我尊重他人的觀點，在我寫的文章中給不認同我的人一些空間。

因為專欄寫作就像是一次對話，寫就變成了聽。我知道——或許是**太**清楚了——很多我的讀者會不認同我所寫的；有些人在重大議題上不曾挑戰過自己，我感覺必須去挑戰他們。我寫作同時也是對他們宣講，我彷彿聽到他們在我耳畔悄然低語。

要讓專欄變成一種私人的對話，你必須揭露自己（無論你是否打算這麼做），所以你也可以帶有目的性的去做這件事。我在各個方面揭露自己，包括報上不常見的話題。基於某種原因，諸如上帝和靈性等許多事情，被認為不適合出現在報紙上。但我拒絕遵守這種關於什麼可以上報的獨斷和不成文規則。我寫我的精神生活，而且每次都會收到極大的回饋。我生來不是一個有趣的人，只是凡事坦誠面對罷了，即使是對一些比較難處理的事情，包括被批評為黑人做出來的那些亂七八糟的事，以及女權主義者做出來的種種蠢事，也是如此。沒有什麼事了不起到我不能說出它的真相。

世上沒有無聊的人

我不認為有無聊的人和無聊的故事。當有人爬上一座大樓、槍殺了十七個人，他的鄰居往往會不約而同的說：「他是個毫不起眼的人，幾近無聊。」但其實，他不是個無聊的人，只是一個**沒被發現**的人。

正如沒有無聊的人，也沒有不重要的話題。即使時尚也和一些關鍵議題有關。有一段時期，女人的每件衣服上都要有墊肩——那正是女人在商業世界努力建立自己力量的時候。**每件事情**都有意義。

我不認為本地、國內和國際的問題是分隔開來的。所有的問題都和人有關，所有事情都是人做出來的。二〇〇〇年九月下旬，一張巴勒斯坦父親努力保護小兒子免遭子彈襲擊的照片，在全世界的報紙上流傳。一個蜷縮著的男人，旁邊就是他哭泣的小兒子。圖說寫道，拍完照片幾分鐘後，小男孩死了，父親也

19 即前一篇所提「克萊倫斯．湯瑪斯案」的提告人。性騷擾聽證會於一九九一年十月舉行。

受了傷。我們讀過多少關於巴勒斯坦或以色列兒童死亡的新聞故事？但在看過那張照片後，我就覺得那個孩子就是**我的**孩子。我就此寫了一篇專欄文章——不是關於政策，而是關於人。

和很多專欄作家不一樣的是，我會把其他人的意見帶進我的文章中。對我這麼一個四十多歲、三個孩子的母親來說，談論莫妮卡．陸文斯基是一回事，引用一個被自己的行為嚇到的二十二歲見習生的話則是另外一回事。讓你的讀者聽聽不同的聲音，而不只是你自己的，這是個人專欄寫作中非常重要的一部分。

我不斷質疑自己和自己的感覺，這使我成為一個更好的專欄作家、一個更不可預測的報紙上的意見。唯一不變的是我的兩個目標：讓人們了解我是誰，以及在報紙中夾帶一點樂觀主義的私貨。

歷史寫作：從投入到超越

吉爾．萊波雷[20]

英國歷史學家勞倫斯．史東（Lawrence Stone）曾在一九七九年宣告了歷史敘事寫作的復興——並非巧合的是，這一年的普立茲獎也第一次頒給了專題寫作。「故事」回歸主流。這種復興意味著和二十世紀大部分歷史書寫分道揚鑣，當時的歷史書寫非常排斥在文章裡說故事。

二十五年後，大部分歷史學家已很少對流暢的歷史寫作有意見，只要故事能夠有助於說理。但通常並非如此。一些通俗歷史學家可能講了一個小故事，但卻無法用來解釋更大的歷史動態。最差勁的通俗歷史學家甚至把人們從過去硬拉出來，塞進當下的社會和政治時事場景中。當作者用心重塑某個特定時代平民日常中的服飾、髮型、建築及其他細節時，他們似乎假設，關於像主權國家、進步和童年等歷史概念是一成不變的。在書寫歷史時，記者應該注意兩個可能的陷阱。

避免獵奇和當下主義

首先，避免獵奇。朝聖者身上並沒有任何古怪的地方，過去的人也並不比現在更簡單，過去並不比現在更友善、更蠢或者更文雅。同時，不要陷入歷史進化論中，事情並不總會隨著時間的過去而變得更好。

第二個陷阱是被歷史學家稱作「當下主義」的東西。故事的主旨絕不能是向讀者解釋為何我們會走到今天這個樣子。從學者的觀點來看，這對我們理解當下或歷史都沒有幫助。當然，理解歷史對理解當下的生活具有重要的意義，但這不應該是我們回顧歷史的唯一原因。試著想想，如果你不是被當代的思想所驅策，那麼，研究一個歷史事件時，你會問什麼問題？例如，如果你想了解有關當代種族概念的起源，過去的歷史就很重要。對當下思考過多，就會讓你對歷史提出錯誤的問題。我們應根據歷史的條件來談歷史，而不是根據我們的條件。

寫跟歷史有關的故事和寫其他類型的故事很像：**先把自己投進對方的世界裡，然後把讀者也帶進去**。記住，你和讀者對過去都並不那麼熟悉。描寫一個為了五十分錢而在街角唱歌的孩子，跟描寫一個十六世紀的法國流浪漢，是完全不同的兩回事。

報導歷史事件會帶來一連串特別的挑戰，最明顯的限制就是你不可能採訪到你的描寫對象。然而，你仍然有很多管道可以取得資源，幫助你深入歷史的生活中。近幾年來，歷史學家的基礎資源大幅擴增，

20 吉爾．萊波雷（Jill Lepore），哈佛大學歷史學教授，「歷史和文學計畫」主席，《紐約客》撰稿人。他的書《戰爭之名》（*The Name of War*）獲班克羅夫特獎（Bancroft Prize），《A Is for American》和《紐約在燃燒》（*New York Burning*）獲沃爾夫（Anisfield-Wolf）圖書獎，進入普立茲獎決選名單。

信件和日記是最常見的記錄，但那還只是開始。還有很多東西可以幫助你理解一個族群：人口普查資料、遺囑、納稅記錄、地圖、收款憑單簿、貿易記錄。現在網路上也有大型歷史資料庫，雖然很多資料必須付費取得。去試著說服大學的圖書館讓你使用它們的網路資源，這些資源可能分得很細，比如，有一個資料庫是關於十八世紀刊登在維吉尼亞州報紙上的，尋找落跑雇工和奴隸的廣告。有些類似History Matters（www.historymatters.org）等線上資訊交流平台，可以指引你找到最好的資料。

第一手資料最重要

當我著手研究某個歷史話題時，我通常會先查閱原始檔案。第二個動作是看看歷史學家對這個話題都怎麼說。我很少參考以前的報紙，因為它們不是真正可靠的資料。它們的價值在於報導人們對於某個事件的理解，而不是對事實本身的描述。

說起歷史，就彷彿在談論另一個國家，聽來只是陳腔濫調，但正如所有的陳腔濫調一樣，它是有事實依據的。當你在出國旅行前，如果先去研究一下你的目的地，也許就會玩得更有收穫一些。歷史也一樣，第一手資料最重要。去參觀一下你的主人翁住過的地方，試著去看看他當年生活環境的地形地貌，找一找、摸一摸他用過的物品；和博物館策展人聊一聊，請他們允許你在參觀骨董之餘也能摸一摸，拿一拿；拜訪當地小型的文史社團，你將會在裡面找到寶藏。

當你從訪查階段進入到書寫階段，一些熟悉的敘述工具將有助於你處理那些歷史議題。「抽象階梯」就是其中一個重要工具。如果對記者來說，在關於母牛貝西[21]事件的抽象階梯上，其另一端就是私有財產的概念；但對歷史學家而言，就應該著眼於更高的抽象層次，也就是對私有財產觀念史的枯燥辯論。所以，想寫出出色的歷史故事文章，你必須能**超越貝西的當下事件本身，上升到抽象層面的更高層次**。

結構性與科學性的歷史，重在分析；然而，敘事性的歷史重在描述。大部分歷史學家認為，把一篇文章稱作**描述性的**是最惡毒的詛咒。然而，敘事歷史並不缺少詮釋。要將強力的歷史詮釋加諸於故事書寫中，是很難做到的，而要做得巧妙更極其困難。很多敘事歷史寫作會在故事和論述間不斷切換，把讀者搞到暈船。寫出一篇能把故事和背景脈絡結合得天衣無縫的文章是一大挑戰，絕不是件簡單的事。讀一讀史景遷（Jonathan Spence）的《胡若望的疑問》（*The Question of Hu*）或者卡洛．金茲伯格（Carlo Ginzburg）的《奶酪與蛆蟲：一個十六世紀磨坊主的宇宙觀》（*The Cheese and the Worms: The Cosmos of a Sixteenth-Century Miller*）或許能帶給你一些啟發。現在，整理好自己的行囊，向檔案出發吧！

在歷史中冒險 ▼ 梅麗莎．葛林[22]

當我寫《炮火中的寺廟》（*The Temple Bombing*）時，我把手稿先寄給了故事主人翁的遺孀。這本書寫的是拉比雅各．羅斯柴爾德（Jacob Rothschild）的故事，在民權運動期間，他掌管著美國南部一座重要的猶太教會堂。作為馬丁．路德．金恩（Martin Luther King Jr.）的朋友，羅斯柴爾德拉比堪稱一個真正的煽動者。雖然我從沒見過他，但是透過他的著作和布道，我有點愛上他了。他的遺孀，珍妮絲．羅斯柴爾德．布倫伯格（Janice Rothschild Blumberg），非常有活力——一個優

21 二〇一五年五月，英國《每日郵報》（*Daily Mail*）報導，三頭牛受驚嚇從公園逃逸，警方先是順利抓回兩頭，但最後一頭母牛「貝西」（Bessie）還在外蹓躂。當局評估它會對公眾構成重大危險，於是大舉出動直升機、狙擊手等圍捕，最後被開槍擊斃。此事引起當地民眾憤慨，決定幫慘死的貝西舉行燭光悼念晚會。

22 梅麗莎．葛林（Melissa Fay Greene），曾獲羅伯特甘迺迪圖書獎，兩次入選國家圖書獎決選名單。作品被紐約大學選為新聞系學生必讀的二十世紀百大作品。

雅，甚至帶點傲氣的女人，烏黑的頭髮樸素地綰成一個圓髻。

我寄給她書中關於她丈夫的摘錄，請她確認是否有誤。結果，我們陷入了一種不幸的循環。我先寄給她一部分，幾天後，她就會打電話給我。接下來就是不幸的部分了：她總是一開口就問，「梅麗莎，你在寫**紀實**作品嗎？」「是的，珍妮絲，」我會說，「這是紀實作品，有什麼問題嗎？」然後她就會列出一整串的修正要求。

我寫了很長一部分關於拉比第一次在美國最南部各州的訪問。一九四六年七月的一個大熱天，他到了亞特蘭大。我之所以知道天氣熱，是因為我查過了資料。我從收藏於埃默里大學（Emory University）圖書館的信件中得知，當時由一位牙醫為他接機。我發現自己在拉比抵達亞特蘭大的問題上花了太多時間。現在的哈茲菲爾德傑克森（Hartsfield-Jackson）國際機場非常巨大了，但那時它只不過是座矗立在曠野中的磚石小建築罷了。一個做媽媽樣子打扮的非裔美國胖女人坐在乾草堆上歡迎遊客。當我一頁一頁慢慢描繪著拉比穿過機場，我可以同時介紹非洲裔美國人、南方的歷史以及黑人的故事。最後，在第三百一十二頁前後，羅斯柴爾德拉比走出了機場。在這裡，我寫出了全書最有詩意的一段文字，其中一句是這樣寫的：「熱風從另一頭火熱的大西洋，吹拂過一千英畝的農田而來」。我把文章寄給珍妮絲後，便音訊全無。

「我這下可把她搞定了，」我想，「她可服氣了吧。」

她還是打電話給我了，「梅麗莎，這是**紀實**作品嗎？」

「是的，珍妮絲。」

「梅麗莎，他是坐火車去的。」

這是一個嚴重的錯誤，時代上的錯誤。我是從自己現在的世界想當然耳推測的，但在一九四六年，如果不是緊急情況，人們是不會搭飛機到任何地方的。

> 沒有人要求我們要成為歷史火種的保存者，但我們得把它好好握在自己手中。當我們選擇了撰寫紀實作品時，我們的第一個念頭不是要有可讀性、有教育意義，或者想討好讀者，而是盡可能的準確。

調查報導：尋求真相之路

凱薩琳．博[23]

大部分媒體人都認為敘事性報導和調查性報導是兩個不同的類型。敘事書寫一定是軟性的、說明性的；而以社會變遷為追求目標的調查報導一定是要有重點的，而且只寫事實。這種說法讓我驚訝甚至令人難過。因為最好的敘事書寫並不軟性，最好的調查報導也並不光是只有硬邦邦的事實。

最好的故事同時在讀者的認同和社會變化中奮力追求著。想要得到接受這種挑戰所需的鐳射般精確的細節，就需要務實而堅定的做調查。

這裡是安妮．赫爾的一個小例子。她在被提名為二〇〇〇年普立茲獎的一篇為《聖彼德堡時報》所寫的文章中提到此事。那一段描寫的是北卡羅萊納州的墨西哥外來工人故事中的一個女主人翁：「她三十五歲，穿上涼鞋後身高勉強有一米六，臀部則逐漸變得像盛滿粉蒸肉的平底鍋。作為八個孩子的媽，她有著不尋常的溫和性格。母雞落在她手裡，平靜到差點睡著了；這時她卻操起刀斧砍斷了牠的脖子。」

23 參見15頁。

尋求真相並去除虛假

寥寥數句，不過幾十個字。安妮卻寫出了無數的事實和畫面：這個女人的身高、年齡、體型、孩子的數量、穿什麼鞋、她的家庭飲食、食物來源，甚至一瞥他們的農村生活。最重要的是，女人的溫柔、果斷和堅定都恰到好處地體現在她的行為舉止中。在這短短幾十字裡，安妮塑造出一個比很多作家洋洋灑灑寫了一大篇，更讓人有感覺的女人。這篇有效率的文章，是因為安妮很清楚讀者想知道角色的什麼事：她融合了溫順和冷酷的性格，讓八個孩子的母親，離鄉背井出國從事高強度且卑微的工作。這種敘述之所以效果出色，是因為安妮在這幾十個字裡頭，做了細緻而隱秘的分析。從其核心來看，就是調查式報導。

這種報導同時需要尋求真相並去除虛假。當我深入某個人的生活時，對其周遭事物進行觀察，是我能做的最重要的事情之一。有時和一個人聊了五個小時後，我會突然意識到：「這個人在胡扯，這事情壓根不是這個樣子。」

當我進到某個社區時，我並不期待能馬上找到答案，我是去尋找問題的。當我開始對華盛頓特區療養院的負面報導進行採訪時，我看到了住在斷電的房子裡的那些赤貧的人，我的問題是：如果不是為了拿到駕駛執照，也不指望整修社區街道，單純只是為一天二十四小時能活下去，那麼，依靠政府會怎麼樣呢？這個從我採訪中產生出來的疑問，**開啟**了我的調查。

有時候有這些想法，是因為對於我正計畫報導的事，有人給了我不一樣的故事。有時候，在搭公車、坐在自助洗衣店、或者僅僅是在不屬於我的世界裡，我會發現一個比我正在調查的事更有意義的故事。我會發現一個社運人士和政府官員都不知道的故事，這樣的故事才最應該被寫出來。

追求真相的態度

下面是三條可以提升調查性敘事寫作的方法。

一、記住，你故事中的負面角色是你筆下的受害者，更是嚮導

讓你故事中的負面角色知道你可以為他們帶來的好處，及時且盡量仔細的知道。不要哄騙他們，不要在報導發表前的六小時去做收尾採訪。真正的故事有時並不來自於所謂的受害者，而是來自於犯罪者。盡早且經常去拜訪那個壞傢伙吧，如果他覺得自己的生計和生活會受到你所寫的報導威脅，他也許就會想看到自己這方的說辭能被寫出來，或者他會想怪罪別人以卸責，他的說辭可能會帶出更高一層的罪魁禍首，這個方法有可能使你免於因誹謗而坐牢。更重要的是，他揭露的不僅是個人的壞人角色，可能還有功能失調的政府和經濟法則。

二、承認有些事你不知道，也承認你知道的負面消息

承認你故事中的英雄母親在工作上摸魚。不要忽略，一個死亡的弱智男子，他那悲傷的母親其實有十年都沒去看她兒子。如果你能讓讀者看到人們的真實面目是如此複雜而不完美，那麼讀者就比較可能會相信你在其他更重要事物上的看法——也就是故事背後所牽涉到的重要政策議題。

三、當你的故事要付印時，圖表會是你的好幫手

把你的電腦工作表或分析結果的細節用圖表來呈現，讓文字主要用於說故事。說故事時，要接受故事的複雜性。

出色的調查性報導，常常是從對問題的研究、對腐敗現象的深度挖掘而得來。但是報導本身並不能解決問題——即使是非常出色的報導。我毫不懷疑，在我關於療養院虐待系列的報導五年後，情況仍然幾乎和之前一樣糟糕。記者必須持續追蹤你的故事後續。有責任感的報導**必須**有調查性報導的精神。

公共廣播：說一個在地故事

傑伊．艾利森[24]

廣播能直搗人們的內心。耳朵並沒有蓋子，聽覺並沒有防衛性結構，很容易受到外部的突襲。相較於報紙雜誌、電影、電視及攝影的報導形式來說，廣播的內容生產者更具有這種戰術上的優勢。我們的工具是有聲的故事，最原始卻也最有力。「不可見」是我們的朋友，當聽眾坐下來閉上眼睛聽我們講故事，偏見就暫時消失了。

不能暫停，無法重來

廣播新聞工作者都知道，廣播本來就適合講故事。廣播會卡住聽眾的時間，因為聽眾不可能喊暫停然後過會兒再來聽。廣播新聞工作者必須抓住聽眾，所以我們就得表演。從報紙、雜誌跳到公共廣播來工作的記者要明白，他們簽下的工作合約是要成為一個表演者。我們必須搭建自己的舞台，然後放進各種角色。第一個角色是廣播新聞記者——扮演聽眾的眼睛。廣播新聞記者和聽眾之間的關係，可說是廣播新聞業最核心的部分。它接近某種烏托邦式的理想：當我們想要更能相互理解，想要不再彼此恐懼，想要走得更靠近，我們就透過電波分享我們的故事。

所以，當你要寫一篇為廣播所用的文章時，一切都要徹底翻轉：主題與受訪對象都要轉變為故事。你明白它大致的意義。原本這還是情報資料，不帶意義的內容。

非營利的公共廣播不能視為一般的媒體或一般的新聞媒體。在市場之外，確切地說在公共領域，我們有一種責任感，一種使命。我們被期待要為那些通常被忽視的人，去衝撞所謂的底線。我們透過傳統的報導和紀錄片來實現這個使命，但是我們也幫助市民為自己說話，或讓他們直接相互對話。

我接觸公共廣播是因為國家公共電台（National Public Radio, NPR）的某個人借了我一套磁帶錄音機和麥克風。那是在一九七〇年代中期，那時NPR剛成立——這是進入一家公司的好時機。利用那台錄音機作為通行證，讓我進入生活中看起來很有趣的一些部分，探索任何我想知道的東西。真是神奇！一開始，我只不過是一個擁有生產工具和傳播手段的公民罷了——一個獨立新聞工作者誕生了。透過在新聞節目的見習、讀我能拿到手的一切資料、向前輩請教，我工作實務中學會了這門行當。在後來的二十五年裡，我製作了成百上千支廣播特輯、實況錄音和系列報導。

那時候，大部分時間我也會把自己的磁帶錄音機和工具借給別人，鼓勵市民在廣播中發聲——回饋當初自己受到的幫助，並讓它一次次重演。在媒體合併的年代，許多假冒的網路新聞媒體出現，這時，把各種各樣的聲音帶進廣播，變得比任何時候都重要。公共廣播的新聞工作者可以承擔牧羊人的角色。

---

24 傑伊·艾利森（Jay Allison），獨立電台記者，獲得過五次美國廣播電視文化成就獎（Peabody Award），一次愛德華默羅獎（Edward R. Murrow Award，美國公共電台的最高榮譽）。

把聽眾都拉進來

在一九八〇年代，為了「生活的故事」（Life Stories）系列節目，我寄出了第一批磁帶錄音機。這個節目尋找一般大眾講述的好故事。我教那些不期而遇的人怎麼使用錄音設備，說明可以如何潤色自己的故事。我經常邀請他們到我家裡的錄音室來錄音。這些說故事的人當中，有一位是集中營倖存者的兒子，他陪自己的父母去參觀大屠殺紀念館，希望他們能第一次開口跟他談談他們的經歷。有位年輕女子想要重訪她住過的醫院和病友，十年前，她差點死於厭食症。她需要錄音機這個通行證以便重回過去。像這樣的故事最好是現場直播，也最好由他們自己來講。

廣播太適合作為「日記」的一種形式，因為它本質上是具私密性的。它適合在深夜裡，像隨性寫下隻字片語，分享內心的秘密。寫這種日記的人，在錄音技術上的經驗不足，並不如在錄影甚至在報紙雜誌上看起來那麼明顯，所以並不成問題。而你，作為專題的製作人或編輯，彷彿在現場，卻又並不在現場。你必須成為引導者、事實查核員和倫理學家，但不要是導演。你要允許聽眾和講述者進行一趟真誠、直接、有共鳴的邂逅。

二〇〇一年，我們在麻薩諸塞州建立了一個新的公共廣播電台，覆蓋範圍包括鱈魚岬[25]、馬撒葡萄園島（Martha's Vineyard）和南塔基特（Nantucket）。我們希望這個廣播電台能和其他任何地方不一樣，能帶有海角和島嶼的特性。一個地方要靠自己的故事來定義自己。我們選擇全天候不定時的、出其不意地播報市民自己的故事。人物特寫、口述歷史、詩歌、軼事趣聞、回憶錄，還有偶然聽到的隻字片語，會突然在某個全國性的節目穿插播出，二十四小時都是如此。它們是生長於斯的所有居民都會體驗或會記得的——生命中一次短暫的綻放，這就是貫穿在我們每一個廣播日中的主線。

效果超乎預期，令人驚喜。當你在聽世界新聞時，中間突然暫停，然後另外一個聲音突然冒了出來——可能是某個地方長者、一個高中生、哪位麵包師傅，或者科學家，那是我們鄰居的聲音（好個驚喜！），竟然和世界舞台上的新聞受到同等的重視。

一個廣播電台就是一群演員，他們坐下來跟你聊天。對於我們海角公共廣播電台來說，我們想要的是更大格局的東西。我們把錄音機借出去。我們打電話向人請教，「我們應該和誰聊聊？」「誰是說故事高手？」「誰是社區的文化人，誰又是業餘歷史學家？」我們收集到的故事和歷史已經有上千份錄音檔，從早到晚不停播放。它們有的長三十秒，有的一分鐘；沒有標題，純粹隨機插播。一切都發生在鄰里之間。我們全部的共通點就是住在同一個地方。它發生在海邊的這塊小地方，也可以是這顆行星上的任何地方。聽眾告訴我們，這個全國性節目上的小突破，不只為社區做出了貢獻，事實上，它**建造**了這個社區。我們住在地理意義上的某個小角落，一個海角和島嶼上，每個地區都感覺自己比別的地區更特別。然而廣播訊號橫跨了所有這些地方，無視邊界的存在。

我們彼此之間有爭執與嫉妒、有政治立場或偏見無知，這和別的地方有什麼不同呢？這些故事，近乎奇蹟似的正在消除這些隔閡。故事一開始，聽眾並不知道講述者來自哪裡，就會不帶成見地去聆聽，然後才發現講故事的人並不是來自於自己的島嶼。這種矛盾可能讓我們不得不接受，但最終，我們甚至可能把**他們的**故事當成**自己的**故事。

25 Cape Cod，或譯科德角，是位於美國東北部麻薩諸塞州伸入大西洋的一個半島。

第 4 章

建立文章架構

任何人，哪怕最偉大的作家也寫不出精良的初稿。有三十年筆齡、本書作者群之一的沃特．哈林頓說：「我必須先寫點兒廢話，才能寫出不是廢話的東西。」「寫作就是思考，是報導過程的延伸。」文章初稿或許能夠提供某些句子或段落、精彩的概念、出乎預期的措辭，或者是穩當的框架。但所有這些恐怕都尚未浮出水面，還陷在尚未成形的想法裡。這些潛在的要素，有待作者在下一輪或好幾輪的改稿中慢慢梳理，才會現形。

當你讀完一遍自己差強人意的初稿時，不要忘記接下來才是最艱巨的工作。你要更進一步確認主題並發展出解釋它的策略。你要選擇一個（或幾個）研究地點，並投入一天、一週、甚至幾年的時間。你要翻檢自己的筆記和想法，去圖書館或法院做足功課。你要緊盯著自己面前的白紙，並在上面寫下字句。

好的寫作是極為複雜的，一稿、二稿甚至第五稿都未能柳暗花明。好的作者往往是那些日積跬步的平凡作者。

高品質的文章、隨筆、書籍和紀實作品，將文字和場景有系統地組織起來。它們以一定的順序呈現出事件、觀點、人物，小心翼翼引導讀者的反應。經過深思熟慮、帶有目的性的架構布局構成了讀者體驗的一部分。你的語氣和口吻將決定這次體驗的感覺——哪怕在最常見的新聞報導中亦是如此。一個靈感豐富的說故事人，可以讓最平凡的故事變得引人入勝。

《華盛頓郵報》的作者德內．布朗說：「曾有一位編輯對我說，『拜託，你又不是在寫小說。

趕緊把文章發送給我。』可是，將自己的文章想成一篇小說又何妨？」本章將探討小說結構的一般應用形態，包括敘事立場、對話、吸睛的開場白以及令人滿意的結尾。

（馬克・克雷默、溫蒂・考爾）

向編劇學寫作

諾拉・伊佛朗[1]

許多大學畢業生寫信問我如何成為一名編劇，我都告訴他們：「不要做編劇，去做記者。」因為記者進入的是別人的世界。跑到好萊塢的年輕人，通常剛開始的幾個劇本中，寫的都是他們十六歲時發生的成長故事，接下來就是夏令營的故事。到了二十三歲，他們大概就寫不出什麼東西了，編劇職涯也就走到了盡頭。在我成為一名編劇以前，我對這個世界多少有些了解，因為我曾經做過記者。當我寫《絲克伍事件》[2]時，我知道工會談判是什麼樣子，因為我曾經歷過好幾次。

透過劇本寫作，我也學到了一些做記者時早點知道更好的事。當我還是個菜鳥記者時，我以為故事只不過是**發生了什麼事**；作為一名編劇，我認識到，我們是透過對發生在我們周遭的事進行敘事加工，來**創造出**故事的。

三幕劇式結構

結構是敘事的關鍵。下面這些關鍵問題是任何想說好故事的人都要回答的：**故事是在哪裡開場的？開場要在哪裡結束，而故事中間段又從哪裡開始？故事中間段將在哪裡結束，而結局又從哪裡開始？**在電影學院，這三個問題是用來學習如何創造典型的三幕劇式結構的。這種結構在電影圈裡幾乎形同宗教；記者學習這種結構，更可說是一種本能。

我於一九六三年開始在《紐約郵報》（*New York Post*）工作，那時紐約有七家日報，沒人願意和《紐約郵報》的記者說話，因為和這幾家報紙比起來，我們是最弱勢的，所以我們不得不比別人更加努力地做報導。我經常發現，一些人透過電話給我的時間，往往連五分鐘都不到，我卻要把它們寫成一大篇文章，這迫使我不得不訪談達十五個或二十個人，他們要麼是故事主人翁從大學就認識的朋友，要麼是一起拍過電影的人，要麼是競選中的反對派。在我當記者的早期歲月，我就學會了要搜集大量資料。

《紐約郵報》是晚報，是為讀過早報的讀者而發行，所以我必須在故事中找到我們稱之為「夜晚角度」的東西。如果我們要寫《紐約時報》已報導過的新聞，就必須把它寫成特稿，那意味著得發展出一種強大的寫作特色。我是在做了八年記者之後，才能輕鬆地用現在的筆調來寫作。當我開始做敘事報導和編劇寫作時，我在《紐約郵報》所學到的技巧，給了我極大的幫助。

報章雜誌的世界比電影業更公平，如果你為報章雜誌寫了文章，只要內容還不錯，無論在哪兒它也許總能發表。電影劇本不是這樣的。人們會問作者：「你的箱子裡有存貨嗎？」我過去覺得，「我的箱子裡當然什麼也沒有，我是作家，我寫的所有東西都發表了。」但等我開始寫劇本，我就得有個**大**箱子了。

當我開始寫《絲克伍事件》的劇本時，很多人已經寫過凱倫·絲克伍的事了。大量的報章報導和敘事報導，甚至還有幾本書，但在這裡面我不曾發現什麼有意思的東西，部分原因在於凱倫是一個複雜的混合體，但所有作品都沒能反映這一點。自由派記者完全為她粉飾，右翼記者卻將她寫成有點邪惡的角色。這讓我們的劇本很難下筆。

1 諾拉·伊佛朗（Nora Ephron），劇作家、電影導演、作家和記者。以《當哈利碰上莎莉》（*When Harry Met Sally*）、《絲克伍事件》（*Silkwood*）和《西雅圖夜未眠》（*Sleepless in Seattle*）獲得奧斯卡最佳原創劇本獎提名。著作則包括《瘋狂的沙拉》（*Crazy Salad*）、《ㄋ火》（*Heartburn*）、《狂歡節的壁花》（*Wallflower at the Orgy*）和《草草成書》（*Scribble Scribble*）。

2 描述一九六〇年代末期，一名在核能燃料廠工作的女工凱倫·絲克伍（Karen Silkwood），有感於不合理的工作制度和環境，開始參與工會活動，並搜集該廠危害公眾安全的證據，卻使她遭到孤立。而後她及其他同仁疑遭輻射污染，絲克伍開始秘密進行調查，最後就在她決定要將資料交給記者時，卻發生離奇車禍而身亡。

作家面對的一般問題我們也得面對。故事在哪裡開始？中間段部分在哪裡？結尾又在哪裡？每一個問題都完全取決於作者，對任何作家任何故事來說，這些都是最難做的決定，無論寫的是小說還是紀實作品。一旦你對寫作結構做出正確的決定，其他相關的事就變得很清楚了。某種程度上而言，剩下的東西都很簡單。

當我們寫《絲克伍事件》時，我們意識到必須壓縮她生前的部分。我們知道電影應該在她喪命的那場車禍中結束，即使她的故事在她死後很久依然在繼續。因為梅莉・史翠普（Meryl Streep）要飾演凱倫，所以在電影結束前，我們不能讓主角消失。做了這個決定後，一切都很清楚了：電影必須在核能燃料廠女工凱倫成為揭發者凱倫之前開始。

中間段豐富化

我們還有另一個大問題，也是一個編劇都會遇到的問題：你在電影的中間段要做什麼？在任何一部電影的中間段都會接連發生各種複雜狀況，讓事情越來越糟糕。在《絲克伍事件》的中間段部分，凱倫變成了一個政治人物。好吧，看起來太無聊了。我們該怎麼表現這個過程才能不讓觀眾當場離席呢？

答案是讓這個部分表現得更內部化，也就是寫一間屋子裡的三個人。知名導演馬丁・史柯西斯[3]曾說，最理想的電影場景就是三個人在一間屋子裡。我們正好有這個架構：凱倫、她的室友和她的男朋友德魯・史蒂文斯（Drew Stevens）。這三個人都走向了不同的道路，給了我們很多材料去調和我們想講的故事：**一個年輕女子變成一個政治人物**。

因為我是從做記者起步的，我相信如果你一直在寫報導，那麼你遲早會知道故事應該具有什麼樣的結構。當你知道怎麼開頭，中間鋪排什麼，什麼可以等到最後再寫，那麼你的某個時刻就會到來。

我從寫報導到寫劇本的轉換是漸進式的，我每一年會在劇本寫作工作九個月以後，把另外的三個月拿來寫小說；三年後，我寫完了自己的小說《心火》，我的一個劇本也被拍成了電影。《絲克伍事件》和《心火》都於一九八三年面世。二十年之後，觀看《絲克伍事件》要比找到一本《心火》容易得多。

很少有記者會成為編劇，我想對所有想成為編劇的人說：**先去當個記者吧！**也想對現在當記者的人說：**不要一直當記者，來當編劇吧！**

為開場定一個音

德內・布朗[4]

寫作一開始，最困難的事情是面對空白的螢幕。寫作就像從自己身上刮下一層皮，讓別人看到皮膚下面的東西。我坐在電腦前，左手邊是裝著減肥代餐的盒子，右手邊是Godiva巧克力，而我被一堆書包圍著，其中許多是短篇小說集。螢幕刺眼，游標虛無的閃爍著，像是在嘲諷著我：「各就各位！預備！**開始！**這次你想寫什麼呢？」

我坐下來開始寫，但是我想先不要被故事本身限制住，就好像我現在要把這個故事講給正坐在我面前

3 Martin Scorsese（一九四二—），美國知名電影導演，因作品《四海好傢伙》（*Goodfellas*）獲得奧斯卡金像獎最佳導演。其他知名作品有《純真年代》（*The Age of Innocence*）、《紐約黑幫》（*Gangs of New York*）、《神鬼玩家》（*The Aviator*）、《雨果的冒險》（*Hugo*）、《華爾街之狼》（*The Wolf of Wall Street*）等。

4 參見131頁。

的某個人聽，我扯開嗓門喊道：「**坐下來！聽我說！**」文章開場很重要，因為你是在和讀者建立一種關係。你希望受邀來說一段故事。湯姆．沃爾夫[5]在《新新聞主義》（*The New Journalism*）的序言中寫道：「為什麼讀者就該平躺著任人踐踏，就好像他們的腦袋是旋轉門似的。」

「這故事是關於什麼？」

當讀者開始讀一個故事時，感覺應該要像即將展開一段旅程，開始朝一個目的地出發。作家必須決定這個故事要反映的更大意義是什麼，然後帶著讀者抵達這個意義。故事是要探討恐懼？羞愧？痛苦？愛？背叛？恨？還是信仰？

當我在構思如何起頭時，我會問自己：故事是關於什麼？主題是什麼？我如何能很快在一個場景中帶出一個角色？怎麼吸引讀者？我該怎樣讓讀者進入角色的思維，分享主角的感覺？

我曾經寫過一個墮胎女子的故事，也正是在那天，約翰．薩爾維[6]攻擊了那家婦產科診所，所以她沒能做成墮胎手術。之後，她起訴政府，要求負擔撫養她小孩的費用。我和她一起待了幾天，然後回到編輯部跟我的編輯談起此事。他說：「這個故事是關於什麼？」我說：「嗯，是關於一個去診所的女人……而現在她要告政府。」但他又再問了一遍：「這故事是**關於**什麼？」我也重複著說：「嗯，是關於這個女人……」

「不，」他說，「是關於**選擇**。」我琢磨了一下，最後，故事的每一個場景都聚焦在選擇的核心主題上。

下面是你開始寫作時要問自己的幾個問題：如果不考慮編輯，如果你壓根不在意你的故事是不是出現在報紙的頭版或者是否能刊出，如果你打長途電話給你媽媽告訴她這個故事，如果你有足夠的空間可以呈現你的角色的所有對話，讓人們以真正說話的方式進入文章，你會寫什麼？你看到的全部真相嗎？

如果你是全知敘述者，你會在哪裡開始你的故事？作為記者，我們必須讓自己成為採訪者**且是**寫作者；我們必須要像說書人那樣寫出我們的故事，讓手指在鍵盤上飛舞，寫繆斯女神要我們寫的。不要為了怕用錯哪個標點符號而停下來，讓文字飛舞就是了，因為你比世界上所有人都更了解那個故事。你已經找出每一個細節，讀遍了所有資料。

第一段就喚起故事的靈魂

故事中的每一個句子都要建立在前一個句子之上，透過資料吸引讀者，直到他們上鉤。我的報導通常以我碰到的最緊張的時刻來開頭，我會從一個小點起頭，然後擴展開來。用近景起頭，然後拉遠。電影經常會以私密時刻為開頭，然後拉回鏡頭。我從具體細節開始寫起，然後詮釋整個故事。不但整個故事需要有起頭、中段和結尾，而且每一場都需要有自己的起頭、中段和結尾。

有一次我把自己寫的故事發給我的編輯菲爾・狄克森（Phil Dixon），他退稿給我說：「這個故事可以放在都市版，甚至可以放在頭版，但是你沒有喚起故事的靈魂。」我從他的座位走開時邊想著：「如果這故事好到足以上頭版，那就在報紙上發表，我繼續寫其他的吧。」我沒聽懂他到底要說什麼，我重寫了幾種故事的開場，但還是被他退稿，只說：「不，不是這樣的。」

5 湯姆・沃爾夫（Tom Wolfe），美國作家及記者，一九五〇年代後期開始致力於新新聞寫作，被譽為「新新聞主義之父」。著有《令人振奮的興奮劑實驗》（*The Electric Kool-Aid Acid Test*）和《真材實料》（*The Right Stuff*），以及小說《虛榮的篝火》（*The Bonfire of the Vanities*）等。

6 一九九四年十二月三十日，反墮胎偏激分子約翰・薩爾維（John Salvi）走進在美國麻薩諸塞州布魯克林一家計畫生育診所，槍殺了兩人，傷及五人。

我最後終於聽懂他的意思了：不要告訴我某某人說了什麼，某某人**感覺**如何。告訴我某某人真正**想要**說什麼，他**為什麼**要這麼說，是什麼**使得**他說出這些話。編輯的意思是：**要創造出故事和人物的各個面向**。**要夠深入**。

想想菲爾．狄克森說的，**喚起故事的靈魂**，讓我意識到好的故事就像一首好歌，就像艾瑞莎．佛蘭克林（Aretha Franklin）的歌，高低起伏；像詹姆斯．布朗（James Brown）的歌，不斷迴旋，時而低沉、時而高亢、時而飆高音。故事的開頭就像是歌曲的第一個音符。最終，被狄克森退稿多次的故事發表了，文章是這樣開頭的：

> 潔西卡．布拉德福特（Jessica Bradford）認識五個被殺死的人，這本來可能發生在自己身上，她說。所以她告訴父母，如果她在六年級舞會之前被槍殺，她希望能穿著舞會禮服下葬。
>
> 潔西卡才十一歲。在她五年級那年，就已經知道她要在自己的葬禮上穿什麼。「我覺得我的舞會禮服是所有衣服中最漂亮的，」潔西卡說，「我死後，我希望為爸爸媽媽穿得美美的。」
>
> 在過去的五年間，哥倫比亞特區有兩百二十四名十八歲以下的孩子被殺害，有的被當作槍擊目標，有的只是遭池魚之殃。在槍口下倖存的孩子如潔西卡，和一些離槍口遠一點的孩子，已經理解什麼叫屠殺。
>
> 當他們玩任天堂遊戲、花式跳繩和長除法的同時，一些孩子已經開始對自己周圍的環境有些理解，知道死亡幾乎近在咫尺。所以，像潔西卡這樣的孩子，已經開始計畫自己的葬禮了。

我們每一個人的內心深處都有講故事的衝動。我們從小時候起就聽故事，也知道故事該怎麼講。小說家瑪格莉特・愛特伍（Margaret Atwood）在《與死者協商》（*Negotiating with the Dead: A Writer on Writing*）一書中寫道：「故事處於黑暗之中，這就是為什麼靈感看起來閃閃發亮的原因。深入敘事的過程是一條黑暗的路。你看不到前面的路……靈感之井是一個引人下墜的洞。」

深入到黑暗之中，尋找故事吧。

寫作中的「敘事距離」▸ 傑克・哈特[7]

敘事距離（narrative distance）指的是敘事者（作者）所在的位置，也叫**心理距離**（psychic distance），我是從約翰・加德納（John Gardner）的《小說的藝術：新手作家的寫作技巧手冊》（*The Art of Fiction: Notes on Craft for Young Writers*）中學到這個概念的。這本書針對的是小說作家，但它同樣適用於我們的工作。寫作者（無論是否有意識到）在每一個場景裡都選擇了某種敘事距離——決定要距離場景多近。敘事距離的轉換，和紀錄片導演混合採取特寫或長鏡頭的方式很類似。

中距離敘事就像從飄在空中的氣球的距離來觀察，作者像是站在三公尺外，或者距地面二・四公尺的高度來描寫場景。比如：**她站起來，穿過客廳，推開了門。雪花正在飄落。**

我們可以再靠近一點，移到主人翁的肩上：**她伸直了蜷縮著的雙腳，雙手撐著扶手，從沙發上站起來。她滑行似的穿過前廳去推門，門吱呀一聲開了，風發出呼呼的聲響，雪斜斜地吹過門廊。**在這個例子當中，我們彷彿就在她的耳朵旁，我們所經歷的接近她所經歷的。

7 傑克・哈特（Jack Hart），《奧勒岡人報》（*Oregonian*）的總編輯暨寫作指導，兩度獲得普立茲獎，並曾獲海外媒體俱樂部（Overseas Press Club）、ASNE 和美國職業記者協會（Society of Professional Journalists, SPJ）等獎項。

最後，有一種內部視角，就好像讀者在主角的腦子裡，透過主角的眼睛來看：**她手撐住沙發扶手的緞面織錦站起身來，她一邊輕撫著質地柔軟的波斯壁毯和冰冷的壁磚滑過前廳，握住冰冷的黃銅門把，輕輕轉動。門吱呀一聲開了。風吹亂了她的頭髮，遮住了眼睛，落在臉頰上的雪花融掉了。**這時候，讀者感受到的經驗，幾乎就和主人翁一樣。

作為記者，我們被訓練透過對白和觀察來間接說明場景動作。但技巧熟練的敘事作家會讓讀者直接進入現場，讓他自己去目擊、去經歷、去感受。這種方式比寫實的二手傳播更有力量。

傾聽受訪者：善用引述句和對話

凱利．貝納姆[8]

回顧我成長過程中特別喜愛的那些小說，我被像瑞克．布萊格（Rick Bragg）這樣的作家——使用引述句和對話時那種精鍊而謹慎的風格——所觸動。那正是我就如何精準地引用一個人的話所奉行的第一條守則：節制！引述越少，就越讓我成為一個訓練有素、深思熟慮的寫作者。它迫使我更加努力地思考我的工作，讓我能把故事掌控得更好。

我曾經寫過一篇哥倫比亞男子的特寫，他在遭遇過綁架和搶劫之後來到了美國。在他的祖國，他是一個知名的魔術師，但來到美國，卻只能在沃爾瑪超市工作。他幾乎不會說英語，所以他使用一個工具——一副紙牌，向我解釋他在哥倫比亞的狀況。我寫道：

他拿出他的牌。

桌上放著一張方塊七，代表土地，是哥倫比亞某個小村莊的一塊農場，一戶農家住在那裡。

後備軍事部隊——他拿出另外一張牌——想要在這個農場種古柯樹。塞薩爾（Cesar）把那張牌放到第一張的上面。游擊隊想要在這個農場種毒品，他又放上一張牌。毒品集團也想要，又一張牌。

農場上的人發生了什麼事？沒有人知道。

也許後備軍事部隊帶走了家裡的大兒子，並威脅要是反抗就殺死全家。接著游擊隊又聽說這一家子支持後備軍事部隊。

然後呢？

「*Muerte*，」塞薩爾說，「*Muerte*，懂嗎？」（Muerte：「死了」的意思。）

那個單字，用西班牙文寫，比經過翻譯詮釋的一整段話還有力量。

要想從經常在媒體露臉的人口中得到有力的引述句，可能更不容易。名人的三言兩語，在敘事寫作中沒什麼用；我要找的是他們較沒有經過雕飾的話。在二〇〇四年的選戰中，我做過一次伊莉莎白・愛德華茲的十分鐘的採訪，她是當時民主黨副總統候選人約翰・愛德華茲（John Edwards）的妻子。我是這樣開始這篇人物特寫的：

---

8 凱利・貝納姆（Kelley Benham），《聖彼德堡時報》專題作者，曾獲二〇〇三年厄尼派爾人文關懷寫作獎（Ernie Pyle Award for human interest writing），以及二〇〇四年AASFE的短篇專題寫作獎。

艾瑪．克萊兒（Emma Claire）掉了一顆牙，是在星期一掉的，她媽媽想。今天是星期三，距離大選還有十二天，她上次看到孩子們是在四天前。

「不，」她說，「一定是在星期天，她打電話給我，我在忙，然後我跟傑克（Jack）說話……」

傑克四歲，艾瑪．克萊兒六歲。他們的媽媽，伊莉莎白．愛德華茲，五十五歲，正在努力推動世界朝著自由的方向邁進，同時又是孩子們的媽媽。她總是一件事接著另一件事地忙，此時距下一件事還有十五分鐘，距大選還有十二天，距去好萊塢還有十天，距下一次見到孩子們還有三天。

「我在跟傑克說話，」她繼續說，「他說：我不想你。」

「我說：這真糟糕，因為我想你啊。」

傑克告訴她：「好吧，我有那麼一點點想你。」

當然，最好的引述句不是孤零零地引用，而是透過對話的形式。即使是寫有關市議會的文章，我也會引用對話。比起直接敘述，對話是更容易閱讀的形式，因為這就是我們傾聽世界和相互溝通的方式。對話在文章中打開了一小片天地，給故事一些喘息的空間。

有時，即使對話無法和敘述融為一體，我還是會用。我曾在一篇文章中寫一個擁有價值一萬七千美元的割草機和三百坪庭院的男人。我用幾小段對話作為章節的結尾，下面就是其中之一：

金伯莉：「有次我割草時犯了個錯，差點搞到離婚。」

邁克對金伯莉說：「你跟她（譯注：指作者）說說看，在那整段該死的割草時間，你放的是什麼檔。」

金伯莉：……

邁克：低速檔！

低速檔！

我喜歡像在笑話裡常看到的，運用一兩句或一小段對話。我希望能讓受訪者的想法以最好的形式呈現。即使沒有直接引述句，我也能讓我的對象發出聲來。在我的一些文章中，沒有出現引述的句子，但許多其實都是出自於對象的直接描述，只是我拿掉了引號，但我不是改寫一遍，只是稍微濃縮一下，並盡可能保留對方說話的語氣和神韻。

有時候，當我的受訪對象說得會比我去寫出來還要好時，我就讓它直接呈現。我曾採訪過一個老奶奶，她在儀仗隊演奏薩克斯風，歷時將近九十年。我採訪她時是她退休的第一年。她跟我講起她一生的故事——九十六年的故事。大半文章我都只是讓她說，我只偶爾穿插一下，讓文章進到下一部分。

「我當年在芝加哥上聲樂課，我的聲音普通，但跟一個叫萊布倫太太的法國女士學聲樂。我經常說，等到了二十五歲我就結婚。

「好吧，等我二十五歲了，但沒有一個中意的人啊。我去找萊布倫太太，把我的故事告訴她。我說：『我該怎麼辦呢？』她則說：『這樣，我會給你在沃巴什路的咖啡館找份工作，你要注意那扇店門，你要嫁的那個人會走進那扇門。』我相信她，做了那份工作，注意著那扇門。一天，一個戴著綠色小氈帽的小夥子走了進來，我想，就是他了。我回去問她：『我找到他了，接下來該怎麼辦？』」

她嫁給了他。

採訪她的時候，我幾乎沒有插一句嘴，如果我只以三言兩語引述她的話，那就會變得不誠實。

在一堂大學新詩課上，老師要我們用現成的句子——對話、書、洋芋片盒子上的廣告詞都行——來寫詩。這是一種驚喜連連且令人愉悅的寫作方式，那些句子的節奏互相激盪，在紙上翻騰起伏。人們的聲音就像這種拼湊詩——原始、未經雕飾、不完美。然而，當我們認真篩選且不弄巧成拙的話，就是給它們最公平的對待。

傾聽受訪者：謙卑求證真相

黛博拉．迪克森[9]

《華盛頓郵報》曾就我的第一本書《美國故事》對我做了一篇大幅報導。這篇文章極其正面，但其中有一個引述表現的是——正如作者指出的——我的不成熟。

問題是，作者誤解了我所表達的意思。當時我在一家咖啡館接受採訪，我望向窗外，一個女人從窗前走過。她穿了一件非常時髦的裙子，卻穿了一雙最醜的鞋。一個人有這樣的品味去選購那種裙子，怎麼會故意穿這樣的靴子來搭配。我思忖道：「她是剛和別人吵了一架嗎？」我想起，有次我和男朋友吵了一架，然後氣呼呼地跑了。回到家時才發現，我把裙子穿反了。想到這些，我大聲地說：「不錯的裙子。」我往下看，盯住她的鞋子，說：「鞋子不搭。」

他把我說的話也寫進文章，讓人感覺我在評論那個女人，其實，我只是把自己的經歷移情到她身上。成為人物特寫的報導對象，這個經驗對身為記者的我來說是非常有幫助的，因為它讓我更能體會受訪者的感受。我因此學到的一件事是，使用引述句和對話時最重要的事——**所有**媒體都一樣，真的——是對自己的工作要抱持高度的謙卑。**有的記者可能自以為懂得從某個人嘴裡說出來的話是什麼意思，但她可能完全搞錯了。**

當我們引用一段引述句或者一段對話時，就是在告訴讀者：「那個人就是這麼說的。」這是很明顯的，但是你應該先放在腦袋裡多思考一下。準確是絕對必要的。當我對一個人下評論，特別是負面評論時，我會反覆推敲四、五次。如果我要認定一個人是個自大的笨蛋，我會去確認這個人的確就是。我會給一個人很多次機會，看看他是否一再重複不當的行為。

另一方面，報章雜誌所刊出的引述句，常常不是受訪者真正的說法。我見過一些記者不自覺地修改專業人士的語言，但不修改勞工階層或者窮人的語言。記者對修改一個人的語法要有著清醒的決定，我不認為引述句應該被潤飾得很通順，**用引號就表示在引號裡的話應該是一字不差的**。我經常面對這個問題，因為我寫的都是些平民百姓，真實的人說真實的話。我會寫出蹩腳的英語，因為我的大部分受訪者就是這樣說話的。

9 黛博拉．迪克森（Debra Dickerson），《美國新聞與世界報導》（*U.S. News & World Report*）資深編輯，新美國基金會（New America Foundation）資深會員，著有《美國故事》（*An American Story*）和《黑暗的盡頭》（*The End of Blackness*）。

幾年前，我曾經為《美國新聞與世界報導》寫過一篇文章，是寫有關於黑人勞工和在當地社區開美甲店的越南移民之間的關係。我把越南人說英語的方式呈現出來，結果激怒了許多在越南社區的人。在大部分採訪中，我都會聘請翻譯協助，但是他們用英語說出來的一些東西，保留原貌會更有力量。因此，我並不後悔自己的決定。

讓人們為自己發聲，而不會讓讀者覺得他們無知，這是有點兩難的事。這不是單純的寫作技巧問題，而是與讀者的假設和偏見有關。問題未必在於人們說了不正統的英語，而在於別人，也就是讀者，因此而對他們做出錯誤的評斷。我的採訪對象擁有精彩的人生故事，他們的人性藏在半弔子語法後面，熠熠生輝。

另一方面，我們經常要寫一些不那麼精彩的人物。要讓人們說出有意思的事，方法之一是提出愚蠢的問題。我確實問過一些愚蠢的問題，然後讓他想說多久就說多久，如果他不說話，我也就保持沉默。沉默會讓人不自在，他們就會一直說下去來填滿冷場。通常我會扮演魔鬼擁護者的角色，當我有次要做一個關於毒販的報導時，我和他一起在他的活動範圍內轉一轉。我們經過一些看起來像流浪漢的人，為了測試他，我說：「天啊，看看這些人，他們為什麼不把自己弄乾淨點呢？」這激怒了他，對我說：「你也不比他們好多少。」然後他開始變得很難過的樣子。一點一點地，他周遭的真實故事就會慢慢透露出來。**激怒一個人是獲得真相的好方法**。為了一個好故事，我甘願被人大吼或被人厭惡。精心架構和用心呈現的真實故事，才是最重要的。

故事透過結構傳達意義

喬恩．富蘭克林[10]

「敘事」就是年表：這個發生了，那個發生了，又一件事發生了，然後別的一件事又發生了。我們所有的生活都是敘事——通常是相當令人困惑的敘事。「故事」則是另一回事：從敘事中挑選精華的部分，把它們和其他材料切割開來，並把它們重新組織起來，產生意義。**意義是故事的本質**。

這就是我們這些在新聞編輯部受過訓練的人，難以理解「講故事」這件事的原因。我們所受的教育叫我們**不要**把意義放進我們的新聞故事裡，但**我們把意義錯當成「意見」**了。如今我們所理解的新聞是客觀認知性的；我們呈現事實；我們證明一些事情。新聞很少處理意義。

敘事作家可以將意義帶入新聞。成功的敘事作家會假設自己能夠在真實生活中找到意義，並把它寫出來。

一九六九年《星期六晚報》（*Saturday Evening Post*）倒閉之前，許多人以創作短篇小說為生。隨著大眾雜誌的消失，這種生計管道也幾乎絕跡了。但是現在的作者並不比五十年前少，所有想要成為作家的人總得有個地方可去，很多像我一樣的人因此被迫進了新聞業。

人物．情節．轉折點

和許多其他作者一樣，我很快就因新聞業的種種限制而感到挫敗。我想寫故事。我意識到所有出色的

10　參見57頁。

故事——虛構的或真實發生的——一定有某些共通的事物。果真如此，我們就應該能夠理解它們，帶著這樣的理解，我們就更有把握找到其他的好故事。我四處搜尋。然後發現，在一九〇〇到一九六〇年期間，那個屬於短篇小說和寫實主義小說的年代所出版的有關寫作的書中，討論了許多是什麼讓故事更有力量的問題。最後全都聚焦在人物和情節這兩點上。

俄國劇作家契訶夫（Anton Chekhov）曾對故事做出剖析，他從轉捩點或情節點來定義一個故事。第一個轉折點，在開場結束前，是**角色的複雜化**。這個點是主人翁遇到讓他的生活變複雜的事件。角色複雜化的段落，相當於傳統的報紙敘事中的**果殼段**（nutgraf）[11]位置，且兩者可以相互替換。

複雜化並不一定指有**衝突**發生，而僅僅是迫使該角色須付出額外的精力。在西方文學中，複雜化通常是一個衝突事件，但在非洲文學中卻少有如此。

在幾乎所有故事裡，人物角色都經歷了一些變化。記者剛開始也許不容易觀察到這一點，但如果沒有變化，記者可能就無法寫成一個故事。關鍵就是要找到那個重要的轉捩點。

我的那些大學學生經常寫些死於癌症者的故事，我也鼓勵他們寫這些，因為通常沒有人想要和瀕死的人說話，雖然病人真的想找人談談自己的經歷。我的學生經常假設，這些病人故事複雜化的轉折點就是罹癌這件事。如果癌末是複雜化，那麼死亡就是結局。所以，意義是什麼呢？恐怕很難說。

讓我們回頭再看看這個故事，也許複雜化是別的東西。大部分將死於癌症的人，在接到診斷書時都會很害怕，他們否認，他們掙扎，最終，他們得和自己的癌症和平共處。領悟的轉折點是克服恐懼的當下，而不是接到癌症診斷書的時候。我用「領悟的轉折點」是指故事找到出路的那一刻，是主人翁（和／或讀者）終於抓到了問題的本質，並且知道應該怎麼處理它的時刻。意義就是：我們雖然無法改變命運，但是我們可以保持尊嚴並以理性控制的方式來處理它。

在大部分的好故事裡，都是由人物角色自己決定自己的命運，但在現實生活中，這種事卻並不經常發生。在這個意義上，故事不同於真實的生活。出色的故事會展現人是如何努力求活。

故事的三個層次

所有的故事都有三個層次。第一個層次是發生了什麼事——也就是敘事。其次是主人翁對事件的感受。這時候，如果作者能夠成功的讓讀者放棄質疑，改以主人翁的眼睛來看事情，那麼主角和讀者的感情就合而為一了。在事實和情感之下還有另外一層，那是文章的主旋律，用以喚起故事的普世意義，比如：愛的永恆，智慧的勝利，孩子的成長，戰爭的殘酷，以及偏見的歪曲。

二十世紀中葉傑出的神經解剖學家保羅．麥克蘭（Paul MacLean）創造了**三位一體的大腦**（triune brain）這個名詞。他的想法是，每個人都有三個腦：一個理解主旨，一個負責情感，第三個負責認知。認知腦是可經程式設計的，它或說英語或說漢語，或者講邏輯。但是真正要產生深度的交流，作家必須把三個大腦的語言全部用上，這就是為什麼主旋律之於說一個好故事如此重要的原因。

說故事可以像是在演奏交響樂。約翰．史坦貝克（John Steinbeck）曾寫道，他希望《憤怒的葡萄》（*The Grapes of Wrath*）聽起來就像斯特拉汶斯基（Igor Stravinsky）的《火鳥組曲》（*Firebird Suite*）。海明威稍稍暴烈一點，他選擇了巴哈。如果你把《戰地春夢》（*A Farewell to Arms*）的第一章，拿來搭配《布蘭登堡協奏曲》（*Brandenburg Concerto*）的第一樂章大聲朗讀，你會發現海明威的文字聽起來和音樂結合得非常完美。

11 指敘事報導中說明故事核心含義的段落，通常出現在第三或第四段。

敘事作者可能是有意識地選擇在這三個層次上發聲，但是反映在讀者身上的效果通常是下意識的。讀者讀得非常快，看不出這三個層次，他們只能感覺到，就像你在公路上開車感覺到公路一樣。

故事的主旋律存在於從字裡行間到段落之中。我的許多作品都是無韻體的，你並不需要知道修辭學名詞，你只需要傾聽它們就行了。

看一看人類大腦是如何開發的——如何化很長的故事為短篇故事——它在過程中一步一步解決了複雜性。我們喜歡故事，是因為我們在故事中思考，因為這是我們從世界獲得意義的方式。當你讀到一篇你感興趣的硬新聞，其實你已經知道它的來龍去脈了。也就是說，你知道隱藏在新聞背後的敘事。人類大腦會關注證據——新的資訊和過去的經歷，並且能夠想像出場景和可能的故事。這就是結構之所以能揭露出意義，也是我們喜歡具有結構感的小說的原因。

概述性敘事 vs. 戲劇性敘事 ▼ 傑克．哈特[12]

大多數敘事性的文章，都會在概述和戲劇性敘事之間不斷切換。概述提供了場景與場景之間的連接，場景通常是用戲劇性的敘事寫出來的。標準的新聞故事是用概述性敘事來寫的；但是真正要說故事時，卻需要掌握戲劇性敘事。因為在戲劇性敘事上的經驗不足，傳統記者在區分兩者的過程中，會經歷一段煎熬。我所在的報紙有一個記者，一直非常努力地想要抓住概述性敘事和戲劇性敘事之間的差異，最後終於看到了曙光。「啊哈！」他說，「我知道了，差別就是**你是在故事之中**，**還是在故事之外**。」**沒錯**。

下面這張表呈現的就是這兩種形式的主要差異：

概述性敘事	戲劇性敘事
強調抽象	強調具體的細節
壓縮時間	讀者經歷事件，就像事件是即時發生的
使用直接引述句	使用對話，人物彼此交談
依主題組織素材	按場景組織素材
全知全能角度	特定角度
作者在場景之上	清楚的敘事距離、作者在場景之中
處理結果而不是過程	處理過程，提供詳細的描述
在抽象階梯的上端	在抽象階梯的下端
由旁白、背景故事和說明組成	由故事的行動主線構成

將故事與概念結合

尼古拉斯・萊曼[13]

僅僅只是敘述故事的報導性寫作，永遠無法成為偉大的作品。作為敘事寫作圈的一員，我發現，大家似乎對「概念」在我們工作中的重要性，缺乏完整的認知。敘事寫作者，應該培養出一套將概念和故事融

12 參見159頁。

合在一起的基本技巧。

湯姆．沃爾夫的選集《新新聞主義》出版時，我還是一個剛進新聞圈的毛頭小子，當時我可說是如饑似渴地讀了這本書。事實上，沃爾夫那篇精彩的序言，比他所選錄的文章所帶給我的影響還要大。他的序言挑戰了新聞評論的標準。在當時嚴肅呆板的媒體評論圈子裡，屬於報導文學和視覺技巧的美學，幾乎蕩然無存。但是沃爾夫來了，帶著歡樂、有趣且有感染力的雄心，主張「新聞也可以作為一種藝術形式」——可望取代小說，成為最豐富且最重要的出版品。

那篇序言對我如此重要，其中幾個不那麼令人滿意的觀點，也在此後的幾年之內徘徊在我的腦海，這一點也很重要。因為兩者都跟敘事性寫作中**故事**和**概念**的融合有關。

概念透過寫作手法呈現

首先，沃爾夫這本談報導手法的操作手冊，內容堪稱巨細靡遺，卻並沒有完整描述沃爾夫在他自己的報導作品中所做的事。是的，沃爾夫用了有關服裝、裝潢和口音的身分細節，把一切都準確地釘在社會經濟學的地圖坐標上；是的，他用了戲劇中的場景概念；是的，他從人物的角度來寫；是的，他引用了很多對話。但是，這些還不是他做過的全部事情。

他不完全承認一個事實：他不僅僅是一個記者和敘事者，同時也是一名知識分子。在他最後也是最好的一部敘事性紀實作品《真材實料》中，他用了一種自己也沒有真的意識到的手法——當他提到貫穿全書、推進並形塑故事的架構和範疇時，其實真正驅動整件作品的，是一個主要假設。

沃爾夫在本書的開頭，用一連串有關一九五〇年代美國戰鬥機飛行員細瑣而滑稽的生活場景，建立起一如這本書名的主要概念：真材實料。這個「真材實料」就是概念。它當然有必要，而且應該被優先列入考慮，否則，你就會忽略那些嘲諷早期太空人的笑話。即使在他們被大家奉為英雄時，也有笑話說他們並不是自己駕駛太空艙上太空的。這種羞辱——比較是概念上的，而非事實上的——讓媒體在這件事中的作用淪為一場鬧劇，產生了令人難忘的特殊效果。

書中除了描寫精準的情境細節，沃爾夫還提供了對戰鬥機飛行員、官僚、政客和媒體，從人類學和心理學的角度所做的精彩解讀。《真材實料》是一本對某政府機關，即美國太空總署精心偽裝的公共政策的分析之作。本書試圖論證，進行太空航行是出於文化、政治和宣傳的目的，而非科學的理由，所以太空航行也許是一個錯誤。後來太空梭的悲劇證明了沃爾夫的分析有先見之明。

和多數成就斐然的作家一樣，**沃爾夫積極呈現寫作手法的同時，也在積極呈現作品概念**。對長篇敘事作者來說，選擇一個沒有核心概念的故事，理論上也許是可行的，但那樣也只能寫出——用我們這行的話來說——**見鬼的該死故事**。但即便是那種故事，如果講得特別出色，也仍然會隱含著某些更大的主題和寓意。那些副標題上寫著「這件事改變了美國」或「這件事改變了世界」之類句子的紀實作品，都會努力提出某個觀點。

利用轉折點強化隱藏的概念

我的著作《大考驗》具有一個明確的概念。這本書所提出最大的一個問題是：**透過盡可能科學、嚴謹而公平的手段，創造出一個樣板之後，有可能再創造出一個社會其他人追隨的領導團體，從而建立起一個**

13 尼古拉斯．萊曼（Nicholas Lemann），《紐約客》專欄作家，哥倫比亞新聞學院院長，著有暢銷書《應許之地》（*The Promised Land*）和《大考驗》（*The Big Test*）。

和諧而民主的社會嗎？答案是**不，不能**。這就是這本書隱藏的概念。

《大考驗》藉由敘事層面來推進概念層。加州二〇九號平權法案的故事，則引出了概念層面的所有元素。無論是在採訪階段還是寫作階段，我都對故事層面和概念層面的相互影響帶著高度自覺。我很少利用圖表來表現轉折點或隨之發展出來的概念。我所選擇的轉折點，必須能有效地強化隱藏的概念。

研讀文獻有助形塑概念

為了發展出強而有力的概念，作者就必須對素材擁有強大的掌控能力。有野心的敘事記者必須先研讀文獻。**研讀文獻的過程可以讓作者很快進入狀況，並找出論證的關鍵點**。記者經常以為，對他們和讀者來說，跟文章主題有關的學術文獻令人費解而且毫無用處。但是，作為記者，我們的工作就是去經歷未知並理解它。了解學術知識不過是另一個我們必須解決的問題，解決的方法，就像我們要去解決所有問題一樣：比如堅持，比如尋求幫助。

如果資料令人費解，那其實是好消息。表示一個記者遇到有意思的事了！——這在工作過程中經常發生——而你將成為第一個向非專業界傳達這件事的人。

在二十世紀中葉，很多歷史學家、社會學家和人類學家，都把自己視為為公眾寫作的人，也因此贏得大批讀者。但到了二十世紀下半葉，這些學者卻放棄了這種角色。他們的對話變得越來越自我取向，越來越專業，也越來越難被外人所理解。

記者研讀文獻所花的工夫，也許最後讀者完全看不到。但是，它仍然是避免一個常見陷阱——對影響寫作的假設、參照對象和主題無知——的重要手段。

例如，寫政治議題的作家，其寫作經常建立在這樣的假設上：利益集團在政治中是一股有害的力量。

所以，在一本關於政治的紀實作品中，一個聽從利益集團的政客就是壞蛋，不受指使的另一方則是好人。為什麼？詹姆斯・麥迪森（James Madison）不認為利益集團有這麼壞。大部分政治學家會嘲笑那種以為利益集團可以與政治切割的說法。所以，記者在埋頭衝進去以前，應該對異於世俗認知的論證觀點，具備最基本的認識。

概念與故事結合的「婚禮時刻」

一旦記者對主題完全熟悉了，下一步行動就類似在拍電影時，須保持聲音與畫面同步。讀者往往注意到紀實作品中，帶有故事性的一面：各角色在一連串的戲劇性事件和令人難忘的場景中的動作，就相當於電影中的畫面；而聲軌對電影極其重要，且需要精確的計算。但是，這樣仍無法完全滲透進入讀者的知覺意識。在紀實作品中，**概念就相當於聲軌：一個有秩序的系列論述，和故事情節同步推進**。最能適當表達這個過程的新聞術語是：**路標**（signpost）、**告示欄**（billboard）[14]**和果殼段**。在這幾個段落，作者停止敘事而傳達概念意義，或者暗示故事下一步的推展。**在報導時**，作者就故事概念層面的內容思考得越多，過程就會越輕鬆。

在故事的某幾個關鍵地方，應該有我稱之為「**婚禮時刻**」的東西，在那裡，概念層面和故事層面合而為一。在主人翁抱起吉他的電影場景中，觀眾會更加注意到聲軌，因為聲軌暫時一對一地和畫面相對應了。這就是「婚禮時刻」。

14 「路標」就像一個導覽段落，告訴讀者，作者接下來會如何論述一個主題內容，有時也說明其順序及理由。「告示欄」是頁面上以簡短的兩三句話吸引讀者閱讀的邊欄或小方塊，內容可能是從文章中抽取重要句子，或受訪者所說的話（抽言）。

在新聞中，「婚禮時刻」經常在角色人物做出影響故事走向的決定時出現。這些人在概念層面做出了自己的決定，在紀實作品中，法官、社工和假釋官經常會造就美好的「婚禮時刻」。

「婚禮時刻」將概念更穩固地綁定在敘事上。敘事主義者傾向於將大部分力氣花在提高自己的採訪和寫作能力上，只求能寫出一個很有張力的故事。但這是錯的，敘事和概念分析的結合，才是做報導的基本思路。

一旦超越了純娛樂性和譁眾取寵的範圍，幾乎所有新聞都帶有一種透過故事來詮釋這個世界的義務。故事和角色對人類心靈有著極大的吸引力，我們翻譯這個世界並轉化成故事這種形式。這就是為什麼是「故事」而非「資料」，才是新聞的基本單位。純粹分析性的工作和純粹故事性的工作，在概念上要比二者的融合更簡單明瞭，故事和概念的結合，的確很複雜、很困難，甚至很混亂，但那又如何？生活不也一樣。如果不是這樣，那報導也就沒有存在的必要了。

寫個好結尾

布魯斯・德席瓦[15]

每個故事都須抵達一個終點，說故事的目的就是帶領你的讀者抵達那個終點。結尾是你把小說的主旨釘在讀者腦海中並讓它盤旋數日的最後一次機會。在以爬格子維生的職業中，報紙記者似乎是唯一一群不太了解這一點的人。

編劇知道，如果一部電影缺少精彩的結局，觀眾們走出電影院時就會覺得錢好像都白花了；小說家知道，你不可能寫出一部沒有精彩結尾的好書；寫演講稿的人都會試圖以高潮結尾；每個人都知道，當你寫一封情書，寫一封要求加薪的信，或者寫信向電話公司投訴，最後一句話的語氣和內容都非常關鍵。

別再採取「倒金字塔」寫作

但很遺憾的，大部分報紙文章都草草結束。這是倒金字塔寫作遺留下來的老問題，它讓文章結尾再也不可能多精彩。倒金字塔結構把資訊從最重要到最不重要的順序排列，剝奪了故事的戲劇性，沒有給堅持讀到最後一行的讀者留下任何驚喜。

倒金字塔結構其實跟寫作、讀者或新聞，根本一點關係都沒有，認清這一點很重要。知道倒金字塔結構起源的人就會了解，它的出現可以追溯到電報的發明。記者在報導外地新聞時——比如一艘船沉了，或者一場戰爭的動向，在電報發明後，便有了快捷的方式可以把他們的報導傳回報社，但是他們也發現並不能完全依賴它，因為線路有時會故障；有時他們的新聞會被緊急的政府消息給擠掉。於是他們就學會把他們的新聞以緊急突發的方式呈現，因而把最重要的資訊寫在最前面。

經證明，這的確是適合新聞編輯檯生產流程的完美形式。文章在紙上寫好編好後，交給鉛字排版工人，排版工人會把文稿以鉛字組成一塊小版；這塊版的形狀必須要和已經設定好的報紙空間相脗合，但是文稿字數總是過長。唯一刪減這塊鉛字版的可行方法，就是從後面把文章切掉。

現在我們再也不用電報傳送稿子，使用鉛字版也是三十多年前的事了。今天，大部分資訊完全是電子

15 布魯斯．德席瓦（Bruce DeSilva），美聯社國際寫作指導，曾任四十家報紙的訓練顧問，新聞學會議常任講者。他編輯的報導曾獲ASNE獎、厄尼派爾獎、班騰獎（Batten Award）、喬治波克新聞獎和利文斯頓獎（Livingston Award），他協助編輯的作品曾獲普立茲獎。

形式，只要點一下滑鼠就能在任何地方刪改稿子。同時，網路文章也完全不需要刪減以符合預設的空間。倒金字塔結構至今唯一可取的是它的簡潔，但是老習慣似乎很難改掉。雖然最優秀的記者已經看懂了這個問題，但這種形式卻仍難以完全斬斷。很多編輯還墨守成規地從結尾砍文章。如果你深受這樣的編輯所苦，那就一邊堅持把結尾寫好，一邊找份新工作吧。

成功的文章結尾四要素

你的文章結尾必須做到四件事：向讀者傳達出文章即將結束的訊號；強化你的中心要旨；讓讀者在讀完最後一行後，心中激起共鳴；及時結束。最上乘的結尾還會額外多做到一點：他們會留給讀者一個超乎預期、但剛剛好能打動他們的小轉折。

寫出好結尾的方法很多，一個好的結尾可以是：

- 一個精心安排、有說服力的結論，在這個結論中，作者親自對讀者說：「這就是我的觀點。」
- 一個生動的細節，能象徵比細節本身更大意義的東西，或者暗示故事可能的發展方向。
- 能闡釋文章主要觀點且令人印象深刻的趣事。
- 一個生動的場景。

有時候，你會想把整篇文章寫成一個完整的迴圈，讓結尾的概念或用字，和開頭的文字來個首尾呼應。這種對稱性的確能取悅讀者。有時候，你可以用一句華麗的引述句來當結尾，但不要經常這樣做。畢竟你是作者，你應該能說得比那句話更好。這是**你的文章**，為什麼要把最後一個字留給別人？

問題一解決就結束故事

這個建議適用於所有文章，但是敘事寫作還有別的要求。每一個故事——從《伊利亞德》（*Iliad*）到普立茲新聞獎最新得主的系列報導作品——都有著同一個潛在的結構，這個結構你已經在本書的其他地方讀到過：一個中心人物遇到一個難題，與之搏鬥，最後克服了難題，或者被它擊垮，或者在某些方面被它改變。如果一個真實的故事缺少這些要素，你就不應該企圖把它寫成故事的形式。

在敘事中，難題的解除就是你文章的結尾。一旦你走到了這一步，請趕緊結束文章。讀者如饑似渴地讀你的故事，就是為了發現難題如何得到解決。一旦知道，他們就會停止閱讀——所以你最好也別寫下去了。

以下有一些行之有效的結尾寫法，來自美聯社記者的文章。

在伊恩·斯圖特（Ian Stewart）以第一人稱寫的文章〈新聞值多少錢？〉（What Price the News?）的開頭是：他時而昏迷，時而清醒。在他身上發生了一些非常糟糕的事，但他卻不知道是什麼。在報導獅子山（Sierra Leone）戰爭時，伊恩頭部中了一槍，他的一個朋友也被殺死了。文章讓讀者跟著伊恩，看他如何試著去搞清楚發生了什麼事，努力去克服可怕的傷痛。文章也探討了駐外記者的男性世界，以及將遙遠的戰爭新聞傳達給群眾的重要性。但是伊恩是這麼結束這篇文章的：

邁爾斯、大衛和我都天真地希望，我們的報導能夠讓人們稍微關心一下發生在非洲的一場小戰爭，事實上，要不是一個西方記者死了，還有一個受了傷，自由城（Freetown）也許永遠不會讓你們的報紙刊登這篇報導。當我痊癒後，我還會繼續做記者嗎？是的，而且很可能我會回到大洋彼岸。我還會為了一篇故事而冒生命危險嗎？不會，即使下次這個世界會關心戰爭，也不行。

這個結尾之所以好，是因為你沒料到它會這麼寫，但與此同時你會理解到：**當然**，他就是這麼想的。

在〈一座小鎮的誕生〉（A Town Is Born）中，泰德．安東尼（Ted Anthony）描寫了新墨西哥州沙漠中一群沒有組織的居民，如何著手組建自己的本地政府。在開場沒多久的段落裡，他寫了一個「果殼段」：「幾個小時後，他們就將成為主人了。新政府的到來是不可阻擋、不可否認的，而且是自己做主決定的。新政府的到來，也為只有民主才能達到的那種繁榮景象做好了準備。」

故事的主體是細節：這個小鎮有多少土地？他們怎麼定稅率？他們需要把公路分等級嗎？最後，泰德是這麼結尾的：

> 目前，他們就這麼規畫著自己的社區：為日常的爭吵而談判，互相喜歡或不喜歡，處理選民問題，他們摸索著前進，且親力親為。一切都是他們的，連錯誤也是他們的。一幅小畫布上的大想法，行為上的法律問題，都是他們的。他們共同決定他們的生活是什麼樣子的，這是美國民主的繁榮，鮮活而熱烈，就在高原上的四十號州際公路旁，就在新墨西哥廣闊的天空下。

在這裡，泰德直接把文章的主旨告訴了讀者，也把鏡頭從道路等級和稅率的近景中拉回，突然，你彷彿置身於某個蒼穹下的高原，置身於這個故事展開的歷史和憲法的脈絡中。

在〈神秘殺手〉（Mysterious Killer）中，麥特．克倫森（Matt Crenson）和約瑟夫．韋倫賈（Joseph P. Verrengia）記錄了一九九九年紐約市的西尼羅河病毒的流行。在文章開頭，鳥神秘地從樹上墜落而死。不久，也有人死了。流行病學家為找出原因而互相角力，在文章結尾，他們終於確認了原因是一種外來病毒，這種病毒藉由蚊子傳播，並在兒童泳池、鳥的水盆和廢棄的輪胎中繁殖。然後疫情停止蔓延了，但並不是因為人類採取了什麼行動，而是因為蚊子活躍的季節結束了。文章是這麼結束的：

> 在病毒首輪爆發的一些紐約街區，燒烤店和兒童泳池這一季被迫關閉，老舊的輪胎也被運走。但是在清理期間，仍然到處有輪胎被遺漏，或者被棄置在草叢中，等待著春天的第一場雨，將它們變成蚊子的溫床。

這個結尾是一種窺測未來的不祥預兆。想想《酷斯拉》（*Godzilla*）的結尾吧：怪獸被消滅了，人人都在慶祝，然後鏡頭就搖到了怪獸留在海底的蛋。

為了寫一篇名為〈萬一我們死了〉（In Case We Die）的文章，提姆．沙利文（Tim Sullivan）和拉夫．卡瑟特（Raf Casert）到幾內亞首都柯那克里和比利時首都布魯塞爾走了一趟，為了重建兩個十四歲少年的生活。他們絕望地試圖逃脫他們貧窮的國家，卻死於噴氣式飛機的輪艙之中。在其中一個人的身上，比利時警方發現了一個寫了字的信封，信封上寫道：萬一我們死了。信裡，他們言辭懇切地請求這個世界幫助非洲的孩子們。

提姆和拉夫描寫了兩個男孩在非洲的生活，他們的逃跑計畫，他們不幸的旅程，以及最初在比利時慘案發生時引發的群情激昂；而比利時這個國家，至今仍對它的殖民史懷著罪惡感。他們是這麼結束這個故事的：

現在，兩個少年的信靜靜地躺在比利時國家司法部的檔案室裡，編號4693.123506/99。在另外一片大陸上，一座公墓裡，兩個相隔三公尺左右的墳墓，標誌著兩個曾向這個世界傳遞訊息的少年生命之旅的終點。柯那克里墓園裡兩個小小的土堆，四周圍著石頭和腐爛的棕櫚樹皮，兩座墳墓前都豎著一塊小小的金屬標誌，上面是空白的。

這不是我們所期待的結尾，我們希望這兩個男孩的死能帶來什麼意義。但最後，兩個男孩被世界遺忘了，這個辛酸的事實通過兩個小細節展現無遺：被遺棄在官僚主義機構裡的那封信，以及沒有標記的墳墓。

在〈上帝與國家〉（God and Country）中，理查．奧斯特林（Richard Ostling）和茱莉亞．里布里奇（Julia Lieblich）解釋了教會與國家之間的鬥爭，在美國一代又一代持續下去的原因。這篇發自密西西比州埃克魯市（Ecru）的文章是這麼開頭的：

> 中學橄欖球比賽結束很久之後，莉莎．海達爾（Lisa Herdall）和派特．蒙斯（Pat Mounce）坐在潮濕的露天看台的同一把傘下，專注地交談著。這兩個同為三十六歲的母親正在討論她們密切關注的話題：她們所在的龐托托克（Pontotoc）學區，學校透過對講機來播放祈禱文。海達爾反對禱告，並把這個縣的督學告上了法庭，而蒙斯則組織了全鎮的力量予以反擊。

這篇文章探討美國人對於憲法中有關宗教自由條款中十六個字的長期爭論，也就是一篇有關衝突的文章，直到最後：

美國人在教會和國家的事情上，存在而且也許會永遠存在著分歧。但他們爭論的，從來不是關於兩個世紀前就訂下、以十六個字寫成的信仰自由這項基本權利；美國人爭論的是如何真正去實現它。和全世界的很多人不同（即使在今天），美國人不是用流血的方式來處理宗教歧見的；人們依舊是在立法的殿堂以及彬彬有禮的法庭上互相討論，甚至在爭辯時也可以共撐一把傘。

文章在結尾來了個意外的轉折，作者突然把鏡頭拉回來，把這場爭論放在全球背景下。結尾透過回到那把傘來完成這個轉折，那是美國憲法的一種隱喻，是憲法讓美國人避免了暴力式的宗教衝突。

我給你的最後一條建議是：當你寫敘事文章時，**先寫結尾**。記住，結尾是你的目的地。當你已經知道要往何處去時，剩下的部分就會好寫多了。

第 5 章

寫一篇好文章

上乘的寫作必須集合各式元素：動作、人物、場景、聲音、洞察力、調查以及敘事結構。我們可以分析這些元素，並觀察它們的運作方式和彼此間的互動。經驗豐富的作者可以指出大家行之有效的共同經驗法則，對於別人的作品往往更能解析得頭頭是道。這一章彙集了十二位作者——寫作年資加起來超過三百年——從工作中獲得的洞見。

我們或許可以將這一部分稱為「潤色」。鮮明的人物，引人入勝的場景，控制得宜的時間流，錯綜複雜的觀點，以及一步步挖出的內幕……所有這一切只有在作者對初稿改了又改之後才能一一浮現。這些手稿包含了上百個幽微的觀察，或隱藏著難能可貴的洞見。每一次繕改、每一次更成熟的稿子，都將引導作者走向更臻完美的境界。

正如出現在本章中所有作者的親身驗證，這個過程是很難一概而論的。一套可供學習的技巧，可以幫助作者創造出扣人心弦的敘述，建構可信的場景，描述主人翁眼中所看到的世界，並提供重要的見解——而不是強迫讀者接受這些見解。作者是文章主旨和讀者之間的樞紐。正如翻譯家暨作家伊蘭．斯塔文斯（Ilan Stavans）所說：

> 不論他們自己是否認同，所有的紀實作者都是譯者，而譯者則是**完美**的記者。最好的新聞機構都盡力向那些原本毫無所知的讀者，傳達必要的觀點和故事，這便需要經過「翻譯」。為了成功做到這點，作者必須讓文章的觀點滲透為自己的觀點，滲透進所思所想以及寫作風格中。

表達和結構是相互關聯的，稿件的修改更強化了這種連結。每種文本都是一種表達方式——一個陪伴讀者的人。從讀者的角度看，這個人就是作者的人格；從作者的角度看，這是一個透過寫作而精心建構起來的人格。有效的表達方式，除了陪伴讀者順利讀完這本書之外，還應發揮更多作用。它提供權威、啟發與秩序；它引導讀者走上旅程，朝向某個主題目標，在迷人的小路上探索。這段路途，也就是故事的結構，將決定讀者的閱讀經驗。讀者和作者之間的緊密連結，會開啟一段有意義的旅程。如果能夠讓自己成為值得信賴的親切主人，你就可以帶領你的讀者，你的故事，前往任何地方。

有力的表達，少不了漂亮、利落的句子。一旦你能夠駕馭好自己的句子和段落，你就可以將一段文字變得與眾不同，提供一種內幕者的洞見，在時間軸上往前推進或往後回顧，優游於故事主線之外，然後再漫步歸來。讀者們會欣然聽從他所信任的聲音，去往任何地方。

這種表達方式或許看似禮貌隨和，但它卻源於訓練有素的工作。寫作是思想愛好者的一門手藝，本章為這份愛好提供了助力。

（馬克・克雷默、溫蒂・考爾）

描寫人物性格

喬恩．富蘭克林[1]

文學最有力量之處，在於能讓人暫時忘記去懷疑：讀者走進故事裡，忘記自己身處火車上、診所裡，或者在看顧孩子。他們通常會將自己代入故事裡的主要角色，可能是英雄，也可能是大反派，但一定都有令人同情之處——或者對讀者而言，至少可以理解。敘事記者經常會寫到**性格**（character）這個詞，而這個詞的定義幾百年來已發生了很大變化。

歐洲中世紀的作家經常描寫上帝和魔鬼在爭奪凡人的靈魂。這些作家認為，上帝把人類短暫地放入紅塵，而魔鬼企圖用「幻境」——後啟蒙運動[2]的作家稱之為「現實」——迷惑他們。在中世紀時代，現實是內在的，幻境是外在的；但到了啟蒙運動期間，外在與內在互換了位置。現在的說法是，我們的魔鬼在內心，現實則是外部的。

維多利亞時代[3]通常將**性格**這個詞解釋為品行。人們的品行有好有壞，判斷的基準與家庭背景或個人經歷的關係不大。維多利亞時代剛剛開始發現遺傳學，這也帶來性格基因決定論的可怕觀念。這種優生論調，又反過來引發行為主義的反擊，也就是說：性格是由後天環境所決定的。我們則剛剛從後一個階段走出來。

選擇與故事有關的角色面向

現在，敘事作者必須告訴讀者其人物的內心世界是如何對應他所面對的外部現實。這是一項挑戰，因為紙上的人物性格畢竟源自於採訪，源自於從外部的觀察。更多時候，一個故事吸引作者的第一要素是情節，是已發生的行為。做出行動（或者被行動所影響）的人物性格，則在其次。因而，如果作者能更深入思考人物的性格，尤其是情節與人物性格之間的關係，則故事就會變得更豐富。

如果作者說：「我非常理解另一個人——我故事中的人物，足以讓讀者進入這個人的內心」，那麼就表示他已經凌駕於標準新聞報導的層次了。要理解到這種程度，必須依賴很嚴謹的採訪。這很難，但仍有法可循。心理訪談（參見64頁的「心理訪談」）就是過程中很重要的一環。

作者必須描摹出人物的真實樣子，但卻絕不可能是完整的樣子——沒有作者能捕捉到一個完整的人。我們每一個人都身處於眾多平行、連續的故事之中。比如我同時是一位作家、老師、園丁、父親、養狗的人，也是一個人夫；但一個關於我的故事不可能囊括所有這些面向。報導者最終往往只選擇一個人生活中的某一面向。如果故事是要談一位音樂老師及她對學生的教導，那麼這位老師的個人生活在這裡就不是那麼重要。但如果這個故事是講她每週有六個晚上流連於酒吧，那輔導學生的情節大可不必在此出現。作者應只選擇最重要的事。

只寫能解釋動機的細節

有些新手會犯這樣的錯：試圖透過對周邊環境的細節描寫，來打造紙上的人物形象。但其實很少有讀者會真的關心被報導對象辦公室裡的高爾夫獎盃，除非他們能看到顯著的意義。單純的描述是無益的。記

---

1 參見57頁。

2 指發生在歐洲十八世紀初到一七八九年法國大革命以前的思想運動，啟蒙運動（Enlightenment）主張破除迷信和神秘主義，重視科學證據與批判精神，是一個以理性為主的時代。

3 通常指一八三七年到一九〇一年英國由維多利亞女王（Alexandrina Victoria）統治的時期，是大英帝國的黃金時代。

者如果不夠了解他的報導對象，也就不可能理解他周遭環境中的細節有著什麼意義。換句話說，只有**能解釋動機的資訊**才值得寫進稿子裡，其他東西都不必要。**「為什麼」**——也就是人的動機，是第二重要的資訊。這是背景故事的一部分。

故事，按照其定義，是有時間序的。事件依時間先後發生，沒有時序的紀實是一場災難，但這並不表示作者必須從一開頭寫起，然後按著順序一路到底。以人物為中心的故事，最有效的開場往往是**從人物即將做出的一個決定性行動**寫起，再回溯解釋他如何走到這個時點。

作者的目標是理解他筆下的人物如何看待這個世界，以及如何對各種事情做出反應。當記者對人物性格非常熟悉以後，應該能預測到人物對事情的反應。

測試一下你自己。如果你從別的管道得知你報導對象的一些新經歷，試著去預測他或她的反應，然後向你的報導對象求證。如果你的預測錯了，那表示你的報導還未竟全功，你應該讓讀者知道你報導對象眼中的世界長什麼樣子。如果一個故事人物能被巧妙地描繪到這種張力的強度，那大概就足以讓讀者忘記他的懷疑了吧。

細心詮釋細節

沃特．哈林頓[4]

我曾去阿拉巴馬州的莫比爾（Mobile）做採訪，那是一個基本教義派的基督教家庭，為了要求禁止公立學校採用「世俗人文主義」[5]教科書而提起訴訟。《華盛頓郵報雜誌》派我過去，想要解答一個問題：**什麼樣的家庭會用訴訟手段在美國要求禁書？**

結果那是一個**可愛的家庭**。當我到了他們那個中產家庭，一開始聊天時，我馬上就意識到這一點。

我不知道該從哪裡開始我的採訪，就請求參觀一下他們的房子。韋伯斯特（Webster）夫人，一位很甜美的女士，帶我穿過房間，到處擺滿了俗氣的玩具熊和小飾品。我想，「老天，這家人的品味可真不怎麼樣。」

然後她說，「這隻醜兮兮的泰迪熊是一個十三歲女孩送的禮物。她懷孕兩個月的時候被她媽媽趕出來，就搬來跟我們一起住。她留了下來，懷孕期間都由我們照顧她。這個傻傻的小飾品呢，來自一個八十四歲的老太太，我丈夫每週帶她去游兩次泳。他把她抱下輪椅，放進游泳池，讓她可以做一些體能訓練。」

屋子裡的每件東西都與他們為別人做的事有關，他們收集這些並不是要證明自己的好品味。事實上，這些東西的意義與這家人的品味毫無關係，它們意味著**這些人是好人**。

細節確實蘊含著意義，但有時並非我們預期的那種。湯姆．沃爾夫將「身分細節」（status details）定義為人們周遭能定義其社會環境的事物。這類細節能幫助我們更了解人物的內心，然而細節的意義並不一定是物體本身固有的，也在於它們對人物的重要性。一切都不應簡單地光憑表象做判斷。如果我當時沒有提出要求，我將永遠不會發現韋伯斯特家裡這些「身分細節」的真正意義。

4 參見93頁。

5 世俗主義（Secularism）主張人類從本身的理性及努力著手，追求真實的現世價值。人文精神著重對人的尊嚴、理性和幸福的肯定。世俗人文主義則主張把兩者相結合。

用事件呈現人物性格

史丹利．尼爾森[6]

塑造複雜的人物角色，在任何說故事的媒體上都不是簡單的事，在電影中甚至可能比在紙上更有挑戰性。我們都習慣在螢幕上看到簡單的形象：好萊塢老電影裡，從衣著和背景音樂就能馬上看出好人壞人。電影學院的學生會反反覆覆觀看《大國民》[7]——甚至現在，在它製作出來七十多年後——因為它不符合那套公式。我看這部片子時還是個學生，也在想：**凱恩是好人嗎？還是壞人？**凱恩極端複雜的性格，賦予這部電影深度。

讓讀者透過故事探索

紀錄片中的人物塑造尤其困難，因為主角大都被拍成英雄，較少是魔鬼。很重要的一點是要去暗示這個人物具有更豐富的性格，但仍要留給觀眾自己去解讀。說得太多——尤其是在影片的旁白中——會毀掉觀眾**探索**的感覺。看電影的體驗應該是一連串的探索，這個過程讓觀眾投入其中。這對電視紀錄片而言尤其重要，因為你必須戰勝遙控器——觀眾只須按一個鍵，就可以拋棄你的故事。

在我關於埃米特．提爾（Emmett Till）的紀錄片——最初名為《芝加哥男孩》（*Chicago Boy*）——裡，我嘗試給片子創造一種客觀的氣氛。我不希望傳遞出「這些人渣綁架並殺害了埃米特」這樣的訊息，我們得靠片中的受訪者講出這件事。

除了呈現埃米特．提爾和攻擊他的人，影片還塑造了另外兩個形象：芝加哥城與密西西比河三角洲地區。在故事中，這兩個形象由於一場偶然事件而交會在一起——埃米特本人從一地到了另一地。埃米特從小就懂得芝加哥的文化規範，但把這種理解帶去三角洲地區，卻讓他喪命——他被殺了，原因據說是對一個白人女性吹口哨。我們的影片問：**那麼，為什麼不能吹口哨？**在芝加哥，這種行為可不像在密西西比帶有同樣的意味。

影片旁白中的每一個詞都要經過再三考量，因為必須精簡再精簡。整個《芝加哥男孩》的旁白劇本只有二十頁，每一個字都必須包含重要的訊息。我們說明從芝加哥到密西西比的火車時間是十六個小時——以此強調兩地之間的巨大差異，並把它們當成人物來塑造。

為了醞釀觀眾的探索感，我們在全片中埋下很多線索，悄悄預示重要的故事元素。比如，埃米特的屍體已經血肉模糊到難以辨認，後來是憑他戴的一枚戒指確認身分的。殺害他的兇手後來被無罪釋放，因其辯辭宣稱，男孩的家人和全國有色人種協會挖出另一具屍體，給他戴上埃米特的戒指，然後把這屍體丟進了河裡。這枚戒指在片子早期出現，觀眾會在之後發現它的重要性。

表現人物的複雜性

塑造歷史人物尤其困難：你無法跟他對話，你的觀眾可能覺得他們早就知道這人是誰。我們的影片《馬庫斯．賈維：在旋風中尋找我》（*Marcus Garvey: Look for Me in the Whirlwind*）有一段開場預告，陳

---

6 史丹利．尼爾森（Stanley Nelson），美國電影艾美獎及二〇〇二年麥克阿瑟天才獎（MacArthur Fellow）得主，致力於社會公正的非營利紀錄片公司火光媒體（Firelight Media）的執行製作人。他的紀錄片包括獲獎作品《埃米特謀殺案》（*The Murder of Emmett Till*）以及在PBS的「美國大師系列」裡播出的《搖滾甜心：放開歌喉》（*Sweet Honey in the Rock: Raise Your Voice*）。

7 *Citizen Kane*，一九四一年發行，乃公認百年來的最佳電影。是第一部採取倒述法，且是多重角度的倒述法的電影。故事主人翁被公眾冠上「愛國者」「民主主義者」「和平主義者」「戰爭販子」「叛徒」「理想主義者」等多種稱呼。在他死後，記者透過與五個死者的關係人訪談，才拼湊出凱恩在事業、感情、政治和個人性格的面貌。

述了我們對賈維的看法。他是個極其複雜的人物，好的壞的方面都有——那種不但會朝自己的腳開槍，還會借你的槍來幹這事的傢伙。但他仍然是非洲裔美國人社區的一個指標性人物，尤其對於來自牙買加等國的人來說。

下面是該片開場的部分旁白，我們以此描述影片的目的與馬庫斯・賈維的性格：

一九二〇年八月三日早上，四十六歲的雅各・米爾斯（Jacob Mills）擦亮他的靴子，磨亮他的劍，去哈林區參加紐約史上最大的遊行之一。米爾斯與幾十萬黑人一起，在全球黑人促進協會的紅、黑、綠三色旗下行進。類似的事情前所未有。所有這些都歸功於一個人：馬庫斯・賈維。

電影從這一指標性的事件開始，緊接著旁白拉回到整體的背景：

三十四歲時，賈維就在全世界擁有上百萬名追隨者。他想要創立一個獨立的黑人國家，這個有爭議的目標使他成為全美最有影響力的人之一，同時也是最被痛恨的人之一。聯邦政府視他為國家安全的威脅；與之競爭的黑人領袖則稱他是瘋子和種族的叛徒。但賈維最糟糕的敵人恐怕是他自己。

接下來，旁白跳回到賈維幼時塑造他自我認同的一幕。羅伯特・希爾（Robert Hill，加州大學洛杉磯分校非洲研究中心的學者）在訪談中說：

賈維開創了遠超乎他個人的事業。他比二十世紀任何一個人，都更能代表黑人開始被認同的轉捩點。他的父親是職業石匠，部分工作是在聖安海灣墓園（St. Ann's Bay Graveyard）替人造墓。一天，他把賈維帶去墓園，掘了一個墓穴，然後讓兒子下到墓穴。接著父親抽走梯子，留下孩子待在墓穴底。賈維說他當時放聲大哭，但父親就是不讓他回到上面：他要給他上一堂課。

敘述者接著說：「獨自待在墳墓裡，馬庫斯・賈維意識到，不可再依賴自己以外的任何人。這是他此生都將銘記在心的教訓。」

這時電影回到賈維出生的時刻。在影片的預告片裡，我們已經給出一個好理由讓觀眾願意看完全片，接下來要讓觀眾自己去探索這個人物。塑造一個人物——無論是一個去錯了地方而觸發社會改變的孩子，還是一個重要的歷史人物——我們都要做兩件事：挖掘人物的複雜性，並藉由一連串事件呈現出來。

如何重建故事場景

亞當・霍克希爾德[8]

作家們按照場景寫劇本寫了上千年，用這種方式寫短篇和長篇小說寫了上百年。敘事記者也靠它寫作，因為生活就是由一幕幕場景展開的。我們可以寫出兩種場景：我們自己觀察到的，以及我們必須借助

8 參見57頁。

於別人的觀察來重建的。

電影的發明使得文學更加依賴場景，變得更電影化。十九世紀偉大的小說，比如喬治・艾略特（George Eliot）的《米德鎮的春天》（*Middlemarch*）有一些精彩的場景，但也有很多作者陳述。每一章的開頭往往是一大段關於小說主旨的論述。相較之下，二十世紀後電影時代的小說，比如費茲傑羅的《大亨小傳》，就完全是電影化的小說，從一個場景迅速切換到下一個。與電視和電影競爭大概對紀實作者有好處。我擔心那些媒體可能會在某些方面超過我們，但那也逼得我們得更努力工作，讓讀者能透過我們的敘述**看見**事情發生。

場景的四個關鍵元素

有張力的場景，無論是作者觀察到的或是重新建構的，都必須包含幾個關鍵元素：

一、**精確**。所有細節必須百分之百精確。要麼是你親眼看到鬼魂從走廊下來，要麼至少得有一個目擊者——就算沒有好幾個。

二、**氣氛**。要讓讀者感受到場景，你要做的不單是描述事物的現象；聲音、氣味、溫度，甚至它們的質感，都非常重要。

三、**對話**。場景中的人物必須有對話或互動，不然描述就會沒有生氣。想想你是如何跟朋友聊天的。我們多少次你會說：「他跟我說，然後我跟他說……」我們這樣講故事，因為生活有時就是這樣發生的。我們整天都在跟人對話。對話讓我們了解一個人、愛上一個人、責備一個人——簡而言之，做生活中所有重要的事。如果你在做採訪，你會聽到歌劇女演員與她的聲樂訓練老師爭論，或者製藥公司代表悄悄向議員遊說。但如果你想精確呈現華盛頓跨越德拉瓦河時說了些什麼，那就比較難了。回憶錄裡常常會包含這類資訊；有時你可以透過引用信件內容，來達到類似對話的戲劇效果。你也許拿得到兩百年前一份完整的法庭對話或審訊記錄——這些內容通常都極富戲劇性。

四、情緒。你必須知道人們對你所描述場景中的事件有什麼感覺。如果你在現場見到那些事，你會有什麼感覺？當你採訪當事人時，一定要問他們發生了什麼，以及當時他們作何感想。

蒐羅一切歷史資料

我寫過一本敘事報導的書，《埋葬鎖鏈》，是關於十八世紀末葉英格蘭的廢奴運動。在大約五年的時間裡，一群社會精英將公眾輿論轉為反對奴隸制。這場偉大變革中的一個關鍵時刻發生在一七八七年五月。十二個人聚集在一家貴格派（Quaker）教友的書店兼印刷店裡（位於今天倫敦的金融區），訂出了他們的整個策略計畫。

這個激動人心的時刻在這本書中非常關鍵。這次會議唯一保存下來的一手資料，是一份一頁紙的手寫摘要。上面簡單記錄了日期、與會者名單，以及他們最終一致同意的決議：奴隸貿易是不公正的事，應該予以廢止；他們會開一個銀行帳戶，同時決議了今後開會須達到的一定人數。

如何才能讓這個重要時刻生動重現呢？我運用了多種不同類型的資料：文件、報紙、個人經歷、回憶錄和傳記。

我找到其中兩位與會者的大量個人資料，還可以根據一張肖像來描寫另一個與會者的模樣；我得知這組人中的第四個人，那家印刷店兼書店的老闆，每天早晨上班路上都會去街角附近一家咖啡館。這些小細節都讓故事增色。

為了這本書的其他內容，我讀了大量那個時期的報紙，在其中一份看到了一則廣告，教授舞蹈和劍術課程，地點就在書店隔壁——額外的細節。當你尋找背景材料時，當然要有一個完善的願望清單，但也要接受意想不到的發現。

回到現場觀察、感受

我去探訪過那家教友書店的舊址：倫敦隆巴德街（Lombard Street）邊的一個有小院子的屋子。那裡如今已變成巴克萊銀行（Barclays Bank）二十二層高的總部大樓。然而，就在院子對面，有一家小酒吧，它一七八七年就在那裡了——這是我可以實際觀察到的細節。

閱讀中我還發現，就在一七八七年那場會議的幾年前，有工人們在小院附近修路時，挖掘出大量兩千年前的陶瓷碎片、羅馬帝國時期的錢幣等等骨董。這不是建構場景的常見素材，但這個細節給了我一個提示：我可以提及另一個也存在奴隸制度的偉大帝國，以此強調奴隸制度已經在人類歷史上存在了多麼漫長的時間，以及想要去終結它是一件多麼勇敢的事。

書店就在大英帝國中央郵政局的拐角處。我找到當年一篇寫有記者對下午派發郵件場景的描述：幾十輛郵遞馬車奔湧出郵局大院，將信件帶到全國各地。會議記錄寫著集會於下午五點鐘開始，所以我知道，那時一定有馬匹奔跑和郵差吹響號角的聲音。

我還能找到什麼視覺、聲音和氣味的細節呢？儘管關於這家特別的書店兼印刷店，沒有什麼現存的描述，但是有許多對倫敦同時期類似小店的描寫。賣書、出版、印刷通常由同一家店兼營，店老闆一家就住在樓上，他們養的牛和豬則都在後院裡。根據這個資料，我可以設定這樣的場景：代售的書籍陳列在屋子前半部，中間部分則擺著巨大的印刷機器。

我研究了十八世紀的印刷機，以便為描述場景增添細節。用於平台印刷機的大開紙張懸掛在頭頂的木架上，一桶桶人尿擺在屋子四周。在這極不可思議的環境中，英國廢奴運動誕生了。

每一個細節都有憑有據

並非所有這些細節都出現在我摘選在下面的章節裡（見下文〈一個重建的場景〉），但在書中其他敘事部分，我幾乎全都用上了，因為——對講故事來說很幸福的是——故事的大部分內容都發生在很小的地理範圍內。廢奴運動的成員，一些主要的販奴商人，還有這場大戲中其他各色參與者，都生活及工作在距離彼此幾分鐘路程的地方。比如，販奴船的船長們用來收信的咖啡館，就在教友書店的一角。

任何時候當你想生動重現一個未曾親歷的場景時，都要讓讀者確實知道你不是在胡編亂造，讀者應該要能知道你所寫的每一個重要細節都有其根據。有時你可以不經意地在文本中就做到這一點，比如講清楚是誰後來回憶起了那個晦暗的、風雨交加的夜晚；或者，誰記起了公爵正在皺眉頭。如果是寫書，你可以盡情利用注解。我早期的書都沒有注解，但最近的書都有這個部分。我越來越贊成使用注解，因為如果你的描寫包含著大量生動的細節，讀起來會更像一本小說，這會讓讀者以為你是在無中生有。要證明你並不是，所以，要讓每一個細節——特別是每一句引述句，都有憑有據，這很重要。

一個重建的場景 ▼ 亞當．霍克希爾德[9]

「騎著我的母馬進城去參加新成立的奴隸貿易委員會」，一七八七年五月二十二日下午前往詹姆斯．菲力浦（James Phillips）書店兼印刷店參加第一次會議時，迪爾溫（Pillwyn）在他的日記中這樣寫道。菲力浦印刷店在喬治院（George Yard）的鄰居中，有一位教授舞蹈和擊劍的馬薩德先生，還有一家名叫「喬治和禿鷲」（George and Vulture）的酒吧。從這一時期對同類建築的描述中，我們可以想像這家印刷店的模樣。活字放在傾斜的木托盤裡，不同字母分格擺放；將它們一個字母一個字母排成行的排版員，當夜幕降臨時，就借助牛油蠟燭的光工作——幾十年來，蠟燭的煙已經把天花板燻黑了。印刷工手動操作平台印刷機，先從機器上揭下大幅紙張，每張上面印著很多小頁，再用一種特別的竿狀設備把它們懸掛在頭頂幾十根長線上，以晾乾墨水。屋子周邊，已經晾乾的紙張擺放成堆，最新的廢奴書籍或者教友小冊子，都等著摺疊裝訂。最後，十八世紀時書店最大的特色是它的味道。為了讓活字在印刷版上印上墨，印刷工人得使用一種填充羊毛的木柄皮墊。由於氨含量高，印刷工人的尿液成了清洗墊子上殘留墨跡的最佳溶劑。墊子先被浸在尿桶裡，再拿出來丟在傾斜的地板上，印刷工人工作時就在上面來回走動，以擠出液體，讓它盡快乾掉。

這十二個戴著寬邊高頂黑帽子的教友，就是在這樣不可思議的環境中聚會的。會議的過程被克拉克森（Clarkson）以清晰流暢的筆跡寫下來，只有一頁長度。開頭是一個簡單的聲明：「在為反思奴隸貿易而舉行的會議上，上述貿易經討論被認定為不明智且不公正的。」

本文節錄自亞當．霍克希爾德著作《埋葬鎖鏈：解放帝國奴隸鬥爭中的先知與反叛者》

有張力的場景安排

馬克．克雷默[10]

在敘事性寫作中安排場景，無論是小說還是紀實，都要讓讀者有臨場感。這是一種動覺：如果你寫「她出了一點小事故」，讀者什麼也感受不到；但如果你寫「她踏了個空，一頭栽到樓下」，讀者就完全明白了。你寫「她聞到了玫瑰花香」，讀者也會跟著聞到。你寫「她在明亮的光線裡眨了眨眼睛」，我們也跟著瞇起眼來。場景設定會引導讀者入戲。除了明確的動作、對話和細節外，具有張力的場景安排還有許多特點。以下是其中幾項：

控制攝影鏡頭和麥克風

無論有意無意，作者總會放顆攝影鏡頭和麥克風——通常放在一個定點，但也可以移動，也可能把它放在最有用的地方——比如，一個主人翁的肩膀上。作者可以調整有效距離，但必須是小心且有計畫的，就像電影製作人一樣。比如，你可以從室內移到戶外，但兩個地點混在一個鏡頭裡就不行了。也可以用慢動作或快轉，炫目白化鏡頭也行。

立體感

試著列舉一些細節和事件，好讓讀者感受到三度空間中的位置。你可以寫「窗外，一棵樹在風中搖曳」，或者「她在屋子另一頭說話」。

簡潔的時序

從最後一個可能的瞬間開場，砍掉所有偏離主題的行動，並且在行動結束時盡快收尾。這種安排場景

9 參見57頁。

10 參見15頁。

的利落做法通常用在最後定稿，因為作者此時必須確定文章的起伏流動與終點方向。

情感的分量

場景比解釋更能有效傳達和確立非理性的、情感的、細膩的訊息。作為作者，你應該磨練自己表達故事複雜性的能力。啟發讀者的理解，意義上來說就是一種解放。安排場景能讓你精準描述出細節（**確實**發生了某些事），無場景的寫作只能算是粗略的描摹。

最好的場景通常來自縝密的研究

當我需要寫一個我未曾親見、必須依賴採訪的場景時，我會對我的採訪對象說：「聽著，接下來的十五分鐘對話會很難，不是一般聊天。我希望你跟我合作，就像我們是兩個木匠，我需要很多零件才能組裝。」當我開始做筆記，他們就不會再盡說些枝枝節節，而成了我搭建場景的有力幫手，**跟**我一起創造故事。我首先採訪有幫助的消息來源，弄清楚基本事實，然後再去採訪與其對立者的意見。

最好的場景通常來自縝密的研究。每一個親眼目睹的場景也都會有重新建構的部分，包括事件發生時你沒有留意到的資訊和細節。

我的書《三個農場》中的最後一部分，聚焦在加州的一個大型企業農場裡一塊兩萬英畝的土地上。儘管我對這個農場已經很熟悉，但還是被嚴密監視著。我甚至為了採訪去買了模仿農場主人風格的衣服，以便與他們的主管打成一片。我以為自己應該過關了，但之後才得知有位主管警告他的下屬說：「小心克雷默，他穿著共產黨人的鞋。」在一堆閃亮的尖頭皮鞋裡，只有我穿著一雙磨破的舊鞋。我學到了教訓：現在不管採訪誰，我都只按我原本的樣子行事。

我想方設法去接近那群中階主管，就是那些能拍板十萬美元事情的人，而不是拍板百萬的那些。造訪這個農場一年後，發生了一場經濟動盪，幾乎所有我跟過的工人都被解雇了。我打電話給我聰明的編輯，《大西洋月刊》的理查．陶德——他們將刊登我的書摘。「這簡直是場災難，」我對他說。他回答：「附近有賣酒的商店嗎？」

「你想勸我借酒消愁嗎？」我問。

「不，我想叫你買些香檳慶祝。等著瞧吧！」

我寫完了書稿的那一部分，大概三萬字，然後飛回加州。我請來五位前農場主管坐在一起，還買了一箱啤酒。五小時裡，斷斷續續地，我讓他們讀了我關於農場部分的整份草稿。他們幫我修正了每個不精準之處，為我解釋我誤解的部分，並以更多的資訊強化了場景。他們送了我一份大禮。

確認現象背後的真相

我曾目睹一地胡蘿蔔被犁到土底下，但當時並沒聽懂管理部門對此模稜兩可的解釋。原來是因為有人忘記及時下採收指令，以至於胡蘿蔔長得過長，比超市的胡蘿蔔包裝袋還長了七、八公分。他們盤算了一下，與其把這幾億根胡蘿蔔統一修剪到合適的長度，還不如把它們都犁到土裡更划算。

我也細寫過一個修剪寶貴的杏仁和開心果樹的場景——在收穫之前它們一定被培育和灌溉了多年。但我的新顧問告訴我，修剪這些樹是大大的錯誤，毀掉了應有的產量。我還寫過一個噴灑農藥的現場，但不知道他們實際上過量使用了錯誤的農藥，以至於付出三十萬美元的代價。

最終這些場景裡既有觀察**又有**重建，比之前好多了。

為場景寫作所做的最佳準備，始於為收集資料而做的專門採訪。帶著敬意和寫作技巧，重新搭建、重新收集的場景，會創造出奇蹟。但最有張力、最完整、最精緻的場景，得自於在做田野調查時所關注的事物，包括：感受你拿到的素材、有個性的引述句、節奏、性格、情緒、奇特但有張力的細節。等你拿到了全部素材，透過巧妙的篩選，你搭建出的場景將會是有效、有張力又簡潔的。

表現時間的快慢 ▼ 布魯斯・德席瓦[11]

「時間序」是我們在這個世界以及我們在說故事時，自我引導的基本方法之一。在所有敘事性寫作中，讀者需要感受到時間流逝，且一定不能讓讀者在時間中迷失。如果讀者突然發現自己不知道是一週還是一年已經過去了，就不會再讀下去。太多時候，作者用一種很笨拙的方式提醒讀者，時鐘在走，或者日曆在翻動。比如，文章的每一部分都以時間開頭。這只有在時間是故事的內在結構時才有用——比如重現空難的時候。看似不經意地暗示出時間，會是比較好的方式。

在〈暴風雨之神與英雄〉（Storm Gods and Heroes）中，有一連串關於海岸警衛隊在海上救援的描寫，美聯社記者陶德・萊萬（Todd Lewan）以這樣的方式把時間標記塞進去：「卡爾特（kalt）正在腦中核對清單，對講機裡爆發出勒弗夫爾（Le feuvre）的聲音：『孩子們，我們出發了，挺住！』四十九分鐘之後，他們在全然黑暗之中抵達了現場。」

作者通常援引物理世界來表達時間流逝：影子移到房間地板的另一頭；晨曦穿過一扇窗，到了下午，穿過另一扇窗；房間轉暗。一個長達幾個月乃至一年的故事，則可能用到其他象徵：枯葉飄落，棒球賽季開始。

加速或放慢時間與標記時間同樣重要。這種技巧最好透過例子來說明。美聯社通訊記者提姆・達伯格（Tim Dahlberg）曾報導一樁可怕的犯罪及警局的應對：

起初他們以為那是一個被燒黑的玩具娃娃，身上依然覆蓋著一點紅、白、藍三色的嬰兒服。它筆直坐著，僵硬的手臂向前伸，彷彿想要觸及天堂。

在廣闊的歐倫牧場（Orem Ranch）外的深溝裡，艾倫．凱斯勒（Alan Kessler）首先發現了它，溝裡有一台破電視和其他報廢品。他騎馬經過，幾乎要到深溝另一頭了，這時騎在他身後的兒子大喊出來。

「爸爸，這是個嬰兒。」

「這只是個玩具娃娃，」凱斯勒回答，「你趕緊穿過草坪去集合小牛。」

「不，不，這是個嬰兒。」

臨近黃昏，陽光投下斜長的影子，凱斯勒下馬，與牧場工人羅伯特．格林（Robert Green）一起，走向這個小東西。他不相信地看著格林，後者從口袋裡掏出一支鋼筆，碰了碰它閃光的、燒黑的臉。皮膚凹陷，液體流了出來。

凱斯勒奔回牧場去叫警長。

這是一九九〇年十月九日，將近六年後，人們才知道這嬰兒的名字，以及她如何到了這荒涼的地方。

文章開始得很緩慢，讀者隨著男人們騎馬下到溝底。一旦讀者明白他們發現了什麼，作者就加快了速度，直接轉到故事的下一個關鍵時刻。文章從對話與視覺化的細節，從戲劇性的敘述，轉成單純傳遞資訊的說明性描述。

11 參見177頁。

布局故事線

湯瑪斯・法蘭奇[12]

順序是文章的內在本質。觀眾欣賞攝影或繪畫作品時，接受的是框架之內的資訊；儘管視線可能會遊走在框框裡的各個部分，但所有資訊都是同時呈現出來的。相形之下，讀者則是依照順序接受文章裡的資訊。敘事性寫作的行為就是排列這些元素：從每一個句子，每一個段落，到每一個章節。技巧純熟的作者會安排出一條讓讀者很容易跟上的線。

這條線，即讀者的線性體驗，是敘事的基本元素。我們所學的許多寫作技巧，都是為了保持這條線的完整性。以**少用形容詞或副詞**為例。過多的形容詞、副詞會攪亂時間線，在讀者理解主語、動詞、受詞所表達的行動時會被干擾而分心。作者在架構故事時所要問自己的問題，很多都是大方向的順序安排問題：**如何介紹主角出場？以什麼樣的順序？如何讓讀者記住這些角色？如何埋下一個情節的線索？如何搭建一個場景？如何創造驚奇？**

如果你想努力維持一條簡潔的故事線，請記住下面七條安排順序的原則：

原則一：首先研究自然順序

所有的行為，無論是發生在五分鐘內、一天還是跨越好幾年，都有一個本來的順序。寫每一個故事時，不管是一篇小稿子，還是一個長篇系列，我都會先問自己：「事情的本來順序是什麼？」我研究這些事情是以什麼順序展開的。我最後通常不會選用本來的順序來寫故事，但必須清楚一切是怎麼發生的，才能決定用哪種方式呈現最好。

一般情況下，你寫文章時不會只是原原本本的把事情複述一遍。即便你是在寫一篇顯然必須按時間序展開的稿子，比如「市長生活的一天」，你也不會把他一天內的所有事巨細靡遺全都寫出來。你會選擇特殊的時刻，從一個過渡到另一個，強調某些重要的部分，簡述某些關鍵點。

你越清楚原本的順序，寫作時就要越巧妙，以確保敘事順暢。過渡部分通常很難寫，因為它們可能會岔開原本的時序。新手作者有時會以為，必須跳出原本順序來講故事，才會看起來更有趣。其實原本順序大部分也都是很有趣的，有時它的確是最佳的敘述方式。

原則二：沿著一條清楚、簡單的線採訪與寫作

下面的引文來自〈途中的給予和獲得〉（Give and Take on the Road to Somewhere）一文，作者大衛．芬克（David Finkel）在其中描述了一位農場主人開車去一個科索沃難民營分送食物的故事。文章刊登於一九九九年四月六日的《華盛頓郵報》。

> 更多麵包發出去了，更多瓶水發出去了，更多盒牛奶發出去了。「牛奶，給我的孩子，」一個女人呼喊著。現在所有人都試圖爬到車門裡，一旦一個人成功了，其他人就更拚命，一時間所有地方看過去都是人，努力爬進車門，爬上拖拉機，爬上輪胎，盡一切可能接近食物。有人滑倒，有人摔倒在其他人身上，尖叫著，推擠著。一個禮拜之前他們還在自己家裡；而現在，他們是如此渴望食物，以至於分發食物的人得朝著他們搖瓶裝水，試圖讓他們保持秩序。

12 湯瑪斯．法蘭奇（Thomas French），曾為《聖彼德堡時報》特約撰稿人，憑藉系列紀實作品〈天使和魔鬼〉（Angels and Demons）獲得普立茲專題寫作獎。

但他們無法保持秩序。

「給孩子的，給孩子的，」一個女人在尖叫，手臂伸出，試圖抓住車門。她戴著耳環、頭巾，穿著毛衣；摸不到車門時，她把手放在頭上，摀住耳朵，因為身後是她的女兒，大概八歲，被擠來擠去，正抓住她的母親尖叫。

她身後是另一個女孩，大概十歲，穿著粉紅色夾克，上面裝飾的圖案有貓咪、星星、花朵，現在又加上，泥巴。

看看最後一句話的順序。芬克設計整個句子，就是為了引出最後一個詞：**泥巴**。這順序能讓讀者從他的視角看到這個女孩。

他以順時序交代整個故事，沿著一條筆直的、按照時間先後的線進行，除了一個恰到好處的小回溯「一個禮拜之前他們還在自己家裡」。他的回溯給讀者提供了關鍵資訊：這些人是最近才變成難民的。這種回溯是事件主線的小插曲，讓你將必要的背景資訊放進去。竅門是不要在其中放太多資訊，只要把讀者必須知道的東西濃縮精鍊。

原則三：放大

科索沃的難民牽涉到上百萬人。芬克選擇了這場龐大危機中一個很小的事件來放大：一個農場主人分送食物給一群難民。

決定選一長串時序中的哪個部分來描述，是排序的關鍵。如果作者把所有東西都寫出來，會讓故事顯得相當混亂、散漫且沒有說服力。以芬克的故事為例，如果他打算什麼都講，得從幾百年的歷史和幾十年來這些難民的生活講起。相反的，他選擇了這個時序中非常微小的一段，某天一個農場主人帶來食物，然後即時地講了這個故事。我猜整個故事發生在一小時內。芬克如此密實地放大它，讓故事有了張力。

原則四：開場有力，堆疊高潮

好的故事是一步步往上升高的。如果你在故事開頭就把最好的素材丟出來，就不可能再創造出張力。故事第一段的最根本目的，就是吸引讀者去看第二段。第二段的目的則是讓他繼續看第三段。

所以，即便是寫報紙新聞，我想的也不是只有開場的導言，而是整個開場部分要怎麼寫。光想第一段是沒有用的，因為你並不希望讀者看完第一段就停下來。整個開場部分必須提供一種體驗，驅動讀者往下讀完你的故事。如果讀者不能堅持到最後，不管你想表達的內容是什麼，都毫無意義了。要做到這一點，你的故事必須在過程中越來越好看。要用好的素材開場，並以更好的內容往前推進。

每一個時序都有它的起頭、中段和結尾。我們在新聞院校中被教導說，起頭是時序中最重要的部分。但是對敘事性寫作而言，**結尾最重要；起頭是第二重要的**。

大衛．芬克說，每次他寫作時，他都會先想好如何結尾，然後盡可能從接近結尾的方向著手寫故事。這讓他能夠聚焦，並保持緊湊的時間線。

原則五：做好準備

想了解排序的技巧，不妨研究一下笑話——最依賴排序技巧的說故事方式。要成功講出一個笑話，你必須讓敘事主線裡的每一個部分都精準就位。如果講笑話的人沒有成功地把所有關鍵元素排好序，笑點就會失靈。在每一種說故事的形式裡——書、電影，甚至歌詞——講述者都得弄清楚如何傳遞出所有關鍵資訊，觀眾才會懂得你接下去所表達的意思。

想想契訶夫那句古老的寫作名言：**如果你在第一幕中展示了一把槍，那它就得開火**。換句話說：如果第二幕中有一把要開火的槍，那你最好在第一幕裡就介紹它。觀眾都是很精明的，所以你介紹這把槍時要盡可能得體。在上菜之前，必須先擺好桌子。

下面的引文來自我在《聖彼德堡時報》寫的關於中學生的「十三」系列，我預埋了一個將要引發丹妮與父母起衝突的線索：

> 黎明前的黑暗中，丹妮．赫弗恩（Danielle Heffern）的鬧鐘再次響起。她進了盥洗室，洗臉、刷牙、穿好衣服。像往常一樣，她穿上那件藍色米老鼠的套頭衫。屋子裡很安靜，其他人都還沒起床。
>
> 她每天早上重複做同樣的事。自己做早餐，裝好要帶去學校的午餐盒，出門等巴士。但這天早上有些不同。丹妮並不想裝午餐，她想買東西吃；她在想布克．T（Book T）咖啡館的起司披薩。昨晚，她問父母能否給她點錢，但他們拒絕了。
>
> 丹妮下了樓。穿過客廳時，她注意到桌子尾端有些零錢。她數了數那些硬幣：一塊錢又五十五分。
>
> 她拿起這些錢，放進自己的錢包。背上包包，離開家，在身後鎖上門。

這個場景交代了狀況，並且讓觀眾好奇：**她父母會發現嗎？他們會做何反應？**這是一個很小的衝突，但是足以引起讀者讀下去的興趣。

原則六：慢下來

在故事中製造出緊張感後，就可以慢下來以維持它。隨著我們周邊的世界變化得越來越快，這個技巧變得甚至更有效果。如果你把場景做得恰到好處，讀者就會屏息不動，仔細盯著所有你想要他們看的東西。

學會在哪裡和何時加快或放慢速度是關鍵。這有點像悖論：當你解釋枯燥（但是重要）的資訊時，要加快速度；而當行動正快速進行的時候——你最好的材料——要放慢速度。你慢下來，讀者才能跟你進入正在發生的場景和過程；你加速，則是因為你有一大堆背景資訊要表達。

如何慢下來？**在紙上留出更多空間。多分段。找出場景內自然的停頓**。你可能會傾向直接跳過它們，但事實上它們會幫你減慢節奏。我曾經寫過一個關於謀殺的故事，其中有一場員警追逐戰。員警朝逃逸車輛的輪胎開槍，當車開始原地打轉時，車上的CD播放器傳出的音樂停了。我寫下了這個音樂的停頓，好拉長那個充滿懸念的時刻。

原則七：學會製造高潮

在故事的結尾，或者一個長篇裡每一部分的結尾，你的敘述必須越來越有張力。但這未必是一個喧譁的時刻；安靜的瞬間常常更加意味深長。

這兒有另外一個引自大衛・芬克的例子，這是他在《聖彼德堡時報》寫的一篇報導，描述連環殺人犯泰德・邦迪（Ted Bundy）被處決的那一天。故事圍繞著邦迪的一個受害者瑪格麗特・鮑曼（margaret Bowman）的父母展開。下面是報導的最後幾段：

> 電視關掉了。在靜謐中，傑克・鮑曼（Jack Bowman）恢復了鎮定，向外頭走去。他希望

這個白天能過得容易點，這個晚上也能過得容易點。他希望能睡好覺；他希望醒來時會覺得，泰德．邦迪已經是舊聞了。他希望那些來自陌生人的仇恨標記都已經被扔進垃圾桶裡，他們的鞭炮也都已收拾乾淨。他希望最終達到一種狀態，起碼能想一想已經發生的一切。

星期二，短暫的一段時間裡，他嘗試了一下。

「跟我說說你對這處決有什麼想法。」有人對他說。

「我希望他受懲罰，」傑克．鮑曼說，「這對我來說並不難。」

「跟我說說瑪格麗特。」有人問。

他哭了。他合上眼睛，「我辦不到。」

敘事寫作就像在紙上呈現一曲複雜的音樂。作家聽到了，然後必須重現它。為了讓讀者也能如實聽到，每一個音符——你故事中每一個部分——都必須以某種方式敲擊出聲，好讓讀者也能深入體驗。

寫複雜的故事

路易絲．基爾南[13]

人們有時會問我：「你是調查記者、專題記者，還是解說型記者？」我從不知道該如何回答。為什麼要這麼問呢？之所以很多調查報導都很枯燥，很多專題故事都很膚淺，而很多解說型報導解說得如此之少，某種程度上就是因為新聞分類。對於複雜的故事來說，我們需要將三者結合起來。這種融合是我的主要目標，也是作為記者最大的挑戰。

二〇〇〇年六月，我為《芝加哥論壇報》寫了一篇封面故事，一個叫安娜．芙羅斯（Ana Flores）的女人被一塊從高樓掉下的玻璃擊中致死。這篇入圍普立茲獎決選的作品，以這樣的畫面開頭：「玻璃像一道影子般墜落，迅速而沉默，如同一團黑暗湧進潮濕的天空。」

影子的意象並不是我觀察得來或者憑空想出來的，而是來自員警的報告，我也利用它找到了目擊者並採訪。如果沒有這份文件和其他資料，我將無法講出這樣一個故事。主角安娜．芙羅斯已經死了，其他幾個關係人也不願跟我交談，因為他們對這場死亡事故負有責任。所以，檔案資料成了這個題目的關鍵。

從檔案文件挖出故事

敘事作者有時會認為公家檔案乾巴巴、硬邦邦、又太無聊。這想法再離譜不過了。二〇〇三年，我寫了一個關於產後憂鬱症的故事，分為上下篇，其中包括兩個最終因此自殺的女性的小傳。法醫的驗屍報告中，有其中一位女性的自殺遺言；她寫了一疊紙，解釋自己為什麼打算從一個十二層的旅館窗戶跳下去。其中一張便條是寫給旅館櫃檯職員的：

親愛的提姆：

很抱歉我這樣濫用你的好意。你發覺事情有些不對勁，但是你善良的心同情我，讓我留在旅館。我希望這不會給你惹麻煩。你真的是一個非常優秀的員工，工作做得很棒。告訴你的老闆這

13 參見81頁。

不是你的錯。

梅蘭妮

這條寫在戴斯酒店（Days Inn）便箋上的筆記，讓我掌握到很多關於梅蘭妮・斯托克斯（Melanie Stokes）的資訊。我是在一個公家檔案中找到的。

當我開始準備寫一個故事時，我會列出所有可能存在的公家和私人檔案。公家文件是那些人們比較熟知的：法庭記錄、警局報告、政府研究報告等等。所有記者都應該知道如何填寫申請單去查看檔案，以及搜尋法庭記錄。先去你所在的地方法庭練習查找資料——去找找關於你自己的檔案。私人檔案指的是人們為自己記錄和保存的東西：日記、孩子的成長記錄本、高中的畢業冊留言、從夏令營寄回家的信。所有這些資料，即便只是三言兩語、日常生活的片段，都能幫你成功講好一個故事。當你要寫例行的「年度教師」的題目時，看看她的教學計畫和論文，或者看看一個女人為了脫離社會救濟而填寫的求職履歷表。

通常，人們寫出來的會比告訴你的更有吸引力。安娜・芙羅斯，那個因墜落玻璃喪命的女人，事故發生時正走路前往一場工作招聘會。她之前在一張紙上——這張紙被她最好的朋友保存起來作為紀念——練習填寫申請表，煞費苦心地用英文寫著：「清潔、烹飪、照顧老婦人，我願意去做。」這些短語約略顯示了她從墨西哥移民到芝加哥後是如何艱難地獨力謀生。

複雜的故事需要小心運用細節。有些敘述包含太多細節，連最無足輕重的事都要寫出其樣子、氣味和聲音。你選用的每一個細節，都應該要有助於你對故事主題的傳達。

在故事框架內，你要用人物的經歷去解釋更宏大的概念。處理數字也要用同樣的原則——只選用對你的故事和人物最關鍵的數字。我曾寫過一位在大遷徙中來到芝加哥的非洲裔老人的故事，我所用唯一的遷徙統計資料，是像他一樣同時離開阿肯色郡的非洲裔美國人的百分比。這個資料與他的經歷最為貼近。

嚴謹求證故事裡的專業知識

意象有利於解釋複雜的概念。在玻璃墜落的故事裡，我得解釋熱應力，即窗戶裂開、鬆動的物理原因。一位專家將發生的事故比喻為把熱玻璃放進一個冷水槽裡，我在文章中就是如此描述的。專家能幫助你講述故事的技術層面。對某件事痴迷的人們常常是好老師，無論他們痴迷的對象是漫畫書還是核分裂。他們在做解釋時所描繪的意象，往往對寫作者大有幫助。

複雜的故事需要作者對素材有絕對的掌控力。在報導結束前，你對事情的了解應該跟你的採訪對象一樣多。有這種掌控能力才能讓你寫出清楚、有力、**可讀**的句子。這就是冰山效應：你展現成為故事的是浮在水面上的八分之一；還有八分之七讀者看不到的部分支撐著這故事的基礎。相信你的採訪，將它嵌入在你的故事中。

在安娜．芙羅斯的故事裡，我寫道：「沒有人能確切知道玻璃落下用了多久時間——最多二十五秒，可能只有五秒。也許有一瞬間它像桌面一樣水平飄浮著，或者像葉子一樣盤旋打轉，但最終地心引力將它拉扯成傾斜或垂直的角度，於是它像刀一樣切了下來。」

為了寫這個段落，我跟兩個物理學教授和兩個玻璃專家聊過。其中包含著關於地心引力的計算。我很想寫出我是多麼費力才弄懂這些知識的，但我意識到，這幾個句子應該就這麼立在那裡。彷彿我在寫下它們之前，已經**知道**玻璃會像刀一樣落下，像影子一樣落下。

所以，或許我**確實**知道如何回答那個問題，關於我究竟是專題記者、調查記者還是解說型記者：都是。

如何找到重點 ▼ 沃特．哈林頓[14]

採訪寫出好的敘事故事，很重要的一點是發展出一個清楚的流程，帶你從頭走到尾：窮盡精力地研究、選定一個有故事張力的主角，把故事想透徹，然後報導這個故事、場景和主題。我發現如果我堅持這個流程，不企圖走捷徑，我總會找到需要的東西。它可能不是我最初想要尋找的那個故事，但它會是一個故事。

之前我為《華盛頓郵報星期日雜誌》（*Washington Post Sunday Magazine*）撰稿時，為自己規畫了一個日程表。我會在週三結束採訪，之後用一週時間把文章寫出來。我會在面前擺上兩個大筆記本，然後重讀收集到的**全部**材料：所有文件、信件和筆記。在其中一個筆記本上，我列出所有可能的主題，一邊閱讀材料一邊把範圍縮小。我可能會列出十個可行的方向，最終選兩三個使用。在另一個筆記本上，我會列出所有我願意寫進故事裡的事實、細節、引述句和場景。

我通常會在週四晚上完成這個環節，然後把所有筆記歸檔放到一邊。週五早上，我坐下來，閉上眼睛，等著靈感到來。開始可能會有點嚇人，但你必須相信這一定會發生。大約有八成的時間，那些最有張力的場景或圖像會在我腦海中浮現。那個場景通常就成了我的開場。如果沒有想到任何東西，我就再試一次，反覆地試。如果沒有單一的場景出現，那我就知道我的開場不會是一個場景，於是我開始想一些有力的句子，來概括事情的本質。

有了開場，我就開始寫文章的引導部分——能幫讀者釐清故事的某種果殼段。一篇八千字的文章，我寫了前面大約三百字之後，就會停下來。在後期，隨著寫作核心越來越明確，我就能逐漸確定整篇文章的大綱。

寫大綱的同時，我會問自己：**我最有張力的場景是什麼？我要寫的概念是什麼？什麼能成為一個好**

結尾？貫穿整個故事的主線是什麼？

我信任這種流程，它也通常能讓我在下一個週三之前拿出一篇扎實的稿子。

抓住故事的情感核心

湯姆·沃爾夫[15]

菲利浦·羅斯（Philip Roth）是美國一九七〇年代新生代小說家裡最熱門的人物——一九六〇年，他的第一部小說《再見，哥倫布》（*Goodbye, Columbus*）就拿下國家圖書獎，一九六九年則因《波特諾伊的怨訴》（*Portnoy's Complaint*）為世矚目——那時他講了一番話，我稱之為「羅斯之嘆」：**我們現在生活在這樣一個年代裡，任何小說家的想像力，在次日早上的報紙面前都倍顯無力。**

我想無論寫作者還是其他人，都會對這段話感同身受。想想芭莉絲·希爾頓（Paris Hilton）的故事吧。我相信有小說家能編出這樣的情節：一個年輕貌美的富二代金髮女，有著芒果一樣誘人的下唇，卻被人發現曾演出色情片。接下來的情節大概不外乎……有人因此向她勒索五百萬美元，於是她找來一幫年輕駭客，侵入她父親的投資帳戶，取出五百萬，但駭客卻又要求抽佣二成，也就是整整一百萬，她慌了，接著……

14 參見93頁。

15 參見157頁。

我也相信有些小說家會想像出另一種情節：一個年輕貌美的金髮女繼承人，有著羞澀的、甜到膩死人的笑容，沒有一點演技與作秀的天分，卻因出演一場電視娛樂秀，拿到一張千萬美元的合約，繼而設計一系列衣服、香水、包包產品，將自己打造為一個國際品牌。

但是我覺得當今不會有任何一個小說家能想像這個故事的真相：芭莉絲．希爾頓確實拿到了幾百萬……那是**因為**她拍了一部色情影片。否則她將只會是停留在八卦專欄裡的隨便一個厚唇美女而已。

我人生的前五十四年只寫報導，之後開始寫一些小說，我可以告訴你今天小說作品的問題是，虛構的故事必須看似合理。但合理並不是描述今天這個時代時第一個會想到的詞……報紙很快就會消失……紐約的高中生正在集結抗議，要求手機權，因為一項新規定不准他們帶手機上學，以防他們上課看電影或者考試作弊……一九九二年一個名叫法蘭西斯．福山（Francis Fukuyama）的人寫了一本書，名叫《歷史的終結》（*The End of History*），內容是全世界都已達成共識，認為是西方的自由民主創造了一個烏托邦，他也被譽為遠見者和先知。九年後，一幫沒人聽說過的恐怖分子讓歷史大大逆轉[16]，也讓福山成了一個傻瓜。在這個年代裡，要更新一下菲利浦．羅斯的說法，「嚴肅的文學小說」現在正朝向——我想說「消失」，但這其實不是事實。相反的，這隻寶貝哈巴狗正帶著它滿腔莫名的情感，奔向一座白雪覆蓋的山峰，在那山頂上的，是詩歌——一直到十九世紀中還占據著文學主宰地位的文體——現在生活的地方。山上很冷；人人都稱頌它們，因為這比親往拜訪要愉快得多。

其結果是，兩種紀實文體主宰了當今的美國文學。一種是自傳，自本韋努托．切里尼（Benvenuto Cellini）的《告解》（*Confessions*）起，此後四百四十四年它的熱度從未消退。歐威爾曾經稱自傳是虛構作品裡最無恥的形式，因為傳主絲毫不避諱夸夸其談自己的罪惡與過錯，他們的詐騙、背叛、墮落，他們骨盆間的收縮與腰部的抽搐，甚至強姦、謀殺、搶劫和掠奪，所有一切都釋放出興奮與歡呼的氣息——然而，歐威爾說，他們從不提及「那建構了他們四分之三人生的恥辱」。然而歐威爾本人最有張力的一些著作，著名的《巴黎倫敦落拓記》（*Down and Out in Paris and London*）和《向加泰隆尼亞致敬》（*Homage to Catalonia*），以及許多出色的文章，比如〈獵象記〉（Shooting an Elephant）和〈我為何寫作〉（Why I Write），都算是自傳。就算是偽裝成自傳的小說——自迪福（Defoe）的《魯賓遜漂流記》（*Robinson Crusoe*）開始——偶然曝光，也不大可能打壓這種文體太久。

借用小說的四種技巧

另一種是借用小說及短篇故事寫作技巧的報導文章，正是那些技巧讓小說變得更動人，讓讀者身歷其境，甚至融入某個特定角色的靈魂。這些技巧具體來說有四種：（1）以一個接一個場景為架構，也就是說，使用一連串的場景來說故事，而盡可能少用平凡的歷史性敘事；（2）使用豐富的對話，實驗證明這是最容易讀的文章形式，也能最直接表現人物性格；（3）對人物身分細節的描寫，能顯示該人物的社會地位或追求，從服飾、家具到講話時細微的身分特徵，一個人怎麼對他人說話：對上級，對下級，對強者，對弱者，對複雜的人，對天真的人，用什麼樣的口音和詞彙；（4）視角，用亨利．詹姆斯的說法，就是讓讀者進入某個人物而非作者的角度。這些是自一九六〇年代所謂「新新聞運動」起，作者們開始常用的技巧。

一九七三年，對於正在熱頭上的新新聞運動，我發誓要開始保持沉默，因為我厭倦了爭辯不休。我主張把這四種手法作為一種客觀、精準，或者說適當的寫作潮流，這是件技術上的事。但是其他人聲稱這意

16　指二〇〇一年九月十一日，基地組織對美國的恐怖攻擊事件。

味著「印象派」新聞、「主觀」新聞、新左翼新聞、「參與性」新聞——爭論沒完沒了。而現在，三、四十年過去了，我覺得可以下一個簡短的注解了。況且，這三、四十年來已經出現了最好的結果。記者們不再爭辯新新聞運動——我的意思是，對於自稱為「新」的東西，你能爭論幾個十年呢？相反的，新一代的記者在寫書和雜誌稿時，已經按照他們喜歡的方式對這些技巧稍微再做了一些改良，而寫出了許多佳作——事實上，整體而言，堪稱當代美國文學的最佳作品。我可以舉出很多成功作者的名字，但是有兩個大概你們一定知道：麥可．路易士[17]和馬克．波登[18]。

今天仍有報紙編輯抵制這種理念，但是他們絕對需要鼓勵記者採取麥可．路易士和馬克．波登的手法。這不是因為能寫出漂亮的文字（儘管確實如此），而是他們需要這樣的記者和作者來提供新聞的「情感真相」（emotional reality），因為**是「情感」而非「事實」**（facts），**才能吸引和振奮讀者，情感也是大部分故事最終的核心**。先拿犯罪的例子來說。我剛剛從波士頓報紙上得知，波士頓市長最近很生氣，因為大街上有「黑幫分子」身穿寫著「停止告密」的T恤，意思是：「跟條子談話，你就死定了。」這款T恤到處都能買到。市長希望沒收它們，他似乎覺得販賣這種T恤已經觸法，就像賣菸給未成年人一樣。這本身已經是一個故事了！一個多麼棒的故事正等在記者眼前啊。記者應該去了解這些穿T恤的年輕人，找出這對他們而言意味著什麼，以及對於被警告所暗指的該區居民而言，這意味著什麼。我們的報紙總是只報導犯罪事實，卻不觸及故事的情感核心。

洞察故事背後的情感

在長島，有一段時間陸續發生居家強盜案。強盜希望主人在家，這樣才能強迫主人說出珠寶和錢藏在什麼地方。新聞報導卻只一成不變的說，多少東西被搶，或者攻擊者帶了什麼武器，但這根本不算故事。

這裡的故事是「恐懼」，被害人的恐懼，或者有時是攻擊者的恐懼，或者是他們在成功控制並羞辱了被害人之後，得意忘形地哼唱起來。這些才是犯罪最根本的事實。藏在新聞背後的情緒，才能展現出生活的各種面向，這些也應該被寫進新聞報導裡，而不僅僅在小說才能出現。

在這類新聞報導中你需要向讀者提供兩樣東西：有關社會環境的詳細背景，以及一些對人物心理的起碼洞察。我將環境視為水平面，個體視為垂直面。它們交集產生的線，就是故事。一八〇八年，德國哲學家黑格爾（Georg Wilhelm Hegel）創造了一個術語：Zeitgeist——時代精神。他的理論是，每個歷史時代都有其「道德基調」（moral tone）——這是他的用詞，對每一個人的生活造成壓力，沒有人能躲得掉。我想這是真的，這也是為什麼，比如說，在有關大城市的小說或紀實作品裡，城市應該被當作人物一般看待，因為城市裡充滿著對道德基調的狂熱。

關於大都會以外的生活，連最出色的記者也都經常沒有概念。我看過一場全美賽車協會的比賽「布里斯托爾五百」（Bristol 500）。賽道不到八百公尺，上方垂直立著看台，裝有十六萬五千個座位，整個形狀就像一個擴音器。座位在擴音器的內壁，讓人感到如果太往前傾，就會摔到賽道上。賽前，一幫人衝著人群歡呼，其中包括全國步槍協會的頭兒，但不是一個名人。他總共只講了四十五秒鐘。全看台整齊劃一地站起來為他歡呼。顯然武器所有權在賽車協會的地盤比在波士頓更被視為公民美德。就在開賽前，一位新

17 麥可・路易士（Michael Lewis）曾任所羅門兄弟公司債券交易員，後為《紐約時報雜誌》撰稿，並曾任職《新共和》（*The New Republic*）、英國《觀察家報》（*The Observer*）；以《老千騙局》（*Liar's Poker*）躋身國際暢銷作家之列；著有《魔球》（*Moneyball*）、《攻其不備》（*The Blind Side*）、《大賣空》（*The Big Short*）等暢銷書。

18 馬克・波登（Mark Bowden）擔任《費城詢問報》記者超過二十年，現在也為《浮華世界》、《大西洋月刊》撰稿。著有《第一次網路世界大戰》（*WORM : The First Digital World War*），也是電影《黑鷹計畫》（*Black Hawk Down*）原作者。

教牧師就本次活動向上帝祈求祝福。他請上帝眷顧這些勇敢的賽車手，以及這些忠實的賽車迷們。他這樣向上帝請求：「奉祢獨生愛子——基督耶穌之名。」如果有人在舊金山或紐約像這樣為一個活動開場，他很可能會被以仇恨罪名逮捕。紐約的作者們真的必須跨越哈德遜河，離開紐約；洛杉磯的作者們則至少要遠至加州的聖華金河谷（San Joaquin Valley）。恐怕美國的大部分內涵，全都在這東西兩岸之間。

我曾有一件非常愉快的任務，為史蒂芬・克雷（Stephen Crane）的《阻街女郎瑪琪》（*Maggie: A Girl of the Streets*）寫新版後記。克雷最知名的作品是《鐵血雄獅》（*The Red Badge of Courage*），在歐洲甚至被視為描寫戰時士兵情感最偉大的文學作品。克雷在家中十四個孩子中排行第十二，上面有六個哥哥。父親是牧師，母親是個白絲帶佩戴者，即反酒人士。她可能有點嚴肅，但是一位了不起的作家。

克雷的一個哥哥湯森（Townsend）是一位作家，在《紐約論壇報》擔任通訊記者。史蒂芬・克雷，一個身材修長、模樣帥氣的年輕人，留著一頭蓬鬆的金色鬈髮，在一八九一年以前的四年裡，連續被四所學校趕出門。於是他跟著哥哥為《論壇報》工作。一八九二年，他採訪了一個雅各・里斯（Jacob Riis）的講座。里斯是第一批關注美國貧民窟（這裡指的是紐約下東區）的人之一。湯森雖然揭露了那裡的狀況，但是完全沒有抓住對話或者性格的本質——沒有找到情感核心。他主要的情感是憐憫。

史蒂芬・克雷讀過雅各・里斯的東西，提出了自己的問題：他們這些窮人在想些什麼？如果成為他們中的一員會怎樣？此時他的哥哥不在，這項苦差事就落到他的頭上：採訪建築工人在一項慶典上的遊行。他把遊行者描述為垂肩、駝背、吊兒郎當的苦力。圍觀者甚至更糟糕，他描述說，他們是新澤西度假區的典型遊客，那種看到鈔票就顧不得別人權利的人。結果這篇文章讓他被開除了。

於是他去了下東區，與三個醫學院學生同住。他決定喬裝成一個流浪漢來了解包厘街（Bowery）。這個身材修長、年輕、金髮、幾乎稱得上漂亮的小夥子，如今穿上了包厘街流浪漢的行頭，鬍子和頭髮都留得很長，打成綹，髒兮兮地垂在臉上。他睡在廉價旅館，不是一次，而是經常；他甚至會帶人去參觀，但沒有人想去第二次。很有可能就是在廉價旅館裡，他染上了結核病，讓他在二十八歲就喪命。但是這段經歷帶來了他不同凡響的《阻街女郎瑪琪》——這是一部小說，但嚴格基於事實而寫。

他的一個室友曾回憶道，某天克雷回家後很興奮地說：「你看過石頭戰嗎？」他看到一些流浪兒在打架，互擲石塊。他的室友們翻著白眼看看彼此，好像在說：「嗯……石頭戰。」然而，克雷的石頭戰，生出了美國文學史上最偉大的開場句子之一：「一個小男孩站在一堆瓦礫上，捍衛著蘭姆酒巷的榮譽。」

直到死亡來臨，克雷一直在為報紙寫作。他取得的成就，在一百多年前就是名副其實的新新聞主義的作品；在今天，則應該成為所有報紙編輯的常識，尤其是今天美國的每一個報紙編輯都在問：「報紙如何能活下來？」但他們應該問的是，我們如何能抓住故事的情感核心？然而只有一小部分報紙編輯在思考這件事——他們不知道這就是眼前的問題，而現在已是最後倒數時刻。

說故事，講真話

阿瑪．吉耶莫普列托[19]

當我在中美洲為《華盛頓郵報》從事記者工作時，我發現自己在為一個很專業的機構工作。它來自於世界上最強大的軍事經濟大國，卻總以為自己受到彈丸小國——全國可能只有十部電梯——的威脅。事實

19　阿瑪．吉耶莫普列托（Alma Guillermoprieto），《紐約客》及《紐約書訊》（*New York Review of Books*）的固定撰稿人。著有多本書，曾獲麥克阿瑟天才獎及喬治波克新聞獎，亦曾入圍NBCC獎決選名單。

上，當我駐在尼加拉瓜時，我還真數過該國的電梯。然而，身為《郵報》在其首都馬納瓜（Managua）的駐地記者，我應該認真對待這種威脅並加以報導。

隨著戰事地點的轉移，我從馬納瓜搬到了聖薩爾瓦多。我繼續報導著那些在我看來罪行確鑿的事實：大屠殺，以及黎明出現在聖薩爾瓦多街頭的碎屍。有證據指向聖薩爾瓦多政府是這場恐怖屠殺的源頭。自從美國政府在這場戰爭中支持薩爾瓦多政府對抗游擊隊以來，這一證據就遭到多方面的質疑，有時這讓我感到自己似乎快要喪失理智了。《郵報》的編輯不斷要求我採取中性的語調。那些編輯都是勇敢、有智慧、又關心人道的，但這是雷根政府在一手主導的。

一段被遺忘的故事

最終，我描寫了一場混亂的殺戮，它後來被證實是二十世紀西半球最大規模的屠殺之一。被美國顧問訓練出來的薩爾瓦多士兵，射殺、活埋、砍死了八百名男女和孩童。《郵報》將我的報導以頭版刊出；《紐約時報》同一天也報導了這件事。然後，就沒有然後了——沒有後續報導，沒有社論，沒有電視採訪，沒有任何其他報紙的報導。一些極右翼的雷根政府官員回應說，《時報》記者與我都不值得相信。

多年以來，自由媒體與社運人士一直都在關心的卻是：《時報》記者與我是否是因為那些報導而被我們各自所屬的媒體開除，好像這才是重要的事似的。十二年後，阿根廷的法醫人類學家小組開挖出了厄爾蒙左提（El Mozote）大屠殺的現場。他們清點骸骨並記錄了死亡人數。

經過歲月流逝，美國政府終於意識到，也許那個只有十部電梯的小國不足以帶來什麼威脅，而那些薩爾瓦多游擊隊員，如果被允許參與政治進程，看起來也不至於形成什麼威脅。在這一切開始之後的十年，中美洲就從地圖上消失了，任由他們發展。

中美洲人民依舊貧困，死難者無法復生，正義沒有得到伸張。然而，美國人對這個議題的注意力已經被消耗殆盡。你最後一次看到關於薩爾瓦多的報導是什麼時候？看到的時候，你願意讀嗎？

中美洲從美國媒體的世界地圖中消失了，**我**似乎也隨之墜入了空洞虛無之中。我覺得自己就像《百年孤寂》（*One Hundred Years of Solitude*）裡面那個角色，在香蕉園工人大屠殺之後倖存下來，餘生都在說著：「曾經有一場屠殺」，但聽到的人只是說：「你瘋了。那從沒發生過。」對此，我的憤怒從未止息。

我作為作家的動力就是盡可能讓美國讀者別忘掉拉丁美洲，於是我透過說故事來達到這個目的。故事與硬新聞不同，更不是輕鬆的奇聞逸事。

堅持自己獨立的觀點

在中美洲為《郵報》工作時，我是一個新聞癮患者。我總是在搜尋所謂「大故事」。新聞癮是怎麼來的？為什麼人們想要讀報紙和打開電視，看看現在正在發生什麼事？我願意相信這是一個世界社會的公民，想要有所參與的基本道德欲望。可是，太多時候，硬新聞不能給予我們達成此目的的知識或能力。寫電子郵件時偶爾瞄一眼角落裡的CNN（美國有線電視新聞網），在六十秒熱點新聞裡看看阿富汗首都喀布爾的地震或者阿拉法特（Yasser Arafat）的死訊，與此同時，螢幕下方文字正在報導某地股市崩盤，但這都**並不算**參與世界。恰恰相反，這讓人得以自我安慰：反正這世界運轉快得令人眩暈，本來就難以真正思考事情。

這種新聞癮讓人覺得，硬新聞，就像美國的報導那樣，只在很基本的層面與真相相連。儘管我自己以前也有這種新聞癮，但我不同意這種說法。所謂純新聞，即事實，現在實在是被想得太過單純了，以至於如果包含新聞分析，報紙都得**標示**出來，就像香菸盒上的標示一樣：**警告：該文章包含硬事實及思考**。

在寫作中，我通常有意識地將資訊、觀察、分析和我自己的反應融合在素材裡。我講故事，因為故事會讓我們全身心去思考，真正去理解。最偉大的拉美小說家，比如馬奎斯（Gabriel García Márquez）和巴爾加斯．尤薩（Mario Vargas Llosa），都是從記者起家的。這種經歷成就了一種拉美新聞的文學流派，比美國的報導寫得更好，包含更多情感內容。

為了為美國讀者寫拉美故事，我逐漸摸索出一些操作性原則。基本上，我很少提到美國；因為我的報導不是在對國務院官員、大使或者世界銀行的人說話。我假裝拉美是一個獨立的實體，我們拉美人有權用自己的視角談論自己的問題。這麼做可以讓我表述一個更完整的拉美，一個不需要依賴第三者指揮我怎麼寫的拉美。

報導前的準備

在報導前，我會做大量閱讀。如果可以，我會在展開一次旅程前花一個月時間不斷閱讀，每到一個地方去的第一週也是如此。

一旦開始寫作，我會花很多天來寫開場。我常利用讀者對異國情調和古怪故事的好奇心來下筆。為了讓美國讀者閱讀拉美，我願意採取任何技巧。下面有一個例子，摘自我的書《流血的心》（*The Heart That Bleeds*）：

> 垃圾讓墨西哥城市民著迷，由此誕生出無數匪夷所思的故事，且全都是真實的。比如有個關於露天垃圾的故事，這個二十公尺高的垃圾堆在七月的某天自燃起來，火焰和有毒氣體蔓延了好幾英畝。另一個故事是關於垃圾行業的大人物，他控制著這個城市一萬七千多個拾荒者的半

數以上，甚至要求拾荒者的女兒為他提供性服務，還會帶他手下所有的工人每年去阿卡普爾科（Acapulco）度假一次。還有一個故事關於一個一萬五千五百公頃的垃圾堆，原本市政府決定把它變成一座公園，裡面都是野餐餐桌——結果只見餐桌慢慢被垃圾淹沒，陷入到混合著垃圾和土壤的沉積層裡。

接著就是老鼠。最讓人難忘的故事之一發生在十年前，一家晚報在頭版顯著位置宣布，他們發現了一隻巨型老鼠的屍體，漂浮在露天水溝裡。文章說，老鼠像一輛車那麼大，旁邊的圖片可以證實其文字聲稱的內容，這隻怪物有熊般的臉，像人的雙手和老鼠尾巴。兩天之後，一家早報闢謠說，這屍體其實是一頭獅子，屬於一家小小的馬戲團。

透過盡可能精準具體的報導，我不僅帶給讀者異國情調與古怪的東西，還帶他們走進了一個人們帶著尊嚴求生的世界。一旦我抓住了他們的注意力，我相信讀者會關心我所關心的東西，和我的報導對象所關心的東西。

精準對於我的寫作和報導而言都至關重要。關注細節能把我推向故事，彷彿它是桅杆一樣。我發現只要我在報導中盡可能關注**細節**，故事就會得以提升。

我大量使用第一人稱。故事中的「我」如同讀者的代理人，我的夢想是帶讀者走出他們的舒適區，將他們推向不舒服的地方。我希望他們看到、聞到、嘗到、摸到、聽到我身為記者代替他們接觸到的東西。

報導過程中，我會在腦海中搭建一個小劇場。編舞者在排練之前，通常會挑選一群舞者；在第一次彩排之後，會有一名舞者脫穎而出。身為記者的我也會做同樣的事。在第一週結束前，我會選出故事裡的領銜角色，接著得弄清楚我需要多少配角。我常被責難（這是當然的），說我總是偏向選擇那些強壯的、貧困的、年老的農婦。但你看她們每天要拎著水桶去好幾公里外的河邊打水，再拖回來，還一路唱著歌！這也是事實。一旦我的弱點被發現，我會嘗試去克服它。寫作時我盡力不自曝其短，但也全力避免只表現長項。這迫使我必須投入更多精力，讓故事變得更有張力。

作家們必須給自己留有失敗的自由。作為舞者，我知道除非用盡全力向上跳躍，直至摔倒，否則永遠不會知道自己有多少力氣，能跳多高。冒險與失敗很重要。當編輯對我說，「你知道嗎，這個句子很糟糕。」我不會說，「哦，編輯太糟糕了。」我會說，「哦，那個句子**確實**很糟，那我們拿掉它吧，它只是字而已。」

找到自己的文字風格

蘇珊．歐琳[20]

發展出一個作者的文字風格，是一種拋棄所學（unlearning）的過程，就像孩子一樣畫畫。小孩子經常會創作出驚人的作品，直到他們上學以後被告知真正的房子看上去其實不是長那樣，大部分的人就在那時候弄丟了他們視覺創作的能力。真正偉大的畫作會保留著某些童真的元素，偉大的作品也是如此。

忠於自我便渾然天成

自我分析對於發展出一種鮮明的文字風格而言，非常重要。**我是誰？我為什麼寫作？**身分認同與自我理解會成為作者寫作風格的潛意識——尤其在長篇敘事性寫作時。想像一下你向朋友講述激動人心的故事時，你的朋友會跟著你的敘述走，即便你不是按照時間序講下來，而是跳著講。你在晚餐桌上講故事的方式，就是忠於真實自我的方式。無論那是深刻分析的，還是充滿機智的故事。在那個當下，你對自我渾然不覺，也不會想到你的編輯。

你無法憑空假造出一種文字風格，也無法模仿別人的文字風格，儘管努力模仿是一種很好的練習。它會引導你逐步理解傳達風格的**機制**。把你的文章大聲讀出來，就會**聽到**你是怎麼講故事的。讀的時候，問問自己：**這聽起來像真的嗎？我會這樣說話嗎？**如果任何一個問題的答案是否，那表示你大概做錯了什麼。我發現有時當我在讀自己發表的作品時，會跳過一些看起來非常枯燥的部分。接著我就會想，如果我在一開始就把它刪除是不是更好？當你大聲朗讀，多餘的素材就會被篩掉。文字風格就是作者**說話**的方式，你正在對讀者**講話**。有時我們以為必須想出一些聰明的東西，但聰明這件事本身其實並不具有力量。

調配速度與遣詞用字

步調快慢——一篇文章裡時機的掌握——是與文字風格密切相關的。步調決定你試圖表現的幽默是否會成功。改變故事的步調就能改變情緒，長句子讓讀者放慢閱讀速度，短句子讓他們在一個場景中加速推進。當你大聲朗讀你的文章時，你會聽到你的讀者閱讀時的步調。而你是可以控制這項行動的。

遣詞用字是文字風格的另一元素。當你做比喻時，你並非只是給讀者一個圖像，而是要擴展到更大的概念或主題。有次我與編輯起了爭執，因為我想描述一個籃球隊員的雙腳腳掌是「香蕉狀」。我的編輯認

20　蘇珊．歐琳（Susan Orlean），《紐約客》專欄作家，《滾石》和《時尚》（*Vogue*）的客座編輯，所著《蘭花賊》（*The Orchid Thief*）一書已被改編為電影。

為，腳永遠不可能真的像香蕉形狀，而且，想到香蕉會讓讀者偏離主角本身：一個打籃球的人。「你在讓讀者分心。」他說。我花了好幾小時試圖找出能替代**香蕉**的合適意象，突然想到：**浮舟**。他的腳就像浮舟，漂浮於籃球場上。這樣的比喻很少會在採訪當下就出現，我得坐在書桌前，努力找出最有張力的可能意象。

另一方面是採取你故事角色的口氣。有時候，當我沉浸於報導之中，我會突然意識到我正與我寫的人以同樣的節奏思考。這是我性格的一部分——我很容易進入其他人的世界。只要不是流於模仿，就會有助於寫作；你並不想偷取別人的文字風格，但不妨從中獲得靈感。這往往是一個信號，說明你正深深沉浸於你的故事中，如魚得水。在〈十歲的美國男人〉（The American Man at Age Ten）裡，有一半篇幅我是以小男孩的口吻寫的，通篇故事我都在那個人物性格中進進出出。

開始寫作後不久，我就意識到自己是很狡猾的，會想出很多噱頭讓作品看起來很花哨。當我逐漸成為一個成熟的作者，並且更有自信後，我開始丟掉起先錯以為是自己風格的部分，回歸到更簡單的風格。其中的分水嶺在於，我開始意識到，我的文字風格已經回到了自然、直覺和本能。

第 6 章

新聞倫理

這是本書較長的一章，有關倫理有太多內容要談，偏偏這一主題在關於寫作技巧的書中往往被遺漏。這要歸責於紀實報導記者的宏偉抱負。紀實作家的工作充滿選擇題，而這需要清楚的倫理敏感度。在新聞現場，作者對寫作主題的定義，並不僅局限於可以觀察到的細節，他們會介入與消息來源有關的長期和私人的關係網中。回到案頭，他們友好坦誠地與讀者分享彼此間的信任。他們提供一套情感的、政治的以及學術的洞察，看似站在自身的立場，但同樣也代表了刊登這些故事的出版品。同時，透過風格化的寫作，他們將讀者引導到特定的感受、洞見和結論當中。

在每個階段中，紀實作者都必須做出影響文本可信度，因此也影響到文本體裁的決定。**主題的選擇是以偏見或是臆測作為前提的嗎？作者與消息來源的關係是雙方自願並且沒有爭議的嗎？讀者了解到的是真實的場景和人物嗎？背景調查是可靠且完整的嗎？**

要寫關於真實世界的報導，你不得不如履薄冰。作為觀察他人生活的作者，我們不能謹小慎微地徘徊在薄冰邊緣，我們得**置身其中**。為了能夠在應對進退中符合道德倫理，我們首先要意識到這種風險。作者所在的立場雖然會受雇主的影響，但說到底依然屬於個人的決定。本章將探討紀實寫作者所面臨的一些基本道德問題。

我們如何處理與寫作對象的關係？專業的敘事新聞記者所蒐集的資料，可能會侵犯受訪對象的隱私。一方面，友誼的道義和需求，可能會決定消息來源對你的感受以及行為；另一方面，新聞專業的道德和需求，則會影響著你的行為。作者要如何面對這種兩難？

我們如何讓讀者知道，故事裡的資訊是如何蒐集來的？不同領域及寫作類型的記者，對於揭露和解釋自己的消息來源，抱持著不同的態度。學術作者，如同新聞記者一樣，以共同的原則為基礎進行寫作，彼此開誠布公並公開資料來源。博學的作者熱中於以括弧、注腳、參考文獻和附件來表示引用出處。過去，新聞記者很少花心思注明消息來源。如今對消息來源的詳細說明，在敘事報導中已經越來越常見。索妮雅・納薩瑞歐（Sonia Nazario）發表在《洛杉磯時報》上的普立茲得獎作品〈被天堂遺忘的孩子〉（Enrique's Journey）有長達七千字的章節附注。許多讀者告訴她，他們非常仔細地閱讀了這些部分。

同時，回憶錄作者的工作，由於牽涉到受訪者回憶的正確性問題，以及複雜的家族感情糾葛，容易面臨許多倫理困境。

只有當作者能夠承擔道德責任，紀實寫作才可能獲得最大的回饋。在本章中，十一位報紙、雜誌、圖書和回憶錄作者，將探究如何寫出既優秀又兼顧報導倫理的作品。

（馬克・克雷默、溫蒂・考爾）

事實與虛構的界線

羅伊・彼得・克拉克[1]

小說家揭示人類處境的偉大真相，詩人、電影製作者、畫家也一樣。然而，藝術家創造的終究是模擬這個世界的作品。小說家用事實讓其作品顯得可信，將我們帶回被精心安排和描繪的歷史時代和地點：蓋茨堡之役、紐約自然史博物館、底特律的一間爵士酒吧。他們透過細節的描寫讓我們看到，讓我們停止懷疑。

幾個世紀以來，紀實作家借助小說家的手法，去揭發那些找不到更好方法來揭露和展現的真相。他們將人物置於場景和環境中，讓他們對話，掀開有限的視角，在時間的推進下，經歷衝突，找尋出路。

半真半假之爭

從歷史上看，報導作品其實包含著許多編造的內容。五十年前的專欄作家、體育和社會新聞記者（僅列舉最明顯的幾種），似乎被授權可以虛構。**聊天打屁**（piping）這個詞，意為捏造引文或創造消息來源，來自於這個比喻：記者報導了員警對鴉片館的突擊後，自己也「嗨」了。美國卓越新聞研究中心皮尤專案（Pew Project for Excellence in Journalism）的湯姆・羅森蒂（Tom Rosentiel）總結了那場混亂：

在美國，事實與虛構的分水嶺、真相和編造間的界線正變得越來越模糊。正是新聞的「資訊娛樂」（infotainment）帶來了這種混淆，新聞變成了娛樂，娛樂卻成了新聞。總編輯蒂娜・布朗（Tina Brown）將一家新聞公司——赫斯特（Hearst）和一家電影工作室——米拉麥克斯

（Miramax）的力量結合在一起，創辦了一本混合了新聞報導和劇本創作的雜誌。這只是文化混合的第一個信號……

其後爭議仍然持續。愛德蒙・莫瑞斯（Edmund Morris）在其被授權撰寫的雷根傳記中創造了一個虛構人物；CBS（哥倫比亞廣播公司）新聞則運用數位技術，修改了其競爭對手在時代廣場的一個標誌；一本由一所大學出版的，據說是懷特・厄普[2]妻子的回憶錄，被發現存在虛構內容。其作者葛籣・博耶（Glenn G. Boyer），則辯稱其為一部「創造性的紀實作品」。

這樣的亂象還不夠，接下來，有學者證明了記憶本身就是帶有虛構性的。我們所記得的事，並不一定就是事件的真相。根據此定義，回憶錄其實就是把現實和想像混合成「第四種文體」。記憶的問題同樣影響著新聞界：記者在描述消息來源和目擊者的記憶時，實際上等於是把新聞的威信出借給了某種想像。

後現代主義者可能會覺得所有這些都無所謂，因為根本沒有真正的「事實」，只有「觀點」，只有個人根據經歷、文化、種族、性別和社會地位的影響，而對現實做出的解讀。最好的新聞工作者所能提供的，只是從不同的框架來呈現事件和問題。「**報導真相？**」他們問，「**誰的真相？**」

幫助記者在事實和虛構之間找出界線的基本原則還是存在的。從眾多新聞工作者的集體經驗中，從我們的對話、爭辯和討論中，從諸如約翰・赫西（John Hersey）和安娜・昆德蘭（Anna Quindlen）這些作

---

1 參見115頁。

2 Wyatt Earp，原是美國中西部一位警長，後與地方政治勢力發生衝突，展開一連串政治報復行動，並牽扯賭博及黑道。其故事在他死後，至少被編撰改寫成多達二十五部以上的電影，如《執法悍將》（*JAB*）。

家的作品中，從寫作風格手冊和道德規範、標準和慣例中，還是能總結出一些指導方針。

《廣島》（*Hiroshima*）的作者赫西，在至少一部早期作品中運用了半虛構人物，不過在一九八〇年，他也因他的作品成為所謂的「新新聞」的範本，含蓄地表達過其憤慨。在一九八六年《耶魯評論》（*Yale Review*）的一篇文章中，他對楚門・卡波提（Truman Capote）、諾曼・梅勒（Norman Mailer）[3]和湯姆・沃爾夫的寫作策略提出質疑。一些當代紀實作家以「為達到更高的真實」為編造內容而辯護，但這種說辭在新聞業是無法成立的。

赫西承認，主觀性和選擇性在新聞工作中是必要且不可避免的。如果你收集了十個事實卻只用了九個，這其中就已經置入了主觀性。刪減的過程也會導致失真。背景、歷史、細節、條件或其他觀點都可能被遺棄。但即便刪減可能會扭曲新聞工作者想要表述的現實，但其終究仍是紀實作品。然而，一旦添加了編造的素材，作品就變質了。

三個基本原則

當我們添加一個未曾出現的場景或一句沒說過的引述句，我們就跨越了界線，變成小說了。這個區別將我們帶向三條基本原則：

一、不要增添，不要欺騙。

為使這兩項基本原則更明確，我先用最簡單的語言來陳述。但這可能會因為沒有給出具有說服力的例證或合理的例外而造成混淆。比如，「不要欺騙」這句話，我指的是新聞工作者對讀者的承諾。也有另一種說法，討論的是新聞工作者是否可以運用欺騙的手段，來作為一種調查策略。這個問題的確存在有關誠實的爭議，但即便你是透過檯面下的手段挖掘到新聞，你也應該不要在你所發現的事情上唬弄讀者。

二、保持低調，不要介入。

要很努力地接近事件和當事人，付出時間，前進現場，成為場景的一部分，讓自己能夠觀察事件卻不要改變事件的狀態。這能讓你避免「觀察者效應」：因觀察而導致觀察對象發生改變（該理論由物理原理演化而來）。

當然，在某些情況下，新聞工作者**需要**引起別人對他們及他們的報導過程的注意。勇往直前，高調地反抗貪婪、腐敗與秘密交易。但請記住，記者介入得越深，其改變被調查對象行為的風險就越高。

故事不能僅僅**是真實的**而已，它們還需要**聽起來真實**。有經驗的新聞工作者深知事實可能比虛構的還離譜，一名走進佛羅里達州聖彼德堡一家便利商店的男子，對收銀員的腦袋開了一槍，子彈卻可以從他頭上彈開，撞到屋梁，然後鑽進一盒曲奇餅乾裡。

要避免使用匿名消息來源，除非新聞萬分重要，且消息來源很可能因此受到傷害，揭露重大不法行為的深喉嚨就屬這一類：一名美國的非法移民，可能希望在不必擔心被驅逐出境的前提下分享他的經歷。但作者也務必要竭盡所能，讓筆下人物盡可能真實。一名愛滋病患者可能希望且理應擁有被匿名處理的權利，而將其醫生和醫院的名字公諸於眾，則能幫助化解虛構之嫌。

三、永遠不要在你的故事裡加入未經確認的資訊。

在新媒體大環境下，這一點非常難做到。過去以一天為單位的媒體週期，現在都變成以分鐘甚至以秒

3 楚門著有《冷血》（*In Cold Blood*）、《第凡內早餐》（*Breakfast at Tiffany's*）。諾曼曾獲普立茲獎。

計。電視新聞每天二十四小時運作，越來越多的故事也在半夜被發布到網路上，新聞分秒必爭的趨勢越演越烈。而對時間的盲目追求，卻可能是理智判斷的大敵。花些時間，才能做出經過事實查核且恰如其分的報導。

在媒體熱中於逞能的文化氛圍下，策略性的謙卑就有了很大生存空間。這項美德告訴我們，真正的真相，是難以企及的；然而即便你永遠無法「得到」它，你還是可以努力**追求**它。謙卑也包括對不同觀點的尊重。

只有本著一個在民主社會很重要的大觀念——**世界是可知的**，這些原則才有意義。我們創造的故事，反映著那些真實存在世界上的事物；引號裡的句子，對應著確實被說出來的話；照片中的鞋子，確實是當事人在照片被拍攝那一刻所穿的那雙，而非後來加進去的。

性格合成與時間錯置不可容忍

關於真實性和可靠消息來源的傳統，可追溯到美國的第一份報紙。一家叫作《國內外公共事件報》（Publick Occurrences）的波士頓報紙，在一六九〇年九月二十五日發表了以下聲明：「除非我們獲致資訊的最佳來源，並有理由相信確有其事，否則我們不會妄下一字一句。」

不要添加和不要欺騙的原則，並不僅限於新聞報導，而應在所有紀實作品中被完全貫徹。在黑白照片中加入色彩就是一種欺騙，除非技術上的跡象顯而易見或已被注明；用數位手段去除、添加、移動或複製照片中的元素也是欺騙，無論它能使照片多麼吸睛。這與傳統的照片剪輯是兩回事，雖然傳統照片剪輯同樣可能是不負責任的。

為了表達一些難以說明的真相，記者和作家有時會玩一些人物性格上的合成添加、時間上的揉合、內心獨白及其他非常規手法。在本文所說的原則下來嘗試這些寫作技巧，也許能有所幫助。

運用人物性格合成添加的技巧，如果目的是欺騙讀者相信這好幾種性格其實是同一個人，那麼這種虛構手法，就不應該出現在新聞報導或任何紀實作品中。這個手法之前曾經被濫用，所以似乎有必要絕對禁止這種合成手法。《紐約客》雜誌記者約瑟夫．米契爾（Joseph Mitchell）雖然是他那個時代紀實作家的領頭羊之一，但在晚年，他也把自己的一些早期作品打上虛構的記號，原因正是這些作品採取了這種合成手法。

在複雜的故事中，時間和時序往往很難被掌控。時間有時候是不精確的、模糊的或不相干的。但揉合時間，讓讀者誤把一個月當作一週，或一天當作一小時，這在紀實作品中是不可容忍的。約翰．伯蘭特（John Berendt）在其最暢銷作品《善惡花園》（*Midnight in the Garden of Good and Evil*）的作者注記中寫道：

> 儘管這是一部紀實作品，我還是運用了一些講故事的自由，尤其是在時間處理上。在敘述偏離了狹義上的紀實作品時，我的目的在對於呈現人物和事件本質的真實性保持忠誠。

沒有灰色地帶

紀實作家不能模稜兩可。與伯蘭特模糊的自白形成反差的是韋恩．米勒（G. Wayne Miller）在他的《心臟之王》（*King of Hearts*，一本關於開胸心臟手術先驅者的書）開頭所說的：

這完全是一部紀實作品；它不含合成的人物或場景，所有名字也原封未動，全無捏造。作者僅在他聽到或看到文字（比如在信中）的情況下才使用直接引語，其他所有（不加引號的）對話、陳述均在作者肯定確有其事的情況下釋義改寫。

看上去像是記者進入消息來源腦海裡的內心獨白，這是一種有風險的寫作策略，但在極特別狀況下也是可允許的。這需要記者與消息來源十分親近，後者也被問及了他自身的想法。對於涉及某人想法的內容，編輯必須堅持詢問作者關於消息來源的資訊。

越是深入這片領域，我們越是需要一張優質的地圖和一個精準的羅盤。報導文學作家諾曼．西姆斯（Norman Sims）曾引用約翰．麥克菲的話，總結了核心法則：

紀實作家是透過真實的人物和真實的地點與讀者溝通。所以，如果那些人物有所發言，你就寫下他們說了什麼，而不是作者決定讓他們說什麼……你不能進入他們的頭腦代替他們思考，你不能採訪死人，對於不能做的事情你可以列下一張長長的清單。而那些在這份「清單」上偷工減料的作家們，則是仗著那些嚴格執行這份清單的作家們的信譽，在「搭便車」。

在虛構和紀實間，要有一條毫不含糊的穩固界線。我們可以發現不少有趣的例外，以及考驗所有這些標準的灰色地帶。美國國家公共電台的霍華德．伯克斯（Howard Berkes）曾採訪過一個非常結巴的男人，而故事內容又並非是關於言語障礙的。伯克斯問這名男子：「如果我剪輯一下這卷錄音，讓你聽起來不結巴，你覺得如何？」這名男子當時高興得很，於是錄音就被剪輯了。這是在創造虛構作品，欺騙聽眾嗎？或者，是幫了消息來源一個忙，同時也照顧了聽眾的感受？

在探討這些問題時，我並不是個能輕鬆超越障礙的騎士，而同樣只是一名努力的騎士，懷抱著一絲作家所特有的志向。我想要打破常規，我想創造新的形式，我想融合紀實體裁，我想寫出能成為話題焦點的故事。

評論家休．肯納（Hugh Kenner）把新聞語言描述為「看似依據語言之外的所謂事實——一個已經被定了罪的人，被人看到正在默默避開一個水坑，而你的文字報導了這個觀察，沒有人懷疑」。

如果你想做一些非常規的嘗試，那麼，讓公眾也參與其中。請追求事實，勇於創新，克盡職守，樂在其中，保持謙卑。

〔本文為改寫自作者的一篇長文，原文名也是〈事實與虛構的界線〉（The Line Between Fact and Fiction），發表於文學刊物《創造性紀實作品》（*Creative Nonfiction*）和波因特學院的網站。〕

紀實記者的倫理守則

沃特．哈林頓[4]

《無新聞，則傳謠言：美國新聞軼事》（*If No News, Send Rumors: Anecdotes of American*）的作者史蒂芬．貝茲（Steven Bates）研究各職場中的倫理守則。他提到，大多數職場人士都有一個需要服務的特定客戶：醫生對其病人，律師對其當事人，人類學家對其研究對象。在一九九五年《媒體倫理》（*Media*

4　參見93頁。

Ethics）的一篇文章中，貝茲問道：誰又是新聞工作者的客戶？他觀察了《華盛頓郵報》《紐約時報》及許多其他報紙的倫理聲明，發現新聞從業者面臨的「客戶」不止一種。

我們與消息來源及報導對象之間的關係建立在誠信的基礎上。尤其紀實記者做個人特寫報導時，受訪者的角色更是重要。

我們同時也要忠於自己的老闆，是他們付薪水給我們；而我們所認同並願意為之奮鬥的倫理標準，也是由他們定義的。大部分新聞倫理標準都宣稱讀者至上。我們還經常把它再提升到「公眾」，甚至「公共利益」的層次，然而像「公共利益」這樣廣泛的概念，可能有各種各樣的解讀。

我們對受訪者有虧欠

顯然，倫理對於新聞工作的正當性至關重要。這在某種程度上是因為，**新聞工作者有權決定自己與受訪者的倫理關係**。新聞工作者所面臨的倫理困境，在紀實報導中更為複雜。從某些方面來看，「浸入式報導」的採訪有點類似人類學家的工作，只不過人類學家的倫理準則還更明確一些。人類學家所需要負責的對象，首先且永遠都是其研究對象。儘管在這一點上新聞工作很難企及，我仍然相信紀實記者應秉持著像人類學家一樣的倫理守則。因為我們**的確**對我們的採訪對象有所虧欠。

我這個說法已經在實務上被印證。我們的採訪對象——除非是公眾人物——越來越容易因我們所寫的東西而上法院控告我們。他們可以壓制資訊，或是在截稿前收回對刊出他們故事的授權。基於這些實務上的理由，我們寫出來的內容就必須絕對正確。

人性化的考量就更重要了。當我遇到可能採訪的對象，我會跟他討論哪些內容不寫，哪些內容會公開。每個人都有權知道政客所知道的事，但如果對方說某些內容是不願公開的，那我們就不刊登。有時候，在報導後期，我會跑回去找受訪對象，向他徵詢是否可以讓我在報導中加入一些原本不願公開的內容。我甚至讓受訪對象閱讀整段章節，讓他們清楚知道我會如何運用這些非公開訊息。人們通常並不是害怕某些內容**是否**被寫出來，他們擔心的是這些內容是被**如何**寫出來的。如果記者細心備至又考慮周全，他們通常都會同意的。

然而，有時**仍然必須在協調的過程中有所讓步，沒有哪個故事能包山包海。最重要的是自問：這是不是一個誠實不虛的故事？是不是一篇「真實」的故事，而不只是「有這件事」？如果我必須隱匿故事中的某個資訊，我會問自己：如果讀者知道我這麼做，他們是否會覺得自己受到欺騙？**

查核事實是新聞倫理

我曾寫了一篇關於自殺青少年家庭的故事。在他們兒子去世兩年後，我跟這家人相處了一個月左右。我本打算把所有家庭成員都寫進故事裡：母親、父親及三個健在的兄弟姐妹。但我發現不少關於這三個兄弟姐妹生活中的事情，是他們不願公開的。我意識到，如果把這些材料拿掉，我就沒辦法寫出他們對於其兄弟自殺的真實反應。而他們的父母則同意讓我寫下任何東西，他們希望故事發表後，能成為其他家庭的借鏡。於是我改變計畫，把寫作重點放在這對父母身上，而不寫他的兄弟姐妹。我相信這是一篇誠實的故事。完整的故事的確還有更多內容，但那不在我要講的故事裡。

為了寫這篇故事，我向好幾位心理學家請益。死者的心理醫生認為，我所要發表的內容可能會引起其他家人萌生自殺的念頭。這可嚇到我了，我想，保險起見，我應該在發表前評估一下這家人對這篇報導的反應。儘管《華盛頓郵報》不允許記者把文章在刊出前讓受訪對象看，但我還是帶著稿子去到這戶人家，對他們念出全文內容（我設想對編輯狡辯：我確實沒有把文章給他們**看**；萬一這家人告訴我《郵報》不能登這篇文章，我將不得不告訴我的編輯，我浪費了整整六個禮拜去違反一條《郵報》的規定）。我把故事念給這家人聽，而他們抽泣了起來，同時彼此擁抱，也抱了我。我也哭了。他們一個字也不想改。

我仍然相信我做出了正確的倫理決定。在某種意義上來說，我是在核對事實。記者總是可以向消息來源複述引述句以及屬於當事人的資訊。在紀實報導中，幾乎所有內容都可以作為需要核對的事實——包括像「她很享受落在她臉上的溫暖陽光」這樣的陳述。

紀實報導帶來了特殊的新聞倫理考量。我們花很多時間與採訪對象待在一起，幾乎從來不會用檢察官的態度來採訪他們。我們希望真誠的面對採訪對象，因為我們希望他們也真誠面對我們。然而，我們最終還是要寫出故事的——一篇出於**記者自己**，而**非**當事人觀點的故事。紀實作者需要如履薄冰，以確保能夠同時對當事人和讀者做到新聞倫理的誠實。

如果你是一名紀實記者，卻不知道採訪對象不想公開的事，那表示你不是一個好記者。如果你對這個問題根本沒有任何掙扎，那表示你也許缺乏對人性的關懷。想要同時與當事人關係親近，又不糾結於什麼應被公開，是不可能的。

觀察採訪的進退原則

伊莎貝爾．威克遜[5]

紀實作家必須小心平衡處理一件事：在不犧牲故事的情況下保護當事人，同時在不犧牲當事人的情況下保護故事。高品質的新聞工作和對當事人的同理心，是可以兩者兼顧的。這種同理心讓我更能理解我的採訪對象，並讓自己全心浸入到他們的世界。

我曾寫過一篇名為〈尼古拉斯的男子漢生活，十〉（The Manful Life of Nicholas, 10）的故事，寫的是一名住在芝加哥南部、擁有男子漢責任感的小男孩的故事。故事屬《紐約時報》的高風險兒童系列報導之一，報導有關被日益氾濫的青少年暴力和毒品所包圍的都市兒少故事。《時報》不惜任何時間代價，派遣十名記者進入十位兒童的生活中。每個記者會就每個孩子所能呈現的主題提出建議。我的建議之一是**家庭**，這是一個極為廣泛且模糊的主題。

為了尋找願意讓我與他家孩子長時間接觸的父母，我走訪了通用教育發展學校、職業訓練班和法庭書記培訓班。為盡量找到多一點可受訪對象，我對這些參加成人教育的學員提出了非常廣泛的請求：「如果你有九到十二歲的孩子，我想跟你聊聊我正在寫的一篇關於家庭、關於現今在城市裡撫養孩子有多不容易的報導。」我一次又一次地請求，在幾個星期內「面試」了好些潛在候選人，仍始終沒找到合適的對象——一個有著很棒的故事又願意讓我接觸我所需要資訊的人。終於，在一個護士培訓班裡——我列表裡的最後一個地方，有一名遲到的女子。她並沒有聽到我對眾人的說明，當簽字表傳到她手中時，她身旁另一女子對她說：「如果你有九到十二歲的孩子，你就應該簽字。」於是她就簽字了，完全不知道這張紙會帶來什麼：她的生活將會被登在《紐約時報》的頭版上。

事後證明，安琪拉．懷特克（Angela Whitiker）就是我要找的人，她的兒子尼古拉斯也是理想的主人翁。安琪拉能夠將她的生活公開，善於表達，且樂於提供全面訪問她孩子的機會。她的兒子尼古拉斯是多愁善感、心事重重的複雜孩子，正是這冷酷社會中的典型兒童。

5 參見59頁。

參與他們但不改變他們

我盡可能花時間與尼古拉斯和他的家人相處，人類學家稱這種方式叫「參與觀察法」（participant observation）。每次無論這家人在做什麼事，我都會親身參與，而不是採訪提問。開始接觸的第一天，我跟他們一起在洗衣房疊襪子。

花些時間做平凡的事，有助於建立信任，比起純粹提問更能幫助你了解採訪對象。它同時還能降低採訪對象對於記者的刻板印象：人來了，挖資訊，在筆記本上記下受訪者的話，並在十五分鐘後離開。我與這家人相處了一個月——對於紀實報導來說算很短，但對日報記者而言已經是相當長的時間了。

我們形成了一種節奏：我總是早早到他們家，在他們可接受的範圍內盡可能待到最晚；我跟著尼古拉斯一起上四年級的課；放學後，我們常去麥當勞。我有時會想，帶這些男孩去吃東西是否會改變對話情境，因為依原本的生活，他們在這時間並不會吃東西。記者常常透過請受訪者吃飯以換取對話時間，這些男孩至少也該享受到這點。也許他們應該得到更多，因為他們告訴我太多私事了，讓我得以做出深入的描寫。說到底，也是因為麥當勞是他們喜歡的餐廳，所以我們的「約會」成本很低。

身為記者，我們有時會過分擔心自己所做的事可能會改變了原本的故事。但是我們必須承認，我們的**出現**本身就會「改變故事」。在生活中突然出現一個記者，本來就是一個非自然現象，按照定義來說，就是改變了短期內的生活。

當你花在受訪者身上的時間和我一般多時，就難免會有涉入其生活的問題。我的行事標準，是比照我平常在生活中如何對待自己身邊的人。只要能順應情境，且不會在根本上改變他們的生活常軌，我也會幫忙提些生活採購用品，或者開車送他們去購物。我們為採訪對象所做的事，不應少於我們為家人朋友所做的事。

我們的任務，是盡快讓我們在受訪者生活中出現時，盡量顯得親切、平常。我們必須學會所進入世界中的潛規則和階層關係，並透過自然、人性化的方式，找到自我安頓的位置。

你並不和當事人站在同一陣線

如何接近對方，又不至於逾越界線？如何在當你知道能夠憑你一通電話、一張支票就能解決他們的一個大麻煩時，抱持同情卻不出手干涉？在這種情況下，我必須堅持自己作為記者的角色，抑制讓自己變成顧問、社工或救世主的衝動。我會聚焦在對方提供給我的那些私密細節，並將其傾注在報導中；並把我的同情和惻隱移情於寫作上，這才是記者發揮影響力的方式，或許比莽撞插手暫時的危機所帶來的影響要大得多。

即便在其中最困難的時刻，比如當我想要與某人唱反調，或者把孩子們趕進車子裡的時候，也都要把持住。有一次我看到尼古拉斯媽媽打了他，因為他不肯把一個小玩具給弟弟。雖然我很想插手，但我必須記住，我是記者，不是專業社工。一旦出手干涉，我所造成的傷害可能比好處更大。對於我所看到的事情，我不具備專業知識或權威，甚至可能還搞不清楚來龍去脈。我必須保持信心：一篇感人的報導能夠召喚那些真正能夠幫助他們的人，也能激勵安琪拉有所作為。令人感激且鬆了一口氣的是，兩者最後都實現了。

要讓受訪者生活中私密、甚至痛苦的部分保持真實，我們就必須對事實的描述完全正確。真實，來自於對環境和對象的全面理解，這一點我們很容易犯錯；真實，來自於你和受訪者之間漫長的對話，還要把你認為你所聽到的內容，複述給受訪者聽，以做確認。

你應該經常提醒自己，你並不是和當事人站在同一陣線，而是要幫助讀者去理解那個人的實際狀況。交代來龍去脈很重要；也要解釋事件得以緩解的因素是什麼。前因後果只能透過時間來呈現。〈尼古拉斯的男子漢生活，十〉最末一段是這樣寫的：

> 孩子們排成一列，還有他們的圍巾、外套和腿。男孩們低下頭，這樣母親還能再為他們做一次梳理，雖然她自己上課要遲到了。被搞丟的手套引起一陣騷亂，接著母親搖了搖一瓶噴罐，在孩子們的外套上、頭上、攤開的小手上來來回回噴灑，以庇護孩子們上學的這一路，因為他們即將要面對這瘋狂而危險的世界中幫派分子的招募和子彈。噴在他們身上的是一種聞起來像藥房香精的宗教聖油，孩子們緊閉雙眼——為了讓他們能夠在日落時分活著並安好地歸來，安琪拉的噴霧總是濃烈持久。

假如那天早晨我沒有早到，我永遠不會知道有這麼一個家庭儀式，這最終成了故事的核心場景，成為暴力在他們生活中隱然習以為常的縮影。我是在採訪後期才觀察到這儀式的，那時，有關他們如何在暴力威脅下保護自己的問題，我已經跟他們聊了好幾個小時，都準備結束採訪轉而開始寫作了。沒有人提到這個儀式，也許是因為這對他們來說就像每天早晨刷牙一樣稀鬆平常。

我明白不要在儀式進行中去問他們在幹什麼，所以只在那天晚些時候向安琪拉隨意似的提起：**為什麼她要在孩子們離開家前為他們噴霧？**雖然我覺得這很奇怪，我也得謹記，如果安琪拉和她的家人進到我的世界，他們也會覺得我有些事很奇怪：**為什麼她要花那麼多時間看電腦？**安琪拉和我都是非裔美國人，卻像生活在兩個世界。

不忘展現人性面

我們的採訪對象所給我們的，遠比我們所能回饋給他們的要多。我們登出他們的故事，並因此贏得升遷、同事的稱讚和普立茲獎；而他們只是繼續生活。不過，知道自己寫的報導能夠改變他們的生活和觀念，還是挺令人振奮。在尼古拉斯的故事發表後，一位讀者從紐約飛來芝加哥，給男孩們買了雙層床鋪，還有另一個人送他們一台電視，讀者給他們寄來衣物和玩具，密西根一所學校的四年級全體學生，寫了一封信給尼古拉斯，柯林頓總統也寫了信。

我也收到來自各地的信件，但對我最有意義的是來自華盛頓州塔科馬市（Tacoma）一位先生的來電。他說：「我是希臘裔美國人，是個六十多歲的牙醫。我不得不打電話給你，因為在讀了故事後，我意識到：你也是在寫**我**。我是家裡六個孩子中的長子，這使我必須成為弟弟妹妹的父親。」這位先生的來電讓我明白，我成功地改變了人們對於那些看起來與自己不同的人的刻板印象和成見。

作為紀實記者，我們負有雙重責任——對讀者，也對當事人。我們的本職工作雖不是要去幫助故事中的人，但是展現出我們的人性面，並適時伸出援手，並沒有錯。這往往也是讓他們肯撥出時間，讓我深入了解他們世界的唯一方法；這又恰好是為讀者寫出真實可信的故事所必需的。

徵得受訪者授權 ▼ 崔西．吉德[6]

如果採訪對象不是公眾人物，那麼得到其允許跟配合受訪，是我身為作者所必須面對的最棘手問題

6 參見89頁。

之一。這關乎法律和倫理兩個層面。我努力讓每一個人明白我所做的事，也要讓他們清楚可能會帶來的後果。這是一種「米蘭達警告」（Miranda Warning）[7]：**你所說的一切可能會在我的書中成為不利於你的因素**。

我在非常年輕的時候寫了《新機器的靈魂》。當時我並不知道一般人沒法進入一家電腦公司的內部，尤其是他們設計電腦的地下室。也許這樣的無知反而讓我做起事來容易一些。我當時想著：「嗯，他們會讓我進去的。」結果他們就真的讓我進去了，不帶任何條件。後來我才明白那種通行特權是極罕見的。

現在，媒體老闆都會要求作者從採訪對象那裡要求簽了字的授權書。律師告訴我，這種授權在侵權案件中作用有限——在法律上，侵權是一塊非常曖昧的領域，在誹謗案件中的作用就更小了。這些授權說的通常都是這樣的內容：**我想怎麼寫你，就怎麼寫，我可以毀了你的名聲，我在我的書裡為所欲為，等書出版了我會免費送你一本**。我的理解是，大多數法庭並不認為這是一張有效的合約。由於這些原因，我不再向我書中的受訪者要求授權了。但是，授權仍然可以作為一項工具，證明採訪對象曾經認真考慮他們打算接受採訪這件事。

我還是會向受訪者完整介紹我報導他們後，所可能造成的後果。我試著回答他們所有問題。酬勞也幾乎總是被提及。如果沒有，我則會告訴他們：「我不能為此付你錢。這必須是你出於自願做的事。」我會在比較早期就跟受訪者講這件事，那時我還不怎麼介意他們是否答應。我當然也希望他們同意，但知道自己可以在那個時間點就選擇離開這個選項，也是件好事。我會在一開始，自己還沒任何投入的情況下，就把這些問題處理掉。

真相與後果 ▼ 凱薩琳．博[8]

作為記者，我的權力要比我故事中出現的人大得多，這是不可避免的。儘管聲稱有辦法可以在兩者間建立起一種平等關係，但這不是事實；然而，建立一種相互尊重的關係，還是有可能的。你可以盡可能全面、完整地告訴受訪者，你覺得或擔心在取得和發表他們的故事之後會發生些什麼事。我總是告訴我的採訪對象，文章中可能會出現一些令他們討厭、尷尬、希望自己不曾告訴過我的內容。或者，會有一張讓他們看起來很胖的照片。

如果你能讓他們理解到，他們的故事其實對社會具有重大意義，這可能會激勵他們接受你的採訪。**最好也讓他們對於你所寫故事可能造成的後果，做好準備。**

我通常不會去寫那些主動找上我，表示想要接受我採訪的人。我會去找那些還在解決眼前困難的人，那些並非生活中每件事都符合道義的人，那些還不知道最終是否會有幸福結局的人。這些人的故事才值得說出來。

當你寫窮人時，也許沒有人比你更關心最終結果如何。你公司的律師不會擔心，因為窮人沒錢興訟；你的編輯也不會擔心，只要故事好看就行；道德責任都在作者身上。在採訪和報導每一篇故事的過程中，你都要做出上千個道德決定。

如果你和你所寫對象住在同一個社區，這就會是個很實際的問題。我希望我走在街上的時候，不會

---

7 指美國聯邦最高法院在一九六六年米蘭達控訴亞利桑那州案判例中，所確立的米蘭達規則。美國警察（包括檢察官）在訊問刑事案件嫌疑人之前，必須告知其有權援引憲法第五修正案，行使沉默權和要求得到律師協助的權利。告知內容如下：你有權保持沉默，否則你所說的一切，都能夠、而且將會在法庭上作為指控你的不利證據；審問之前，你有權與律師談話，得到律師的幫助和建議；你受審問時你有權讓律師在場；如果你想聘請律師但卻負擔不起，法庭將為你指定一位律師。

8 參見15頁。

覺得那裡住著一些被我虧待過的人。有時我的同事會跟我說：「我不能進那個社區，因為我寫了這篇故事……」**如果你無法在故事刊出後，正當面對你的採訪對象，那麼你應該問問自己，是否說出了真正的故事。**

該不該對受訪者伸出援手？

索妮雅．納薩瑞歐[9]

當我們在做浸入式採訪時，我們目睹了處境堪憐、身陷痛苦或危險中的人們。我們該在何時介入？我們的界線劃在哪裡？為最壞的情況做打算是非常重要的。我花了十八個月來採訪與撰寫〈被天堂遺忘的孩子〉，這是一名宏都拉斯男孩非法偷渡美國的冒險故事。安立奎（Enrique）的母親在他只有五歲的時候就離開了他，把他留給了親人。十一年之後，他決定自己動身，搭一輛貨車一路向北，穿過墨西哥，去北卡羅萊納州尋找母親。我和他一起走完了最後一段旅程，但是我必須重新組織大部分的故事。我和其他移民一起坐在貨車上，想要體驗一下安立奎一路上的所見所聞。

對於採訪這種身處困境中的受訪者來說，最好在實地報導之前盡可能了解所有相關資訊。當我開始研究這件事時，政府的難民收容所主管告訴我：「你這無異於自殺行為。」我知道我必須做最壞的打算。

事先了解可能的危險

在去墨西哥之前，我研究了我將要搭的火車路線。我花了幾個月的時間，尋訪了移民歸化局的監獄、洛杉磯的高中、教堂，以及沿著美國－墨西哥邊界的避難所——任何我可以找到艱苦跋涉兒童的地方。我想要了解這條路線上可能存在的任何威脅。我應該去什麼特別的地方呢？孩子們在這些地方都會遇到些什麼樣的危險呢？我知道他們會面臨饑餓、酷熱與酷寒、口渴、惡警、黑幫、強盜，甚至是火車本身。他們跳上或跳下行駛中的貨車車廂；有些孩子因此而失去胳膊和腿。我努力想要提前了解，在旅途的每個階段，社會機構對孩子們有哪些影響：他們可以從教堂得到食物嗎？醫療協助？或避難所？

一旦我對特殊的危險有所了解之後，我就得決定我該如何應對它們。比如說，在墨西哥邊界，孩子們會遇到土匪，會用刀刺傷他們並偷走他們身上的錢財。我還設想可能必須得和一名移民兒童一起穿過格蘭德河（Ro Grande）。一般來說，穿越德州新拉雷多（Nuevo Laredo）的河流之後，移民們需要花四天的時間穿過沙漠，到達聖安東尼奧（San Antonio）。格蘭德河的河面看起來非常平靜，但是裡面卻暗藏非常危險的漩渦。在最近幾年，已經有幾百個人淹死在這條河裡。為了避開移民歸化局的查檢，移民們會在晚上穿過沙漠——這時也正是響尾蛇出沒的時間。白天，沙漠的溫度會高達四十五度左右；到了晚上又會變得很冷。從體能上來說，根本就不可能攜帶足夠的水以避免脫水。

我不想冒險在沒有內胎、指南針、手機、碘片與救護毯的情況下渡過這條河。那麼這就會出現一個問題：我會允許其他孩子用它們嗎？倫理問題與法律問題糾結著。我知道如果我從一個未經允許的地點進入

---

9 索妮雅．納薩瑞歐（Sonia Nazario），《洛杉磯時報》的專案記者，系列文章〈被天堂遺忘的孩子〉贏得了一打以上的全國獎項，包括普立茲獎和羅伯特甘迺迪獎。

美國——如移民歸化局所說的「入境而未受檢」——那麼可能是犯下一種輕罪。但是如果移民歸化局認為我是帶著一名沒有身分證件的兒童進入美國，那麼我將被指控協助與唆使非法入境，這可是重罪了。

我努力把對自己造成的危險降到最低。一名同事幫我從墨西哥總統的個人助理那裡拿到一封介紹信。這讓我和我的攝影師幾次免受牢獄之災。我還得到了火車公司的許可，允許我可以坐在火車車頂上。

設定出手救助的衡量標準

我和我的編輯以及一名《洛杉磯時報》的律師提前解決了很多問題。我還決定我最主要的原則是，我只會在認為某個孩子即將陷入緊急危險時才介入；但我又要如何判斷某個孩子是否面臨緊急危險呢？有些情況很明確，比如，我當然會在孩子溺水時救他。但在很多情況下，很難區分悲慘與真實危險間的差異。找出最壞的情況有助於我提前做好準備。緊急危險的衡量標準是非常嚴苛的，但也是有其道理。

紀實性的故事必須要傳達真實情況

報導者應盡可能不要去改變事件的過程。有時僅僅只是我在場，什麼也沒做，也會改變一些事情。我坐在貨車上時，讓車子停下來的員警不會像平常一樣鞭打他們，也不會搶劫移民者。很顯然，他們已經預先知道我的存在。

當我們介入時，我們冒著觀察對象把我們看成記者以外成員的風險

我事前一直告訴我的觀察對象：我沒法幫他們。當我在報導一個故事時，如果我干預了對方，尤其是主要人物的生活，那麼他就不能被寫進我的故事中了。

我**確實**曾經出手幫過一些面臨危險的孩子。加斯帕爾（Gaspar），十二歲，被人蛇集團遺棄在墨西哥

南部的移民滯留站裡。我知道犯罪分子經常會搶劫被送回到瓜地馬拉邊境處的兒童。加斯帕爾當時非常絕望，正在哭泣，攥著我要我提供幫助。我打了個電話給他在佛羅里達的叔叔，並將他叔叔的電話號碼給了移民官員，以便他們能夠安排加斯帕爾在瓜地馬拉的親戚來接他，而不是被遺棄在邊境。

記者必須自己決定界線在哪裡。我沒有幫助安立奎，我故事的主人翁。他在美墨邊境南部的新拉雷多掙扎了兩個星期，才拿到了錢打電話到宏都拉斯，要到他母親在北卡羅萊納州的電話號碼，原來他帶的寫著電話號碼的那張紙被人偷走了。他只好每天洗車，一天只吃一頓飯，日子過得實在非常艱辛。在整個事件中，我的口袋裡都揣著一部手機。我知道我的介入會大大改變這個故事；那麼我將不得不再找另外一個主人翁。不過影響我的決定最關鍵的，是安立奎並沒有處於危險之中。

為了避免改變採訪對象的生活，我們可能不得不對讀者隱瞞一些資訊

在〈被天堂遺忘的孩子〉的編者注中寫道：「《時報》決定在故事中隱瞞安立奎的姓，是為了讓安立奎及其家庭能夠繼續過著正常人的生活，就像他們不曾提供這個故事一樣。」

在我報導和撰寫這篇故事的初稿時，我很想用安立奎的全名。我找了很久，也費了很大工夫尋找一個願意讓我寫出全名的受訪對象。我帶著英語與西班牙語版的同意書讓家長簽字，同意書中寫明我可以與他們的孩子面談，報紙也可以刊登他們孩子的照片。安立奎和他母親都簽了同意書。

幾年前，在安立奎和他母親生活的北卡羅萊納州曾經發生一個案例，當時羅禮的《新聞觀察者報》（*News & Observer*）發現了一個非法移民工作的地方。沒多久，移民歸化局官員就出現在這家店裡，把那人抓了起來。我找到了北卡羅萊納州的這名移民歸化局主管，評估了一下他是否會想辦法找到安立奎和他母親盧德。我還試圖分析他成功找到他們的機率。諾娜．耶茨（Nona Yates）是《時報》的研究員，她利

用LexisNexis以及ChoicePoint等資料庫進行了電腦搜索，發現如果我們用安立奎的全名，很容易就可以找到他。正因為如此，我們決定不寫出他的全名。

保護受訪者的必要措施

我們還從故事中抽離了其他的一些細節，這些細節可能會為移民歸化局提供一張路線圖，包括他們出發的那個宏都拉斯小鎮，以及盧德從事的工作類型。同時，我們也做了很多事，以提高這個故事的可信度。我見證了安立奎之旅的一部分，我也採訪了目睹安立奎其餘旅途的那些人。我用全名來記錄他們。我還將那些姓與安立奎不一樣的家庭成員的全名寫進故事裡。

我們甚至調整了故事某些部分的順序，以提高讀者的信任。在第二部分一開始的地方，安立奎在貨車頂上被人揍了，逼著他跳車逃跑。他爬到一棵芒果樹下，便昏了過去。後來他醒來，走到鎮上。小鎮的人看到他衣服被扒了，還流了血。鎮長、鎮長司機與一名醫生都幫助過他。我跟這些人都談過話，印證了安立奎的故事。在早期的草稿中，第二部分是以安立奎被揍的故事開始講起的。編輯建議我從非常可信的鎮民們的證詞開始（我可以寫出他們的全名），因為他們見證了安立奎被攻擊後的情形。

在〈被天堂遺忘的孩子〉刊登出版後的幾個禮拜裡，我們至少接到了一千通電話與電子郵件。我們的目的是為了告訴人們移民狀況的變化，移民者之旅的艱辛，以及人們因為太窮而冒著生命危險逃離貧窮的事實。我們也希望讀者能夠思考一下，我們在邊境所設立的大量移民歸化局機構，他們不斷的把到美國找母親的更多十一歲孩子一一遣送回去。

一九九七年南加州州立大學一份關於移民保母的研究指出，八二%移民到美國的保母，在其祖國都至少留下了一個孩子。像洛杉磯這樣的一座城市，經常妖魔化移民，而報紙的公民使命非常重要的一部分，就是讓他們重拾像個人的生活。

任何報導這類故事的人**都會**見證到受訪者的創傷。這是紀實性報導中不可或缺的一部分。我們必須考量一名孩子所受到的傷害，與見證事實並有力地傳達給讀者的好處，在兩者間進行衡量。像〈被天堂遺忘的孩子〉這樣的故事，可以激勵讀者去思考這些問題，並採取相應的措施。作為紀實記者，我們必須努力寫出最能打動人心的故事，這就是我們的使命，也是唯一能做的事。

浸入式採訪的兩難

安妮・赫爾[10]

幾年前，我去肯塔基州報導關於福利改革的問題。我到了一個六成以上居民都接受過政府資助的城鎮，那裡有三四%的人都靠福利金過日子。然而福利很快就要沒了，這些人將面臨一種全新的生活方式。

我找到了一個家庭來報導。這家人真的是一貧如洗，活在貧困線的邊緣。葛瑞絲（Gracie）和泰瑞（Terry）夫妻和兩個孩子住在一個小山谷頂，一切狀況都很糟糕。他們僅靠偶爾做一些種菸草的農務，打一點零工，大部分是靠政府的資助度日——包括殘障津貼、福利金，以及婦女嬰幼兒津貼。但光靠這些錢還不夠。

10 參見73頁。

非不得已不出手相助

我採訪他們持續三個星期。我先跟著他們待了一個星期，之後回到佛羅里達聖彼德堡一個星期，再回到肯塔基。在我第二次拜訪時，也就是月底，他們已經快撐不住了。

他們的小孩賈桂琳（Jacqueline）發燒了（在我到訪的第二天），急需看醫生。當我和攝影師看著他們時，葛瑞絲正在為她的孩子搧風。他們付不起車資去看醫生。我們租來的車子就停在六十公尺以外的地方；他們看著那輛車。我當然可以感受到這時的倫理困境：**是否該提出用我的車載他們去醫院？**

不。我決定盡可能等下去，什麼也不說。我到這裡的目的是報導生活在邊緣人們的故事，如果一個偶然的訪客幫他們解決了問題，那麼這個故事就不再真實了。作為新聞工作者，改變現況似乎並不恰當。

時間一分一秒過去，攝影師和我繼續等待著，儘管這對父母希望我們能帶他們去看醫生的意圖越來越明顯。我開始想：「我為什麼要做這件工作？這份差事糟透了。」我很想把筆記本放下，不再是一名記者，而是去照顧那個小孩。攝影師和我決定再等十五分鐘。這個報導的目的是為了找出一個問題的答案：**當政府停止資助時，會發生什麼事？人們該怎麼辦？**

這時，泰瑞走到拖車裡，拿出了一把獵槍。他到鄰居那裡用槍抵押了二十美元，帶著孩子去了醫院。

事先取得受訪者諒解

現在看來，如果是我帶著他們的孩子去醫院，那麼我是可以解決他們的問題，但是見證他們在危急關頭是如何挺過來的，也是非常重要的。這對他們來說並不是偶然發生的事，而是幾乎每個月都得面對的問題。這就是在貧窮邊緣過日子的本來樣貌。最終，賈桂琳事件並沒有破壞我和這家庭之間的友好關係。如果孩子的境況更兇險一些，如果到了我們必須要帶她去看醫生的地步，那麼我當然會扔掉筆記本，開車送他們去醫院。

你是沒有辦法避免這類兩難困境的。不過，在你工作一開始，就必須告訴你的受訪對象：「我只是到這裡來觀察的，我會盡可能的只成為背景之一。」這種方法並不一定總是有用，但是它可以幫你劃出一條界線。新聞工作者有非常嚴格的行為準則，它和寫一本書或者其他類型的紀實寫作是不同的，那時候會有更多的「給與取」的關係。新聞記者必須設定更明確的界線，只要我們在寫關於他們的故事，就不能付錢給他們，或者資助他們的孩子上大學，或者給他們一點錢，讓他們的日子可以好過一點。這才能讓我們這些記者能夠更自由地去研究與探索。我們必須堅守基本的原則，告訴自己：**我到這裡是來工作的**。

當寫作題材攸關自身……

黛博拉．迪克森[11]

我的記者生涯始於哈佛法學院的學生報《記錄》（*The Record*）。我收集了當時的很多故事，包括所有的談話與辯論，並應用到人們的真實生活中。哈佛法學院的很多人都不會做這樣的事，因為除了辦公室，他們從來不到外頭去。一開始，我寫的是我的家庭故事，比如那個亂糟糟的暑假：一半時間在某大律師事務所打工，另外一半時間則幫助我的妹妹不被驅逐。

11 參見165頁。

我於一九九五年七月畢業於哈佛法學院。在我考完律師資格考後的第二天，我十六歲的外甥被槍擊了。我的世界崩潰了：我推掉了年薪十萬美元的工作，而我的外甥莫名其妙從背後中了一槍。我前往北卡羅萊納，每天都跟我的外甥待在一起。在槍擊事件的兩週後，在一間兒童病房裡，我的外甥明白到，他這輩子再也沒辦法走路了——之前並沒有人告訴他。他一直是個模範病人，但是此刻他失控了。脾氣大暴走，並呼喊著：**為什麼？為什麼是我？**

誰槍擊了我的外甥？

我不能離開病房，我得一直待在他旁邊。我拿出筆記型電腦，因為我需要宣泄我的痛苦。我一整天都待在病房裡，寫完了一篇文章，這篇文章最後發表在《新共和》雜誌，題名為〈誰槍擊了強尼？〉（Who Shot Johnny?），這篇文章的第二段寫道：

> 當時強尼在家門口與朋友聊天，看到了一輛他自以為認識的汽車。他激動地揮著手，雙手在空中舞動著，整個身體看起來就像一個Y字形——那是他的招牌動作。當他發現對方沒有反應時，他和朋友們就沿著馬路閒逛，加入了一群在公寓門口閒聊的人群。那輛車卻跟了過來。司機下了車，手裡揮舞著一把左輪手槍，朝空中放了一槍。每個人開始四處奔逃。接著他開始尋找目標，朝著正在跑的我外甥背後開了一槍。強尼一直都很清醒，他躺在馬路上想要弄清楚自己發生了什麼事，為什麼他爬不起來。面對警察詢問，他面無表情地一遍又一遍地說著這個故事，並一直不好意思地拒絕補充遺漏的細節，這些細節有助於槍擊案的調查，但缺乏細節顯然對他很不利。身為男性黑人，又被槍擊，那麼顯然他一定和犯罪集團或吸毒脫不了關係，或許兩者都有。

有目擊證人證實了他說的情節。

我在四個小時內就完成草稿，感覺就像花了幾年時間。一週以後，我認為這篇文章算定稿了。一天晚上，我在醫院待了一整天，筋疲力盡地躺在床上時，腦海中瞬間浮現出最後兩段話：

> 一個人孤獨地躺在馬路上，身上不停流著血，下半身動彈不得，但是他的意識卻非常清醒。強尼無助地躺在那裡，看著可能要殺他的兇手走過來，跟他說：「我想你再也不會揮手了……」然而他腰部以上都是好的。你這歹徒就是什麼事也做不好，不是嗎？

幾年之後，我決定搞清楚槍擊外甥的兇手到底**能不能**做好什麼事。《談話》（*Talk*）雜誌讓我去做追蹤報導這個兇手的採訪。我在監獄的傳訊室見了他，他穿著橘色的連體褲，魂不守舍，是個身材矮小的傢伙。我想知道他為何會成為射擊我外甥的人。

隱瞞家屬身分採訪罪犯

這聽起來很奇怪，但我把《談話》雜誌的工作當作報導一個家庭故事。我的有些非作家朋友認為，我寫一個槍殺我外甥導致他半身不遂的兇手故事，是在殘酷的利用別人。他們無法理解這件事如何能帶來積極的一面。要寫自己的生活與家庭及朋友，就必須接受利用自己和別人。要寫你自己以及你生活周遭的人，那麼就必須接受一部分的你就是一個混蛋。你必須面對並了解你自己內心的惡魔。

槍殺我外甥的兇手戴爾·巴林傑（Dale Barringer），和我的外甥一樣都沒有父親。如果巴林傑在生命中也跟我外甥一樣還有別的家人，那麼他可能就不會變成如此易怒的一個人。他第一次入獄時只有十八歲。他有六個孩子，是北卡羅萊納最惡名昭彰的毒販之一。

我必須咬緊牙關才能夠完成這個故事，這是成為這種混蛋必須承受的另外一面。為了追蹤報導獄中的戴爾，我不能說出我是一名記者。我告訴他的監獄教官說我是他家人的朋友。等我終於看到戴爾時，我老實告訴他我是一名記者，但是我告訴他我是透過犯罪司法系統隨機抽到他的，目的是追蹤報導年輕的黑人罪犯。

作為新聞記者，我們都知道人們有時會告訴你一些他們本來不應該告訴你的事情。戴爾．巴林傑不明白什麼是對他最有利的，就他告訴我的內容而言，我其實可以讓他再多坐幾年牢。但是我是為**讀者**工作的，而不是警察；我不得不為這一點而掙扎。我體內律師與公民的部分，都認為記錄下他的全部經歷，是義不容辭的事情，但是既然沒有人這麼做過，所以我決定這一切都扯平了。警察完全可以毫不費力地發現我所掌握到的資訊，如果他們真的在意的話。

讓家人讀我的自傳草稿

我慢慢變成一個寫自己生活中各種麻煩事的作家。如果我之前在情緒或情感上，具備了面對這些事情的成熟度，那麼我可能就不會想成為一個作家。長大之後，我一直都認為我的父親非常糟糕；但也是從那時候起，我開始意識到要當我這樣的女兒的父母，是多麼的不容易：我是一個非常挑剔的孩子，總是有問不完的問題。我父親犧牲了一切讓我接受教育，並給了我機會，我卻利用這點來讓他覺得自己很愚蠢。當時我覺得他活該；現在我意識到我是很怕他的。我其實並不是一個被人擺布的犧牲者；我和我父親是在跳著同一支舞。我們都在彼此生活中扮演著某個角色。在我認清這個事實之前，我沒辦法去寫有關他的故事。

在我的回憶錄《美國故事》中，我詳細描寫的只有我的父親、母親和兄弟。我模糊交代了其他人的特殊細節。我面臨著每一個回憶錄作者都會遇到的非常複雜的倫理問題：你會讓他們讀草稿嗎？我幾乎從來不會。但這一次，我確實讓我的母親、兄弟還有跟我最親的姐妹讀了我回憶錄的草稿。當我的作品快要完成時，我讓他們讀草稿，我跟他們說：「告訴我，你們覺得哪裡不舒服，我會再考慮一下。」我沒有給出任何承諾。會困擾他人的事，其實往往並不是你所想像的。你可以花兩頁的篇幅去描述某個人的酗酒，但是讓當事人感到困擾的卻是你提到他的鞋子很髒。

我有個姐妹不喜歡講方言。我的家庭會使用諸如「孩子，你最好給我走開」，還有「我可能會吧」這樣的說法。如果你從別人的角度來看你說的這些話，那麼你可能會被指責態度傲慢。但我倒是主張，認為別人表達的方式不對，才是真的傲慢。我母親說話的口氣，就是來自她所接受的教育方式；我只想精準地重現她的用詞。

我讓我的家人讀這份草稿，是因為我已經決定了，基於各方面的理由，我對他們的忠誠都遠超過我對新聞工作的忠誠。當然，當我以新聞報導的形式寫作時，我也會接受新聞報導的規範。作為一名作者，我的忠誠是非常複雜的。我覺得自己必須對採訪對象、國家、專業以及家庭忠誠。對我來說，回到我寫的人們身上，面對他們，傾聽他們的想法，是非常重要的。

以第一人稱代言的寫作倫理

朗．翁[12]

我來自一個女生應該溫柔說話，走路應該用腳尖，就像在水面上飛一樣的文化。然而，我卻喜歡穿著靴子，咚咚咚地走路——就像一頭快渴死的母牛般，我的母親就是這麼形容我的。我在十歲時以戰爭難民的身分離開了柬埔寨，來到美國。二十五年後，當我再次回到柬埔寨，我依然能夠發現自己又回到了那個恬靜的高棉女孩形象。男人坐在桌子旁高談闊論，我卻閉嘴不語，以示對兄長們的尊重——就算我認為他說的東西帶有性別歧視。

我的第一本書，《他們先殺了我父親》，就是我作為一名柬埔寨裔美國女性擁有對自由的見證。我沒有對我的經歷封口不言，相反的，我敞開了淚水和心扉。有些高棉人告訴我：**讓死者安息吧**。但是死者拒絕化為塵土，被人們所遺忘，所以我寫了他們的故事。

我的第二本書《幸運的孩子：一個柬埔寨女兒與姐妹重聚》，是兩個生命的平行故事：我自己，和我的一個姐姐齊歐（Chou），她一直生活在柬埔寨。這本書講述的是我們失散十五年的故事：從我一九八〇年離開，一直到一九九五年回到柬埔寨。自從第一次回去之後，我已經回去過二十五次。一些共同的信念，以及我們曾一起度過的孩提時代，將我們兩個綁在一起。

在《幸運的孩子》一書中，我把姐姐齊歐的故事當作我自己的故事——一個帶有想像性質的假設。我這麼做是因為她的生活**原本可能就是我的生活**。從我們的大哥門恩（Meng）決定離開柬埔寨前往美國的那一刻起，我們就知道他只能帶一個弟弟或妹妹離開，而他選擇了我。如果他選擇了姐姐，那麼我現在過的就是齊歐的生活：不識字，更不會寫，在十八歲的時候父母就幫她決定了婚事，成為五個孩子的母親，生活在一個沒有電也沒有自來水的小村子裡。

對讀者盡說明義務

我擔心《幸運的孩子》會因為雙重敘述而成為一本備受爭議的書，但結果並沒有引起任何爭議。我認為部分原因是該書詳細的前言說明。

我從齊歐的角度寫她的故事，就像是目睹她的生活一樣。《幸運的孩子》在前言部分向讀者說明了我的研究過程。其中我寫道：「因為我並不曾真正目睹齊歐的生活，因此這本書是在與她無數次的對話、與家庭成員及鄰居訪談，以及多次重走舊時路和追憶之後，所能做到的最佳整理……這就是我們的故事：我的部分憑我的記憶來寫，她的部分則如她所對我說明的那樣。」

我同樣加上了一條聲明，以解釋在書中我對時間的運用：

> 在美國，我有很多帶日期的書籍、雜誌、日記、家庭作業、鬧鐘、日曆和其他我用來標記生活的東西。在村子裡，齊歐並沒有這些東西。相反的，她的日子是從一天流往另一天，從一個收割季節流往下一個收割季節，只憑日出日落，物轉星移以及翁家新一代人的出生來記錄的。因此，**我需要盡最大的努力去「猜測」標誌著她生活的時間與事件**。

12　朗．翁（Loung Ung），柬埔寨戰場的倖存者，暢銷書《他們先殺了我父親》（*First They Killed My Father: A Daughter of Cambodia Remembers*，被譯為十二種語言）和《幸運的孩子》（*Lucky Child: A Daughter of Cambodia Reunites with the Sister She Left Behind*）的作者，「無地雷世界運動組織」（Campaign for a Landmine Free World）的全國發言人。

前言中還說明，為了寫這本書，需要進行多重翻譯的過程。我不僅翻譯了齊歐的柬埔寨語和中文，同時還翻譯了她所生活的中國－柬埔寨文化。我不僅將它翻譯成英語，還將它翻譯成書籍的形式。柬埔寨的傳統是口述歷史故事，而不是出版書籍。

在柬埔寨文化中，即便是對個人寫作這一概念的理解也不一樣。美國是一個非常個人主義的地方：是**我**做的；**我**看見了；**我**完成了。我在長大過程中總是這樣想：這是我的家庭完成的，而不是「這是我自己完成的」。我的成就都與家庭分享。《幸運的孩子》從一開始就是我們的集體成果。

為姐姐代行說話的權利

有些人可能對我用姐姐的口吻講故事感到驚愕，但是我相信她的聲音值得傾聽。我盡了最大的努力去準確地展現它，不去介入，並向讀者解釋這個過程。移民到美國的人過去都喜歡掩飾他們的歷史，忘記自己的語言，放棄他們的傳統。很多人都努力在同化，一直到他們身上只顯露出一點點他們之前生活的蛛絲馬跡為止。現在不再是這樣。隨著全世界的人來到美國，他們也改變了美國的文學。

為什麼我姐姐的生活就應該沉默不語呢，僅僅因為她不認識或者不能寫英語、柬埔寨語或者中文？我的書是**回憶錄**，不是新聞報導。回憶錄是**回憶的集合**，而不是自傳或者傳記。我寫它們是因為我希望讀者能夠採取行動。我之所以能夠寫這些書——實際上，我能夠活下來——就是多虧了對東南亞戰爭採取行動的人們。記者報導了難民營中的生活，鼓勵美國人收留像我一樣的戰爭孤兒。我對此非常感激。然而，太長時間以來，記者都在講述我們的故事，但真正**過著**這種生活的人，也需要走進講述者的角色。手機、簡訊與網路都正在改變很多事情。柬埔寨的婦女們——或者印度與瓜地馬拉的婦女們——一般來說是沒有機會接觸世界的，但是現在有些人也可以接觸到這個世界了。

標示資料來源

羅伊·彼得·克拉克[13]

過去幾年裡，紀實性新聞的出處及源頭備受嚴格檢視。儘管大部分因為捏造事實而丟了飯碗的記者其實從來不寫紀實報導，但這類報導的標準還是明顯提高了。開始檢視的部分動機是因為獎項政治——普立茲及其他獎項，評審委員們不想因為某個很好的故事被爆料是虛構的而倍感尷尬。

一九九八年的普立茲專題報導獎獲獎作品是《聖彼德堡時報》的湯瑪斯·法蘭奇撰寫的〈天使與魔鬼〉系列報導，寫的是一個殺死三個人的兇手，這也是佛羅里達州那幾年發生的大案。來自俄亥俄州農場的一位母親及其兩個女兒，當時正在佛羅里達度假。她們去了迪士尼樂園，接著去墨西哥灣。她們應邀坐上了一艘由一名男子駕駛的小船。男子強姦了她們，然後在她們脖子上綁上煤塊，扔進了海裡。湯瑪斯·法蘭奇的系列報導描述了兇手的罪行，司法部門長時間不懈地追查兇手，以及對兇手的審判過程。以下是在俄亥俄州舉行葬禮的一個場景：

抬棺人占了四排長凳。

儘管是六月的中旬，但是葬禮當天有風，也很冷，整個天空灰濛濛的。錫安路德教會有一座非常雄偉的哥德式建築，紅磚牆、綠尖頂，高高地聳立在農場上。教堂裡都是人，很多人來弔唁，他們擠滿了教堂的地下室與大廳。在教堂外，道路兩邊停著電視新聞台的麵包車和卡車。記

13　參見115頁。

者不被允許進入教堂，因此他們都在路旁等候，手裡拿著麥克風，眼睛盯著鏡頭。豪爾．羅傑斯（Hal Rogers）路過時數了一下，一共有十二位新聞記者。

……當豪爾抵達教堂時，棺材已經抬到了最前面，每個棺材上都鋪滿了鮮花，並以裱了框的照片裝飾。柔伊（Jo）高中時期的照片，看起來就像還擁有人生所有的時間；蜜雪兒（Michelle）小學時代的照片，戴著粉框的眼鏡，朝著相機微笑，克麗斯蒂（Christe）則在另外一張學生時期照片裡……葬禮一切行禮如儀。會眾唱著〈祢真偉大〉，當布道時間開始，牧師大聲問出了很多人心中的問題：上帝怎麼會允許這樣的事情發生？在坦帕灣，當柔伊、蜜雪兒與克麗斯蒂為她們的生命呼喊上帝的那一晚，上帝在哪裡？……

「你沒有看到嗎？」牧師說道，他提高了聲音：「你難道沒有看到耶穌有多愛柔伊、蜜雪兒和克麗斯蒂嗎？難道你沒看到耶穌有多愛你嗎？當上帝看到我們心中的苦楚、憂傷與悲痛時，祂會怎麼想？」

整個教堂裡非常安靜，只聽見教堂外麻雀嘰嘰喳喳的聲音。

湯瑪斯．法蘭奇並沒有出席葬禮。實際上，葬禮的舉行，是在他開始寫這起謀殺案的好幾年以前。他是這麼重建那個場景的：他去了俄亥俄州，也去了教堂。他跟多位出席葬禮的人交談，其中幾位帶著他參觀了教堂，告訴他哪些人坐在什麼位置，他們做了什麼，他們穿了什麼樣的衣服，以及他們對牧師的話做出了什麼樣的反應。他還借來一支錄影帶，可以準確地知道牧師所說的話以及聲調，人們哭泣的聲音，還有教堂外的鳥叫聲。他讓當地的一位鳥類專家幫他辨識鳥叫的聲音。

有些人可能認為，他應該在書中說明他雖然沒有在場，但拿到了葬禮的錄影。或者這個故事應該增加一個編者備注。網路版的報導中確實放了一則說明：

> 本報撰稿記者湯瑪斯．法蘭奇，向豪爾．羅傑斯及其他家庭成員、偵探、公訴人以及其他本案中所牽涉到的人員訪談，並收集了本系列報導的相關資訊。此外，還從四千多頁的警局偵查報告、法院文件以及其他記錄中搜集到部分資料。有些引言與場景是記者或攝影師親眼所見，有些是摘自警局報告或法庭記錄；其他資訊則是根據人們的回憶。

有些人認為這類備注是沒有必要的。問題不在於記者是否在場，重點在於資訊是否屬實。湯瑪斯．法蘭奇必須確定他寫出的葬禮，反映的是真實的狀況。他的編輯必須做一些查證性的工作，向作者當面求證：**你如何確定是麻雀？你是否檢查過了所有可以拿到的照片？**湯瑪斯及其編輯也必須要討論報紙與其讀者之間應該有多大的透明度。

為何紀實報導要有這麼高的標準？大量的新聞報導寫的都是事件的重現；體育賽事報導可能是新聞事件中，記者唯一可以真正見證大部分事件的。作者與編輯比讀者更關注重建事件的出處問題。據我所知，《聖彼德堡時報》的讀者沒有人指控過上述場景有任何問題。

隨著標準的提高，報業記者必須接受挑戰。「採訪說明」——一小段能夠向讀者簡要說明報導方法的文字，已經變得越來越普遍，並介紹該文章或系列報導的後設敘事[14]。

在網站上可以提供非常詳細的資料來源說明。《黑鷹計畫》的網站（http://inquirer.philly.com/

14 Metanarrative，指對於報導本身的介紹。Meta的意思是「關於什麼的什麼」，如一本書的後設資料就是作者、出版日期、出版社等。

packages/somalia）不僅提供了來源出處，還提供了一些原始資料及檔案，供讀者更加深入地挖掘。這個系列在《費城詢問報》上連續報導了二十九天。甚至作者馬克．波登系列作品正在發表期間，故事中的一些士兵等人也都透過網站來追蹤這個系列，並提供更多的資訊。他們參與進來，幾乎成了故事講述過程中的協力記者。

更仔細的留意資訊來源，可以加深作者與讀者之間的關係，還可以讓讀者與調查對象有機會能夠更加深刻地理解故事敘述的過程。

要不要加附注？看法一：讀者竟然愛看附注▼ 索妮雅．納薩瑞歐[15]

在二〇〇二年《洛杉磯時報》的系列報導〈被天堂遺忘的孩子〉中，我對標注出處的附注使用是很保守的。我認為寫附注會讓報紙看起來非常帶有防禦性，也擔心它們可能會給今後紀實性報導開了先例。我懷疑，在眼下這個報紙上單純用於報導新聞的篇幅變得非常有限的時候，我們是否真的該為附注占掉這麼多空間。結果會是什麼被擠出了報紙呢？

但事實證明，讀者非常欣賞附注提供的透明度，他們喜歡看到報導中所有資訊的來源。令人吃驚的是，他們會用附注來追蹤報導的過程。他們會閱讀附注來了解我做了哪些工作——我是如何搭乘墨西哥的火車，我採訪了誰。我從來都沒有想過人們會把附注用於這個目的。

要不要加附注？看法二：在文末做注解▼ 尼古拉斯．萊曼[16]

書，不像是報紙或者雜誌，一般不會為了準確性對它進行編輯或審核。它不驗證事實。很多記者在寫了第一本書之後，都被這個出版界的常態事實震驚了。就我的經驗而言，大部分書籍出版商反而都對這種震驚感到驚訝。書籍出版商的工作，本質上來說就是包裝現成的文學文本，然後賣給讀者。儘管他們可能不會公開承認，但是書籍出版商看起來更像是把他們自己想成文學作品的**承銷商**，而不是製造商、轉讓者或創作者。就資訊的檢驗與查證標準而言，書籍出版商根本就不像報紙和雜誌，可以容易取得資料來源或出處。

與此同時，書籍又為我們提供了最值得回憶也是最好的紀實故事，因為書籍比雜誌或報紙更容易保存。標示資料來源的倫理問題也更複雜，藉由各種形式的注釋來說明作者如何取得這些資料，對於敘事性紀實作品的完整性來說非常重要。然而，注解經常會妨礙閱讀，就像在告訴讀者別再讀下去似的。同時，那種在文本裡直接寫出資料出處的學術論文風格，則會破壞故事的敘事性。我發現最好的一種解決方案，是把注解放在章節的末尾處。章節附注可以讓你將傳統注腳中的所有資料都放在裡面，又不致破壞敘事的進行。我鼓勵敘事作者們採用這種方法。

15 參見253頁。

16 參見173頁。

第 7 章

編輯你的文章

優秀的作者會對作品的每個元素精雕細琢，包括字裡行間的連結；在這精密進行的過程中，幾乎不可能後退幾步，像初次接觸這部作品的讀者那樣閱讀文本。在寫作時，作者必須對文字、近似的概念、人物的動機，以及可能出現的場景間的細微差別，帶著像鏡頭特寫一般的理解。但對編輯來說，他必須以全新的角度來面對文本，設想讀者第一次讀到文本的感受，然後讓文章的各部分能夠協調統合。

如果說作者需要編輯，那麼讀者也同樣需要。編輯是讀者專業性的代表，她謹慎地介入作者忙碌的創作過程，她刪減文字正如她欣賞這些文字，她調整文字順序，都是為了給文章的整體加分。有時對編輯工作來說，最困難的部分是繼續信任作者，哪怕所面對的半成品已經出現了典型的連篇累牘、邏輯混亂和輕率粗心。特別是在新聞編輯檯，緊張的截稿時間和報社規範常常限縮了寫作的企圖，因此對一個完善的編輯流程來說，編輯的信任和耐心不可或缺。

為什麼編輯和作者的關係總是令人覺得劍拔弩張？在每年的尼曼研討會上，成員們總是花費大把時間來討論這個特殊的問題。編輯們抱怨說自己收到的故事總像一團亂掉的毛線球。不過喬恩·富蘭克林站在作者的立場上反駁道：「每個人一生中所做的許多嘗試都有第一次，不管是開車、騎車還是談戀愛，結果往往都搞砸了。在我剛當作家時，曾交給編輯一份稿子，但他說那是垃圾。我的意思不是他說的**不對**，但這麼說並**沒有什麼幫助**。好的紀實作品需要作者和編輯之間建立起一種能彼此滋養的關係。

紀實作品的編輯在實質上不同於雜誌和報紙的編輯。在其編輯過程中，故事的核心往往在編輯工作了好一段時間的時候，卻還模糊不明確。作者和編輯在每一頁上反覆溝通所花費的時間，要遠遠超過其他文體。

《華盛頓郵報》的得獎紀實作家安妮．赫爾說：「與我的編輯一起修改稿件，是個艱難而甜蜜的過程。我不希望被無條件地喜愛，我希望知道自己的稿子哪裡有問題，這樣我才有機會改得更好。」好編輯是珍寶。沒有這樣一位編輯，作者只能自己當自己的編輯，在那些笨拙而草率的編輯手下，好好保護自己的作品不被糟蹋。

在編輯初稿時，如果刪的比保留的多，可能表示編輯誤解了敘事結構，或者也可能意味著一次偉大編輯工作的開始。由於稿子裡冗雜部分都已經被清除掉，你可以在剩下的文本中找出一些漂亮的段落以及合理的結構元素。在幾易其稿以及幾次編輯和梳理工作完成之後，經常會出現一個難得但神奇的寫作時刻：你忽然看到了完整的結構。為此你已經付出了艱苦的努力，但它看起來好像是剛剛才**出現**，並且有模有樣。不管怎麼說，它終於出現了，故事有了清晰的條理、目的、主題以及結局，編輯的幫助通常是關鍵。

心裡有了這種明確的認知之後，你就可以做最後一道定稿工作：你知道需要做些什麼來提升這個故事，還有什麼是多餘的。完成這些之後，作者和編輯就可以一起來慶祝了——如果他們還肯答理對方。本章由五位作者和三位編輯分享了編輯的過程，並為建立和維繫有效的合作關係提出了建議。

（馬克．克雷默、溫蒂．考爾）

讓文章的風格現形

艾蜜莉．希斯坦德[1]

「好吧，就這麼寫，但我有種感覺，好像我的襯裙露出來了。」

一位幹練記者在為《獵戶座》（*Orion*）雜誌寫一篇文章時，發了這則可愛的訊息給我。我是她的編輯，主題是都市自然。作者同意加進更多個人思索和感覺的細節後，寫了這句話。她寫的報導是一流的，總是避談自己對世界的獨特觀察。但《獵戶座》重視個人化的想法，我在那兒工作的一大樂趣，就是允許記者在個人化寫作的廣闊領域裡自由發揮。

我回她：「祝愉快！記住，個人化和私人化不一樣。看看會怎麼樣吧。」隨後幾週，她的文章出現了以下內容：一九五五年前後，中央公園斑駁的梧桐樹，作者的叔叔亞伯拉罕（Abraam）在布魯克林家廚房裡吃著自種的番茄，冬天的無花果樹裹上了粗麻布以禦寒，還有一首布丁石（Puddingstone）的頌歌，這種複合岩石只在摩洛哥和波士頓發現，是古代地質相連的證據之一。她的文章裡充滿著溫暖的回憶、有說服力的細節以及風趣，十分好看。

寫得好看有許多辦法。一種是寫出好看的風格——注意文字的質感、音調、意象、音樂性和文字間的呼應。詩人德雷克．沃克特[2]告訴學生，語言要如水般清澈，要完整得像能看出詩中的**天氣**。和詩人一樣，散文作家也會非常留心特定的語言所**蘊含**的意義。說到底，散文的風格是完整自我的表達，也和自我一樣無法被分解；但可以說明和探索風格的各種樣貌。以下是我對偉大文章風格的若干想法，但我有點戰戰兢兢，因為連E．B．懷特這樣的大師都說，「我們現在離開了堅硬的地面。」我的第一個建議，也是最自信的建議，就是把史壯克（William Strunk, Jr.）和懷特的《英文寫作風格的要素》（*The Elements of Style*）

始終放在案頭。

讓概念透過文字的本質呈現

語言文字不是一條傳送另一個稱作「概念」的東西的輸送帶，它根本和概念就是一體。詩人——語言實驗室裡從事純研究的科學家——會說，語言本身就是概念。即便在散文裡，無論文字想傳達什麼，語文的本質就已是強力的訊號。語言的用詞、節奏、精鍊度或力道，都暗暗傳遞著訊息，往往和文章表面的訊息同樣強烈。概念和文字的連結會下意識地出現；我在自己的文章裡提到，寫人生轉捩點時，用的是莊嚴宏亮的聲音——長句型加上穩定的節奏；寫汽車霓虹配件的文字，則給人一種閃亮亮的感覺。作者的聲線就像他的簽名，不同作品的語調變化也並非見風使舵，而只是同一個聲音的變調，代表著我們藉由文字進入各種概念、探索各種主題的能力。

比如亨利．詹姆斯。許多讀者都有這樣的體會：讀詹姆斯的紀實作品時，首先是迷迷糊糊陷入其中，讀了好多頁才發現實際上什麼都沒發生，除了主人翁動了動手臂。房間裡每一個可能的心理波動都已記錄了下來。詹姆斯探索意識的面貌，分析相互交流的濃度和回音，連隻字片語也不放過。讀他的作品，會讓我們注意到自己內心更多幽微之處。詹姆斯的文字，和他的主題一樣，也是複雜的：隨著觀察漸次展開，句子纏繞舒捲，動詞遲遲不現。正是以這種方式，以他的風格，詹姆斯擴展了讀者的感受力。

1 艾蜜莉．希斯坦德（Emily Hiestand），作家、攝影師，作品曾發表於《大西洋月刊》、《喬治亞評論》（*The Georgia Review*）和《紐約客》，曾獲得國家雜誌獎、手推車獎（The Pushcart Prize）及懷丁作家獎（Whiting Writers' Award）。

2 Derek Walcott（一九三〇—二〇一七），聖露西亞詩人，一九九二年諾貝爾文學獎得主。

修復被誤用的字詞

詩人喬治・斯塔巴克（George Starbuck）經常勸學生，「用用讓你皺眉頭的詞。」斯塔巴克希望學寫詩的學生去跟陳腔濫調及其他被用壞的語言搏鬥，因為詩人的責任之一，是讓詞語重新找回它的文化——拯救被誤用和污染的詞語，賦予其新的面貌。同樣的，散文作家自由地徜徉在詞語和言語之海，除了要探索正式的、口語的，以及舊時的詞語，也應探索一下工程師、神經科醫師和年輕人的獨特用語。簡明的詞當然優先於古怪的，但當罕見的語詞跳出來時，不妨也列入考慮。現今的部分語詞，只取其字面意義，去看看《牛津英語辭典》的詞條，你會發現每個詞都是一個歷史倉庫。

去上一門藝術課

培養觀察入微的眼睛，一個好玩的辦法是去上一門藝術課。藝術家在學校學的東西，很多是如何去看：如何擺脫——我們為了生活方便而形成的——抽象的成見和各種各樣的刻板印象，然後再去看世界。視覺假設（visual assumptions）是快速記憶的重要方法（瞥到了火車、女服務員、牙齒），但也成了阻礙接觸新鮮事的牢籠。要去繪畫或雕刻某個東西時，你必須用心靈的眼睛再看一遍。看到精髓時，你會發現欄杆的鏽斑不再醜陋，而是一塊微妙的色彩，像一片棕色的毛皮，或一幅抽象畫家羅斯科（Mark Rothko）的畫——這時就已經把視覺的洞察轉化為語言了。同樣的，即便我們沒有想要寫詩，留意文章的韻律——一個個音節的聲音、韻腳和換氣的感覺——也能活化你的文章。

使用具體的細節

我們當然喜歡看帶有具體細節的生動寫作，因為感官的經驗能促使心智成長，也因為人的知性是多面向的。描述感官的文字——表現湖面飄蕩的煙霧、冷冷的梅子、風扇的旋轉——挑動的不光是邏輯的心靈，還有視覺的、身體的和感情的心靈。富於感官性的寫作，能喚醒我們意識的完整光譜，和認知的各種方式。這也是對讀者的尊重，是「用演的，不要用說的」（Show, don't tell）這句老話的核心。

控制節奏

紀實文章可以開門見山，或慢慢帶出感情，或讓讀者同時遊走於或強或弱的段落中。文章節奏可呼應主題——以極緩慢的筆調描寫漫長的傷感——也可與主題相反。一篇文章裡通常有兩種力量相互作用：向前推進（發生了這件事，接著看下件事）或滯留。滯留就像拋下一個探索意義和樂趣的鉛錘。就像瑟隆尼斯．孟克[3]會用十幾個小節探測曲子裡的一小段，然後才前進到下一段。閱讀紀實文章時，我們喜歡向前推進的安心感；如果文章很棒，我們也很樂意稍做停留，品味即興的句子，浸淫其中。

實驗新的寫作形式

散文寫作的一個優點是不必受限於一個固定的架構，比如好萊塢劇本的情節套路，或傳統新聞的倒金字塔結構。散文富有彈性，適合拿來冒險和探索。紀實寫作的各種形式之間差異頗大，但都結合了事實的力量和風格的樂趣。文章可選擇不同的形式，而且同一篇文章可以兼具短篇小說、報導文學和傳記的特點。紀實作者可以運用所有這些形式。

究其本質，敘事意味著世界有其秩序。這很迷人。但我們對過往的所知並不完整，而未來則難料。生命的秩序也是基於動態的變化下，就連地球本身的演化都充滿著創造性的開放式結局，既非循序漸進，也

3 Thelonious Monk（一九一七—一九八二），美國爵士樂作曲家、鋼琴家。其作品充滿了所謂「不和諧的和聲」，和其非傳統的鋼琴手法搭配，極富衝擊感。

非全然混沌，而是在演化的形式中不斷創造出來。所以我們說故事時，也需要進行結構性的實驗，為新的思考和存在方式創造空間。也許，敘事和科學一樣，同時是大膽和謙卑的——僅提供了暫時的真相；其實是在說：**這是我們根據目前有限的知識，所能講出的最好故事**。

建立自己的風格

《午夜情深》（*Round Midnight*）是貝特杭・塔維涅（Bertrand Tavernier）一九八六年拍攝的一部充滿憂思的電影。其中，由爵士名樂手德克斯特・戈登（Dexter Gordon）扮演薩克斯樂手戴爾・特納。這個角色的基礎是兩位真實的音樂家巴德・鮑威爾（Bud Powell）和萊斯特・楊（Lester Young），以及他們在「藍色音符」（Blue Note）酒吧的歲月。電影的重心可能是這一幕：戈登站在巴黎寓所的窗前，跟一個年輕的樂迷和懷著夢想的音樂家交談。用上了年紀和艱辛生活的沉重嗓音，戈登告訴年輕人風格的本質：「不是走出門，某天在某棵樹上挑一個風格，」他說，「**那棵樹已經在你裡面。它正自然地在你裡面生長。**」

這不是說就不用學習了。對人類而言，學習是自然而然的。注意這位爵士樂手說的是樹「**正在生長**」。風格和技巧不只是表達的工具（把道德的、智性的和感情的反應轉化為文字），也是學習的工具。作者一生與技巧和風格的糾纏，是一種可觀的、日積月累的努力：去探索我們思考的事，我們在乎的事——我們是誰。

當作者遇上編輯

珍．溫珀恩[4]、莉莎．波拉克[5]

編輯／作者的關係有時會成為彼此的噩夢：作者到了截稿日還沒交稿，讓編輯手忙腳亂；截稿日期以前，編輯不斷要求作者報告進度和重寫；作者在最後一刻還在修改，挑戰編輯的耐心。塑造良好的編輯／作者關係是一個需要持續耕耘的過程。編輯和作者作為夥伴協同工作時——角色不同但目標一致——結果總是會比較好。

〈從公民到運動家：蘿拉．博蒂的轉變〉（From Citizen to Activist: The Conversion of Laura Brodie）是一個協同工作的典型故事。這篇文章發表在二〇〇二年十一月《巴爾的摩太陽報》的週日版上。我們的進度很亂，狀況很糟，但這是一個作者和編輯如何合作的例子。

珍．溫珀恩（編輯，以下簡稱「珍」）：二〇〇二年九月下旬，《太陽報》編輯部進行了一次腦力激盪會議，討論作者如何去寫即將展開的伊拉克戰爭。我傾向於刊登一些反戰民意的內容，但卻不想聚焦在老掉牙的東西：老扣扣的和平主義者到進棺材前還在反戰。那種故事的啟發性很低。我想像了這麼個故事：一個新手社運人士，剛剛出人意料地成為和平主義者。我常常用標題幫助自己專注在某個概念上，我稱這個故事為「意外的社運家」。

---

4 參見45頁。

5 莉莎．波拉克（Lisa Pollak），公共廣播節目《美國生活》（*This American Life*）製作人，此前曾是《巴爾的摩太陽報》和《新聞觀察者報》的專題記者。一九九四年厄尼派爾人文關懷寫作獎和一九九七年普立茲專題寫作獎得主。

莉莎．波拉克（記者，以下簡稱「莉莎」）：當然，我對這個任務的第一個反應是恐慌。到哪裡去找這麼個人？我從網路搜尋和打電話開始，目標鎖定本地和全國的和平組織。找到可能的主人翁的基本資料後，我就跟珍商量。我排除了幾個候選人：他們缺乏有說服力的個性或發言，或參與抗爭的決定不是那麼令人意外。

珍：我們設定了刊登的目標日期，二〇〇二年十月二十六日，也就是差不多四週以後，某大型反戰遊行在華盛頓特區舉行的同一天。

莉莎：日子一天天逼近。喬恩．富蘭克林在《寫故事》（*Writing for Story*）一書裡提到，要麼花八〇％的時間尋找正確的主人翁，要麼花八〇％的時間編修最終的故事。我花了許多時間搜尋主人翁，這一點珍很能理解。找到令人驚奇又迷人的故事主人翁前，珍並沒有催促我動手寫這篇重大的報導。

最後，「和平行動」（Peace Action）組織的一個人幫我聯絡上了蘿拉．博蒂。她是三個孩子的母親，丈夫是前海軍陸戰隊隊員，現就職於維吉尼亞軍事協會（Virginia Military Institute）。她打電話給「和平行動」，想知道自己能為阻止戰爭做些什麼。她以前從未參與政治運動，卻印製了五百個「伊拉克不要戰爭」的徽章在鎮裡分送。我打電話給她，她告訴我她正在組織一個維吉尼亞軍事協會的戰爭研討會。

珍：莉莎跟我說這些時，我很興奮。

密集的討論報導方向

莉莎：更重要的是，珍**告訴**我她很興奮。一點點鼓勵就能支撐很長的路，並推動我進入下一個階段：想出如何報導這個故事。我知道得去博蒂住的鎮上採訪她，但用幾天時間？還需要採訪誰？我大概能見到哪些場景？哪些採訪需要面對面進行，哪些可以回到辦公室後進行？我問珍，她很樂意提供她的意見。她認為，距離編輯文稿還有很長時間時，一起思考這樣的決定，是她工作的一部分。

每次我從較大的採訪行程回來以後，都花約半小時向珍回報討論。我在敘述時，不只在聽自己說，也因此更清楚故事的哪些部分對我是重要的。從蘿拉・博蒂所辦的研討會回來後也是。

珍：在這個階段，編輯的工作很簡單：**只管傾聽**。我不會一開始就拋出一堆問題打斷她。如果我說了什麼，也只是為了讓記者繼續說下去。什麼令她吃驚？哪個謎點還吸引著她？故事的主題大概是什麼？有時我請作者用六個詞描述故事。接著我問能不能用三個詞？一個詞行不行？這種聚焦練習，可以讓記者從內容的描述轉向意義的思考。

莉莎說話時我記筆記，這些筆記成了我的地圖——一扇開往素材和潛在問題的窗戶。莉莎擔心沒有一個比較深入的故事，讓她沒辦法用博蒂的角度去講故事。我不擔心這一點。我聽到的是一個寫故事的故事：經由一個人的經驗，寫出一個公民如何成為政治運動家。

莉莎離開我的辦公室前，我告訴她這篇文章將是一個好的週日版報導。我建議莉莎跟著博蒂去參加十月二十六日的遊行，以便目睹她如何在現場活動。而文章將改在下一個週日見報。

莉莎：我不是很確定，這個素材的強度是否足以撐起一個週日版報導，但珍告訴我別擔心這一點——遊行之後我們會有更好的判斷。我完成了採訪，開始寫作。但是，離週日版的截稿日只剩幾天時，我意識到有點不對勁。故事太平淡，我覺得無聊。有些編輯會說，不要在意這種感覺，儘管悶頭把稿子寫完。一般編輯並不想在寫作的過程中就開始編輯，但珍覺得這是她工作的一部分。即使把未完成稿交給編輯，有一種裸體上班的感覺，我還是把手頭的稿子發給了她。

幫記者激發靈感

珍：那份初稿的開頭是：「這是個徽章的故事，一枚紅色小徽章，印著四個白色的字。它是蘿拉．博蒂所戴的第一個徽章，也是唯一一個。那四個字是「不打伊拉克」（No War Against Iraq）。」

我覺得很有趣，但往下讀時，我理解了莉莎的擔心。她用了個聰明的方法，但過分簡化了。作為她的編輯，我不想只是說，「對，你是對的。這樣不行。」我得找出**為什麼**不行。我翻出跟莉莎討論時記的筆記。她的初稿確實加入了更多周到和出奇的對社會改造運動的想法，但讓讀者等了太久才寫到它們。

現在輪到**我**恐慌了。莉莎已經試過我想到的所有建議。我告訴她，「花一整天時間自由寫作，盡量快速地寫，別看你的筆記，別自我審查。只管寫下自己的所有印象，寫下你覺得最新鮮的一切故事元素。」

莉莎：我就照那麼做了。才動筆幾分鐘，我發現自己筆下寫的，是我看到的蘿拉．博蒂在維吉尼亞軍事協會研討會上的一幕：她站在一屋子的軍校學生前面，問一個海軍陸戰隊將軍，是否認為伊拉克戰爭不可避免。他說是的。聽到這個答案，聽眾裡的其他運動人士垂頭喪氣；但博蒂沒有，她覺得不能承受這樣的沮喪；她絕不能接受未來不在她的掌控之中。那個時刻提供了故事的動力和高潮。

我把新版稿子發給了珍。在她的回信裡，除了說明她的想法之外，還寫了一大段文字，說明如何深化這個故事。

協助作者深入故事

珍：我加進了一些臨時性的句子，請莉莎考慮。如果是第一次合作的作者，我可能不會提出那種建議。莉莎理解我不是要插手，我知道她會把我的建議翻譯成她自己的寫法。

雖然做了這麼多努力，我們還是超過了截稿日期。

莉莎：珍仍然讓我校對了文稿，並允許我在最後一分鐘做了幾處挑剔的改動，我甚至在最後幾秒鐘改了最後一句。

珍：圖片編輯和文字編輯沒有不耐煩，他們也喜歡這篇稿子。強大的作者／編輯協同關係，能夠延伸到作者和編輯之外的整個新聞編輯團隊。

修改再修改

安妮．赫爾[6]

只有編輯知道這個可怕的事實：就算是最好的紀實報導，一開始也都寫得糟透了。成功的寫作需要強烈的競爭意識，不是跟別人，而是跟自己。你必須毫不懈怠地要求自己做到最好。著手寫初稿時，你必須對自己提出刁鑽的問題。

我找到這個主題的核心了嗎？重寫草稿時，或甚至很不幸有時文章已經印了出來，我們還在故事的周邊打轉，觸不到核心。找到故事的核心至關重要，通常只有坐下來寫才能找到；而且往往需要寫上好多遍，沒有捷徑。

多數報紙文章使用的語言，讓讀者感覺很疏離，因而毀掉與讀者建立緊密關係的可能。作者顯然只是在**旁觀**故事，使得讀者無法貼近主要人物，更不可能從主人翁的角度來看事情。努力掌握人物的觀點，

6 參見73頁。

思考這世界對他是什麼樣子？這個問題的答案，會透過你筆下的這些人物活動，自然而然地呈現出來：採訪，和人一起玩，注意他們說話的語氣、用語，他們對特定事物的反應。

有三種觸及故事核心的方法：採訪、思考、修改。

一、採訪

如果你沒有做到足夠的採訪，故事將像一個地中海型禿頭者把頭髮撥到另一邊；每個讀者都看得出來，你在試圖掩蓋採訪的不足。採訪時，儘管記錄下全部的東西。記筆記就像湖泊清淤——以後再整理也不遲。

我的筆記還記錄了一切讓我不安、害怕和尖叫的事情。在動筆寫作時，這些筆記就成了基準，它們重新鼓動了我，把我帶回那個時刻，使我能將其訴諸筆端。

故事的每一行——每一行都是——都必須要有事實根據，如果沒有就毫無意義。事實根據可以是觀察到的場景，無意間聽見的事情，或某智庫報告裡的細節。故事發表前，要仔細查核每一行的事實。一句句地讀，問自己：**我是怎麼知道這一點的？**到筆記裡複查每一個來源。

二、思考

思考是新聞編輯部裡最未充分利用的技能。紀實記者絕不能只會寫吸引人的故事，而必須寫出有更多含義的故事。採訪故事時，我總是自問，**這故事要說什麼？**動筆撰寫後，我對這個問題的答案有時會改變。

測試自己對這個問題的回答夠不夠好，一個方法是看自己能不能寫出一個果殼段。過去我認為果殼段是不必要的干擾，會限制寫作；現在我才明白它是多麼有必要。關鍵是，要用故事原來的語言寫果殼段，使其融入上下文。不管你寫什麼，你必須向讀者解釋它為什麼重要。果殼段像是拋下一份戰帖，對讀者說：**我將向你們展示我去過的某個世界。一起來吧！**

三、修改

你應該愛你文章的主題，而非愛你的處理手法。好的編輯或讀者給你回饋時，請認真聽每一句話。這不是捍衛尊嚴的時候，這是你重新探索你的故事的機會，迫使自己挖得更深。重寫幾乎總是需要追加採訪。你的初稿會指出你的缺點：筆記的漏洞，人物刻畫或歷史背景的漏洞。

每個作者都需要一個好讀者，有些則尤其需要。許多記者能獨力寫出很棒的作品，交上來的稿子完成度很高，只需要編輯幫忙補上那最後的五％。但我不是這種人，在別人給我進一步意見以前，我只能做到三〇％。在我開始寫稿時，就像自己待在一個黑漆漆的房間裡摸索電燈開關；如果我的編輯只提出很少的意見，我就知道自己還沒找到開關。

如果把自己放在一個很有挑戰性的環境裡，迫使自己掙扎奮鬥，那麼你**將會**有所長進。但那也表示，你必須持續一點一點的移動自己的位置，以確保在你身邊的人永遠都是比你厲害的人。

當你得改寫故事時，請把尊嚴放到一邊，專注於要完成的工作。有時我會暫時保留編輯從初稿裡刪掉的句子，並不是我打算用它，只是把它當路標，提醒自己什麼是我的目標。最後它會不見，但它標示了改進之處。

一旦產出了完整的初稿，請以殘酷的眼光對待它，問自己：**怎樣才能更好？如何進一步打磨拋光？**把故事印出來，坐下來拿一支筆來改它，這是比較有趣的階段，因為你已經完成了最難的部分。打磨拋光的過程，把文章的完成度從七〇％提高到九〇％。但作者經常沒給這個步驟留下足夠的時間；就算只有幾分鐘，也務必要做這件事。換掉陳腔濫調；除掉贅肉，盡儘量貼近骨頭。

讓文章的每個字都是重要的，檢查每個詞的意思；如果沒有完全的把握，就去查詞典。避開太熟悉的用字。有時，寫初稿時你不得不先往下寫，為了完成一個句子，用一個不對勁的詞暫代，之後再回頭找出那個正確的詞。

修改文章需要耐心和長時間的專注力，許多記者缺乏這兩項特質。有些記者厭煩了，便不想進行最後的步驟。他們或許不是懶惰，而只是想趕快進行下一個故事。有些記者認為重寫是一種懲罰，但我認為那是一種奢侈——把故事變得更好的機會。

將一百一十本筆記化成三萬五千字

索妮雅・納薩瑞歐[7]

我發表在《洛杉磯時報》上的系列文章〈被天堂遺忘的孩子〉，敘述一個十四歲男孩的生活經歷。成千上萬的孩子獨自從中美洲的家跋涉到美國，安立奎是其中之一。這些孩子常常是投奔先到美國的媽媽，然後在美國找事做。我的系列文章從安立奎五歲他媽媽離開寫起，一直寫到十一年後他在北卡羅萊納跟她重聚。

〈被天堂遺忘的孩子〉聚焦一個巨大的社會問題：非法移民。這也是一個個人故事，具備普遍性的主題：男孩前往一個充滿敵意的世界尋找母親。我花了兩年時間採訪和寫作。文章在《洛杉磯時報》發表後，我將其擴充為一本書，由藍燈書屋[8]出版，後來又被HBO改編為一個迷你系列劇。

第一步：全部打成文字稿！

著手採訪時，我知道不可能跟著一個孩子從墨西哥走到美國，所以我要找一個已完成大部分旅程的孩子。安立奎剛到美國與墨西哥邊境，我就鎖定了他。我在墨西哥跟了他兩週，當時他一邊維持生活，一邊想辦法穿過邊境。後來我在北卡羅萊納和他再度碰頭。在那之後，我重走了他的早期路線：從宏都拉斯，經瓜地馬拉到墨西哥。我採訪了許多遇過他的人，也採訪了其他走過這段旅程的移民。安立奎的旅程持續一百二十二天，歷經一萬九千多公里——好幾次被墨西哥政府抓到，把他遣返到瓜地馬拉邊境。

發表的系列文章只占我所搜集材料的十分之一。我相信搜集的資料應該要比能用的更多，但這次搜集得過多了。我花了三個月搜尋安立奎的足跡，在那之前，也花了三個月時間進行相關的採訪研究。終於回到書桌前時，我已積累了一百一十本筆記，幾百小時的採訪錄音，以及超過一百通電話採訪的列印筆記。一種無力感包圍了我，我不想面對堆積如山的素材。

我的編輯瑞克．梅爾（Rick Meyer）堅持要我把所有筆記和錄音整理成文字。起初我有點抗拒，但這麼做是對的。這花了我整整六個星期。我用微軟的Word軟體建立了一個分類表，把所有素材依主題、子題和次子題進行分類。接著把所有筆記輸入電腦，並依主題排序。我印出文字稿，歸進文件檔案。整理這些素材，讓我對整件事得到更宏觀的感受。日後需要寫章節附注時，也更容易搜尋到資料來源。

7　參見253頁。

8　蘭燈書屋（Random House）是美國指標性的出版集團。成立於一九二四年，在一九九八年被德國媒體集團貝塔斯曼收購。二〇一三年七月，貝塔斯曼與英國培生集團簽約，將各自旗下的蘭燈書屋與企鵝出版社合併，組成世界最大圖書出版公司企鵝蘭燈書屋。

第二步：丟掉九成的「垃圾」

下一步要做的事，我的編輯稱為「丟垃圾」——把筆記濃縮成一個相當粗糙的初稿。寫這份初稿時，我努力放空左腦，忘記整個計畫有多龐大，唯一目標就是把它寫在紙上。我在電腦上貼了個標籤：「寫的是年表，笨蛋！」安立奎的旅程年表提供了故事的結構，很自然地分為六部分。第一部分始於安立奎的媽媽走出她自己媽媽的門廊，丟下了五歲的兒子。最後一章，安立奎渡過格蘭德河，進入美國到北卡羅萊納找到媽媽。

寫初稿花了六個月時間。我把全部九萬五千字發給了瑞克·梅爾——不常見的做法，但這次有效。他要我把所有東西寫在紙上，認為這是推進工作的最快方法。他用鉛筆編輯了整個稿子，刪掉大量章節。用他編輯後的版本，我又花了兩個月時間，把文章刪改為三萬五千字，還有一些邊欄等共一萬一千字的附文。這個系列文章又經歷了十次修改。這十次修改，加上排版、照片、設計和章節附注的準備工作，花了一年時間。文章於二〇〇二年十月見報。

從第一稿到第二稿，我有兩個目標：縮減長度，盡量聚焦於故事的中心主旨，從而使讀者理解、同情和關注主人翁。為了使安立奎的故事盡可能地吸引人，我無情地砍掉其他人物，連安立奎的媽媽也成了次要角色。幾個在主線裡砍掉的人物，因為他們的故事對於兒童移民這個話題很重要，就移到了附文裡。

我刪掉了好幾章的開頭和結尾，即便這意味著省略了部分重要的時序內容。我明白其實完全可以跳著寫，從A跳過B，直接寫到C。我砍掉了安立奎的某些經歷，以縮短敘事和避免重複。例如，他好幾次遭遇搶劫，但我只寫了其中一次。我不用自己的旁白解釋某些事情的來龍去脈，而是透過一連串短短的引用句，不提說話人的名字，讓當事人自己來說明。

第三步：為文章塑形

一旦稿子寫到了可觀的長度，我就著手為之塑形。我重複某些短語，串起同一章裡散落的元素。第四部分是一個敘事高潮：當地居民出現了，向火車頂上的移民丟食物。有些移民幾天沒吃東西了。那一章我寫了幾件發生在安立奎身上的好事，用「這是禮物」這句話串起它們。我把那一時間段的壞事減到最少，從而呼應那一章的主題。

我還重複後來變得重要的細節。有人偷了安立奎的一隻鞋，他另找了一隻，結果穿了兩隻左腳鞋。這個細節很小，但我還是寫了。他渡過格蘭德河後，我寫了他把兩隻左腳鞋穿好。這些細節為後文他打電話給媽媽的段落做了準備。她不確定是不是他，因為很長時間沒通電話了。她問，「你穿什麼？」他回答，「兩隻左腳鞋。」於是她知道是安立奎。

我依時間序來寫這個故事，但也在幾個地方把相關素材結合起來推進故事。例如，第四部分安立奎見到一個耶穌雕像。在那裡我跳出去寫了其他宗教的事：旅人帶著聖經，禱告者增強經文的力量，安立奎對宗教的想法。

有了堅固的故事結構，我就收緊敘事。最後見報的版本包括兩萬五千字的主故事，五個共九千字的附文，和七千字的章節附注。甚至句子層面的編輯也變得更緊湊。例如，第二稿的一個段落如下：

> 他在河邊的臨時收容所出沒，最終住了下來。這種營地是移民、人蛇集團、毒蟲和罪犯的避風港，但卻比新拉雷多的其他任何地方都安全。新拉雷多是個超過五十萬人口的城市，充斥著移民人蛇集團和各種警察。如果他因為在城裡流浪被逮到，那麼，政府會關他二到三天，再把他逐回瓜地馬拉。這比滯留在此更糟，因為那是又回到了起點。

最終定稿是這樣的：

他加入的臨時收容所是移民、人蛇集團、毒蟲和罪犯的避風港，但比新拉雷多的其他任何地方都安全，它是個人口五十萬的城市，充斥著人蛇集團和各種警察，而警察隨時可能逮住並驅逐他。

我改變段落的長度，使敘述更順暢。一行式的段落，可以增加懸疑或憤怒的效果，或提醒讀者特別留意這個句子。我增加了些細節以舒緩文章節奏，或減少細節以加快節奏進行。有一幕是安立奎在靠近美國的北墨西哥搭一輛卡車，初稿是這樣的：

第一個檢查站在馬特瓦拉（Motehuala）以北數公里的洛斯波西托斯（Los Pocitos）。安立奎上路沒多久，就看見一塊警示牌，寫著「距檢查站一百公尺」。卡車排進隊裡，等著通過。輪到他們時，警官問車裡裝了什麼，要看司機的證件。他們透過大擋風玻璃瞥見了安立奎，但一直沒問起這個男孩。司機後來說，他們認為安立奎是他的助手。如果他們問起，司機也準備這麼說。幾公尺之外，軍隊攔住每一輛車，搜查毒品和武器。幾個年輕的、留著士兵頭的新兵對他們揮手致意。

發表的版本是這樣的：

洛斯波西托斯的一個警示牌寫著，「距檢查站一百公尺」。卡車排著隊。一點點地向前。司法員警問司機，車裡裝了什麼？他們要看司機的證件。他們瞟了一眼安立奎。

司機準備好了：他是我助手。

但員警沒有問。

我也用省略句。初稿裡，安立奎的媽媽和走私販子談判運送安立奎的價錢：「現在電話裡換成了一個女販子。女人說，『你兒子到德克薩斯了，但一千二不夠。』接著女人開口要一千七。」最終稿是這麼寫的，「女人說，『你兒子到德克薩斯了，但一千二不夠。要一千七。』」

到第十一稿，已經很難找出贅字了。我努力用新鮮的眼光看每一個句子，問自己：**這個真的必要嗎？刪掉會損失多少？加快敘事節奏有什麼好處？如果要保留，怎樣才能更好、更短？**我這樣檢視著每一個字。

挖出故事的感情做支點

湯姆．霍曼[9]

我沒有哥倫比亞大學的碩士學位，從未在《華盛頓郵報》實習過，第一份工作是在紐約幹文字編輯，

9 湯姆．霍曼（Tom Hallman Jr.），《奧勒岡人報》的資深專題記者，系列文章〈山姆：男孩和他的臉〉（Sam: The Boy Behind the Mask）獲得二〇〇一年普立茲專題寫作獎；此外，還獲得了厄尼派爾人文關懷寫作獎、兩次ASNE獎和職業新聞協會獎。

但被解雇了：我是個極其平庸的記者。但極其平庸的記者也能贏得普立茲獎，如果他們學會怎麼講故事。

我故事裡用的詞可沒這麼漂亮。我愛採訪，但真不喜歡寫作。講一個故事前，你得學習怎麼**看**故事。故事講得好並不是靠某個獨門密技，但有一個觀念指引著我：**感情比規則更重要**。故事是活生生的東西，不是從天上掉下來，不是文字和意象的正確組合，也不靠完美的結構。是故事打動了作者，作者編排了文章的事件、用字、意象和結構，好**讓讀者感覺到某種東西**。

作者有不安全感。每次起草一個帶有感情的故事，我們都戰戰兢兢。不安全感要我們縮回安全地帶，但那樣就放掉了故事的心和靈魂——讓故事成立的東西。感情活在每個人心中，雖然有時會睡著，作者就必須喚醒它。我們可以透過說故事來做這件事——即便指派給你的是最平凡的故事。

有一次我輪到週六的班，派給我的任務是報導路易士克拉克大學的畢業季。學校新聞稿把焦點放在一位獲得特別獎的教授，但我想只有他媽媽會對這事感興趣。我打電話到學校，問了幾個問題，得知有一個高齡畢業生：胡安．莫拉萊斯（Juan Morales），也是學校的清潔工。

我打電話給胡安。他馬上聊起來了，但我說，「聽著，我不想現在跟你談。週六我去你家怎麼樣？那時我們再聊，我還要跟你去畢業典禮。」採訪和寫作這個故事用了三個小時。下面這一段出現在故事的開場：

> 「這是我讀書的地方，」胡安．莫拉萊斯說，一邊帶我去廚房。流理台檯面已經裂開，地板凹陷。微波爐旁邊是一堆六〇年代出版的《世界圖書》，是在二手書店買的。吃飯時，莫拉萊斯會隨便拿一本來讀。他不在乎讀什麼。什麼主題都行。
>
> 「我浪費了太多年，」他說。「太多年都在做夢、東晃西晃，什麼也沒做。」

他搖了搖頭。

「給你看個東西，」他說。

他走進起居室，指著一面髒兮兮很需要粉刷的牆。今天早晨他在牆上釘了個釘子。

「文憑會掛在那裡，」他說。

感情帶領這個故事的結構。我要找的不是某種複雜的情節、洞見或解決方案，而是情感核心。採訪這個故事時，我記下了在胡安家看見和聽見的一切，還有感受到的一切。藉此我終於明白，故事要講的是胡安．莫拉萊斯的旅程，而非畢業典禮。

胡安．莫拉萊斯，三十八歲，一個貧窮家庭的老么，將獲得歷史學士學位。

「我希望媽媽也去，」他說。「三月她到美國大使館申請了護照，我和我家人幫她付了機票錢，今晚我打算帶她去吃晚餐。」

「錢？」他問。

他笑了，捲起右臂襯衫袖子，他指著皮膚上的一個黑點。

「我很熟悉捐血診所，」他說。「昨天我掙了二十五美元，我們用這筆錢吃晚餐。」

大學畢業是另一種可能掙錢的方法。

他關上家門，走向他那用一百美元買的車。啟動車子時，他得把儀表板下的兩根電線接起來。他讓車空轉了一會兒。

故事的結尾寫法如下：

他駛進校區，一個拉美裔的保全警衛認出了他，朝他伸出大拇指。他叫住莫拉萊斯，跟他握手，敲了下車頂。警衛止不住地笑。莫拉萊斯把他的達特桑（Datsun）二一〇停在一輛富豪旁邊，然後加入正走向學生中心的幾百個年輕畢業生。

「我知道校園裡的每一間辦公室，」他說。「每一間我都打掃過。」

到了學生中心，他去洗手間洗手。他看著鏡子裡的自己，戴著帽子，穿著學士服。

「我打掃過這個洗手間，」他說，「我，胡安．莫拉萊斯。」

他整理了一下帽子，加入其他學生。他拿到了自己的資料，知道自己將是四百零四位接受學位的學生中第二百四十七個。他攥緊號碼，貼在胸前，走了過去，很快淹沒在翻騰的黑色人海裡。

我開車跟著胡安．莫拉萊斯，從他家到路易士克拉克大學。一邊開車，我一邊在腦子裡寫這個故事。我必須把故事說到中午以前就結束，因為我知道畢業典禮本身會毀掉這個故事。我想讓胡安消失在黑袍的人海裡，故事在畢業典禮開始前就已經結束。故事的細節，如達特桑二一〇停在富豪旁邊，傳遞了故事的主題。事實是中性的，本身不具意義。作者必須在發現故事後賦予它意義。

如果你想寫更有挑戰性的紀實故事，不要等著被指派任務，也不需要把你每個點子立刻告訴編輯。我曾在健身房跟一個女人聊天，她提到她孩子正在上舞蹈學校——我十二歲時上過的同一家。我隱約看到了一個故事，但沒有馬上告訴編輯。我需要時間搞清楚，為什麼自己對十二歲孩子的舞蹈學校感興趣。

我到學校待了一晚上，四處轉轉，思考是什麼觸動了我。我的發現是：

男孩長到十二歲時，人生開始令他迷惑。也許不是全部人生，但涉及女孩的那部分肯定在內。在更小的時候，女孩沒什麼大不了。然後他上了七年級，然後——登楞！——女孩變了，或者他變了。十二歲的男孩光是想到女孩都會手心出汗。

雖然不屬於任何傳統的新聞故事，但它確有一個果殼段：「**真相是，上舞蹈學校並非真的只是學舞蹈。它讓男孩和女孩探索彼此神秘的差異。是孩子站在改變的門檻前，是長到十二歲的含義。**」我把我和指導老師及他妻子的對話寫進了文章：

沃克（Walker）聽著腦子裡的音樂，從座位上跳了出來。

「這就是恰恰的節奏，」他說。「你聽得出來嗎，一——二——三的節奏，順暢。就是要順暢。哦，孩子跳的時候覺得跺腳很好玩。」

他妻子苦著臉，「那不是舞蹈。」她說。

沃克笑著，繼續跳。「不是，親愛的，」他說。「是青春期。」

我沒寫指導老師如何教孩子跳舞，但寫了他如何處理「他們十二歲」這件事。其中一個學生上舞蹈課前，我跟他混了五小時，但我只寫了他出發前的場景：

他們共乘去舞蹈學校，他，他最好的朋友湯米，還有艾比，他四年級就認識的女孩。「你知道，艾比，她穿禮服時不一樣，」他說。「我從沒見過她那樣子。」他瞥了瞥周圍，確定弟弟沒在偷聽。「你知道，她穿成那樣時，湯米和我在她身邊不太會打混了。」

他又理了一下頭髮，然後走到廚房，等著車來。孩子的他，唰唰地吃光了一把巧克力餅乾、一杯牛奶、一包辣牛肉乾。男人的他，拍拍外衣口袋，確定帶了舞蹈卡。

這種生活片段常常沒有自然的結尾，於是敘事者就此打住，給故事加了結尾：

幾十年後，你多半記不住舞步了，但你為妻子開門，教孩子說「請」和「謝謝」，在乎禮貌的價值。你記住的是你的七年級。

許多記者嘲笑這種故事。誰想去報導舞蹈學校或大學畢業？讀者可能會忘記他讀過的九〇％報紙內容，但他們會記得這種故事。

新聞編輯檯也許並不總會支持你。那裡有許多嫉妒，造成我們的不安全感。你盡力想寫個好故事，但沒人對你說，「做得好。」你只好相信自己——而且慢慢變得厚臉皮。

要寫感人的故事，你不需要在《紐約客》工作，在最小的報紙也行。關鍵是相信自己。

四種類型的敘事

雅基．巴納金斯基[10]

敘事這個名詞，在報業不僅僅指花兩年時間採訪和寫作的十篇系列報導，它也可以指一般新聞故事裡的一個段落。我把敘事寫作分為四種類型。

• 微敘事（Nano-Narratives）

微敘事這個詞來自寫作教師瑪麗·安·霍根（Mary Ann Hogan）。我用它指一般新聞故事裡的小段故事。你可以把小鎮委員會的活躍辯論化為一個敘事場景，或塞進一段某委員的生平。飛機失事、火災或其他災難可以用敘事的方式描述——一篇長新聞文章裡的一個場景。這種小場景和小特寫，使新聞在讀者的眼裡活潑了起來。

• 敘事新聞

新聞事件，按定義有頭、身和尾。記者可以把真實故事轉化為敘事，這是讓敘事故事上頭版的最好方法。事件發生時，無論是母親節還是飛機失事，作者和編輯都該停一停，問一問是否要用敘事技巧報導。

麥可·安德森（Michael Anderson）中校來自華盛頓斯波肯（Spokane），是哥倫比亞太空梭失事時遇難的太空人之一。他是機上唯一的黑人太空人，卻來自一個幾乎全是白人的城市。我們為《西雅圖時報》寫了一篇他的簡單生平。我們問自己：安德森很可能是學校裡少數的黑人，那麼他是如何成長為太空人的？這引出了另一個問題：成為太空人要付出什麼代價？太空梭失事後一週，我們登出了一篇後續報導，〈太空人的成長〉（The Making of an Astronaut），更深入地刻畫了安德森和他的職涯。

10 參見19頁。

・揭示新聞趨勢的敘事

要幫助人們理解重大的社會問題和趨勢，真實人物的故事是最好的方式之一。敘事故事可以回答沉悶卻重要的問題，比如：學校的預算是如何定出來的？

想要知道什麼狀況最適合利用敘事方式來揭示新聞趨勢，可使用抽象階梯（見〈抽象階梯〉一文），問自己兩個問題：**這個特別的故事具有普世意義嗎？這個故事能呼應時代嗎？**如果兩個答案都是肯定的，你就可以在這裡講個故事，幫助讀者理解那個問題。

每個新聞事件都是打開一扇機會的窗戶，在一段時間內都可以報導。這個窗戶會開多久，取決於故事對社會的重要性，以及新聞單位怎麼做這個故事。編輯決定採取敘事形式時，必須考慮這扇窗戶。

・紀實敘事

具有普世意義的紀實故事構成了敘事的第四個層面。湯姆．霍曼發表在《奧勒岡人報》上的系列文章〈山姆：男孩和他的臉〉（獲得二〇〇一年普立茲專題寫作獎）是一個例子。這個故事和任何新聞趨勢無關，它是個永不過時的關於「接受」的故事。

這種故事包含了抽象階梯的兩端：具有普世概念的具體例子。它們是最難找到和最難寫的故事。

同一個新聞故事、話題或趨勢可能值得寫幾篇文章。在《西雅圖時報》，我們有一個常用的做法，稱之為「一－二－三連擊」。我們寫一篇主新聞作為最新報導，接著發表追蹤報導，之後再以同樣的主題寫一篇更深的故事。早期的報導打下了讀者基礎，吸引讀者去讀更複雜的長篇文章。早先的文章營造出一種氛圍，隨後的長篇故事則回應了前面文章所引發讀者的問題。

系列報導寫作策略

湯瑪斯・法蘭奇[11]

英語裡最美的詞不是「我愛你」，而是「未完待續」（to be continued）。我一直喜歡追問「**後來發生了什麼**」的感覺。我爸是個故事賊，我居然也變成了愛聽故事的人。他會拎起一本書，翻到最後一頁，讀一下。如果喜歡，才從第一頁開始讀。如果還喜歡，他再讀中間的。我常和他來回鬥嘴：「拜託喔！老爸，」我說。「作者按那個順序寫有他的道理。你不按照故事線去體驗，等於在傷害可憐的作者，不管他是誰。」他回答：「抱歉，兒子。我就是得先知道結果。」

後來我的職業成了報紙上寫系列報導的記者，一次刊出一篇。也許我這整個職涯可歸結為一種精心設局：逼得我老爸得從頭到尾讀完故事。

系列報導六大元素

系列紀實報導對我們有很強的吸引力；力量來自於被迫等待。系列報導無所不在：《聖經》、《伊利亞德》、肥皂劇、連環漫畫。報紙的系列報導在二十世紀早期很流行，後來漸趨式微；一九八〇年代中期才又風行起來。

11 參見206頁。

創造一個不可抗拒的主人翁

在你要寫系列報導之前，最好多去研究身邊的故事。許多報紙記者從新聞編輯檯回家時，只帶著與日常工作相關的報告，但這是個可怕的錯誤；我所知道最好的記者，都為了享受而閱讀。但要對你帶著罪惡感所從事的娛樂投入心思：例如，分析肥皂劇的節奏——尤其仔細看週一和週五的安排；找一本漫畫書；讀讀《哈利．波特》，J．K．羅琳（J. K. Rowling）懂得如何抓住讀者，而這是系列寫作的一個基本技巧。

系列報導必須好讀，絕對、強烈、欲罷不能。不像其他報紙文章，系列報導的成敗幾乎完全取決於讀者數量，吸引讀者的方法之一，是創造一個不可抗拒的核心人物，一個讀者真心在乎的人物。如果讀者不在乎人物身上所將發生的事，就不會讀下去。所以你要不斷犒賞跟隨著你的讀者，獻給他們美妙的時刻、難忘的對白，以及驚人的情節轉折。

掌握時間序

準備寫作前，要把所有事件列在一張時間軸上。即便我不打算依時間序來寫，也得先釐清時間序才能動筆。故事裡的主要人物如果不止一個，這就更重要了。人物互相交錯：一個人在敘事的某個地方打開一扇門，同一時間，另一人在另一頭關上了門。沒有清晰的時間線，就沒辦法做到這種呼應。

設定故事框架

掌握時間序之後，還得為故事找到框架，讀者才能理解故事。你不能光寫個橄欖球，可以學學H．G．比辛格在《勝利之光》（*Friday Night Light*）影集的例子。他選了一個小鎮、一所高中、一個橄欖球賽季。故事越複雜，框架就得越簡單。主題越宏大，你定的框架就得越細微。

把故事化為電影場景

用電影的方式思考，把故事的重要事件轉化為場景。要讓讀者沉浸在你的故事裡，就必須很細心地設定場景細節和對話。你必須讓人物彼此交談，而不是只跟你說話。他們也不該只有**對話**，還得互相搗亂、竊語、咒罵和調情。人們在意報紙上的事實，是因為感情的伏流流淌在事實底下。感情至關重要。

讓讀者等待

不要急著寫出結果。二○○○年，安妮．赫爾，休．卡爾頓（Sue Carlton）和我共同寫了一個系列報導，是一樁正在進行審判中的謀殺案。《聖彼德堡時報》對這一當地重要案件的報導，主要就是這篇敘事文章。倒數第二天，法官思考了一整天。被告人坐在法庭被告圍欄裡，她才十五歲，被控殺了她媽媽。依照一般新聞標準，那天只發生了一件事：下午五點左右，法官宣布休庭。我們的編輯得知後問，「今天的故事特別短，對吧？」**錯了**。

等待可以累積巨大的能量。我們寫了受害家屬與被告的談話，律師做了什麼，以及最重要的——等在冰涼、氣味難聞的圍欄裡，只有牆上塗鴉可讀的被害人做了些什麼。差不多每過一個小時，她的律師就來一趟，只是看看她。我們請律師記下那些塗鴉。被告人、律師和家人都在等待。我們也讓讀者等待。

結尾必須精彩

故事的結尾必須讓讀者值回票價。如果故事不能結束在一個充滿希望的音符，至少也得提供讀者新的理解。讀者已經追隨系列報導好幾天了，一個蒼涼的結尾將不足以補償他們的投入。這一點可能會限制一篇好的系列報導的故事類型。

讓讀者問「後來呢?」

每個故事包含一個**引擎**：待解的問題，勾住讀者讀下去。引擎通常只是一個簡單的問題，就像問「**後來呢**」之類的。仔細想想你身邊的故事，問問自己：**引擎是什麼?**引擎**不是**故事的題材或主題，而是使故事**進行下去**的巨大能量。電影《大白鯊》的引擎是：誰會被鯊魚吃掉?你可以為故事選擇任何路徑、目的地或焦點，但引擎就在你的故事裡。當你選定一個故事，引擎就已經包含在裡面了。作者的工作是辨識和理解你的引擎，然後駕馭它。

我寫過一篇系列報導〈天堂以南〉(South of Heaven)，寫的是幾個高中生一年的生活。引擎很簡單：這個人會被退學嗎?那個人能撐到畢業嗎?引擎內嵌在人物的生活裡。

在另一篇系列報導，我寫的是一群孩子在托兒所裡度過的兩年時間。這兩年中間，一個孩子的母親死於白血病。故事的引擎變成了：小女孩如何在老師的幫助下承受悲傷、繼續學習並漸漸復原。我從故事中認識到，托兒所的目的不是為孩子上幼稚園做準備，而是為孩子的**人生**做準備。

系列報導的力量來自於「故事慢慢展開」的這個事實。在這層意義上，系列報導就像生活——大多數重要的事並不是在一天之內開始、展開和結束，而是需要時間的。一個需要時間的故事進入我們的生活時，通常不是一口氣就能消化的東西。如果讀者不能立刻看到結局，如果故事盤旋超過一天一夜的週期，某種奇妙的事就會發生：晚上入睡時，人物和他的問題會留在我們腦海裡，還在展開、懸而未決。故事滲透我們的意識，進入我們的夢境。第二天早晨醒來時，它們還活在我們心裡。

作者和編輯的溝通手冊

雅基．巴納金斯基[12]

大約十年前我當上了編輯；之前的近二十年，則是一個不怎麼老實、表現出色、偶爾調皮搗蛋的記者。我從沒想過「挑戰權威」應該止於編輯部門口，而是一以貫之地依然故我。

年輕時，我曾把自己裹在耶誕燭光裡，亮閃閃站到桌子上，抗議編輯部禁止我們擺設耶誕樹。老朋友異口同聲地指證，我曾管某個指派給我的第一任編輯叫「吹毛求疵的小便便」（從此我們成了好朋友）。一九七〇年代女權運動期間，我弄了一張圖表給總編輯，上面有編輯部裡每個女生的生理期時間表，這樣，當我們發脾氣時，他就不必問是不是誰的大姨媽來了。我還曾經衝進執行編輯辦公室，把早報丟在他桌上，手指戳著頭版。上面用了五欄報導一場曲棍球錦標賽，只用一欄報導RU486（一種口服墮胎藥）的重要消息。我怒斥：「是哪個混帳審這個版的？」他平靜地回答：「哦，那個混帳大概是我。」

很明顯的，我最懂得怎麼跟編輯**打壞**合作關係。

不過，多年的磨難和錯誤（多半是他們的磨難，我的錯誤）之後，我也學會了一點怎麼**跟**他們合作。好編輯是一種上天給的禮物，他們是外野手、擦屁股的和解決問題的人。每天，編輯清掃數不清的後勤地雷，那是記者極少操心的：如何配置有限資源，平衡突發新聞和企業報導；週六警務記者打電話請病假了怎麼辦；怎麼為視覺性不強的故事找到好圖片。還有，管理一群性格刁鑽的記者——每個記者各有個性又要求太多。

12 參見19頁。

我花了好長一段時間才搞懂這些，真的，感謝那些包容我的人。我有好多年都在怪罪某個編輯，認為他在扯我後腿，不知道我害怕失敗，也不善於聆聽。過了大概十五年後，我換了個新編輯，我走進他的辦公室，遞給他一個文件。「這是我的主人手冊，」我說。「它叫『巴納金斯基的溝通手冊』。」根據別人對我的批評，我寫了這份**對我**的最佳管理指南。裡頭由兩個簡單的表組成：**要**和**不要**。如果編輯依照「要」的清單做事，我將表現忠誠、工作效率高，而且將是你在編輯部的最佳擁護者（例如：每週告訴我一次，你很高興我在這裡工作，而且要說得讓我相信）。但如果你照著「不要」的清單做事，我將在某個死寂的明尼蘇達冬夜用雪鏟把你撂倒，封住你的車庫門；或者更糟：我將做不出我最好的工作（「不要」列表的第一項：沒讀我的文章前，不要抱怨它太長）。

然後，我要他也寫一份他的手冊給我。他花了很長時間才寫完，可能是因為很少會有記者問編輯這種問題：**你需要我怎麼做？你反對什麼？我怎麼管理你才好？**

我們之間，無形中建立了一份合約——當事情變得棘手時，我們就回到這份合約。我自己當了編輯以後，也跟合作的記者做這件事：**這是我的操作手冊。你的呢？**

給記者：把編輯視為你的線民讀者

記者：把你的責任編輯當作你的第一位讀者。作為記者，你最清楚整個故事，你是專家和讀者之間的翻譯者。而編輯能幫你成為更好的翻譯，提出讀者會問的問題；所以，要把編輯視為你的傳聲筒。帶他出去喝杯啤酒，告訴他你從採訪裡得到的東西；他的本能反應會告訴你什麼值得寫，什麼不值得。

把編輯部同樣當作一個採訪場所，編輯就是這裡最重要的線民。跟他聊聊，聽他說話，對他有耐心，照他的方式相處，培養你們的關係。

給編輯：幫記者發展寫作技能

編輯：對記者來說，沒有回饋太多或建議太多這種事。多數編輯善於告訴作者文章有什麼問題，但很少編輯能幫作者想出改善文章的辦法。

從投資一年的角度來看跟你合作的記者吧。根據作者的能力設定任務的複雜度，然後每次把要求提高一點點。每年選擇三項你希望作者應該或想要發展的技能，並指派他去做那些能提升這三項技能的任務。

讀了故事初稿後，盡可能給作者一份「編輯備忘錄」。圈出三樣作者做得特別好的事，三個你希望作者修改時處理的問題。要具體：「你的來源深入和透明。我真的信任你的報導。」「少用不及物動詞，它們會拖慢文字節奏。」

每個月跟你的每位作者做一次「神奇標記練習」。找作者的五篇報導，挑出一個她的寫作習慣：例如，使用太多副詞，缺乏從屬句型，或過多的從屬子句。在五個故事裡把它們標示出來，和作者共同檢視一遍，鼓勵她在下一篇報導中重點解決那個寫作問題（別忘了也要指出他好的習慣）。

十分之七法則

編輯與作者的關係就像其他重要關係，它可以像婚姻一樣難解和糾結。我相信「十分之七」法則：在你最想從老闆、另一半、工作或房子上得到的十樣東西裡，如果你聰明、好運且夠努力，你可以拿到七樣。不要悲歎失去的三樣，因為交易就是這樣：你也許可以透過換工作、換伴侶、換房子來得到那三樣東西，但結果你得到的頂多還是只有七樣。

沒有編輯可以滿足作者所要的一切。有些編輯善於解惑，想出如何布局一個故事，或找出其中的漏洞；有些編輯擅長修潤文字，控制進度，或者精於編輯部政治。幾乎沒有編輯可以擁有一切工作技能上的天分。

這時就是照管手冊派上用場的時候。作者必須決定，哪七樣東西真的需要責任編輯做到，哪些可以不用——或者可以從別人那裡找到。編輯需要放權，給作者你最能幫到他們的東西，包括允許他們去尋求其他人——**能夠**滿足他特定需求的人——的協助。

第 8 章

編輯部能做的事

你所在當地報紙的記者友善嗎？或許吧。但他們印出來的文字也一樣嗎？下面這個例子來自我們當地的報紙：「昨日警方表示，韋斯特福德（Westford）四九五號州際公路上的這起由超速引起的兩車翻覆事故中，有四人死亡，其中包括三名兒童，孩子的屍體擠在休旅車的行李廂位置。」

你和朋友之間是不會這樣說話的，甚至是在事故現場圍觀的陌生人之間，彼此也不會用這種語言來交流資訊。或許這位記者其實是個能言善思的人，也為事故中亡者感到哀傷，但因為他只有幾分鐘的時間來趕出一篇新聞快報，使得最終刊出的報導看起來很正式，但並沒有親和力。新聞記者往往被訓練成以一種制式、高效率的口吻寫作，並認為「新聞腔」代表了冷靜，以及所謂的客觀。

新聞寫作能夠允許的語調並不是太多種，但仍有一些表現的空間。標準的新聞寫作語調可以做到友善和真實。權威且平易近人的語調，對於新聞傳播來說是有益的。這樣的語調同樣可用於針對複雜的觀點和事件展開更深入的討論。

波士頓當地曾經有三十種報紙——幾乎每一個種族、社區、教育階層和信仰族群都有至少一份屬於自己的報紙，這表示他們喜歡自然的親密感；當時每一位記者都清楚知道自己的讀者是哪些人。然而現在我們只有兩種日報（但已經比許多城市多了），記者們必須更努力更自覺地發展出與不同類型讀者之間的關係。

一些小地方的報紙還保持著他們的親密感，文章或許不是那麼講究，但卻很窩心。記者了解他們的讀者對於細節的關心：例如，學校施工工地發生的事，樂隊是否找到了新的巡演經理，以及誰會出席瑪麗和喬治・葛利森在玫瑰茶室舉辦的金婚紀念會。

許多紀實記者都努力為報紙默認的官僚語調增添些人情味兒。語調的調整，可以讓文章達成他們之前沒有想到的效果。為什麼記者應該做這種冒險呢？在二〇〇二年的尼曼研討會上，曾擔任幾篇普立茲獎作品的編輯珍・溫珀恩這樣表示：

> 就平均人口而言，巴爾的摩當屬美國最暴力的城市。每天我們的報紙上都有關於謀殺和重傷犯罪的新聞。我們會在編輯版面上看到一些照片，上面有用粉筆描繪屍體位置的人形圖案，旁邊還有幾個數字。從那個粉筆圖，你並不會知道這位正在努力擺脫生活困境的死者，最終為何命喪老友手下。那幾個數字背後有一些故事，只有紀實報導才會講出這些故事。很多重要的人物故事並未能登上我們的新聞版面，對個人和群體裡已經發生或隱然浮現的荒涼故事，並未能充分被報導出來。當我們可以深入報導這些故事時，或許就可以為讀者呈現出關於他們的世界更完整的面貌。

在本章中，三位編輯、五位作者以及一位攝影師，將就如何在報紙有限的版面上，創造出一個完整的世界這個主題提出建議。

（馬克・克雷默、溫蒂・考爾）

紀實報導的初心

沃特·哈林頓[1]

是的，報紙是用來包魚的、是用來墊在鳥籠底的。報紙的報導只有最新的才值得一看。不過，用記者皮特·哈米爾[2]的話來說，我們記者也是咱們部落的「記憶機」。報紙和雜誌記者在文化上扮演著某種角色。我們是即時的人類學家，保留著一份我們文化的日常記錄。歷史學家會去查閱一百年前的報紙；他們研究廣告、訃文和照片，以了解過去。

作為記憶機，我們妥善地記錄了許多事情：昨天的天氣，麥可·喬丹（Michael Jordan）對陣克里夫蘭騎士隊獨得六十九分的那場驚人比賽，秘魯的反政府軍，莫妮卡·陸文斯基蹲在桌子下面，名人結婚了，名人離婚了，美元漲了跌了，奧馬哈（Omaha）的一個老人去世了，陶斯（Taos）有一個孩子出生了。在我們的文化裡占上一席之地是一項榮譽。我們的讀者，我們部落裡的夥伴，容許我們擁有這種奢侈。他們常常感激我們所做的工作，並且回饋給我們。

記錄事情，也記錄心情

可還是有一些事情，我們記錄得不夠好。比如，我們沒能記錄下來，或記得不好的事情有：一個孩子首次領聖餐時的心情；農夫最後一次閂上破產農場穀倉門時的心情；學校老師看到壞學生變成好學生時的心情；以及父親埋葬自己的長子時的心情。

那種深度的、複雜細微的嚴肅新聞——我稱之為**親密新聞**（intimate journalism）——記錄平民百姓的行為和日常生活，在我們新聞界，這種記錄太少了。這種故事記錄人們在生活中尋找意義和目的時的行為、動機、感情、信仰、態度、不滿、希望、恐懼、成就和渴望。它們幫助人們理解自己在世界裡的位置。

親密新聞有一個簡單的目的：由裡到外理解別人的世界，並基於人對自己的理解來描畫他們。我曾寫過一個家庭的故事，兩年前，這家裡正值青春期的男孩自殺了。我努力向他們解釋我想寫的那種故事，探究要達到的深度。父親聽了許久，最後說，「這麼說，你想知道我在靜靜的房裡祈禱時心裡想什麼。」**是的**。驅動親密新聞的問題，最簡單的形式是：**人們怎麼生活，他們看重什麼價值？**

我剛當記者時，採訪完一個事件，回到編輯部寫報導。第二天我會在報紙上讀自己的文章，並且意識到我所實際體驗到的，和我寫下的東西並沒什麼關係。我疑惑了。少了什麼？於是我展開一個以前遺漏的閱讀計畫：深度報導、旅遊文學以及偉大的現實主義小說。

喚起生活經驗中的情感

我對親密新聞的興趣源於我的社會學碩士背景。基於那種訓練，我認為專題報導不是用過即丟的亮光劑，而是一種個案研究。這種態度帶有一點顛覆性，所以我並沒有對別人提起。想像一下，如果《華盛頓郵報》的地方編輯問我，「好吧，哈林頓，你想做哪種新聞？」而我說，「哦，我想喚起人們在生活經驗中的情感。」他應該會覺得我是個瘋子。多年以來，我不曾公開說出我的企圖：讓作品自己說話。

成為講故事的記者，不是一蹴可幾的事。約翰．麥克菲編過一本知名的報導文集《片片架構》（*Pieces*

1　參見93頁。

2　Pete Hamill（一九三五—），美國知名記者、小說家，亦曾任《紐約郵報》編輯及《紐約每日新聞》（*New York Daily News*）的總編輯，著有十餘本小說及非小說作品。

of the Frame）。書名隱含了撰寫親密新聞的記者，對作品該抱持什麼樣的態度。取出架構中的一個片段，打磨它、抛光它、精通它，然後轉向下一片。最後你將學會創造出整個架構。但先從簡單的事情開始。

好好利用能讓你架構故事的小小片段，不要起手就想寫出有偉大概念的故事，那需要先精通許多技巧。不要放任自己走上失敗之路，一次只要掌握架構的一片。慢慢的，它們聚合起來，就會形成流暢的整體。邁克・塞傑（Mike Sager）曾是《華盛頓郵報》的記者，現在是《君子》的記者，他曾對我說，「沒什麼可保證人物、行動和主題能在故事的最後整合起來，但二十年來我還沒遇過哪個故事最後不是這樣的。」

你要如何才能做到呢？學會尋求批評。培養一種人格，使得別人樂意給你意見。這是個雙重挑戰：你必須學會怎麼取得和利用批評，但你也必須學會什麼時候該反駁那些批評。你可不想放棄自己最初想寫這個故事的初衷和精神。

紀實報導簡史

傑克・哈特[3]

紀實報導不是新事物；即使回到英語新聞的最早期，也能找到它的影子。甚至倒金字塔寫作法，我們以為它是現代產物，但其實最早可追溯到印刷報紙出現以前。《福格通訊》（*Fuggerzeitungen*）是一本手抄版新聞報，十六世紀時由中歐的某富商大家族成員在城市之間流傳；看看其中的這篇報導：「邪惡和該死的女人瓦爾普拉・豪斯曼寧（Walpura Hausmannin），現已囚禁並上銬，在仔細的審問及盤查下，業已承認自己是女巫，做出如下供述。」

這是個典型的倒金字塔導言，寫於一五八七年，其中對五W（誰／什麼／哪裡／何時／為何）的強調，完全符合我們現在對交通事故或民宅盜竊案報導的期待。另一方面，注意《倫敦間諜》（*London Spy*）一六九九年的某一期，奈德·沃德（Ned Ward）寫的這篇故事：「於是我們閒扯消磨時間，直到見到一棟高貴的建築……我以為是市長勳爵的府邸……聽到我天真的想像，我的同伴笑了笑，告訴我這是貝德拉姆（Bedlam），一所瘋人院。」

故事就這麼開始了，一篇簡潔的說明性小報導，約翰·麥克菲式的。沃德和同伴（此人或許為杜撰）漫步於倫敦的瘋人收容所，一邊走，一邊注意到這個那個，把貝德拉姆這個機構的第一手印象帶給了讀者。「貝德拉姆」後來也成了混淆和混亂的同義詞。

這裡用的例子引自路易士·史尼德（Louis Snyder）和理查·莫里斯（Richard Morris）的文摘佳作《偉大報導庫》（*A Treasury of Great Reporting*）。此書見證了現代新聞的兩大支柱——報導和敘事——同時並行的身影。

十九世紀，現實主義小說大行其道，在文學和新聞之間搭起了橋梁，那個時代的敘事大師經常在這座橋上來來往往。詩人惠特曼（Walt Whitman）、作家馬克·吐溫和史蒂芬·克萊恩（Stephen Crane）都曾為報紙寫作。查爾斯·狄更斯（Charles Dickens）曾把「旅行通訊」投給《倫敦每日新聞》（*London Daily News*）；此報在一八四六年發表了一篇狄更斯短篇小說，其開篇極具吸引力：「星期五，他正和其他犯人吃著飯，他們過來對他說，第二天早上要他上斷頭台，然後帶走了他。」

3 參見159頁。

理查・哈丁・戴維斯（Richard Harding Davis）在二十世紀幾乎已被遺忘，但在十九世紀時還是個知名記者。他父親是個頗有成就的短篇小說家。迎合大眾市場的精良敘事技巧，不止使他的小說炙手可熱，也讓他以戰地特派記者的身分走紅。第一次世界大戰是他的最後戰役，也為他最常被引用的這段開場文章提供了素材：

> 德軍進入布魯塞爾的方式已經失去了人性。領頭的三個士兵騎車進入攝政公寓旅店，問去火車北站的路；那三個士兵經過後，人性也跟著他們離開了。
>
> 在他們之後的二十四小時不斷湧進來的，不是行軍的部隊，而是一種自然力。

這種交叉運用的文體一直到二十世紀的前半葉仍持續出現。海明威、達蒙・魯尼恩（Damon Runyon）、約翰・史坦貝克等，在小說和新聞寫作中都採用現實主義的技巧——當時還是最流行的小說形式。

本・赫克特（Ben Hecht）與查爾斯・麥克阿瑟（Charles MacArthur）合寫的劇作《頭條新聞》（*The Front Page*，同名電影譯為《滿城風雨》）寫出了一九二〇年代記者的典型形象。赫克特的一篇最有名的敘事新聞，開場風格就彷彿當時的短篇小說：「卡爾・萬德雷爾（Carl Wanderer）剛剛刮過鬍子，棕色外套刷得筆挺，站著，目光越過北坎貝爾街（North Campbell Avence）四七三二號他家的後廊。他妻子昨晚在樓下走廊被一個搶匪謀殺了，正躺在臥室裡。」

敘事新聞的傳統延續到第二次世界大戰。當時的大記者傑克・萊特（Jack Lait）和厄尼・派爾（Ernie Pyle）模擬這種風格，幾乎贏得所有人的喝采。但是，在更精簡、「只說事實」的報導風格，和文學性、敘事的報導路線之間，已經出現了一道裂縫。其實，早在一八九六年，這條裂痕就出現了：在理查・哈丁・戴維斯的短篇小說〈紅十字女孩〉（The Red Cross Girl）裡。

小說發生在一個新聞編輯部裡。一名記者被派去採訪一家療養中心的開幕。但他沒寫被期待該寫的開幕儀式或資助該中心的慈善家，卻交出了一份文學性的報導，焦點放在一個紅十字志工身上。

編輯抗議道：「這或許是一篇社論，一篇散文，一首春天的詩，」但絕對不是一篇新聞報導。不過，總編輯仍然決定刊登這篇文章，遂在這二十一世紀的新聞編輯部裡，引發了一陣此起彼落的抗議聲：文字編輯嘟囔道：「但這不是新聞！」

文字編輯的意見——就像平常那樣——最終占了上風。到了一九五〇年代中期，官僚化、制式，以及「這不是新聞」的潛規則，已經把紀實報導逐出了北美的報紙，只在美國文化的幾個角落裡倖存著。其中最著名的是《紐約客》，在那裡，詹姆斯・瑟伯（James Thurber）、布蘭丹・吉爾（Brendan Gill）、莉蓮・羅斯（Lillian Ross）、約瑟夫・米契爾和約翰・赫西護衛著飄搖的火苗。

火苗一直燃燒著，終於在新一代紀實作者身上重新燃起了大火：湯姆・沃爾夫，瓊・蒂蒂安，諾曼・梅勒，亨特・湯普森（Hunter Thompson）等等。最終，紀實寫作將重回報紙版面，那個兩百五十年前曾經活躍的舞台。

培育紀實報導寫作能力

傑克·哈特[4]

大部分新聞編輯部都缺少一份有關紀實寫作的詞彙表，以致什麼都可以稱為「故事」，無論它是否包含真正的故事元素。但在好萊塢，就有闡釋得很清楚的專業用詞；我們有必要把那種闡釋帶一些到新聞編輯檯上。《奧勒岡人報》每月有一期內部刊物《重讀》（*Second Takes*），我們會在此檢討自己的作品；但早期的內容卻多半都是在教編輯部的同仁如何用故事性的語言寫報導。

這是報紙曾經採用的寫作語言；然而隨著二十世紀中葉報業集團的崛起，報紙新聞的黑暗時代隨之來臨；創作型的作者被逐出了新聞部。我們能夠復興這種創造力；定義一份新聞部的紀實寫作詞彙表，則是啟動這場復興的一部分（見下文〈一份紀實寫作詞彙表〉）。

如果你所在新聞機構的高層不喜歡敘事報導，就找一個不顯眼的避風港吧。它只需要的一個意志堅定的作者，以及一個認同你的編輯，而且他能掌控報紙一個小角落空間。我剛開始在《奧勒岡人報》推動紀實報導時，還是個週日雜誌的編輯。每當你發表了一篇短篇敘事報導後，就要把你所收到的正面回饋都集合起來，包括歸檔電子郵件和保存語音錄音；它們將可以證明讀者喜歡敘事寫作。對報社高層來說，那表示敘事報導有助於報紙的銷售。

不管多麼好讀或好賣，敘事寫作最重要的是必須精確。以下是幫助你做到精確的系統性方法。

編輯提早介入

確保在採訪前、採訪中和採訪後，編輯和記者都經過了討論。記者的部分工作，是確保編輯了解正在發生的事；跟編輯討論故事，有助於故事的成形及其意義的深化。編輯的工作則是提出問題，協助記者找出主題、確認還要做哪些追加採訪。編輯可能也想去現場看看，或見見關鍵的消息來源，以避免在編輯過程中反倒把不正確的內容加進記者的文章中。

新聞資料的管理

做大型敘事報導時，要謹慎地管理所有相關的採訪筆記、背景資料和文件。不妨考慮做採訪錄音搭配文字記錄，以克服筆記時間太久遠，以及資料量太龐大所引起的精確性問題。

不斷確認

一旦故事開始從素材裡浮現，就要去找關鍵消息來源再確認關鍵場景和技術性描述。不止查證事實，也要查證其中人物如何看待自己處境的細微之處。編輯過程中出現問題時，也應該再找消息來源把問題釐清。還要再次確認技術性用語，以及確認頭銜、時間序和其他各種疑問處。

與後製夥伴協調合作

盡早與文字編輯溝通，確保他們了解故事的主題和基本架構。與編輯討論如何提高故事對讀者的吸引力；也跟美編討論故事的調性、內容順序和戲劇性。確保美編、文編和攝影能共同合作。把早期的故事大綱發給攝影師和圖片編輯，讓他們能據之規畫工作方向。作者、攝影師、編輯和圖片編輯都要看過並同意圖說文字的內容，以確保這種元素不致搞出意外的紕漏。

4 參見159頁。

編輯與記者共同定稿

在編輯流程的最後階段，編輯和記者要一起坐下來，編輯大聲讀文章，記者則對改動之處表示同意或再做潤稿。

檢驗式編輯

編輯應持續提問：**你怎麼知道這一點的？**每一步，編輯都應斟酌證據，如果需要，便搜尋更多證據。

明確的檢視流程

為編輯、作者、攝影師和總編輯各列印一份稿子，並把他們所有的問題和改動的地方，全部集中到一份主稿上。大家坐在一起進行最後一輪編輯，處理所有意見。

敘事報導務必要精確，絕不能勉強為之。一旦想寫一篇敘事報導，就要先審視事件的各個面向，自問：**有主人翁嗎？有矛盾衝突的事件嗎？有一連串具戲劇張力的事件嗎？那些緊張得到解決了嗎？**如果答案是「沒有」，就不要勉強寫。沒有故事強過壞故事。

一份紀實寫作詞彙表 ▼ 傑克．哈特[5]

- **故事線和戲劇張力**

軼事：紀實雜誌文章的慣用手法；有獨特故事線的短篇特寫。通常多用於表現和刻畫情境，而不是推進故事主線。

倒敘：中斷敘事時間線以描述某個之前發生的場景。若故事以「中段進入」（見下文）開場，那第二個場景幾乎都是倒敘。

跳敘：跳到敘事時間線以前的場景。跳敘比倒敘少見，部分原因是跳敘會引起英文寫作的時態問題。

伏筆：暗示後文會出現的重要事件。

圓滿結局：最有滿足感的結尾，有一種故事回到開頭的感覺。利用第一段和最後一段做出呼應的結構，能夠提供這種滿足感。

完整對話：在故事時間軸裡展開的兩人或多人的即時對話。

片段對話：某個參與者的口白，雜以敘述。

中段進入：從中間開始講述故事，而不是按照時間線開場。這個術語指故事的結果懸而未決。

內心獨白：敘述者以第三人稱告訴讀者，某個人物在某個時刻正在想什麼。「新新聞主義者」在一九六〇年代引進內心獨白手法時，讓當時的傳統記者覺得很看不慣。如今是成功的紀實寫作作者的慣用手法。

截斷引述句：以簡潔有力的引述句來結束一個段落，可製造一種結束感，為接下來的敘事做準備。寫這種引述句時，節奏感很重要；在英文寫作中，最好的截斷引述句是一個單音節的詞。

不祥之物：糾纏不已的某個東西，在故事發展中具相當重要性。契訶夫的獵槍（見下文）是一個典型的例子。

參與式對話：寫作者參與的對話。

5 參見159頁。

句型：以及物動詞描寫動作，能夠推進敘事線。以連綴動詞（屬不及物動詞）寫出來的句子，如「……是……」的句型，會放慢動作，因為它們只有定義事物的作用。

獵槍法則：契訶夫寫道，如果一齣劇的開場寫到掛在壁爐上方的獵槍，那麼在第三幕結束前，這把槍就必須開火。換句話說，每個細節都必須起某種作用：發展角色、提供背景資訊，或者——最重要的——推進故事線。

推測段：合理地推測什麼應該會發生，可銜接故事線。小心地把推測內容說給讀者聽。

花絮：一段並無高潮的軼事。

- **場景設定**

集體細節：不是刻畫個體，而是刻畫一群人或一組事物的元素。

建立視野：大視野的場景，在作者聚焦於小地點之前，提供整個場景的大致風貌。

比喻語言：明喻、暗喻或擬人，把場景的陌生部分轉為熟悉，有助於場景設定。

織體（textire）：相互衝突的元素，有助於刻畫場景。

主題細節：發展核心故事主題的元素。例如，蓋伊·塔利斯有一篇著名文章，描寫一位《紐約時報》的訃文作者。文中寫道：他坐火車上班的路上，會經過一個墓地廣告的看板。

- **刻畫**

軼事和花絮：戲劇性敘事中闡釋人物的片段場景。

高潮：故事的矛盾得到解決的點。

糾纏或矛盾：攪亂現狀的事物，迫使主角做出反應，以推進故事。糾纏既可是身體的，也可是心理的，常常帶來某種衝突。

結局：高潮之後的最後一幕，或各散落線頭的收尾。

方言：表露區域性語言特徵的對話。寫方言並不容易，通常只偶爾用到，以提示某種含義。

白描：對人物個性或外貌的大致觀察。

解說：用來告訴讀者必要的背景資訊，混進故事線時效果最好。通常以子句、修飾語、同位語或其他次要元素的形態出現。

偽高潮：作者利用這種技巧，使讀者相信問題已經解決，但之後問題會再次出現，用來強化戲劇張力。

間接刻畫：透過選擇周遭的細節來呈現，而不直接說明，以傳達人物或情境。

生理描述：描述外觀細節，以呈現人物特徵，或讓讀者對該人物產生某種印象。

第一轉折點：主人翁首次遭遇問題的時間點，通常在開場文章的結束部分。

第二轉折點：主人翁以洞見或改變讓問題得到解決的時間點。

主人翁：推動故事線的人物，但不一定是故事的英雄。

升高段：主人翁與問題的關係不斷深化的部分。主人翁常常在矛盾中掙扎並失敗，可加強戲劇張力，為高潮做準備。

身分標識：揭示故事中人物社會地位的細節。

- **觀點和調性**

切入角度：作者切入故事的點。

氛圍細節：特別選出來描寫的事物，以營造氣氛。

人稱選擇：講故事的視角，分第一、第二或第三人稱。

措辭等級：故事語言的正式性。作者的「聲音」相對穩定，但人物的「措辭」會根據主題及作者的目的而變化。

心理距離：敘述者和主人翁之間的距離。「近心理距離」是把讀者放到人物心靈的內在。「中心理距離」則稍退後一點，以近身觀察者的觀點描寫主人翁的遭遇。「遠心理距離」則在一定距離外以陌生人的角度來描述。

定位點：作者擺三腳架的地點，三腳架支撐著觀察行動的心理攝影機。典型的記者距離像一個懸掛在半空中的氣球，記者就像位在人物頭部上方約六公尺處進行觀察。

故事架構：作者為故事設定的價值和目標。

文字風格：作者藉由文章傳遞出的總體性格，英文常用「voice」。

・架構

人物出場序：作者帶出關鍵人物的順序和時機。人物出場序會影響場景的類型和安排，也會影響敘事的方向，故能形塑故事結構。

平行架構：創造另一個類似的結構，以表現較大的觀點。

場景架構：一個場景一個場景建構起來的故事，每個場景展開一段具體的時空。一篇典型的三千字故事約涵蓋三到五個場景。

話題架構：以話題而非故事線來安排故事的次序。

分隔符號：將文章分割為各部分的符號。常見的傳統手法是將若干星形符號打成一行，代表場景或主題在此轉變。

統合手法：在整個架構中重複出現某個關鍵細節，是統合整個故事的一種手法。

敘事作家的日常習慣

萊恩．德葛列格里[6]

有同事曾對我說，「萊恩，你寫的主人翁都有點怪」。但我認為他們都只是普通人，我是一個**什麼樣**的人物都會寫的記者。

我通常每週寫一兩篇短故事。我所寫過最長的故事，花了十個月時間採訪和寫作；期間仍然進行日常的報導寫作。

我的多數故事發表在專題版面上；我得在耶誕節和母親節為編輯部寫稿，甚至不得不為耶誕節專題寫一篇人和寵物合影的文章。如何找到好的故事概念，從而避免寫狗和耶誕老人的圖片故事呢？以下提供十三種技巧。

一、跟陌生人交談

當一個包打聽的鄰居；坐到盪秋千的老女人身旁；到碼頭逛逛。到哪兒都別忘了跟人聊聊。有一次我報導一場葬禮，親屬還沒來，我跟掘墓人聊了一會兒。「這是個無聊的葬禮，」他告訴我。「明天還有個葬禮，那人要葬在咖啡壺裡。」那個人的兒女這麼做，是因為他總是問，「我的咖啡呢？」第二天我又去了墓地，寫了個一整天的故事。

6 參見43頁。

二、蹺班

我找到好的故事，其中好幾次是我本該坐在辦公室的時候。搬到佛羅里達的第二個禮拜，我正在開車上班途中，看見一個大告示牌上寫著「佛羅里達皮草」。我就是想知道誰居然在佛羅里達開皮草店，就去了那家店，採訪了一個老人。他剛從紐約過來，建了個能控制濕度的倉庫，供北方人存放皮草。

三、讀牆上的文字

不管到哪兒，我什麼都讀——免費的雜貨店廣告單，自助洗衣店的公布欄，特別是報上的小廣告。有個小廣告這麼寫著：「給貌美如花的女孩：上週三中午，你離開凱西餐廳時，我們對視了幾秒鐘。我是那個站在店門口一張小桌子旁的高個兒。如果你看到這則廣告，打電話給我。」

我打電話給他，把他找那位美眉的故事寫出來。他一直沒找到她，但我的報導為他帶來大約四十次的約會。

四、單獨吃午飯

有時候，我坐在餐廳裡，或坐在公園椅子上，捧著本書，但其實在聽周圍的對話。聽到有趣的事時，我就靠過去說，「不好意思，我聽到你們說……我可以跟你們聊聊這事嗎？」人們通常都很樂意。

五、充實你的生活

注意自己的日常生活周邊的有趣故事。我有一個朋友在哈雷專賣店教騎摩托車，他告訴我，有個五十幾歲的女人吃力地學騎一輛十三萬美元的大哈雷。車是她丈夫買的，卻在一週後自殺了，留給她這筆大帳單。她猶豫著：該把車賣了，還是趁這個機會嘗試新事物。

六、別理大人物

多數時候，我都覺得寫大人物很無聊；因為別人早寫過了。我曾拿到一個最糟糕的任務：採訪佛羅里達小姐選美賽。我本該以本地選手聖彼德堡小姐為重點，但她已經是第三度參賽了。結果我寫了她的服裝顧問，一個快樂的餐廳侍者，卻很享受聚光燈下的時光。

但有時候大人物不理我，我反倒有興趣寫他們。有一段時間，達里爾．史卓貝利（Darryl Strawberry）常常上新聞，我不懂他妻子卡麗絲（Charise）為什麼還挺他。她拒絕我的約訪，但這個採訪已經列入計畫，我不能放棄。我能做什麼呢？我把各種有關她的報導都找來讀，然後趁她丈夫一個案子開庭時，跟了她三天。我甚至向朋友借了輛小貨車，扮成一個承包商，開進他們家大門。雖然沒採訪到她，但我寫了她是如何對周圍事情做出反應的。

七、讚揚失敗者

美夢成真的人已經報導得太多了，面對失敗或挫折的人更有吸引力，張力本來就在故事裡：**他們要往哪裡去？危機如何改變他們的生活？**

我曾寫過一個人，他想在佛羅里達中部建一個生態農場和共同社區。他買下一大塊土地，在一份另類報紙上登廣告，招募社區成員。結果找來的人都是酒鬼、毒蟲和通緝犯。提供資金的是他妻子，她只肯再給他一個月時間把社區運作起來。我的故事寫的就是那一個月，他正面臨這個問題：**畢生夢想破滅後，我要去幹什麼？**

八、琢磨「是誰做……？」

問自己這樣的問題：誰去清理移動廁所的化糞箱？海盜隊在詹姆斯體育館的比賽結束後，誰去清理座椅底下的垃圾？我曾寫過一個公衛健康科護士，人稱「V媽媽」，V指vasectomy（輸精管切除術）。她曾獲得一筆補助，使得佛羅里達皮內拉斯郡（Pinellas County）成為全國年度輸精管切除術第一名。

九、到酒吧逛逛

酒吧裡的每個人都在講故事。就算不喝酒，你也可以叫一杯健怡可樂，聽聽在新聞部、市議會甚至大街上聽不到的故事。

十、逢人就給電話號碼

我一般都帶記者證。人們遇到我，說：「哦，你是報社的。」我總是說，「是的沒錯。你那兒有什麼故事嗎？」我到處發名片：獸醫診所、地鐵、加油站；他們真的會打電話告訴我一些故事，雖然有時是幾年之後。現在，我所寫的故事最後都會秀出我的電子信箱和電話，那也帶來了大量線索，有些線索非常棒。

十一、寫節日故事

我成了個想去報導節日故事的人，並視之為對個人的挑戰：這次情人節寫點什麼？我會早在幾個月前就開始思考，因為我知道到時候任務自然會落在我頭上。

有一次國慶日我寫了個故事，回答這個問題：施放煙火在佛羅里達是違法的，為什麼還有那麼多煙火？原來購買者只需簽一個聲明：「我放煙火只為趕走養魚池周圍搗亂的鳥。」

十二、撿別人不要的故事

讓同事翻白眼的任務也能變成真正有趣的故事。我們曾收到一份新聞稿：心理疾病患者會所啟用。只有我願意接下這個故事。它是由一群參加同一個日間療程的心理疾病患者共同開辦的會所。原因是他們參加的那個療程，為了打掃和準備晚餐，下午四點到七點會請他們暫時離開診所，但那段時間他們無處可去，還有人因此被視為流浪漢而遭逮捕。他們為會所準備了盛大的開幕式，我去了現場，並報導他們的興奮心情及會所對他們的重要意義。

十三、尋找蘋果表面的瘀傷

我曾用幾個禮拜的時間採訪一群來到坦帕的俄羅斯孤兒。每個孩子分配到一個家庭住上幾週，期望最後能被成功收養。我跟訪一對夫妻，他們為小男孩準備了房間，買了衣服和一支史酷比牙刷；他們甚至去看侄子侄女洗澡，學習怎麼幫孩子洗澡。這對夫妻五十多歲，非常想要孩子。最後，因為法律文書的問題，他們沒能收養這個小男孩。

我得決定：是寫那四十個成功收養的家庭，還是這一對沒成功的夫妻？我選擇寫了這對夫妻和他們的心碎故事，因為比起其餘部分的光潔無瑕，蘋果表面的這一塊瘀傷，更能抓住我的心。

當我們睜開眼睛，豎起耳朵，不再勢利，見識以前我們沒聽進去的事，憑誠實的好奇心去認識更廣闊的世界——這時故事便會湧現。有時，就像快樂的知更鳥，最好的故事總會落在自家的後院。

建立紀實報導團隊

瑪麗亞．柯瑞羅[7]

招募寫手。你喜歡到處趴趴走，在最不可能的地方搜獵故事，而不是坐在辦公室。你好奇得要命；你對可以讓讀者喜愛，讓他們又笑又哭，或引動他們思考的細節感受敏銳。當然，你還是個寫作高手。

來吧，這裡有個你熱愛的工作。

給你的配備：我們將組成一個說故事團隊，由三到四位記者組成，均為本報強棒作者，負責搜獵最棒的故事。

這是出現在《維吉尼亞人導報》上的編輯部招募海報，該報在維吉尼亞諾福克（Norfolk）發行二十萬份。我們需要點子，我們需要人才，我們需要不想坐在辦公室的人，經驗豐富且鬥志高昂。我們需要一切。

我們的紀實報導團隊就是這樣誕生的。做出這個決定之前，有一場資深編輯的閉門辯論：這個主意好不好，報社有沒有能力養這支團隊。回頭來看，這個決定很不簡單——這是一家正在精簡成本的報紙，九〇年代的大部分時候，報社對專題寫作的支持態度都不穩定。我們的團隊成立前的七年裡，《導報》曾兩度建立專題團隊——一個叫「弗萊克斯團隊」（Flex Team），另一個叫「真實生活」（Real Life）。它們的任務一樣都是：為報紙的每個版面寫作，把寫作技巧帶進傳統的專題報導裡，同時也帶到新聞、商業和體育報導裡。它們的命運也一樣：不久便夭折了。

早期團隊被裁減的原因，有些是《導報》獨有的，有些是其他新聞機構也碰到的問題：公司不斷降低對編輯部領導者的政策性支持，老闆不了解好的紀實寫作所需花費的時間和精神，以及，對「成功的新聞報導該怎麼寫」抱持陳腐的舊觀念。

後來，一種「專題文章會自動出現」的哲學統治了報社。我的紀實報導團隊裡有一個資深作者曾經歷早期團隊的時期，他開玩笑說，《導報》的文章讀起來像是「有益身心的東西」；專題報導只不過是日常新聞的副產品。報社已經失去了精益求精的企圖心。我們的編輯凱．塔克（Kay Tucker）相信，一個致力於寫出精彩報導的團隊，不只能帶給讀者好故事，也能為其他員工樹立榜樣。她想為不願當編輯但也不願老是報導政治新聞的資深作者打造一個家園。

異質性高的專題團隊

就是在進行這些討論的時候，我進入了《導報》。兩個月後，招募和領導這個團隊的任務交到我手上。有十六位申請加入這個團隊，其中有一位來自商業版的記者，一位城市版編輯，一位軍事版記者，某個從北卡羅萊納新聞社過來的人，一位體育記者。他們送來簡歷、作品和求職信。我是報社的新人，所以跟每個申請者坐下來談，努力了解他們，判斷誰是我們要找的故事寫手。我們把候選名單縮小為七人，最終選定了四人。七年後我們還是一個四人團隊。

我不只看申請人的作品，也評估他們背後的想法。他們能看到真正的故事嗎？紀實報導的作者應善於看到其他人看不到的可能性——故事背後的故事，或隱藏在角落的故事。我選擇的人還要能**期待**得到並且也願意給別人建設性的批評。

我又加了一項選擇標準。我對每個人定義一種顏色，且希望每個人都不同。最有熱情和觀點的作者，當然是紅色。我還選了一個藍色（思慮周到、好奇），一個紫色（創造性、無畏），和一個粉紅色（精力充沛、感情豐富）。那位粉紅色離開後，我們挑了個黃色（渴望、同理心）。結果證明這是一個個性、興趣和天分都互補的強大組合。

起初，這個團隊的任期有時間限制，兩年後可以重新申請，成功續聘則可再做三年；但現在，他們可

7　瑪麗亞．柯瑞羅（Maria Carrillo），《維吉尼亞人導報》（*Virginian-Pilot*）的總編輯。曾領導該報多數專案，並負責一個四人紀實報導團隊。她編輯的故事曾獲得 ASNE、NABJ 和 AASFE 等獎項，並有三個系列報導已出版成書。

以想待多久就待多久。我們已經對他們進行投資，想要好好留住他們。

我們的團隊是一個整天搜獵故事的敘事思考家的小小實驗室。我們每週開會，討論寫出來的文章，學習別家的範例。我們越來越善於判斷什麼能寫、什麼不能寫。

團隊成員向各版記者提建議，努力與其他同仁建立親切和合作的關係。團隊為其他記者樹立了榜樣，也大大提升了報紙水準。

專題團隊的運作

當然，也有人對我們懷著恨意。這個特殊的團隊成員，必然會被貼上「自負」的標籤，而且他們**確實**擁有多數記者所沒有的時間和空間。二〇〇五年，我們啟動了「故事實習假」計畫，鼓勵其他同仁進行更多的敘事寫作。每年兩到三次，我們給各版線上記者一個月時間，在我的指導下寫一篇紀實報導，成為團隊的第五個成員。這種實習假使得一些有企圖的點子得到支持，也讓那些記者真正體會到「如何寫出一篇紀實報導」。

實習假之外，如果其他記者有好的點子，我們也會鼓勵他們主動執行，並去完成前期工作，我們再協助他們進行下去。我跟許多有想法的記者和編輯都進行了合作。也許我會指出他們在故事概念上的問題，但只是為了讓它更好。我們會一起完成整個故事的工作流程。

我團隊的報導通常登在頭版或專題版，有時登在地方版的頭版，偶爾登在體育版。我們講的故事是報社其他人很少有興趣或有時間去寫的。我們對新聞時事做出反應，紀實報導也會再次扣回到新聞議題。我們試圖帶給讀者意料之外的東西——無論是議題還是處理手法。

起先我們的目標是讓文章多多上報，短文章或長文章都好。我們測試自己，確保我們能夠很快的講一個故事，使用更多對話形式，並提升我們的實地採訪技巧。

我們也報導突發新聞。伊莎貝兒颶風（Hurricane Isabel）來襲時，由我們團隊的成員之一擔任風暴故事的整合記者，因為我們想找一個能把故事講好的人來負責。

我會參加報社的預算會議，努力在新聞編輯部培養紀實報導的文化，並挑戰陳腐的做法。偶爾，預算中的某些事還給了我們寫故事的靈感。

我還主持了一個例行討論會，對所有記者編輯開放。我們會在午餐後進行一個小時的討論，聚焦一個特定主題——例如怎麼寫故事的結尾。有時由我帶領討論，有時邀請別人帶領。還協助大家編了一份內部通訊。一次，一位軍事記者和一位商業記者來聽「截稿壓力下的故事寫作」，他倆都在報社幾十年了。我想，「**現在我可以退休了！**」

兩種角度，一個系列：作者與編輯的討論

雅基．巴納金斯基[8]、湯瑪斯．艾力克斯．泰森[9]

湯瑪斯．艾力克斯．泰森（以下簡稱「泰森」）：二〇〇一年九月十二日，世貿大樓災難後的第二天，我和一位攝影師開著一輛租來的卡車上路了。我們花了三週時間，從西雅圖開到紐約，為《西雅圖時報》寫了十四個故事。這個系列名稱叫「穿越美國」，包含了採訪到的個人故事以及照片。

8　參見19頁。

9　參見117頁。

九月十一日當天，我正在寫第二天要發的重點新聞故事。下午幾個編輯問我，「你想不想去紐約？」一小時後，我接到自己的編輯雅基．巴納金斯基的電話。

雅基．巴納金斯基（以下簡稱「巴納金斯基」）：當時我在密蘇里州哥倫比亞市，我每週會去那裡教幾天書。當天全國的飛機都停飛了，我被困在那所大學的小世界裡，無法回到編輯部或回家。《西雅圖時報》的一個政治記者提出了初步想法：走出去，發現「新」美國。討論這個非傳統計畫時，我們很快明白，問題不在於寫**什麼**或**如何**採訪，而是**誰**去做。編輯部裡有一個人是這個任務的當然人選。提出這個點子的記者也同意了我們的決定，真要感謝他。於是我撥了電話給泰森。

泰森：我的反應是，「你想讓我做**什麼**？」

一個點子：沒有計畫，上路再說

巴納金斯基：泰森總是對編輯的提議不大熱情。通常，我給泰森某個故事點子，他會花幾天時間仔細思考，然後才同意。但這次他第二天一早就上路了。我們沒告訴他就為他租了輛卡車（「九一一」這天全美機場都關閉了，這事可不容易），那時他還沒同意寫這個系列報導。

泰森：第二天，週三，艾倫．伯納（Alan Berner）和我開車穿越喀斯喀特山脈（Cascade Mountains），途中，我終於打電話給雅基說，「好吧，我們來做這件事。」但艾倫和我完全不知道要做**什麼**。我們要在某個地方停留一週，寫個長故事？或者停兩個地方？或者每天在一個小鎮寫一個故事？我們覺得有點驚恐。艾倫說，「我要一直走到華盛頓州州界，然後掉頭回家。」他正是那麼做的。

同時，週五我們就得把第一個故事發給雅基。第一站是華盛頓州中部的埃倫斯堡（Ellensberg）。我們腦力激盪了一下，列出可去的地方：保齡球場、教堂、商業大樓、市政府，最後我們決定去學校。我們與校長訪談，聽學生背誦效忠誓辭。第一篇文章的開頭為整個系列定了調：

西雅圖到埃倫斯堡。小心幻覺，頭疼時會有的幻覺；尤其當頭疼只是一種更大範圍疼痛的一部分，你沒法用手去揉。

那疼痛先是擊中了胃：我看到新聞影像中，世貿大樓像山一樣坍塌。疼痛刺穿了心：我看到照片，男人女人從大樓頂部躍下，那曾是地球上最高的樓。二〇〇一年九月十一日，星期二，這一天結束時，我的腦袋塞滿了最不可能出現的畫面，痛。

一個聲音說，「去東部。」於是我去了，不知道到底為什麼。

即便旅程的意義不明，但感覺是對的。我是個行路人。當我需要做些什麼事，我起床後便出發。這是我的進行方式，只不過我是開一輛租來的福特征服者（Ford Expedition）汽車，走了四千八百多公里。許多人和我處在相同的心理和感情空間中，我邀請你們在精神上隨我穿越美國。就像真正的西雅圖人，我們可以一起做些事。

我邀請西雅圖全城市民跟我一起走。但要是他們不跟呢？

巴納金斯基：泰森和艾倫已經列出了要去的地方，但新聞部的編輯也擬出了自己的清單。一位編輯在辦公室擺了張地圖，上面插滿了小旗標。我應付著編輯們的各種點子，跟攝影部和新聞部討論文章的刊頭設計和大標題，考慮把文章放在哪個版面。

有幾位新聞部的編輯抗議：「美國正發生歷史上最大的新聞事件，你卻想把幾個還說不出內容的個人故事放在**頭版**？」

是的。這種時候的新聞需要以感情切入。我相信那位攝影師和那位記者做得到，即便誰也不知道他們會怎麼做。

泰森：我完全不知道雅基在新聞部裡發生的衝突。

第一篇報導成功定調

巴納金斯基：我和泰森談的不是去**哪裡**和做**什麼**，而是**調子**。我們談系列報導的架構和靈魂。概念是**尋找美國**。我相信這個系列報導必須寫人的故事，但也得確保故事依然是新聞，從而使其他編輯及讀者能夠理解。

泰森：用第一人稱寫作對我不難。我喜歡這種感覺，文字背後有一個**人**，帶有一種方向感的意識，即便「我」這個字沒有出現。

巴納金斯基：年輕記者若想以第一人稱寫新聞或表達強烈的觀點，應該要記住，泰森寫這類系列報導之前，花了二十年時間學習如何取捨。

泰森：第一篇報導刊出之後，我收到來自讀者的七十封電子郵件。個人故事的調性激起了人們的情感共鳴。

巴納金斯基：讀者寫來這樣的內容：「我但願能跟你們一起去，但沒辦法。我把我姑姑在北達科他州的地址給你們，我很願意提前給她打個電話，請她準備一份櫻桃派。」這樣的話使得新聞部裡的其他人慢慢相信，這個系列報導是值得放在頭版的。

一如泰森提到的，在華盛頓州和愛達荷州的州界，攝影師離開了。因為經費的原因，也因為其他任務的壓力。頭兩個故事之後，就沒有照片了。我終於從密蘇里州哥倫比亞市飛回了西雅圖，然後每天遊說圖片編輯和其他資深編輯。我指著泰森沒有照片的文章說，「天，讀者看不到那個人，豈不是太糟糕了？」後來，我又想，泰森寫得太好了，就算沒有照片，讀者也像是能**看見**他寫的那個人。此時攝影師又回到了泰森身邊，從此讀者的反應就更熱烈了。

在沒有攝影師的那段時間，要把泰森這個系列放到頭版似乎更難了。反過來，一旦我搶到了頭版版面，就得確保明天有故事能填滿它。有幾次，我傍晚打電話給泰森，說第二天早上八點就要一篇稿子。艾倫開車時，泰森就用筆電寫稿。有幾次總編輯不得不插手，以確保我們的故事能留在頭版上。

「穿越美國」在某種意義上成了《西雅圖時報》的轉捩點。從此我們刊登了不少個人化的、情感豐富的親密新聞。它們的緣起可以追溯到泰森和艾倫的報導。

攝影記者是另一雙眼

泰森：雅基為我爭取攝影師，我卻寧願獨自工作。一般來說我喜歡單獨採訪；有人在旁邊有時覺得累贅。這次我沒成功。不過，在丹佛機場看到艾倫時，我知道這意味著這個專題已經贏得了新聞部的支持。攝影部門原本還是態度最遲疑的部門。

巴納金斯基：在我當記者的近二十年裡，一直希望有一個攝影師在身邊。好的攝影師——大部分攝影師都很好——看待世界的方式，是我所缺乏的。他們提供了一雙不會被筆記本干擾的洞察之眼。

泰森：雅基和我對刊登頻率的意見也不一致。我希望少寫點；雅基希望多寫幾個故事。最後我們同意二到三天報導一個故事。這是可以做到的，雖然這代表著每天得工作十六個小時。

基本上早上我們都得開車。多數是艾倫開車，我則閱讀《西雅圖時報》研究員提供的背景資料，還有路上看到的一切資訊。一旦到了一個地方，我們會到超市喝杯咖啡，買來能找到的所有當地報刊。下午我們去採訪。晚上，我常常邊思考邊入睡，隔天很早起來，花一到四個小時寫作。然後我們再次上路，開始新的循環。

巴納金斯基：我堅持他們要去奧克拉荷馬市。泰森原本不肯，但最後還是去了，寫出的故事裡有這麼幾段：

> 下午我們在那兒，邦妮·馬丁尼茲（Bonnie Martinez）穿著正式的白袍，戴著頭飾，出席她的肯色內拉成人禮（Quinceñera）——女性滿十五歲時的拉丁美洲儀式，同時紀念她的父親。
>
> 她父親是吉伯特·馬丁尼茲（Gilbert Martinez）神父。炸彈爆炸時，他正在一樓協助朋友填寫社會安全表；辦那種事本來不會花太久。當時邦妮念三年級。
>
> 當時老師以為是地震，要學生蹲在課桌下面。
>
> 幾個小時後，邦妮放學回到家，看見哭泣的親戚才明白。她平靜地說，「我想念他的一切」。
>
> 她已經學會把六年來的悲傷濃縮成一句話。

這四段文字道出了這個系列報導的核心。無論事件多麼巨大，悲傷終究是很個人化的。是攝影師艾倫找到邦妮的。

泰森：我不想去奧克拉荷馬市，因為那種故事很容易陷入陳腔濫調。那篇故事的開頭，我寫了不想去的理由：「我們本來沒打算來這裡。在這裡還能說什麼呢？」只要沒有實際到那地方，只在文字上表達感傷是沒問題的。但一旦到了那裡，就要把感情嵌入情境中——沒必要明說。

巴納金斯基：「穿越美國」的故事，我沒做太多文字編輯工夫。我的編輯工作多半都在以各種方式問同一個問題：「你怎麼知道的？」即便在這樣的第一人稱故事裡，我也不在乎泰森做何感受，我在乎的是他如何把體驗帶給讀者。

到了現場總會有辦法

泰森：這個系列的敘事主題走向，始於我們在痛苦和緊張中離開西雅圖，結束於我們到達紐約。直到我們到了懷俄明州，才找到了節奏。那時，敘事主軸——這趟旅程——開始變得清晰起來。每天的故事是一個微敘事，加起來構成一個大的故事主題。故事常常始於我們抵達一個村鎮，結束於我們離開。我們遇到的人，他們的感情和想法，成了故事的核心張力。

隨著系列報導陸續發表，我們收到了許多讀者的建議，有些我們也採用了。一個讀者說，「你們應該去肯塔基州的路易斯維爾（Louisville）。那地方有意思，因為那裡一半屬南方，一半屬北方。」我們去到那裡，計畫寫穆罕默德．阿里（Muhammad Ali）最初打拳的拳擊館，或者他和伊斯蘭教的密切關係。但我們發現，城裡多數的拳擊館都關門了，這是中產階級化的結果。而我們也找不到任何認識他的人。我們遇到一個牧師，他說能帶我們去阿里的拳擊館。半路上，我們見到一所老舊坍塌的房子，掛著一面巨大的美國國旗。門前，兩個老女人坐在搖椅裡，穿著罩衫和法蘭絨襯衫，戴著草帽。我們跟她們混了一下午，然後她們便成了我們的故事。

半數以上的情形是，我們最後寫出來的報導，和我們開車進到鎮上當時所計畫寫的故事，完全不同。

巴納金斯基：泰森開始說，「我認為，我們應該在到紐約之前改變路線。」這讓我覺得恐慌，心想，**我怎麼勸他直接去紐約呢？**他們在賓夕法尼亞寫了個車禍現場的故事，那以後，泰森覺得跟真實事件更貼近了。我告訴他必須去紐約，如果他在紐約找不到故事，到時我們總有辦法。

泰森：最後，紐約的故事是系列報導裡相對好的一個。

巴納金斯基：寫這種東西的必須是很好的記者。透過採訪的過程，讓主題越來越明確。系列裡的每一篇文章，開頭都預示了主題，使得新聞部的保守派更能接受這樣的個人化敘事。

第三篇文章起首寫道，「戰爭時期，小老太太在做什麼？一天下午，近黃昏時分，開車經過比特魯特山區（Bitterroot Mountains）東邊山腳下，在這個國家的新恐怖時期剛剛開始將近一週時，我遇到了兩個小老太太，問了她們這個問題。」

在這個國家的新恐怖時期剛剛開始將近一週時，這句話是果殼段，是不讓故事迷失在雲端的線索。

泰森：系列報導非常成功，結果二〇〇二年我們又做了一次，再次穿越美國，在「九一一」一週年時到達紐約。第二個系列寫得更好，因為我們有時間做周詳的計畫。不過，第二次沒有二〇〇一年那次的情感張力。第一次的成功是因為時機合適，當時讀者對個人化故事的需求最強烈，而我們滿足了他們。

六十四人合作完成的報導

路易絲．基爾南[10]

我們的團隊有六十四名記者和攝影師，共同為《芝加哥論壇報》完成一個系列報導——「僵局的閘門」（Gateway to Gridlock）。團隊裡有攝影記者、美術設計、各種編輯。就像許多專案一樣，這個專案始於某一個人的個人經驗：我們的編輯安．瑪麗．利平斯基（Ann Marie Lipinski）和小女兒一起從佛羅里達飛回芝加哥時，經歷了幾個糟糕的日子。她決定《論壇報》應該關注一下航空旅行業的問題。

系列有四部分，我寫了第一篇，我也是這篇報導的記者之一。我們計畫寫在航空旅行系統裡如何度過一天。我們跟聯邦航空管理局（FAA）及各大航空公司廣泛進行協商，然後隨機挑了個日子。純屬機遇——好運或壞運取決於你的觀點——那天下午兩個巨大的雷雨包在芝加哥奧黑爾（O'Hare）機場會合，導致數千人整夜困在機場，全國航班都受到影響。《論壇報》的記者和攝影師於是分別進駐全美國的部分機場、飛機上、航管局指揮塔台及各大航空公司總部，就看接下來的一天時間能不能把這個故事做好。

動員一天，作業九週

編輯們是在二〇〇〇年七月開始策畫這個系列，我在八月參與進來。我們採訪的當天是九月的一個週一，故事發表在十一月的第三個週末。採訪日期和刊登日期之間長達九個星期——在大型專案的世界裡卻只是一瞬間。

團隊敘事的一個重要策略，是在報導**之前**做報導。確保所有工作人員出門前知道要去找什麼。我們團隊有兩個記者，平常的工作就是報導航空公司，他們已經在為報導日的某些較大主題和問題做準備。例如，一個焦點是看看航空公司是否把誤導性的資訊傳遞給乘客。你的團隊準備得越周到，他們就能報導得越好。

只要可能，團隊計畫的主要作者應該也去採訪。如果那天我自己沒有去奧黑爾機場，沒看見一團團揉皺的漢堡包裝紙，沒聞到受困人群嘴裡過期啤酒味的呼吸，我就寫不出「僵局的閘門」。作者的參與也有助於建立團隊合作的氛圍。如果作者不在，在機場出入口轉了十六個小時的記者，可能以為你躲在辦公室裡

10 參見81頁。

喝卡布奇諾呢。

無論團隊多大，每個記者都應該有具體任務。你不能把人放出去，只告訴他們「搞點精彩的引述句回來」。這個專案，我們給每個團隊成員清晰的指令：守在行李口，或盯著二號口，或緊跟著機場主管。我們希望大家理解，只要堅守崗位並確實記錄，好的材料最後就會出現。

同時我們也需要彈性。一個記者的原計畫是早上飛到丹佛，卻和其他人一樣困在奧黑爾。但他和攝影師遇到了一個女人，帶著蹣跚學步的孩子，她們困在機場，買不到尿布。記者和攝影師跟了她一天，最後跟到紐約水牛城她媽媽的家裡。她成了故事裡的一個主要人物。

密切聯繫，互相通報

最大的挑戰之一，是幫助機動記者理解我們不是要做組裝式新聞。我們的目標不是十個不同的人發表的十句話，而是品質和深度。這是許多記者做的第一個敘事專題，或者根本就是他們做的第一次採訪，所以需要一點說服，才能讓他們認同只跟一個人聊沒問題，只要那是**對**的人。

我們設計了一種機制，使得大家能彼此保持密切聯繫，從報導日前一直到報導日後。大家一直在打手機。我在奧黑爾機場的一項職責是每一、兩個小時召集一次小會議。會議不強制參加，正在忙有趣事情的人可以不參與。我們只是希望，當他們束手無策或需要指引時，大家知道上哪兒求助。

互相通報至關重要，對故事大有幫助。例如，一個記者在德克薩斯美航指揮中心，他打電話到芝加哥，報告有一架飛機已經在奧黑爾機場跑道上等了快五個小時；另一個記者跑到出入口，抓到那個唯一被允許下飛機的乘客——他帶狗去廁所。正是靠我們的通報系統，讓我們可以在對的時間出現在對的地方。

每位記者各自做追蹤報導

採訪日之後，記者把筆記交給我。我首先把資料全部看一遍，畫出看來有意思的東西。然後，我擬出那天的粗略時間線，再努力把所有故事整合起來，拼出大致的樣貌。有時在某些地方，某個人的筆記與另一個人在別處看到的狀況正好有所連結。例如，有人聽到飛行員和控制塔台的一段對話，結果我們正好有採訪到那架飛機的乘客。

我對團隊說過，如果我們收集的資料中，有一〇到一五%能進入最後的報導文章中，就算運氣很好了，他們聽完都笑了；結果那成了相當精確的估計。有時，數頁的採訪筆記和描寫，會被濃縮成一個有力的形象，比如一個人坐著，一個人躺在地上，前者的腳在後者的臉上方晃著。

對於很可能採用的素材，我盡量再找那個記者要求更多的資訊。團隊專案裡很重要的一點是，每個記者要盡量多做自己那一塊的追蹤報導。實際情況是，我不可能自己完成「僵局的閘門」的所有追蹤報導。更重要的是，要記者繼續對自己的工作負責，能減少錯誤鑽進報紙的機率。

整個寫作階段，我都跟記者保持密切聯繫，確認我是否正確解讀了他們的筆記。報導要發表以前，我把定稿中涉及到各記者材料的部分發給相關記者，以確保資訊的精確性。

在這麼大的團隊裡，要大家相信自己的個人貢獻有意義，不是件容易的事。並非每個人都盡了全力，但多數人是的。也並非每個人的採訪都進入最後的報導裡。貢獻最多的團隊成員，名字列在一個框裡，和報導一起刊出。

這個系列報導獲得了普立茲深度報導獎後，我們的編輯安・瑪麗用獎金把獎座複製了很多個，讓每個團隊成員都拿到一座。這個做法使得大家都能感受到，自己的努力工作得到了認同。

用照片說故事

莫莉．賓漢[11]

文字和照片的結合是強而有力的：各自為讀者提供彼此無法取代的資訊。可是，編輯挑選的照片往往只是作為文字的輔助說明，而不是讓每一幀照片說出自己的千言萬語。為一個攝影主題拍下多張照片的攝影師，就是個敘事記者，就等於在講一個故事。如果媒體能夠用敘事化的新聞攝影來講出有深度的故事，那麼它們的表現會更好。

文字編輯和圖片編輯之間似乎總隔著一堵高牆。把攝影師導入編輯流程，對媒體是好處：他們可以一起思考故事的概念，形塑報導角度，決定深度報導的策略。把攝影師導入故事概念的討論，可以讓攝影師真正成為報導團隊的一分子。在新聞行業裡，攝影師常被視為二等公民。雖然攝影師並非個個是天才，但記者也不是啊。不像多數編輯或一些記者，攝影師必須離開辦公室，到外頭野蠻的世界衝鋒陷陣。

不要讓照片變圖解

要攝影師直接把圖片故事推薦給媒體刊登，一直是很難的事，幾乎不可能。就算文字編輯喜歡攝影師的故事概念，他也會去找個記者來寫；而圖片編輯則不喜歡別人干涉他該去找哪個攝影師來拍；這使得自由攝影師可能完全無從表達自己想說的故事。媒體的文字和照片之間的這種隔閡，意味著錯失了許多機會。攝影師看事物的方式跟記者不同，看到的東西也不一樣。

編輯常常告訴攝影師，現在的預算比過去更緊縮，逼得攝影師得在一兩天之內拍出快而平庸的照片，而過去有的媒體會給攝影師一個禮拜的時間去拍一個故事。緊縮拍攝預算，同時意味著限縮了故事在視覺呈現上的空間，而視覺呈現是能深化故事意義的。這樣緊縮的工作條件下，我們失去的是什麼？

失去的是視覺敘事的精緻成熟。好的攝影新聞需要時間。在廣告業，圖像的威力得到廣泛的認同；然而，在攝影新聞的真實世界裡，要拍出「一切盡在不言中」的照片，所需要的時間要比廣告攝影多得多。攝影師必須鼓勵拍攝對象打開心房，讓故事在眼前展開，但這個過程急不來；記者能重建錯過的關鍵場景，但攝影不能。

圖像和文字之間也失去了創造性張力。雖然兩者需要大致呼應，但未必要在同一個軌道上。攝影師拍攝的如果是文字沒有直接寫出來的東西，讀者往往反而最有收穫。在只附一張照片的故事裡，攝影就降格為圖解，重複文字已然傳遞的資訊，這會造成讀者的損失。

給攝影師更多時間去挖掘

編輯應該給攝影記者時間去探索故事，挖掘視覺元素，找到對的拍攝對象，取得對方的信任，讓他忘記自己正被拍攝。攝影師需要時間跟拍攝對象相處，做任何跟故事主題有關的事，但不是在他們接受採訪的時候。記者在採訪的時間，是拍攝好照片的最糟糕時機：人物坐在黑暗的角落，張著嘴，做出各種表情，翻白眼。

有些照片可以自己說話，有些則需要較長的文字說明。我發出照片時，附上的圖說字數總是比任何報刊可能用的長很多。有些照片的意義具有隱喻性，或者得在讀者得到一些提示後才看得懂。這種照片需要解釋，但這帶來了一個問題：記者和編輯的心態使得攝影師無法主動推薦圖片故事，同樣也使得圖說只能

11　莫莉．賓漢（Molly Bingham），曾是美國前副總統高爾（A.A. Gore）的官方攝影師，二〇〇五年的尼曼會員。

任由記者和編輯擺布。有時照片登出來的圖說，誤解了攝影師的意圖，尤其當攝影師是自由攝影時。如果照片是購買自代理商的圖庫，而非報刊直接找攝影師拍的，就更可能發生這種事。有時候我們自由攝影會跟自由記者合作，但假如編輯不喜歡那篇文章，無論照片拍得多好，我們也只是做白工。

最好的情況是，記者和攝影師合作報導一個故事。就像婚姻一樣，攝影師與記者關係可能是美好的，也可能勉強過得去，也可能是十足的怨偶。成功的合作需要相互理解及清楚順暢的溝通。記者和攝影師不需要整天黏在一起，但必須每天或每週交換各自積累的資訊。受訪者在攝影師面前的表現，會和被文字記者採訪時不同。他們可能對攝影師說了一句脫口而出的話，或者對攝影師交心，於是就有了故事裡的一個精彩句子。

攝影師針對某核心主題拍攝相關圖像時，常常能看到故事更廣的內涵。同時，記者透過採訪、調查和觀察所搜集的資訊，能讓攝影師更知道如何讓照片與文字內容精準結合。攝影師和記者都在探索真相，只是方法不同。

文字和圖片的真正合作，能為每一個故事加分。這種合作關係需要把攝影師整合到故事的流程裡，同時培養彼此溝通的能力。出色的攝影作品就跟出色的文章一樣需要投入時間，尤其是靠人物和場景的幽微之處來表現的圖片故事。

發起一個敘事寫作學習小組

鮑伯・巴茲[12]

我所在的報紙《匹茲堡郵報》並不像波特蘭《奧勒岡人報》或《巴爾的摩太陽報》那樣是敘事寫作的搖籃，國內許多媒體甚至並不特別支持敘事寫作。不過，這種媒體的記者依然可以提升自己的寫作內涵，甚至把故事偷偷挾帶上報。

第一次參加敘事寫作會議時，我已經寫了十四年專題報導，但參加這次會議的經驗，仍根本性地改變了我的寫作方式。我回到匹茲堡，跟報社的寫作指導彼得・里奧（Peter Leo）共同傳播尼曼會議的精神，從根本上發起敘事寫作的革命。

我們報社原有一個內部培訓課程；而我也已參加郵報大學（Post-Gazette University）的討論會多年，但這些討論對讓《郵報》蛻變為另一家《奧勒岡人報》卻沒什麼用。彼得・里奧鼓勵我組織寫作小組。我想先從少數同事（我所知道對敘事寫作感興趣的人）開始，也有目的性地邀請了其他部門的攝影記者和記者，但沒邀請編輯。我請一位攝影記者共同領導這個小組，部分原因是照片在我們的敘事概念裡很重要。

12　鮑伯・巴茲（Bob Batz Jr.），《匹茲堡郵報》（*Pittsburgh Post-Gazette*）專題記者。

「敘事革命家」誕生

第一次會議，我們甚至沒有打開會議室的電燈，因為不想引起注意。我們自稱「敘事革命家」。我們可以討論心中嚮往的寫作，不用擔心某個編輯說，「是個好主意，鮑伯，請在三天內寫出來。」第一次會議僅六人參加，只談一個議題：**我們如何停止抱怨報紙新聞寫得有多糟糕，並真正為此做些什麼？**

彼得．里奧提議辦一份內部通訊，報社內部的地下報紙。《號外！》（*Extra!*）第一期的頭版故事宣布「敘事革命家」的誕生。我們暗示不希望編輯參與，好讓記者感覺自在一點。後來我們稍微放寬，讓幾個編輯參與進來。第一次公開會議時，出席人數很多，顯然大家對敘事報導的興趣遠大於我的想像。

開了幾個月的會以後，我開始擔心「敘事者」（大家這麼稱呼我們）正逐漸變成另一個光說不練的小團體。這時某個編輯給了我們第一個任務。二〇〇一年初，一個新的棒球場在匹茲堡落成啟用了。《郵報》已經報導這個棒球場五年了：從預算通過到整個建造過程，直到種植草皮。啟用這天來了，卻也沒東西可寫了。這個故事已經成了誰也不想寫的東西。那天在公司點心吧，地方新聞編輯湯姆．伯森（Tom Birdsong）對我說，「嗨，巴茲，這週末球場要開放了，你和你們那個小組來寫吧，怎麼樣？」

這不是友好的邀請，而是挑戰；我答應了，或許有點蠢。接著我召集了小組並告訴大家。我說，「如果我們相信敘事報導，那麼這便是我們的機會。」大家都同意。距開放日只有一週，而我們從來不曾一起寫一個故事，更不用說寫大故事。我們坐下來仔細計畫，最後決定採用「局－局」（inning-by-inning）的架構，從第一擲開始。

我們沒有立即決定如何進行合作報導，而是勾勒出敘事報導的基本面。我們提出例子，如：「我們不想採訪帶兒子來看球賽的老爸，然後記下諸如此類的話：『帶吉米參與這歷史性的場合對我非常重要。』我們想要見證這樣的場景：吉米說，『爸——』然後把他的墨西哥玉米片丟給他老爸，因為他已經吃夠了。」

這似乎有點小兒科，但對我們那時的小組並不會。我們預先跟文字編輯、圖片編輯和美編談過了，以免大家對我們寫的故事大吃一驚。

啟用日那天，幾位文字記者和四位攝影記者來到棒球場，我是這個臨時小組的頭。他們眼裡都發出「尋找獵物」的殺氣，**我們能手到擒來嗎？我們能找到每一局的素材嗎？我們知道去找什麼嗎？**結果我們滿載而歸。

創造出不一樣的報導

回到新聞部後的合作很漂亮：一個體育記者和一個「硬新聞」記者一同坐在電腦前，這種事很少發生。一個藝術版記者和一名年輕實習生一起工作。故事從頭版開始，開頭寫的是第一記投球，配一張錯位照片：畫面一側是一名場邊觀眾的腳，小小的投手在遠處。這張照片既抓到了球，也抓到了球迷在啟用日的心情。

我們只花了幾個小時就寫出了兩個版的故事。故事雖談不上完美，但的確是個故事——文字和圖像的實驗性故事。我們搞了個小組別針，標誌著我們在新聞室的信譽。也許某些同事不希望我們成功，但這個故事刊出後，他們肯定會想，「我不確定這小組在幹什麼，但至少他們不只是高談闊論。」

《郵報》和其他報社同仁都給了我們肯定。「讀完才明白，」一封信這麼說，「只是買張票坐在位子上，卻錯過了多少棒球場的氣氛。」讀者的回饋也證明，我們寫出了報上不常見的動人場景和畫面。讀者有點吃驚，多數很高興。一位自稱「長期訂戶」的讀者寫信給拍攝第一張照片的攝影師史蒂夫．梅隆（Steve Mellon），抱怨道，「主場開放日來了三萬六千九百八十四名觀眾，不知道為了什麼奇怪的理由，你竟然選擇拍……一個怪胎又大又肥又醜又臭的腳！」

隨後的小組討論會，我們分析了這個故事，之後小組又寫了幾個故事。勞動節——我們知道報社喜歡在這天出個專題——我們想了一些相當瘋狂的點子，然後敲定寫一個人物小傳系列，還有他們營生用的工具。在幾位編輯的同意下，我們寫了一個知名的燒烤師傅，他那支燒烤鏟已經用了十年；還有一個女人，她是地板裝修公會的第一位非洲裔會員。曾有人送她一台塑膠瓷磚切割機，祝福她事業成功，而她也做到了。她的報導被刊登在頭版上；雖不是個完美的報導，但具備了所有重要元素：實地採訪，出色的文筆，攝影和文字的密切合作，人性的元素，以及深刻的意涵。

維持這樣的小組並不容易。你最希望他參加的人——最有才華的記者——卻總是新聞部裡最忙的人。《郵報》走了幾個年輕記者，我們的小組也漸漸失去了能量。即便沒有聯合任務，敘事小組也可以是個強大的資源。我們共同閱讀和討論文章和書籍；記者和攝影帶來他們的專案，我們一起研究如何做得更好。某種意義上，我們的小組提供了記者嚮往的編採關係；同時，在編輯會議上不會說的事，在小組裡也能自在地談論。我們分享不成熟的想法，因為在這裡不會有人嘲笑你，也不會有人要你馬上把故事寫出來。

第 9 章

走在敘事作者這條路

不論在雜誌或圖書出版領域，最暢銷的作家並不一定都是最傑出的，但卻往往是最執著的。除非你是被指派去寫一個主題，一份完美的手稿並不意味著大功告成。寫作本身已經夠難了，但在動筆之前、寫作期間以及作品完成之後，如何行銷這部作品，還是得靠你自己。這意味著你投入時間、人力、專業以及財務的風險。《隨機選擇之家》一書的作者亞德里安．妮可．勒布隆克這樣描述自由作家：

你確實是在賭博。即使你贏得了頭彩，也不見得能賺到什麼錢，或許還會讓你血本無歸，但這是你自己的選擇。把時間花在你在乎的事上，這便是你的收益。你所付出的代價是必須向所有人——包括你的資訊來源、編輯和讀者——證明你的故事值得一讀。你必須對自己和作品充滿信心，因為你還得去說服一大群人。一旦你獲得了幾次成功，事情便會漸入佳境。

在本書的最後一章，一位經紀人、兩位編輯以及五位作家將分享如何讓你的自我行銷能順利進行。

（馬克．克雷默、溫蒂．考爾）

如何成為自由撰稿人

吉姆．柯林斯[1]

紀實寫作的自由撰稿人從來謀生不易，加上近年雜誌產業的變化，就更不容易了。一九六〇、七〇年代，是紀實報導在《君子》、《滾石》和《紐約客》這類雜誌上的黃金時代；自那以後，就越來越少大雜誌會刊登長篇紀實報導了。《滾石》堅持最久，但後來刊登的紀實文章已經短多了，而且轉向了名人作家。

以訂戶為主要收入的雜誌，不再有能力抗衡依賴廣告收入的雜誌。最搶手的雜誌，多半已不是《哈潑》（*Harper's*）和《大西洋月刊》這樣的綜合性刊物，而是專門性刊物——主題較窄且定位明確，提供某個小市場的資訊。《戶外》（*Outside*）和《田園和溪流》（*Field and Stream*）的成功，是因為它們為廣告商提供了特定的讀者群。自由作家的機會多半來自專門性雜誌。我們都渴望自己的名字會出現在《大西洋月刊》上，但多數作者並不是從《大西洋月刊》進入雜誌世界的。有些專門刊物，如《旅遊者》（*Traveler*）和國家地理的《探險》（*Adventure*），常會發表一些出色的敘事文章。

你的財務算盤

剛開始當自由撰稿人時，要用跟寫作差不多長的時間去投稿（及接受退稿）。一開始就能靠自由寫作的收入來支撐生活的，我所知道的只有一個，他大學畢業後就當起全職的自由撰稿人。第一年，他賣出五十八篇文章，掙了三萬美元。他的主要客戶是《今日混凝土》（*Concrete Today*），一本產業雜誌。他能寫的都寫，無論深淺。《魅力》（*Glamour*）的一篇文章為他掙到五千四百美元；同時他也為妻子參加的親師會寫廉價的通訊文章。《魅力》是他的突破口。他很快便固定為這本雜誌寫稿，而且《魅力》的編輯把他介紹給《淑女》（*Mademoiselle*）。現在他寫的量變少，但賺得更多。這是他努力掙來的。

一般來說，大家是先有份工作，如雜誌的正職記者或編輯，再慢慢轉向自由撰稿人。他們先試著業餘寫點文章賺外快，培養自由撰稿的基礎，自由撰稿的收入達到每年兩萬五或三萬美元時，再轉為全職的自由撰稿人。大多數自由撰稿人是靠少數報刊或合約帶來大部分收入。我為《全美航空》（*US Airways*）每個月寫一篇專欄，每一篇拿一千八百美元，這就為我每年的家庭預算提供了近兩萬兩千美元；我知道我還可以每年寫二到三篇長篇專題（每篇三、四千字）。這個收入再加上一點寫書的預付款，我的年收入在五萬美元左右。

雜誌的稿費水準差異很大。有些校友雜誌特稿的稿費是一字一美元。這也是《波士頓》雜誌（*Boston*，一本精裝的地方性雜誌）的稿費標準。航空雜誌的特稿通常也有一字一美元的行情，但專欄文章的稿費可能只有一半。一字一美元或許令人嚮往，但已經很長時間沒漲價了；我十五年前嚮往的也是這個數字。最好的雜誌開的稿費行情是一字兩美元，或者更高（有時高得多），但一般來說只開給知名的一流作者。

機上雜誌是敘事作者的一個大市場。我的《全美航空》編輯只定了一條規矩：不要寫死亡、受傷、壞天氣，或任何提醒讀者他們正在坐飛機的東西。這種雜誌會冒險登一點商務艙乘客感興趣的另類有趣題目。例如，你可以寫一篇關於「彈圓片」（Tiddly Winks）成為百萬美元產業的敘事短文，因為那是一款一度在亞洲熱賣的桌遊遊戲。

1 吉姆．柯林斯（Jim Collins），《*Attaché*》雜誌客座編輯，曾任《達特茅斯學院校友雜誌》（*Dartmouth Alumni Magazine*）和《洋基》（*Yankee*）雜誌編輯。在《洋基》任職期間，該雜誌獲得了國家雜誌獎的傑出雜誌獎和報導獎提名。

思考投稿策略

尋找潛在客戶時，不要以封面判斷雜誌。細讀每一種看來有趣的雜誌。特稿有多長？作者名字印在目錄上了嗎？作者的水準如何？編輯看起來會允許個人化的筆調嗎？裡頭登的文章有深度、創意和豐富性嗎？

一旦列出了潛在的雜誌客戶，為每一本雜誌優化你的故事概念以投其所好。投稿之前就要先著手採訪，不要等到任務確認後才進行。我們知道「自由撰稿人」可能其實是個有中年危機的居家老爸，但別人並不知道。悄悄接近可能的故事人物，告訴對方說：「我正在為一篇文章收集資料，我覺得這文章真的很有意思。」大多數人很有興致談談自己的生活、工作和困境。你只要表現得親切且自信，並誠實回答他們的問題，但不要一開始就道歉：「還沒人要我寫這篇文章，但是……」

要想把故事點子成功地被埋單，你必須事先做點研究。你要能說出人物有哪些，放進至少一個你可能用的好場景，描述大致的故事線，包括推動故事的某個戲劇性元素，清楚的開場和結尾。你可能得先花好幾個週末和晚上試著寫出來；雖然你不知道會不會有回報，但別無他法。

做完跑腿的事以後，坐下來，認真思考你的投稿**策略**。你要賣的不只是故事概念，還有故事背後的意義——為什麼這個故事適合這本雜誌？例如，把故事試投給一家地方性雜誌時，提一下故事的旁線揭示了當地歷史元素的微妙變化等等。

首先，要**多讀**雜誌。如果附近實在找不到，打電話給雜誌社索取樣刊。首先研究雜誌的欄目。短篇敘事能夠滿足多數雜誌欄目的需求，包括美食、旅行和時尚。雖然編輯比較注重封面企畫，但也必須填滿每期的專欄版面；把你的故事投給那些專欄版面，命中率會比較高。

有效率地分配你的時間。要想靠自由撰稿謀生，讓稿子能一魚兩吃是唯一出路。例如，我為《全美航空》寫的每月專欄名為〈它是怎麼運作的〉（How It Works）；寫那本鱈魚岬棒球聯賽[2]的書時，我就用上了專欄裡的部分素材；之前我還寫過木球棒和鋁球棒的物理特性對比。十八個月後，我的新書剛上架，我又發了一篇文章，談的是主要棒球聯盟的人口分布變化和年度棒球選秀。

為客戶量身寫作

你的試投要能證明你已掌握敘事的基本寫作技巧。用搶眼的細節使人物栩栩如生，確保那些細節能說明，**為什麼**這個人配得上擔綱故事要角。思考你提出的特寫和長篇專題的戲劇性。一篇成功的特寫應具備衝突或張力，並在故事中得到解決。

在試投信裡，只需附上一兩篇過去的作品；因為編輯很忙，沒時間看太多東西。只有能為你的實力加分時，才附上舊作品。舊作品應當是像你正提案要寫的同一類作品。如果你想提的是需要採訪的紀實報導，就不要附散文作品；即便寫得再好，散文也無法向編輯展示你的採訪技巧和整合故事的能力。你的舊作品要能夠證明你的實力：用故事進行思考，清楚的表達，順暢的過場，把故事拉高到意義的層次。舊作品是用來證明你的專業，所以糟糕的或不相關的舊作品還不如不要給。

我當《洋基》雜誌的編輯時，每週都會收到五十到七十五封的投稿，包括試投信或文稿。其中一半以上並不適合這本雜誌，剩下的大部分只提出大概的主題，卻沒說出為什麼我們應該選擇它們。我們很少收到能展現他採訪能力且說明清楚的敘事提案，這連實習生也能判斷，知道要把它們放在「編輯待讀」的檔案堆裡。我會從那一堆裡篩選，尋找作者風格的痕跡。我在找的是熱情，一種作者真的想講出某個故事的

2　當地棒球協會每年夏天會舉辦多場比賽，球隊遍布鱈魚角的各個小鎮，且所有球賽都免費觀看。

感覺。

新手容易因為一稿多投而遇到麻煩。編輯喜歡作者只為自己的雜誌寫，所以你每一份試投都要為特定的雜誌量身定做。如果你的點子適合多種雜誌，也應該做適度的剪裁，一家家按次序試投，每一家雜誌收到的都應該是一份獨一無二的稿子。先投給首選刊物，聲明：「我想其他雜誌也可能對此文感興趣；這是個時效性話題，能否請您在一個月內給我答覆？」如果沒有收到答覆，再去投下一家雜誌。尤其重要的是，別讓拒絕擊倒你，或延誤了你的投稿。

如何提高投稿命中率

這裡有幾個策略，可以幫助你在初次接觸特定雜誌時提高命中率。

想一個只有你能寫的故事點子

把你的生活經驗、專業和個人及職業的網路考慮進來。想想你居住的地區，你的鄰居，你長大的地方，你週末做的事情。你生活中的地域獨特性帶來只有你才能寫的故事點子；一旦你有自己獨特的管道，編輯就沒辦法找別人寫這個故事。

跟催追蹤

如果編輯拒絕了你，說「我們正在做一篇類似的報導」，就為自己做一個追蹤提醒。如果六個月後那篇文章並沒有出現在雜誌上，不妨給編輯寫一封友好的電子郵件，附上當初的試投信，詢問是怎麼回事。或許他對你的點子還有興趣？

從小處著手

從報社入行的記者，寫的通常是較重要的新聞議題；一旦轉到雜誌社工作，經常以為也必須找到更重大的話題。但雜誌編輯並不是這麼想的，他們感興趣的不外乎是這樣的故事：能告訴讀者世界是怎麼運作的，人們是怎麼看世界的，又怎麼在其中生活的。雜誌觀察的是日常生活，精彩的敘事寫的經常是有深義的小事件。

關注週期性事件

週期性的日子和事件的週年紀念日，通常是雜誌報導的好機會。在週期性的主題上，月刊往往比報紙更有彈性。每年春天，鱈魚岬的大肚鯡洄游只持續兩週，但寫這件事的文章可以登在四月號或五月號上。記住，有些雜誌的作業期很長。《洋基》的標準截稿期限是在出刊前五個月，提前一整年甚至更長時間交稿也並不罕見。幸好，作者可以在稿件確定採用時就收到稿費，大部分好雜誌都是這麼做的。

除了已經成功的少數人，大多數自由撰稿人大概都需要為各類型雜誌寫稿，接受各種各樣的任務，而不是只寫嚴肅的敘事報導。我的目標是逐漸提高其中的敘事比例。如果自己能持續磨練這項專長，無論從個人或財務的角度，工作的挑戰和回報也將越來越高。

別停筆──寫作時間管理

斯圖亞特・歐南[3]

康拉德[4]是一位多產作家。他說寫作只有兩個困難點：開始寫和停不下來。他說的絕對正確。每個作家遲早都要產出長篇獨立作品。要成功，你必須找到時間，擠出時間，甚至偷得時間。正因為作品是獨立的，沒人能幫你，或催促你寫完，想要寫完就必須為自己訂下規矩──**別停筆**。

我剛開始寫作時還是個全職工程師。寫短篇故事和小說時，我經常寫一半就失去興趣，就此放棄。作家應該把事情做完，無論喜歡與否；即便失去了對作品的熱情，也能回過頭來改善它們。放棄會成為壞習慣，萬萬不可。

大衛・布拉德利[5]是個很棒的小說家，他說**所有的初稿都是狗屎**。有時，認清自己的初稿是一件傷心事。你已經一點一點地推進，用心地寫，在紙上寫出了漂亮的句子和出奇的意象，營造出極棒的氣氛，結果卻還是狗屎般的初稿。但這不要緊；你還有時間修改。

我研究過小說家約翰・加納[6]的私人文件，看過他的《葛蘭多》這本絕妙小說的初期手稿。真的寫得糟透了，就像大部分的優秀作家，他並不懂寫作，但卻具備**改寫**的能量和決心。每一部小說，他都寫了一遍又一遍，直到寫成我愛讀的那種生動、連貫的夢境。我們要怎麼才能像他一樣？我們要怎麼才能不停地寫下去？即便是為別人而寫。

守則一：對自己許下承諾。有些作者和自己簽約：**我將於某月某日寫完這本書**。我認識的一個作家奇普・斯坎倫（Chip Scanlan），真的簽了這種合約，釘在辦公室的牆上。

守則二：永遠隨身攜帶手稿。我總是把正在寫的東西帶在身邊，只要有一點時間就可以寫幾句。即便只是帶上一張記著最新那句話的卡片，也能用五秒鐘時間掃一眼，琢磨下一句是什麼。過去當工程師時，我每天上班時都對自己說，「今天我要寫一句話。」

當演員的一個竅門是身上永遠帶著台詞，讓自己隨時能更深入地揣摩角色；你對自己的手稿也要這樣，從而能隨時更深入地思考素材。不知是什麼道理，作品就在我身邊，能幫助我保持與作品之間的連結，無論我是在專心工作，跟家人相處，或是跋涉在每天兩小時的上下班路上。

守則三：抓緊所有可能的時間思考你的作品。利用午餐時間、甚至生病、上廁所時也想著你的創作。

守則四：永遠帶著筆記本和一支筆。

守則五：帶著你的故事主人翁。我常常變身為筆下的主要人物，努力鑽進那個人的觀點。我會整天想像，那個人如何看待我看到的事物。如果主人翁是一個等丈夫出獄等了二十五年的女人，我會走進一家酒店大廳，看著每一個正享受著自由的人。

守則六：永遠不要把稿子擱太久不寫。如果好幾個星期內都沒寫，你就永遠不會寫完。現在我全職寫作，我的目標是每天寫一頁。過去我有正職時，一天寫一段就很好了。我每天最多只能寫五小時，無論有

---

3 斯圖亞特．歐南（Stewart O'Nan），著有《為垂死者祈禱》（*A Prayer for the Dying*）、《雪天使》（*Snow Angels*）等十部小說，以及《忠誠》〔*Faithful*，與史蒂芬．金（Stephen E. King）合著〕和《馬戲團火災》（*A Circus Fire*）等紀實作品。

4 Joseph Conrad（一八五七—一九二四），原籍波蘭的英國小說家，十七歲時到法國當水手，後加入英國商船，當上了船長，至三十七歲才開始寫作，共寫了十三部長篇小說和二十八篇短篇小說，作品有《黑暗的心》（*Heart of Darkness*）、《吉姆爺》（*Lord Jim*）、《The Rescue》、《The Rover》等。

5 David Bradley（一九五〇—），著有《The Chaneysville Incident》，於一九八二年獲國際筆會／福克納獎；發表在《敘事》（*Narrative Magazine*）雜誌的短篇小說〈You Remember the Pin Mill〉，獲二〇一四年歐亨利獎（O. Henry Prize）。

6 John Champlin Gardner Jr.（一九三三—一九八二），美國小說家，散文家，文學評論家暨大學教授。最受矚目的小說《葛蘭多》（*Grendel*），從巨魔的觀點重寫貝武夫（Beowulf）的神話。

多少空閒時間。我在最好的時間段寫作，然後用剩下的工作時間去修改、研究或確認事實。

守則七：只管寫，不要說。剛開始寫一個東西時，不要跟別人聊太多。有時，聊著聊著，作品的神秘性就沒了，結果你也失去了熱情。

守則八：問問別人知道什麼。如果你寫的東西需要資訊或消息來源，請教你遇到的每一個人。

守則九：自我隔絕。午餐時間別讓別人能找到你。其他人都下班回家時，你就繼續坐在桌子前；或者比所有人都早到。利用那個時間寫你的稿子。

守則十：仔細規畫時間。如果你不用上班，把最黃金的時間花在你的寫作大計，不那麼要緊的時間才用來從事其他謀生活動。弄清楚你的黃金時間是什麼時候，規畫日程表，把黃金時間用在你最在意的創作上。

守則十一：把最大的努力和最棒的措辭留給自己的創作。老闆交代的工作要做好，但自己的事要做得更好。

守則十二：永遠不要強迫自己從停筆的地方開始寫。方法當然就是，永遠不要停筆。把這個故事放在心裡，每次你暫時停下來，寫一張小便條或提示，幫助自己第二天繼續往下寫。

守則十三：把所有東西寫下來。世上的一切研究和採訪都沒有意義，除非它以文字在電腦螢幕或紙上一一現身。

守則十四：採取激烈手段。以前我真的曾經用尼龍繩把自己綁在椅子上，強迫自己盯著游標。修改時，我發現自己所留下的句子，不管是在狀況差時寫的，還是在狀況好的日子寫的，留用的數量一樣多。

你有多少時間，就坐在那裡多長時間；盡最大的努力把自己送上那張椅子。一旦你坐下來了，就能稍稍放輕鬆了。羅伯特．弗洛斯特[7]說得最好：「寫作的藝術，就是把褲子放進椅子的藝術。」如果你被綁在椅子上，就會容易不少。

守則十五：記下你的夢。我曾經半夜醒來，然後得到了完整的短篇故事。

守則十六：騰出時間和空間。你寫作的桌子必須舒適，用燈光、音樂、暖和的毯子或遮罩噪音的耳機，把你的書桌布置成一個每天度過美好時光的舒適空間。

守則十七：享受寫作。既然不可能確保你正在寫的書能不能寫好，你更必須享受寫作時光。離開桌面後的一切想法都不是真實的；只有上桌寫下來的才是真實的。如果你的書贏得了國家圖書獎，賺了幾百萬美元，那很棒；如果徹底搞砸，六個月就絕版了，也很棒。不管怎樣，書本身一個字都沒變，不會更好或更糟。

一個普立茲獎評審的期許

傑克．哈特[8]

和往常一樣，二〇〇二年普立茲獎的專題寫作評審委員們，是最後離開哥倫比亞新聞研究所會議室的一批人。最後那個下午，我們已經挑出了三個最終候選作品。我們圍坐在桌子旁，筋疲力盡。桌子下面，已經被淘汰的文章堆成了山。進入決選的都是紀實報導文章，且大約有一半的入圍文章也都是。

《芝加哥論壇報》編輯吉姆．華倫（Jim Warren）向大家提出了一個問題：「經歷了這次評選過程後，對於專題寫作，我們學到了什麼？」以下羅列的是我們的心得：

7　Robert Frost（一八七四—一九六三），美國詩人，曾四度獲得普立茲詩作獎。一生勤奮筆耕，共出了十餘本詩集。

8　參見 159 頁。

（1）言之有物。
（2）對受害者的故事持懷疑態度。
（3）有敘事結構。像在讀一齣劇本。
（4）盡量清晰地組織文章。
（5）有一個戲劇性引擎。
（6）不墨守成規。
（7）思考故事的賣點。讀者能從故事裡得到什麼？
（8）不要製造假英雄。
（9）不要害怕表現複雜性和模糊性。

與出版經紀人合作

梅麗莎．葛林[9]

寫了一段時間的報刊文章後，你開始覺得兩千字的文章有點荒謬。很快的，一萬字似乎也不足以表現你想講的故事；你渴望能寫越來越多字。為什麼不寫兩萬字？或十萬字？那就是你該考慮寫一本書的時候了。

該如何讓出書的想法離開你的書桌，送到出版社選稿編輯的手上呢？出版界就像個迷宮，瘋瘋癲癲，充滿政治、浩瀚知識、時尚、市場導向、追捧名人，你需要有人幫助你走出來。你需要一個出版經紀人。

想像出版經紀人就像個房屋仲介，而你是想賣房子的屋主。你的第一件工作是整理房子，打掃地下室，清空衣櫃，地板打蠟。你要讓房屋經紀人覺得：（1）這是顆寶石；（2）會有很多人感興趣；（3）我們會賣出最好的價錢；（4）甚至，我心裡已經有了買主[10]。

你提交給出版經紀人的資料必須熠熠發光。第一句話應該像一個夢，然後流向第二句話。第一頁的最末一段最好引人入勝。好的經紀人很忙，桌上堆滿了稿件，電話響個不停，助理在快遞和影印機之間奔來跑去。每天十一點到下午兩點，經紀人和編輯會約在小飯館共進午餐，吃橄欖油麵包和紫萵苣。他們從來不讀已經出版的書，老是馱著沒出版的稿子和出版提案，在地鐵裡讀，在計程車裡讀，在小飯館裡等編輯時讀。

我的經紀人每天平均會收到十到二十份出版提案，那表示你的提案必須擠過一道窄門，才能贏得出版經紀人的注意。有四種擠進這扇窄門的辦法：

一、**在經紀人常會讀的報紙或期刊上發表文章**。例如，我的經紀人訂閱了至少一打主要的報紙，用來搜尋好作者。如果你發表了有意思的文章，就可能會有經紀人打電話給你。這是找經紀人最輕鬆的辦法，但可能性也是最低的。

二、**讓成名的作家把你推薦給他們的經紀人**。如果能這麼做，那是很棒的管道。

三、**在相關出版指南上尋找**。這是最難的途徑，因為你的出版提案會落進每天十到二十份的那一堆提案裡。一般來說，一百份主動送來的提案裡，經紀人最終決定經紀的還不到一份。但也不是不可能。

9　參見139頁。

10　編按：台灣因市場規模小，出版經紀人制度難以成形，僅少數知名作家有正式經紀人。台灣的出版社有時兼具出版經紀人的角色。

四、透過經紀人代理的書找上他們。這是我的經紀人給作家的建議。到一家書店，找到你的書所屬分類的書架，找跟你的書最相似的書，讀裡面的致謝文，找出經紀人的名字，然後把書買回家。讀完書，寫一封私人信件給經紀人，談談那本書——當然也談談你自己的書。

經紀人在找的東西有兩樣：寫作能力，以及能看清全局的能力。作者是否清楚這本書所談的特定主題之外的全貌？作者真的明白這本書的主旨？這本書的前提是什麼？優秀的文筆之外，驅動這本書的是什麼？回到房仲的比喻，出版經紀人沒時間應付破敗的房子，他們要的是能立即銷售的東西。

這並不容易，但作者和經紀人確實能找到對方。一旦找好了經紀人，就進入了下一個階段：準備你的出版提案書。也許在找經紀人的同時，你已經寫出了完整的出版提案書，但是，在給編輯過目之前，你往往還得大大修改一番。我的每一份出版提案都要花六到十個月寫完，往往超過一百頁。這真的是一種折磨，但我的經紀人堅持要我這麼做，因為他希望作者確實周詳地思考過整個計畫。這是一種保護措施，保護作家、經紀人和出版社，以免無法結出成果的書傷害了大家。

我的第一本書是《為牆板祈禱》（*Praying for Sheetrock*）。出版提案書中寫出了書的完整故事，包括了內容目錄和六個樣章。這裡有個邏輯問題：記者和紀實作者怎麼能在調查尚未過半時就寫出六章呢？答案是：寫提案書不是紀實寫作。我把我的出版提案設定為：為「史上最出色的紀實書」所寫的好小說。當然，在做完全部調查前，你不知道寫完後的書會是什麼樣子。但別忘了，你一定得重寫提案裡的所有章節，甚至要重寫很多遍。出版社知道你還沒寫出那本書，也知道你還沒做完調查。他們只是需要做有根據的評估，一種對故事的感覺。

例如，《為牆板祈禱》的提案書中沒有提到白人。作為遊客、法律援助工作者和朋友，我混跡喬治亞州麥金托什的非裔社區已有十年。寫那份提案書時，那裡的白人我一個都不認識。最後，那本書裡的一半事件和人物來自於白人社區；也就是說，我的提案書大概「歪」了五〇%。

我決定寫第二本書《炮火中的寺廟》時，《為牆板祈禱》已大獲成功。我想，「出版商愛我，我和經紀人及編輯相處甚歡，一切都搞定了。我只需告訴他們下本書寫什麼就行了吧。但我的經紀人卻說，「去寫一份出版提案書。」我嚇壞了！還氣呼呼地說，「我打賭，詹姆斯・米切納[11]有了新書的想法時，只在雞尾酒餐巾紙上寫下『波蘭』送過去出版社，他們就會給他八百萬美元。」我的經紀人說，「你說的對。詹姆斯・米切納是可以這麼做。現在去寫你的提案書。」

好書是怎麼磨出來的？

海倫・艾特萬[12]

想想你所讀過最好的源自於報刊文章的紀實書籍。是什麼讓它成為那麼棒的書？為什麼那個主題值得寫十萬字？當你考慮要寫一本書時，這是你該問自己的第一個問題：**這個主題擁有成為一本書的生命力嗎？**

11　James Michener（一九〇七—一九九七），美國知名歷史小說家，著作等身。曾獲普立茲小說獎、總統自由勳章，肖像並登上美國郵票。

12　海倫・艾特萬（Helene Atwan），曾任職藍燈書屋、西蒙舒斯特（Simon & Schuster）等出版集團。一九九五年出任燈塔出版社（Beacon Press，一家獨立非營利出版社）社長。

從報導到成書

有時，某個主題很複雜，需要的字數遠超過一篇文章的容量。傑夫·圖賓（Jeff Toobin）的《巨大的陰謀》（*A Vast Conspiracy*）寫的是柯林頓彈劾案，全書超過四百頁——大約十五萬字。勞瑞·蓋瑞（Laurie Garrett）的《蔓延的瘟疫》（*The Coming Plague*）約有三十萬字，多數的字都帶點驚悚。這種主題需要書的長度。

另一種書，存活期超出發表的那一刻。約翰·赫西的《廣島》[13]，瑞秋·卡森（Rachel Carson）的《寂靜的春天》（*Silent Spring*），卡爾·伯恩斯坦（Carl Bernstein）和巴柏·伍德華（Bob Woodward）的《總統的人馬》（*All the President's Men*），這些書是當時的故事，卻也擁有長久的價值和重要的主題，它們都還持續再版。即便是沒有達到這種高標準的書，其話題的時效性也必須保持三年。若有了需要寫十萬字的故事雛形，你就必須具備使之開花結果的寫作技巧和風格。畢竟，作者需要讀者投入一段相當長的時間。

就一個主題發表了幾篇報刊文章後，作者對該主題的視野會變得較有分析性、思想性和個人性。亞當·佩特曼（Adam Pertman）的《收養之國》（*Adoption Nation*）和湯姆·沃爾夫的《真材實料》就是如此。佩特曼先是為《波士頓環球報》（*Boston Globe*）報導收養孩子的故事，隨後，他對收養的個人經驗成就了一本豐富的書。在《真材實料》的例子裡，起初是一群太空人如何進入太空計畫的文章，後來成了一本主題是「男子氣概」的書。把紀實報導擴展為書時，作者要能夠且必須寫出自己的觀點，比如，對採訪和調查的看法，對事件意義和影響的分析。

也許你已經就書的主題寫過很多篇文章，但寫書時你很可能要做更多的採訪。我在燈塔出版社編輯的最早幾本書裡，有一本是菲力浦·溫斯洛（Philip Winslow）的。他是個記者，一直在報導地雷的事情。

我們動手做這本書時，他已經在非洲採訪了十八個月，但這本書需要一種不同的採訪方式，他只好又去了非洲，目的在找出此書的中心人物。他在安哥拉的難民營裡住了四個月，主要觀察一位被地雷炸傷的女人。枯燥的統計資料背後需要那樣一個人物；他希望讀者了解地雷的大問題，也希望讀者了解那個人。

紀實寫作的書要獲得成功，就必須擁有強大的敘事推動力、有延展性的人物和有進展的故事。出版商對短篇紀實故事的興趣小得多，因為不好賣。許多《紐約客》的作者出短篇集結書，但《紐約客》是個例外。它成就作者的方式，其他任何報刊都做不到。

出版市場的現實

大型商業出版社依賴少數大賣的書，來補貼大多數賣不動的書。小型的獨立出版社在激烈的市場裡尋找穩健的書——雖然只能賣到中等水準。燈塔出版社的許多書成了大學教材，二、三十年後仍持續再版。

過去，多數紀實書籍的銷量在兩萬到三萬之間。現在已經很少能賣到這個量。若一本書賣掉三萬冊，像燈塔出版社這樣的小型出版社仍會興奮不已，但藍燈書屋已經不為所動了。商業出版社尋找的是有潛力賣出遠超過三萬本的書，所以必然把注意力放在最有可能成功的書的行銷上，而不是謹慎地編輯、周到地行銷每一本書。產業機制使得一絲不苟地編輯書籍不可能得到太多青睞。

當然，大部分的書籍最後都賣不了幾十萬冊。為了預防這種狀況，大出版社經常做出停損的決定——即便出版合約已經簽了，或作者已經交了書稿。若認定某本書不大可能好賣，就只印很少，也不怎麼做行銷。結果，十年前可能賣兩、三萬本的書，現在只能賣五、六千本。

13 請參閱第六章〈事實與虛構的界線〉一文。

第一次出書的作者大概只會拿到五千或七千五百美元的預付款[14]。如果出版社覺得某本書會成為下一本《全民運動》（*A Civil Action*），作者也許能拿到十五萬甚至二十萬美元。但出書時不要只想著預付款，更該尋找你真正可以信任的出版社，能跟你同進退的出版社。出第二本書比第一本難得多，所以對於許多首次出書的作者，最好選擇一家作者較少的出版社，以免遭到冷落。無論預付款多麼豐厚，若出版社放棄了你的第一本書，再想出第二本可能就難了。

從點子到出版合約

吉姆．柯林斯[15]

我有寫作一本書的點子：用敘事文體來描寫鱈魚岬聯賽——全國最好的大學棒球手會在夏天聚集於此。我打過大學棒球，知道這個聯賽的神秘氣氛。我放棄進入棒球大聯盟的夢想已經二十年了，但仍好奇怎樣才能達到那個級別。一個二十歲的明星選手，突然身處一群二十歲的明星選手之間，第一次明白自己到底在什麼水準，這種感覺是怎樣的？我向出版社兜售這個點子的經驗——雖然只是個案——也許能帶你一窺圖書出版世界的神秘運作。

當雜誌編輯和作者數十年了，寫這個出版概念的提案書，卻是我第一次真正在圖書市場推銷自己。我還沒做完調查，不想勉強寫幾個樣章，於是寫了篇推測性的圖書提案。提案裡只說，「這個是聯賽及其歷史；這個是獎金分配；這個是賽季的典型過程。」許多地方我用心寫到最好。

尋找適合的經紀人

我原是《洋基》雜誌的編輯，這本雜誌在新英格蘭挺有名氣。此時我剛剛離職，成為一個地區性的作者。我從來沒有為《紐約時報雜誌》或《大西洋月刊》寫過稿，但我認識為它們寫過稿的人，就請他們推薦經紀人。同樣的提案，我發給了五位經紀人。

提案只有三十八頁。我的市場分析其實就一句話：「我認為這本書之於棒球，就像《她們的希望是一塊肌肉》（*In These Girls, Hope Is a Muscle*）之於籃球，《星期五晚上的燈光》（*Friday Night Lights*）之於橄欖球。」這個話告訴他們：我熟悉運動寫作，我懂運動報導和運動文學的不同，我要寫運動文學。

我聯絡的五位經紀人中，四位有意代理這本書。一位說，她不太懂棒球，代理不了。在一次雞尾酒會上，她碰到另一位經紀人，聊到了這個提案，她覺得他非常適合。結果他就是那四位裡的一個。我犯下了第一個錯誤：一稿多投。我本該對每一位經紀人都說明，提案不是只發給他一個人。

不過，事情還是進行得不錯。我見了三位經紀人，面試了他們（就像他們面試我），選擇了可能最適合的一位。他經紀的作者中，許多寫鱈魚岬的書都成功了，而且他在美國東北新英格蘭區書商之間的口碑很好。

為出版社寫出版提案書

我跟代理人簽了約，隨後他說，「我喜歡你的提案。現在，開始做調查吧，寫一個真正的提案書給出版

14 編按：在台灣，作者通常會拿到首刷版稅，即首刷本數×圖書定價×版稅率。版稅率行情自八%至一〇%起跳，視作者知名度或實力而定。

15 參見355頁。

社。」他認為，先做一個賽季的調查，將能讓這本書引起讀者更大興趣、賣更多的錢。

為此，妻子和我冒了財務風險。我預支了自己的人壽保險金，付了夏天在鱈魚岬十個禮拜的房租。我們期待這本書的預付金能讓我把保險金還回去。更重要的是，我們希望這本書能吸引另一個等級的雜誌編輯，推動我的職業發展。

經紀人和我遞交給出版社的提案書也不長，只有四十頁。其中有我的兩篇運動報導作品，兩篇報紙介紹我的文章。我沒有寫樣章，只寫書的目錄、每一章的故事線、全書的敘事走向，並詳細描述了故事設定、聯賽歷史、球隊和主要人物。

我的經紀人把提案書發給了二十二位編輯。一週之內，有十四位與他聯絡，表達有意買下這本書。這已經出乎我的意料了，經紀人卻說這數字還不夠高，更讓我驚呆了。他說，「等到他們跟銷售部門談過後再看吧。」之後出版社一個一個退出了競價。選稿編輯跟市場部談過後，十四家出版社縮水到六家。幾位編輯提出了報價，最後我和珀爾修斯出版社（Perseus Press）簽約，預付金是七萬五千美元。我很高興有這個數字。

根據網站「出版人的午餐」（Publisher's Lunch）的說法，我得到了一個「不錯的合約」。再往上是「好合約」「重要合約」和「大合約」。在「出版社的午餐」眼裡，我站在最低的一級；但好歹我站在梯子上了，這就夠我樂不可支。我知道有些好作者也只拿到一萬或一萬兩千美元的預付金。

我的編輯是艾曼達．庫克（Amanda Cook），她說，引起她注意的是我提案書裡的調子。她不是棒球迷，但知道自己會想讀這本書。她一週會收到五到十份提案書，一年買下約十本書。交稿後我問她，她怎麼知道哪本書是那五十分之一呢？「就像色情片，」她回答，「你看到就知道了。」

書和市場

傑里・托馬[16]

每一位紀實文章作者都要努力記住一件事：**出版社、經紀人和編輯都愛你**。我們可能愛你愛太多，或愛得不恰當，但我們**確實**愛你，因為你有錢可以付房租，因為你習慣了被拒絕，也因為你理解截稿期限。

寫書？準備好「下地獄」吧！

經紀人代理短篇小說作者的難度最大，因為那個市場最小。經紀學者的難度最低，因為他們有教職，也因為他們進入出版市場時，已經歷過把論文寫成書的艱苦跋涉。記者位於這兩種人之間。有時，他們決定寫一本書時，不完全知道自己簽下的是什麼合約。如果你面對在時間上大量衝突的兩項責任，尤其其中一項是固定的新聞工作時，幾乎不可能預料到寫完一本書究竟有多麼困難。

寫完第一本書後，許多寫紀實文學的作者會說，自己簡直走了一趟某種形式的地獄。這段期間，他們不再和朋友或家人交談；最重要的，不再和另一半交談。很長的一段時間裡，他們什麼也不做，只抱著那本書吃飯、呼吸和睡覺。出關時，他們精疲力竭，很難想像再這樣來一次——特別是有全職工作的人。不過，許多人仍然寫了更多的書。

決定寫書時，你必須強烈地感受到，無論要付出多大的時間和精神代價，你的故事必須用書的篇幅才能講好。記者比其他作者更能感受到寫長篇文章的痛苦；我的學者客戶總擔心寫太長；記者客戶卻經常打

16 傑里・托馬（Geri Thoma），紐約伊萊恩馬克森經紀公司（Elaine Markson Agency）的合夥人和經紀人。

電話來問：「合約上要求我得寫多少字？」只有記者才總是知道自己已經寫了十萬字裡的多少字。

一般的圖書合約是簽約後十八個月內要出版。一般出版社簽下一本書，這本書就會以資產的形式被列入出版週期。對於更以生意為導向的出版商，如哈潑柯林斯（HarperCollins）和西蒙舒斯特，預付款則是會計上的負債科目，最好在書一出版後就能變成收入項目。現今，編輯承受著很大的壓力，合約的出版日一過，若書還沒上市，就得取消此書的出版計畫。有時作者可以延長合約，但當出版社面臨拖稿時，可能就會取消這本書了。傳統的出版社，如諾夫（Knopf）和諾頓（Norton），對截稿日期的態度偏向彈性。他們更想得到的是作者，而非某一本書。

商業出版社似乎更願意給學者更長的合約。他們明白寫公民權利運動的歷史需要花點時間。學者會說，「未來五年我有兩個學術假，所以我可以在五年半內寫完稿子。」對於記者，商業出版社則會力促他們更快把書寫完。

交了稿，你還得幫自己賣書

書出版時，許多作者已然筋疲力盡，便產生了這樣的想法：「賣書不可能也是我的職責吧！」很不幸，若那不是你的職責，更不會是任何其他人的職責。隨著出版日期的逼近，你必須全力拿出創造力和說服力，而且幹勁十足，確保銷售成功。

由於你身處調查研究性質的行業，對出版社行銷部門那些工作過度、薪水過少、地位過低的員工而言，你的幫助可能是無價的。首先和最重要的一點是，最友善地對待那些掌握書的部分命運的年輕人。你可以像我的一個客戶那樣，提供一份名單和郵件地址：可能為你的書寫評論的專欄作者，曾寫過類似題材、可能為書寫推薦文的記者。

我最愛合作的作者是那種樂意介入出版流程，又懂得自己控制不了它的人。只要有助於書的銷售，他們願意做各種事。銷售成功是特例，常常得到的是令人心碎的輪盤賭局。結果往往取決於誰來寫書評、負責的行銷人員是不是夠敏銳。

六年前，如果我問年輕編輯最想要做哪種書，他們的答案裡通常會有「心靈類」。愜意的平裝小書一本本出：「做這事的十二條禪的法則」，「做那事的七條禪的法則」。結果這種書大都失敗了，編輯就很少再說要買心靈類的書稿了。三年前，同一群聰明的年輕編輯開始說，他們想要「報導文學」。但情況依然是：成功的作者賣書靠的是寫作的實力，而非流行的力量。

多數閱讀嚴肅報導文學的買書人，找新書時看的是作者，而非話題。讀者在買《李奧波爾多國王的鬼魂》時，想的通常不是「我真的想看一本寫李奧波爾多國王的書」，而是「亞當．霍克希爾德真是個很有意思的作家，我賭他寫了一本很好的講剛果的書」。

所有經紀人都在尋找這樣的文學作家：作品強大有力，讓讀者永遠難忘那次閱讀體驗。這樣的作者，無論下一步想寫什麼，經紀人都會很想知道。

一個紀實作家的寫作思考

莎曼莎．鮑爾[17]

我寫《來自地獄的問題：美國和種族滅絕時代》這本書時，不得不從激進主義和人權主張轉向歷史和調查報導。我轉向寫一本書所需的某種客觀性——但並非中立性。我也不得不走出學術的圍牆，進入真實的世界。

我寫這本書是因為有三個問題困擾著我：**為什麼美國為種族滅絕做的事很少？為什麼我們沒意識到我們做得這麼少？為什麼我們還能說出「永不再犯」，彷彿一九九〇年代的種族滅絕沒有發生過？**

寫作上的三個關鍵挑戰

我花了六年時間進行《來自地獄的問題》這本書的採訪工作。我採訪了數百位暴行的受害者、旁觀者和加害者，他們來自曾發生種族滅絕的國家：土耳其、德國、柬埔寨、波士尼亞、盧安達。但書的重點還是美國和美國人：記者、政府領袖、非政府組織的決策者。採訪結束後，我面臨三個關鍵挑戰。

既然大家都知道這些事的結果，我該如何避免陳腔濫調呢？我們都知道六百萬猶太人死於大屠殺，八十萬人死於盧安達的種族滅絕。我想讓讀者關注這些巨大危機裡的生命代價，但如何才能製造某種懸念呢？

如何能不以道德家的面目來寫道德思考？事件的嚴重性深深地震撼了我，我如何抽離、跳出故事來看事情呢？

我如何寫一本書去談沒有發生的事？我的書談的是「非決定」或「決定不做決定」——因為不作為而犯了罪，而非去犯了什麼罪。這是寫社會正義時的常見問題。官僚機構裡的人，許多並不認為自己要為不正義負責；他們認為自己只是機構的代理人——是那個機構帶來巨大的痛苦，而不是他們個人。我如何能同時表達出人物作為機構代理人角色的限制，以及他們溫順地、不思爭取地遵從「遊戲規則」時，所發揮的代理作用？

第一個挑戰，即避免陳腔濫調，是極其折磨人的。我努力追蹤當時的美國官員是在什麼時間，知道正在發生什麼事——亞美尼亞種族滅絕、納粹大屠殺、波帕（Pol Pot）統治赤柬、盧安達種族滅絕。他們是在什麼時候真正取得那些暴行發生的情報？情報何時被證實是事實？事實何時演變成使人戰慄哭泣的真相？某一特定個人如何和為何丟開這一連串的事實？我們都知道這些故事的結果，但不知道其發展過程。

為此書進行採訪時，我很難說服美國官員回顧自己的經歷、提供他們的看法。因為美國政府內部很少人有個人立場，他們大部分不願回顧自己在事件披露過程中的行為，這並不奇怪。

我發現「資訊自由法案」是無價之寶。一位前政府官員可能會說，「我不知道八十萬的死亡數字，直到種族滅絕之後，我們介入之後，墳墓挖開之後。」我可以證明事實不是這樣：我在一份檔案上找到那位官員的簽名，證明在挖掘墳墓之前很久，他已經知道屠殺事件。我也找到美國政府裡的一些人，他們有興趣任我挖掘他們的記憶，他們回顧自己的日記、筆記和電子郵件。我努力把媒體對事件的報導，跟這些官員的個人備忘錄和回憶連結起來。為了避免陳腔濫調，我記錄了人物的態度和日程的文件檔案。

以編輯的心態讀初稿

我面臨的第二個挑戰是不以道德家的立場寫道德主題。我寫這本書，是因為我曾在波士尼亞當戰地記者。當時的我無比沮喪，因為一方面我在戰地見證了屠殺，另一方面卻看著北約戰機在頭頂飛過，坐視屠殺卻毫無阻止的行動。我報導了一九九五年雪布尼查（Srebrenica）的陷落。在電視錄影機的鏡頭下，八千名穆斯林男人和男孩被系統性地處決。我想知道為什麼。在納粹大屠殺和雪布尼查屠殺之間的五十年

17 莎曼莎·鮑爾（Samantha Power），她的著作《來自地獄的問題》（*A Problem from Hell: America and the Age of Genocide*）獲得了二〇〇三年普立茲獎和NBCC獎。現為哈佛大學甘迺迪政府學院教授。

中，我們為何學到的這麼少？

此書的初稿寫得不怎麼樣，誰也不會想讀。我很憤怒。我把第一稿扔到一邊，不想這件事。等再回來看書稿時，我改以編輯的心態來讀它，像在編輯一份吸引我的稿子。我一直認為自己當編輯比當作者強。

把故事交給人物來表現是關鍵。作者應該培養出強大的「聲音」，但音調不該高到會分散讀者注意力。我必須確保讀者不會因為我的聲音過大而反對我，而是拿來抗議美國官員，如美國時任國務卿舒茲（George Schultz）、克里斯多夫（Warren Christopher）和總統羅斯福。

躲藏在道德的灰色地帶是必要的。犯下罪行的人，甚至種族滅絕的加害者，很少認為自己在做壞事，他們對自己的道德滔滔雄辯。如果這本書不把加害者的這些話放進來——無論多麼偽善或離譜，那麼，就會降低我們在未來類似事情發生時，辨認出這種人的能力。

我是透過寫挺身阻止種族屠殺的**介入者**，來寫種族滅絕的旁觀者的。書中的主要人物之一是拉斐爾·萊姆金（Raphael Lemkin）律師，一位在納粹大屠殺裡失去四十九位親人的波蘭猶太人。一九三〇年代，他告訴歐洲的律師，大屠殺這樣的罪行一定會發生，不只殺猶太人，還會殺亞美尼亞人、蒙古人和胡格諾派人（Huguenots）。一九四四年，他發明了genocide（種族屠殺）這個詞。但在善行之外，他也是個令人髮指的大混蛋和剽竊犯。正如惡是比黑色要灰一點，善也不是純白色。這是我學到的重要一課，也是此書企圖傳達的一點。

盧安達種族滅絕時期，柯林頓政府裡有幾個惡棍，他們的態度很簡單：**捲入此事無涉我們的國家利益，非洲公民不在我們國家投票，而我們馬上就要大選了**。柯林頓的國家安全顧問安東尼·雷克（Anthony Lake）卻和他們不同。他的故事複雜多了，讀來尤為引人入勝。我採訪的所有人裡，雷克是最配合的。他開放自己，解讀發生的事。結果，我的書寫他寫得最透，我很感激他的許可。

有行動，才能製造戲劇張力

我面臨的第三個挑戰是講述「非事件」和「非決定」。對種族滅絕做出反應時，美國官員經常決定不做決定。官員很難回憶自己的行動，因為面對這種恐怖行為時，他們做的事很少。國家安全檔案庫是位於華盛頓的一個非政府組織；盧安達種族滅絕後不久，他們促成了政府檔案的解密。因為美國政府什麼也沒做，解密官員便顯得非常慷慨。他們的思路似乎是，美國沒什麼好隱藏的，因為美國在盧安達什麼也沒做。這些檔案幫助我追蹤美國在種族滅絕時期的態度——也成了本書的敘事動力。但是，一本書要有戲劇性，通常需要行動。這裡，我很幸運地知道有某些個人，的確試圖推動政府做更多的事（當然並未成功）。他們與不想行動的人的對抗，提供了很不錯的戲劇張力。我藉由精心描寫某個時刻的懸而未決來營造故事的懸疑性——只是這種懸而未決，一直要等到事後才會消失。

一如喬治．歐威爾所說，寫一本書就像生了一場病。我的結論是，只有當我不能忍受某種書不存在，只有心裡有個糾纏著我必須回答的問題，我才會寫那本書。作者動手寫書時，最重要的決定是如何表述那個問題。如果早知道這個過程這麼折磨人又這麼漫長，我可能根本不會動筆。寫嚴肅的紀實作品需要在一段時間內，變得反社交；經歷那種程度的反社交需要固執的脾氣，和一種滿足好奇心的強烈渴望。絕不要只是為了寫一本書而寫書；還有很多別的重要議題也等著人寫呢。

寫作的熱情

蘇珊·歐琳[18]

成功的作家必須懷抱著對寫作的熱情。當個作家，**同時**要有熱情，這是某種悖論，因為以定義來說，作家是個局外人。寫《星期六夜晚》（*Saturday Night*）這本書時，我問自己，「我究竟為什麼挑這個工作？我討厭自己是局外人，我討厭自己被排除在外。」我寫的書講的是那種美式熱情：一週用一個晚上做件特別的事。我發現，大部分人希望星期六晚上和在乎的人共同度過。我發現這一點，是因為在長達五年的時間裡，我的星期六晚上都是和不認識的人在一起。

許多作家強化了疏離感，使得我們特別適合這個工作。報導《蘭花賊》時，我嫉妒我的採訪對象，因為他們都深深陷入自己真正在乎的事物中。蘭花賊渴望找到珍稀蘭花，書裡刻畫了他們的生活：如何花掉時間和金錢，誰將是他們的朋友，他們會去什麼地方。

跟蘭花賊混在一起，使我明白自己確實有一種真正的熱情：對於我的工作，以及「我的工作很重要」這個想法。敘事紀實作品有一個自我尊重的問題：為了講一個小故事，寫出要花很多時間讀的長文章，這事正當嗎？我認為很正當：我們人類天性就愛交流，想去了解其他人的故事。作為作者，我們出去了解世界，然後回來告訴別人。只要作者對之有熱情，任何故事都值得講述。

偶爾的不舒適——身體上和感情上的——是敘事作者的一個負擔。這個工作不能坐在辦公室，每次逼自己出門，我都努力記住這麼做是有回報的。經常是這樣：在外採訪時，我最深的渴望是回家。

而強迫自己留在外面時，我通常會發現某個改變整個故事的關鍵。

有一次，我要寫瓊·詹寧斯（Jean Jennings）的人物特寫；她是《汽車》（*Automobile*）雜誌的編輯。採訪快結束時，她決定跟她的婦科醫生駕車去路易斯安那獵野鴨。我想，「哦，聽起來是瞎搞。」雖然很想回家，但心裡冒出的一個聲音纏著我：我應該跟著去獵野鴨。後來的事情是這樣的：

瓊．詹寧斯和萊得福特（Ledfoot）醫生開車非常、非常快。萊得福特醫生還有個名字，她用那名字在密西根州安娜堡當婦科醫生——大概是以批准的最快速度做。瓊．詹寧斯是萊特福特醫生的病人，也是《汽車》雜誌的主編，總是跑來跑去。最近的一個早晨，瓊和醫生前往路易斯安那獵野鴨。她們開一輛銀色二〇〇一年款式的雪佛蘭Suburban，裝了三箱彈藥、三把獵槍，瓊的兩條切薩皮克灣獵犬——羅那度和桑德拉，迷彩襯衫、夾克、褲子、鞋，傘，我，六瓶裝健怡可樂。她們的計畫是清晨五點半離開安娜堡，除了加油和上廁所，直奔目的地，當然還得在納許維爾把我放在機場——最後，在第二天黎明到達新奧爾良附近的一處鴨子獵場。為此，她們的平均速度須達到每小時一百三十六公里。她們倆從未共同出行。不管去哪兒，瓊都習慣了自己是路上最快的司機；她不確定這位婦科醫生會有什麼表現。而萊得福特醫生並未令人失望。

「這輛車時速九十的轉彎相當不錯，珍妮（譯注：瓊的暱稱），」醫生說，一邊把車打向右側。

「棒死了。」珍說，「就算該死的雨下成這樣。」

「嘿，珍妮，」醫生說，「等我們到了路易斯安那，該死的機器鴨最好在那兒。」機器鴨是瓊前一天預定的誘餌鴨子。突然，一輛黃車從右側飛馳而過。「狗娘養的，」醫生說。「那輛野馬跑瘋了，我看看能不能追上。」

18 參見229頁。

「他走遠了，醫生，」瓊說，身體前傾，辨認那輛野馬。「喲，他已經到下一個郡了。那傢伙火燒眉毛呢。」

「靠，」醫生不爽地說。她把Suburban推到九十五，很快逼近一輛慢吞吞髒兮兮的卡車。她猛地煞車，然後看著瓊，翻了翻白眼。

「反目的地聯盟的又一個成員，」瓊說。

有時你想要做一份能待在辦公室的工作，但是，什麼也比不上報導時看著事情在眼前展開那麼動人。在那種時刻，你會想，**我沒辦法去做世上其他任何工作**。

下面是走上這條路時你應該問自己的幾個問題。

你為什麼要當作家？這麼問似乎簡化了，但這是個值得一問再問的問題。你當作家，是因為你喜歡跟人交談？或是因為你喜歡講故事？到底是什麼？寫作不是世上最輕鬆的工作，也一定不是最賺錢的工作；只有抱持著高度的承諾和真正的渴望，寫作才會成功。

你愛文字嗎？文字使我著迷。有時我看到一個很久沒見的字，或不認識的字，就會迫不及待地想把它寫進故事裡。

你好奇心強嗎？你真的為周圍的世界感到驚奇嗎？如果不是，這個職業不適合你。

甚至更重要的：**你有點兒控制狂嗎？**很強的控制欲是很有價值的。你車裡的後座坐著讀者，你帶他們去某個地方，所以你必須能掌控一切。報導時必須謙卑，但回到書桌前動手寫作時，你必須當領頭的，對讀者說，「坐好。我要帶你們好好走一段路。」

最最重要的：**你覺得這個世界和世界上的人都是一種奇蹟嗎？**把孩子般的那種興奮感和探索感帶進你

的工作。我們都是成熟的成年人，見識過和做過許多事，但當你出門尋找故事時，仍要帶著歡喜心。如果你能感覺到歡喜，你的讀者也能。

若我要寫一個十歲男孩的故事，對於「十歲」這件事，他的智慧遠勝於我。無論受訪者的才華高低，我們都能從中學到東西。每個人都覺得自己掌握了某種東西，所以，當你走進世界時，記住這一點。在不同人身上，你可以看到從「真的很棒」到「有點錯亂」的光譜，但絕對不傻。那正表示人們愛上了什麼——但「愛」從來不傻。

哈佛寫作課

作者	哈佛大學尼曼基金會 （the Nieman Foundation at Harvard University）
編者	馬克・克雷默（Mark Kramer）、溫蒂・考爾（Wendy Call）
譯者	王宇光等
商周集團榮譽發行人	金惟純
商周集團執行長	郭奕伶
視覺顧問	陳栩椿
商業周刊出版部	
總編輯	余幸娟
責任編輯	林雲
封面設計	Bert
內頁排版	林婕瀅
出版發行	城邦文化事業股份有限公司 - 商業周刊
地址	104台北市中山區民生東路二段141號4樓
傳真服務	（02）2503-6989
劃撥帳號	50003033
戶名	英屬蓋曼群島商家庭傳媒股份有限公司城邦分公司
網站	www.businessweekly.com.tw
香港發行所	城邦（香港）出版集團有限公司 香港灣仔駱克道193號東超商業中心1樓 電話：（852）25086231 傳真：（852）25789337 E-mail：hkcite@biznetvigator.com
製版印刷	中原造像股份有限公司
總經銷	高見文化行銷股份有限公司 電話：0800-055365
初版1刷	2017年（民106年）9月
初版6刷	2022年（民111年）4月
定價	台幣450元
ISBN	978-986-95329-2-1(平裝)

國家圖書館出版品預行編目資料

哈佛寫作課 / 哈佛大學尼曼基金會（the Nieman Foundation at Harvard University）著；王宇光等譯. -- 初版. -- 臺北市：城邦商業周刊, 民106.09
面； 公分.
譯自：Telling True Stories: A Nonfiction Writers' Guide from the Nieman Foundation at Harvard University
ISBN 978-986-95329-2-1(平裝)
1.
550.9 106009975

藍學堂

學習・奇趣・輕鬆讀